Unverkäufliches Leseexemplar

Wir freuen uns über Ihre Rückmeldung an
vertrieb@harpercollins.de

Mit der Zitierung Ihrer Meinung
erklären Sie sich einverstanden

Bitte beachten Sie bei Rezensionen
die Sperrfrist bis 18.02.2020

ALEXANDRA
CEDRINO

Die
GALERIE
am
Potsdamer Platz

ROMAN

Harper
Collins

HarperCollins®

1. Auflage: Dezember 2019
Copyright © 2019 by HarperCollins
in der HarperCollins Germany GmbH
Originalausgabe

Umschlaggestaltung: FAVORITBUERO, München
(Favoritbuero GbR, München)
Umschlagabbildung: H. Armstrong Roberts/ClassicStock/Getty Images,
Mitoria/Shutterstock
Satz: GGP Media GmbH, Pößneck
Printed in Germany
Dieses Buch wurde auf FSC®-zertifiziertem Papier gedruckt.
ISBN 978-3-95967-409-6

www.harpercollins.de

Werden Sie Fan von HarperCollins Germany auf Facebook!

Für Ted. Für immer.

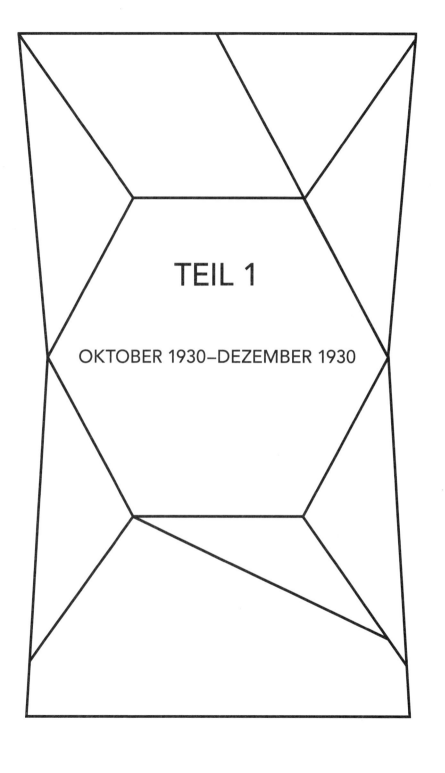

TEIL 1

OKTOBER 1930–DEZEMBER 1930

Kampfansage

31. Oktober 1930

Alice hatte sich die Villa in der Potsdamer Straße größer, prachtvoller vorgestellt. Vielleicht lag es am Regen, der über alles, die Häuser, die Straße, die Bäume, selbst über das Licht einen feinen Film zog und es kraftlos erscheinen ließ.

Fröstelnd blickte sie zu den schwach beleuchteten Fenstern und klappte den Mantelkragen hoch. Seit sie heute Morgen am Anhalter Bahnhof angekommen war, fror sie. Nur kurz hatte sie in der Pension in der Motzstraße haltgemacht, um ihren Handkoffer abzugeben. Dann war sie zur Potsdamer Straße gefahren und hatte Helena Waldmann beobachtet, als diese die Villa verließ. Sie war ihr entgegengelaufen, um ihr Gesicht zu sehen. Sie sah genauso aus wie auf der Fotografie, die sie im Koffer ihrer Mutter zwischen all den ungeöffnet zurückgeschickten Briefen gefunden hatte. Obwohl das Bild bestimmt schon fünfundzwanzig Jahre alt sein musste, war es für Alice kein Problem gewesen, sie zu erkennen. Die Jahre waren gut zu ihr gewesen. Im Gegensatz zu ihrer Mutter.

Geduldig hatte Alice beobachtet, in welchen Geschäften Helena ihre Besorgungen machte. Mit wem sie sprach.

Aber hatte ihr das irgendetwas über die alte Frau verraten? Sie wusste nun, dass ihr Schneider Kutscher hieß, dass sie Blumen beim Floristen Bellmann bestellte und Fleisch beim Metzger orderte. An der beflissenen Haltung der Kaufleute konnte sie erkennen, dass man daran gewohnt war, ihren Wünschen unverzüglich nachzukommen.

Am Zeitungskiosk hatte Alice sich direkt hinter Helena angestellt und den sehr geraden Rücken, die zurückgenommenen Schultern, das in Wellen gelegte silbergraue Haar betrachtet. Hatte ihr Parfum gerochen, ein Hauch von Lavendel und Jasmin, ihre Stimme gehört, einen rauchigen Alt, und als sie sich umgedreht hatte, konnte sie ihre Augenfarbe erkennen. Ein goldleuchtendes, bernsteinfarbenes Braun mit einer beinahe schwarzen Iris. Die Farbe ihrer eigenen Augen.

Schnell hatte sie den Blick gesenkt, sich an ihr vorbeigeschoben und den Mann hinter dem Tresen nach Juno-Zigaretten gefragt. Eine nach der anderen hatte sie geraucht und hustete nun. In ihrem Magen machte sich ein flaues Gefühl breit. Gegessen hatte sie seit heute Morgen nichts mehr.

Alice blickte zu den zugezogenen Fensterreihen hoch. Genug gewartet. Sie schnippte den Zigarettenstummel in den Rinnstein und trat auf die Fahrbahn.

Als sie auf der anderen Straßenseite angekommen war, öffnete sie die Handtasche, zog mehrere der jahrzehntealten Briefe heraus und drückte auf die Klingel. Es war Zeit. Noch bevor sie ausatmen konnte, wurde die Tür geöffnet.

Antworten

Oktober 1930

Als sie der kalte Blick der alten Frau traf, verlor Alice für einen kurzen Moment die Fassung und trat einen Schritt zurück. All ihre Vorsätze lösten sich in einer Ansammlung widersprüchlicher Impulse auf: Auf dem Absatz umzudrehen und wegzulaufen schien ihr für den Hauch einer Sekunde eine überlegenswerte Option. Dann gewann wieder ihr Zorn die Oberhand, und sie hielt Helena den Stapel Briefe entgegen.

Die alte Frau blickte kurz darauf, nahm ihn Alice aber nicht ab.

»Sie ist gestorben. Am 26. Oktober 1930 um sieben Uhr morgens.«

Helena Waldmann musterte sie misstrauisch.

»Anna. Sie ist tot.«

Noch immer rührte sie sich nicht. Alice trat einen Schritt auf sie zu. Diese alte Hexe zeigte keinerlei Regung. Sie beugte sich vor und sagte mit leiser, gepresster Stimme: »Mein Name ist Alice Waldmann. Ich bin deine Enkelin. Die Tochter deiner Tochter.«

Ihre Blicke verfingen sich ineinander. Als die alte Frau blinzelte, richtete Alice sich auf und sah über die Schulter ihrer Großmutter. Sie würde sich nicht so einfach abwimmeln lassen wie ihre Mutter.

»Darf ich eintreten?«, fragte sie und drängte sich an ihr vorbei, ohne auf eine Antwort zu warten. »Das, was ich zu sagen habe, lässt sich schlecht zwischen Tür und Angel besprechen.«

Helena schloss langsam die Haustür. Ohne sie anzusehen, nahm sie die Briefe, die Alice ihr erneut entgegenhielt.

»Nun?«, fragte Alice.

»Nun was ... Fräulein«, antwortete Helena kalt.

»Nun ...«, setzte Alice an, und mit einem Mal wurde ihr bewusst, dass sie sich bisher nicht einen Gedanken darüber gemacht hatte, was sie tatsächlich erreichen wollte. Das Einzige, dessen sie sich absolut sicher war und das sie bis hierher getrieben hatte, war ihr Zorn gewesen. Der Zorn auf Helena, die die eigene Tochter, Alices Mutter Anna, verstoßen hatte. Weil sie einen Mann geliebt hatte, der ihrer Mutter nicht gut genug gewesen war.

»Ich ...«, schnappte sie, wurde jedoch vom Schrillen der Türklingel unterbrochen. Sie zuckte zusammen und warf einen schnellen Blick auf ihre Großmutter. Hoffentlich hatte sie es nicht bemerkt.

Doch die blickte ungerührt auf ihre Armbanduhr. Einen kurzen Moment schien sie zu zögern. Dann packte sie Alice mit erstaunlich festem Griff am Arm, öffnete die Tür zu ihrer Rechten und schob sie in den dahinterliegenden Salon. Alice riss sich los. Doch ihre Großmutter warf ihr einen Blick zu, der sie erstarren ließ. Sie blinzelte, und noch bevor sie protestieren konnte, hatte sich die Tür bereits geschlossen.

Verblüfft starrte Alice ihr hinterher. Was zum Teufel,

dachte sie wütend und wollte schon zur Tür stürzen, als sie ein leises Klicken und Scharren hinter sich hörte. Erschrocken fuhr sie herum.

Ein Hund! Aber was für einer! Noch nie zuvor hatte sie einen so großen Hund gesehen. Das riesige graue Tier hatte sich von seiner Decke vor dem Kamin erhoben, um sie mit vorsichtigem Schwanzwedeln zu begrüßen. Alice atmete tief durch und hielt ihm die Hand entgegen, um ihn an sich riechen zu lassen. Er bohrte seine kalte, feuchte Nase in ihre Handfläche. »Du bist ja ein Guter«, murmelte sie und begann ihn hinter den Ohren zu kraulen, was er mit begeistertem Schwanzwedeln quittierte. Sie schluckte den Kloß herunter, der sich in ihrer Kehle bildete, während ihre Finger durch das raue Hundefell fuhren. »Kannst du mir verraten, was ich mir dabei gedacht habe, hierherzukommen?«, flüsterte sie dem Hund zu und blinzelte. »Die alte Hexe hat meiner Mutter das Herz gebrochen.« Sie ging vor ihm in die Knie. Er schnaufte und legte seinen Kopf auf ihre Schulter. »Damit kann sie doch nicht einfach davonkommen, oder? Ich will von ihr hören, was damals passiert ist. Ich will …« Sie zögerte, rückte ein Stück von dem Hund ab und nahm seinen riesigen Kopf zwischen die Hände. »Ich will, dass sie ihre Schuld eingesteht.« Das Tier versuchte, ihr Gesicht abzulecken. Sie lachte leise und zog sanft an seinen Ohren. »Du hast recht. So schnell geben wir nicht auf, nicht wahr?« Sie klopfte ihm auf den Rücken und stand keine Sekunde zu früh auf, denn die Tür öffnete sich, und Helena betrat erneut den Raum. Ohne Alice eines Blickes zu würdigen, ging sie auf den Hund zu, packte ihn am Halsband und führte ihn hinaus. Einen kurzen Moment lang konnte Alice die schlanke Gestalt eines Mannes in einer Lederjacke erkennen, dann wurde die Tür erneut geschlossen. Sie hörte das leise Kratzen und Schaben der Hundepfoten auf den Fliesen, ein paar gemurmelte Worte, und die Haustür fiel dumpf ins Schloss.

Hastig blickte Alice sich in dem eleganten Raum um. Am Fenster stand ein kleiner, für drei Personen hergerichteter Tisch. Anscheinend erwartete Helena Besuch. Mit wenigen Schritten durchquerte sie den Raum, stellte ihre Handtasche ab und setzte sich an den Tisch. Eine Kanne, gefüllt mit heißem Tee, stand zwischen den feinen Porzellantellern. Sie holte tief Luft, strich sich die dunklen Locken hinter die Ohren, die sich schon wieder aus der sorgfältig gesteckten Frisur gelöst hatten. Sollte Helena Waldmann bloß nicht glauben, sie könnte sie einfach so abfertigen. Nein, gnädige Frau, so leicht wurde sie sie nicht los. Entschlossen griff sie nach der Kanne und goss dampfenden, duftenden Tee in die Tassen.

Als die Tür geöffnet wurde, blickte sie auf. »Milch? Zucker?«, fragte sie scheinbar ungerührt und hielt das Milchkännchen hoch.

Helena zögerte kurz, dann setzte sie sich ihr gegenüber, ohne auf ihre Fragen einzugehen.

Alice zuckte mit den Schultern und trank einen Schluck.

»Wo waren wir stehen geblieben?«, fragte sie, nachdem sie ihre Tasse abgesetzt hatte. »Ach ja, richtig, ich wollte erzählen, weswegen ich hier bin.«

Helena runzelte die Stirn, während Alice leise klirrend in ihrer Tasse rührte. Das Geräusch schwebte wie eine eisblaue Dissonanz über ihren Köpfen. Sie konnte den kalten Blick ihrer Großmutter auf sich fühlen. Soll sie nur schauen, dachte Alice. Wenn sie glaubte, sie könne sie einschüchtern, hatte sie sich getäuscht.

Demonstrativ blickte Helena wieder auf ihre Armbanduhr.

»Es ist spät, und ich habe nicht unendlich viel Zeit. Wenn Sie mir also etwas von Belang zu sagen haben, dann tun Sie es jetzt. Und verlassen dann mein Haus.«

Alice starrte sie an. »Du willst wissen, was ich möchte?« Scheppernd stellte sie die Tasse auf den Unterteller, öffnete ihre Handtasche, zog die Fotografie ihrer Mutter heraus und schob sie neben Helenas Tasse. »Ich sage es dir. Ich will wissen, was damals passiert ist. Wieso du deiner Tochter das Herz gebrochen hast. Wieso du nicht vergeben kannst.«

Die alte Frau warf einen kurzen Blick darauf, blinzelte und wandte das Gesicht ab. »Ich kann mich nicht erinnern, Ihnen das Du angeboten zu haben!«

Alice spürte, wie Hitze ihr Gesicht flutete. »Glaube ja nicht, du würdest ohne eine Antwort auf meine Fragen aus der Sache herauskommen.«

Langsam wandte die alte Frau den Kopf und musterte sie kalt. »Ich denke, es ist besser, wenn Sie gehen, bevor ich einen Wachtmeister rufe.«

Alice stand auf. »Ich werde Antworten von dir bekommen. So leicht wie meine Mutter mache ich es dir nicht.« Sie öffnete die Tür und fixierte die alte Frau. »Du wirst mich nicht los.« Dann trat sie hinaus.

Alice läuft I

Oktober 1930

Alice wusste, dass sie in Schwierigkeiten steckte. Zehn Minuten zuvor war sie wütend aus dem Haus gestürzt und wäre beinahe in ein Paar hineingerannt, das gerade, als sie auf die Straße stürmte, in den Vorgarten der Villa einbiegen wollte. Erschrocken war sie zurückgeprallt und hatte sich an ihnen vorbeigedrängt. Als sie einen Blick zurückgeworfen hatte, konnte sie noch erkennen, wie die Frau am Arm ihres Mannes zog, während er ihr mit offenem Mund hinterherstarrte. Das musste wohl der Besuch sein, für den Helena den Tisch gedeckt hatte. Sollten sie nur schauen! Sie hatte sich abgewandt und war ziellos durch die Straßen gelaufen. Daran, wie sie zurück in ihre Pension finden sollte, hatte sie nicht einen einzigen Gedanken verschwendet. Jetzt, während der Feierabendverkehr an ihr vorbeirauschte und die Scheinwerfer der entgegenkommenden Autos sie blendeten, musste sie sich eingestehen, dass sie keine Ahnung hatte, wo sie sich gerade befand. Geschweige denn, wie sie zurückfinden sollte.

Wie gut, dass sie den Stadtplan eingesteckt hatte, den sie ihr in der Pension angeboten hatten. Mit seiner Hilfe dürfte es nicht allzu schwierig sein … Abrupt blieb Alice stehen. Sie hatte ihre Tasche bei Helena liegen gelassen. Sie stöhnte auf. Nicht nur der Stadtplan war in der Tasche. Der Schlüssel für die Pension, ihr Geldbeutel. Sie ballte die Fäuste. Verdammt, verdammt, verdammt! Das hatte sie ja wieder hervorragend hingekriegt! Ein Passant streifte sie im Vorbeihasten, drehte sich ärgerlich um und schüttelte den Kopf. Zornig starrte sie ihn an. Als ein weiterer Fußgänger sie beinahe angerempelt hätte, atmete sie scharf aus, trat einen Schritt zur Seite und blickte sich um.

Sie stutzte. Am Straßenrand stand ein Mann mit einem riesigen Hund. War das nicht das Tier, das bei Helena abgeholt worden war? Zögernd ging Alice auf den Mann zu. Er trug eine abgeschabte Lederjacke, die so gar nicht in diese gutbürgerliche Gegend passen wollte. Entweder waren seine Arme zu lang oder die Ärmel zu kurz, denn seine Knöchel ragten aus den Aufschlägen heraus. Als Alice sah, dass er nicht mal einen Hut trug, fröstelte sie.

»Entschuldigung?«, rief sie.

Anscheinend hatte er sie nicht gehört.

»Hallo? Entschuldigung«, setzte sie erneut an.

Er blickte über die Schulter und sah zu ihr herüber. Sie hob die Hand, und er drehte sich zu ihr um.

Alice blickte in ein schmales Gesicht mit hohen Wangenknochen. Rotblonde Haare, schlecht rasiert. Ein breiter Mund mit schmalen Lippen und tiefliegende blaugrüne Augen.

Sie räusperte sich und deutete hastig auf das riesige Tier an seiner Seite. »Haben Sie den Hund vorhin abgeholt? Bei Waldmann?« Sie streckte ihm die Hand entgegen, und der Hund begann sofort mit dem Schwanz zu wedeln und freundlich zu hecheln.

Der Unbekannte nickte. »Aye. Richtig. Gentle. Also der Hund. Heißt so …«, fügte er hinzu. Der Hauch eines englischen Akzents, fast nicht hörbar, lag unter seinen Worten.

Lächelnd blickte sie den immer noch wedelnden Hund an und kraulte ihn hinter den Ohren. »Freut mich, angenehm, Gentle!« Sie streckte dem Mann ihre Hand entgegen. »Alice. Waldmann. Also, ich heiße so.«

Amüsiert zog er eine Augenbraue hoch und ergriff lächelnd ihre Hand. Seine war trocken und rau. Mit angenehm festem Händedruck. Nichts hasste sie mehr als feuchte, knochenlose Schwitzhände.

»John Stevens«, antwortete er.

»Können Sie mir vielleicht sagen, wie ich von hier aus zu Fuß in die Motzstraße komme?«

»Könnte ich.« Er musterte sie und legte den Kopf schief. »Aber fahren Sie besser mit dem Bus.«

Glaubte er etwa, sie könne den Weg nicht finden? Das wollen wir doch mal sehen, dachte sie und hob herausfordernd das Kinn. »Ich laufe«, erwiderte sie mit Nachdruck. »Wenn Sie mir nur sagen, wie ich hinkomme.«

Er kniff die Augen zusammen, dann zuckte er mit den Achseln, wies auf eine Straße, die links abzweigte, und fing an, den Weg zu erklären.

Alice beobachtete fasziniert seine Hände, die mal in diese, mal in jene Richtung deuteten. Sie waren groß, aber schmal, mit langen, schlanken Fingern. Kein Ring. Als sie den Blick löste, war ihr klar, dass sie den Anschluss verloren hatte. Sie räusperte sich.

»In Ordnung. Sie haben recht«, fiel sie ihm ins Wort. »Ich glaube, es wäre … zu weit … zu Fuß. Vielleicht sagen Sie mir, wo die nächste Bushaltestelle ist?«

»Ich muss in dieselbe Richtung. Ich kann Sie ein Stück begleiten, wenn Sie möchten.«

Sie nickte. »Das wäre sehr nett. Danke.«

Seine Beine waren lang, seine Schritte weit, aber nicht eilig. Erstaunt stellte Alice fest, dass sie ohne weitere Anstrengung, beinahe von selbst, ihre Geschwindigkeit aneinander anpassten. Die meisten Leute gingen ihr zu langsam, und Spaziergänge endeten oft damit, dass sich ihre Begleitung über ihr Tempo beschwerte oder Alice das Gefühl hatte, dahinschleichen zu müssen.

An jedem anderen Tag hätte Alice den Weg genossen. Hätte sich erwartungsvoll umgesehen, in dieser zerrissenen, gezeichneten Stadt. Hätte alles aufgesogen: die bettelnden Gestalten, die bleichen Frauen, die sich in dunkle Hauseingänge drückten. Kriegsversehrte, Krüppel, hungrige Kinder. Nur wenige Meter weiter, das lebhafte, vergnügungssüchtige Gewimmel der Passanten. Die herausgeputzten Paare, die in hell erleuchtete Cafés eintraten, durch deren breite Fenster man stark geschminkte Frauen rauchen sah und pomadisierte Männer verwegene Blicke um sich warfen. Doch der heutige Abend war anders. All das Leben um sie herum faszinierte sie zwar, wurde aber von ihrem Ärger über Helena Waldmann – und sich selbst – überschattet. Sie schüttelte sich leicht. Nein, heute Abend wollte sie nicht mehr darüber nachdenken. Dafür blieb morgen noch genug Zeit.

Sie würde sich den möglicherweise einzigen und letzten Abend in dieser Stadt nicht verderben lassen. Sie würde sich ein bisschen mit dem Mann neben ihr unterhalten, sie würde in den Bus steigen, in die Pension fahren, morgen früh ihre Handtasche abholen und dann entscheiden, ob sie nach Wien zurückkehren sollte.

Sie warf einen kurzen Blick auf ihren Begleiter. Wie konnte man in dieser Kälte nur in dieser dünnen Jacke herumlaufen? Sie zog ihren Mantel enger um sich. »Frieren Sie nicht?«, fragte sie.

Er schüttelte den Kopf. »Nein. Ich brauche nur einen Schal. Gegen den Wind. Der ist wirklich hart.«

»Woher aus England kommen Sie?«

Erstaunt blickte er sie an. »England?«

»Na ja«, sie zögerte, »John Stevens ist kein deutscher Name.«

Er nickte. »Und trotzdem bin ich zur Hälfte deutsch.«

Erstaunt blickte sie ihn an.

»Meine Mutter war Deutsche. Mein Vater Ire.«

»Deswegen sprechen Sie so gut Deutsch!«

»Wer jeden Abend mit Grimms Märchen einschläft, sollte es irgendwann können, oder?«

»Und was machen Sie hier?«, fragte sie und hätte sich noch im selben Moment am liebsten auf die Zunge gebissen. Natürlich, der Krieg. Wie dumm von ihr.

Er zuckte mit den Achseln.

»Was sagt Ihre Familie dazu? Vermissen Sie sie nicht?«

»Meine Eltern sind gestorben.«

»Oh, das tut mir leid.« Betreten blieb sie stehen.

Er nickte kurz, dann sah er sich um. »Sehen Sie, dort ist die Bushaltestelle. Von hier aus ist es ein Katzensprung bis zur Motzstraße.«

»Ich glaube, ich muss Sie um einen weiteren Gefallen bitten.« Alice räusperte sich verlegen. »Es ist mir wirklich unangenehm, aber können Sie mir ein bisschen Geld geben?« Betreten sah sie zu Boden. Als sie ein leises Lachen hörte, hob sie den Blick.

»Miss Alice Waldmann. You are welcome.« Kopfschüttelnd griff er in seine Hosentasche, kramte einige Münzen heraus und hielt sie ihr auf der geöffneten Handfläche entgegen. »You are very welcome.«

Eine schlaflose Nacht

November 1930

Ruhelos lief Alice vom Fenster des Pensionszimmers zur Tür und wieder zurück. Sie sah auf die Straße hinunter. Kein Licht in den Häusern gegenüber. Seufzend stellte sie sich vor das kleine Waschbecken, kramte die Zahnbürste aus ihrem Necessaire und begann sich die Zähne zu putzen. Ihr Spiegelbild zeigte ihr eine blasse, zerzauste junge Frau. Ihre sonst so klaren bernsteinfarbenen Augen sahen müde aus, und die widerspenstigen dunklen Locken hatten sich schon lange aus der Frisur gelöst. Ihr Blick blieb an ihrer Nase hängen, die ihr um einiges zu lang vorkam. Manche ihrer Freunde hatten versucht, ihr einzureden, sie hätte eine römische Nase. Was immer das bedeuten sollte. Einzig mit ihren vollen Lippen, auf denen sich gerade der Zahnpastaschaum verteilte, war sie zufrieden. Sie beugte sich zum Wasserhahn hinunter, um auszuspülen.

Sie musste endlich schlafen. Es war bereits nach eins.

Langsam streifte sie das Kleid ab, warf es auf einen Stuhl und zog die Schuhe und die Strümpfe aus.

Nachdem sie in den Bus gestiegen war, war sie so lange hinter der Tür stehen geblieben, bis sie John Stevens und

Gentle nicht mehr sah. Erst dann hatte sie den Schaffner gesucht, um eine Fahrkarte zu lösen. Das Rütteln und Holpern des Wagens, das stetige Anfahren und Abbremsen, hatten ihre Unruhe verstärkt. Es würde sie nicht wundern, wenn jeden Augenblick blaue Funken aus ihren Fingerspitzen schießen würden. All die auf sie einstürmenden Eindrücke, all die Begegnungen des heutigen Tages jagten sich in ihrem Kopf und wirbelten durcheinander.

Langsam ließ sie sich aufs Bett zurückfallen, zog die brettsteifen und kratzigen weißen Laken über sich, rollte sich zur Seite, schloss die Augen und fing an, langsam bis hundert zu zählen. Bevor sie bei zehn angekommen war, tauchte das Gesicht von John Stevens vor ihrem inneren Auge auf. Alice runzelte die Stirn. Etwas an ihm zog sie an. Sein Gesicht war nicht schön, jedenfalls nicht auf die konventionelle Art. Aber es war ein Gesicht, das man nicht so schnell vergaß. Hohe Wangenknochen, markantes Kinn, eine gerade, lange Nase. Blaugrüne Augen. So eine intensive Augenfarbe hatte sie noch nie gesehen.

Er war auf eine stille Art interessiert gewesen, an dem, was sie zu sagen hatte. Auch wenn es bei Gott nicht sonderlich viel – oder tiefschürfend – gewesen war. Aber er hatte aufmerksam zugehört und gewirkt, als ob er sich gut überlegen würde, was er sagen wollte, bevor er den Mund aufmachte. Außerdem roch er gut.

Sie setzte sich auf, zog die Knie an die Brust und schlang die Arme darum. Ohne Zweifel fand sie ihn anziehend. Seufzend stopfte sie sich das klumpige Kissen in den Rücken und blickte zum Fenster. An Schlaf war nicht zu denken, also zog sie die Laken fester um sich und stand auf. Wahrscheinlich wäre es wirklich besser, wenn sie morgen zurück nach Wien reiste.

Ein schwacher Streifen Licht fiel auf den schäbigen Stuck an der Decke. Alice trat ans Fenster, ließ sich auf den davorstehenden Sessel fallen und blickte auf die ausgestorben daliegende Straße. Sie zog die kalten Füße hoch und versuchte sie mit dem dünnen Laken zu bedecken. Eigentlich hätte sie von Anfang an mit dem Scheitern ihres Plans rechnen müssen. Wie sollte ihr mit einer einzigen Begegnung gelingen, was ihre Mutter in Jahren nicht geschafft hatte? Ein unruhiges Flattern huschte durch ihren Körper, das sich beim Gedanken an Helena in einen kleinen kalten Klumpen in ihrem Magen verwandelte und sich dort niederließ. Was für eine harte Frau ihre Großmutter war. Ein schönes Schlamassel hätte ihre Mutter es genannt, in das sie sich mal wieder manövriert hatte. Alice schloss die Augen. Und noch während sie an ihre Mutter dachte, war sie eingeschlafen.

Nur wenige Sekunden später – so kam es ihr vor – fuhr sie aus dem Schlaf. Schmerz schoss durch die noch immer angezogenen Beine. Wie spät war es? Draußen war es noch dunkel. Nichts regte sich. Sie hatte geträumt. Sie streckte die verkrampften Beine aus und zog sich das Laken über den Kopf. Lux. Sie hatte von ihrem Vater geträumt. Innerhalb weniger Minuten war sie wieder eingeschlafen.

Als sie in der Morgendämmerung aufwachte, fühlte sie sich zerschlagen. Beim Versuch aufzustehen, gaben ihre gefühllosen Beine unter ihr nach. Fast wäre sie hingefallen. Sie wartete einige Sekunden lang, bevor sie sich traute, die wenigen Schritte zum Bett zu gehen. Vorsichtig setzte sie sich auf die Bettkante. Während sie mit den Zehen wackelte und sich die Füße massierte, dachte sie über den gestrigen Tag nach. Sie brauchte jetzt einen klaren Kopf, um zu entscheiden, wie es weitergehen sollte. Ob sie nach Wien zurückkehren sollte, zu der kleinen Galerie, in der sie als Sekretärin arbeitete. Zu den Freunden, die sie noch aus der Universität kannte und die fast alle Kunstgeschichte studierten. So wie sie, wenn sie nicht letztes Jahr abgebrochen hätte. Zu trocken, zu theoretisch und staubig war es ihr. Mama war wütend gewesen. Als Alice es Lux gebeichtet hatte, hatte er nur mit den Schultern gezuckt und gefragt, ob sie denn wisse, was sie stattdessen mit ihrem Leben anfangen wolle. Wusste sie nicht. Er hatte ihr angeboten, ihr weiterhin den Unterhalt zu zahlen, und kurz war sie versucht gewesen, Ja zu sagen. Es wäre sehr viel einfacher, sich von ihm finanzieren zu lassen. Doch alleine bei dem Gedanken, von seinem Geld abhängig zu sein, drehte sich ihr der Magen um. Sie wollte auf eigenen Füßen stehen. Auch dagegen hatte er keine Einwände gehabt. Immerhin war sie ja aus München weggegangen, um ein eigenes, von ihren Eltern unabhängiges Leben führen zu können. Lux hatte lediglich gefragt, ob er seine Kontakte spielen lassen solle, damit sie eine bessere Stellung bekäme. Aber selbst das war ihr schon zu viel. Also hatte sie in der kleinen Kunsthandlung in einer der Seitenstraßen beim Stephansdom angefangen. Viel verdiente sie dort nicht. Wenn sie ehrlich war, reichte es nicht zum Leben und nicht zum Sterben. Trotzdem war es Alice gelungen, damit zurechtzukommen, auch weil sie sich die winzige Wohnung, die sie gefunden hatte, mit ihrer Freundin Colette teilte.

Sie drehte den Kopf und blickte hinaus. Kaltes, graues Morgenlicht kämpfte sich mühsam in den Tag hinein. Eine merkwürdige Stadt war dieses Berlin. So vollkommen anders als das helle, leuchtende Wien. Und doch hatte es etwas, das sie anzog und lockte. Ärgerlich richtete Alice sich auf. Sie musste sich entscheiden.

Also: Was sollte sie tun? Hierbleiben, ihre Reserven, das bisschen, das ihre Mutter ihr hinterlassen hatte, anbrechen und versuchen, eine Anstellung zu finden? Wenn sie nach Wien zurückkehren würde, käme das einer Niederlage gleich. Erst recht wollte sie nicht zu ihrem Vater nach München zurückkehren. Sie biss sich auf die Unterlippe. Vielleicht hätte sie darüber nachdenken sollen, bevor sie Hals über Kopf hierhergekommen war. Aber als sie die ungeöffnet zurückgeschickten Briefe ihrer Mutter an Helena Waldmann gelesen hatte, die sie wenige Tage nach ihrem Tod in einem Koffer unter ihrem Bett fand, da war sie so wütend geworden. Die ersten waren 1905, kurz nach ihrer Geburt, geschrieben, der letzte ein halbes Jahr vor Mamas Tod. Wie sehr hatte sich Mama nach einem Wort der Versöhnung von der eigenen Mutter gesehnt. Doch jeder einzelne Brief war ungeöffnet zurückgesandt worden. Vor Zorn bebend war sie zu Lux gelaufen, hatte ihm die Briefe unter die Nase gehalten und gefragt, ob er davon gewusst hätte. Er hatte sie kurz angeblickt und müde mit den Schultern gezuckt. Und dann hatte er diesen einen Satz gesagt: »Du kannst ja nach Berlin fahren und Wiedergutmachung von Helena Waldmann fordern, wenn es dich so empört.« Auf diesen Satz hatte sie sich gestürzt und ihn nicht mehr losgelassen.

Ärgerlich richtete sie sich auf. Schluss mit all diesen unnützen Gedanken, schalt sie sich. Sie würde sich waschen, anziehen, frühstücken und ihre Tasche holen. Dann würde sie entscheiden, was zu tun war. Sie nickte und stand auf. Ja. So würde sie es machen.

Gerade beugte sie sich über ihren kleinen Koffer, als es an der Zimmertür klopfte.

Unerwartete Unterstützung

November 1930

Alice hatte sich hastig den Morgenmantel übergeworfen und blinzelte vorsichtig durch den schmalen Spalt. Vor der Tür stand eine elegant gekleidete, dunkelhaarige, nicht mehr ganz junge Frau in einem prächtig bestickten Mantel mit üppigem Pelzkragen, der ihr Gesicht wie eine Wolke umhüllte. War das nicht die Dame von gestern, in die sie auf ihrer Flucht beinahe hineingelaufen wäre?

»Ja, bitte?« Alice zog den Morgenmantel vor der Brust zusammen, als sie den Blick über ihre zerzauste Erscheinung gleiten spürte.

»Darf ich hereinkommen?«, fragte die Unbekannte. Sie hob die Hand, in der sie Alices Tasche hielt.

Mit einem kleinen Aufschrei griff Alice danach.

»Wollen Sie nicht nachsehen, ob alles da ist? Darf ich eintreten?«

Mit einer Hand drückte Alice ihre Tasche an sich, während sie mit der anderen die Tür ganz öffnete. Dann fuhr sie sich durch die wirren, ungekämmten Locken. »Bitte entschuldigen Sie mein Aussehen, aber ich habe nicht mit Besuch gerechnet.«

Die Frau winkte nonchalant ab. »Machen Sie sich

keine Gedanken.« Sie sah sich suchend in dem kleinen Raum um.

Alice folgte ihrem Blick, sah den Stuhl, auf dem ihr Kleid von gestern lag, fegte es herunter und warf es aufs Bett. »Bitte, setzen Sie sich, Frau …«

»Waldmann. Aber sagen Sie doch Rosa. Immerhin bin ich Ihre Tante. Darf ich Sie Alice nennen?« Ein Lächeln huschte über ihr Gesicht.

Die elegante Erscheinung ließ sich auf den Stuhl gleiten. Alice stand vor ihr, barfuß, ungekämmt, wie ein kleines Mädchen, das verschlafen hatte und von den Erwachsenen aus dem Bett geholt worden war.

»Entschuldigen Sie die Frage: Aber haben wir uns gestern nicht in der Potsdamer Straße gesehen?«, fragte Alice.

Rosa Waldmann sah sie aus hellblauen Augen, die in apartem Kontrast zu ihrem dunklen Haar standen, prüfend an und schlug die seidenbestrumpften Beine übereinander. »Richtig. Ihr Onkel Ludwig und ich waren zum Tee bei Helena – meiner Schwiegermutter – eingeladen.« Sie seufzte und verzog den Mund, als würde sie etwas Bitteres schmecken. »Sie können sich gar nicht vorstellen, wie aufgeregt mein Mann war, als er Sie aus dem Haus laufen sah. Sie sehen Ihrer Mutter sehr ähnlich. Aber das wissen Sie wahrscheinlich selbst. Ich hatte nie das Vergnügen sie kennenzulernen. Aber Ludwig … er hing sehr an Anna. Als er Sie gestern sah … und dann haben wir Ihre Tasche gefunden.« Sie zuckte mit den Schultern. »Ludwig ist noch zu aufgewühlt. Aber ich dachte, ich bringe sie Ihnen wieder, und wir können uns ein wenig unterhalten?«

»Sie wissen, dass meine Mutter gestorben ist?«, fragte Alice.

»Ja. Ihr Vater hat eine Karte geschickt. Ludwig und auch sein Bruder Johann waren sehr bestürzt über die Nachricht.«

»Tatsächlich«, sagte Alice spitz. »Dafür, dass sie der Tod ihrer Schwester so betrübt, haben sie all die Jahre erstaunlich wenig von sich hören lassen.«

Rosa blickte auf und sah sie nachdenklich an. Dann lächelte sie. »Ich denke, wir sollten unser Gespräch unten im Frühstücksraum weiterführen, wenn Sie sich frisch gemacht und angezogen haben, liebe Alice.« Bevor Alice etwas erwidern konnte, war sie aufgestanden. »Ich warte dann unten auf Sie.« An der Tür drehte sie sich noch einmal um. »Wir haben eine Menge zu besprechen.«

Mit einem kleinen Winken war sie aus der Tür raus und ließ Alice verwirrt zurück.

Eine halbe Stunde später entdeckte sie Rosa Waldmann an einem kleinen Tisch hinter einer der großen Fächerpalmen. Kurz nahm sie sich die Freiheit, sie zu betrachten. Elegant und gepflegt war sie. Während sie selbst sich in fliegender Hast gewaschen und angezogen hatte, hatte sie gegrübelt, was sie wohl von ihr wollte?

Rosa blickte auf und sah zu ihr herüber. Schuldbewusst lächelte Alice, durchquerte den Frühstücksraum und setzte sich an den Tisch. Ungefragt schenkte Rosa ihr eine Tasse Kaffee ein.

»Nun?«, fragte sie. »Wollen wir nicht Du zueinander sagen?«

»Wenn Sie ... wenn du möchtest. Rosa?« Vorsichtig lächelte sie ihre Tante an.

»Helena Waldmann also«, begann Rosa. »Deine Großmutter. Meine Schwiegermutter. Eine harte Frau.«

Der Morgen war weit fortgeschritten, als sich Alice und Rosa endlich trennten. Interessiert hatte Alice ihrer Tante zugehört, als sie ihr von der Familie Waldmann erzählt hatte. Schließlich hatte sie nach Alices Hand gegriffen und sie angesehen.

»Was willst du denn nun tun?«, fragte sie.

Alice zuckte mit den Schultern. »Ehrlich gesagt, weiß ich es noch nicht. Ich habe eine Stelle in Wien.«

»Ah, Wien«, rief Rosa aus, und am Nebentisch blickte ein Ehepaar ungehalten zu ihnen herüber. Rosa schenkte ihnen ein reizendes Lächeln. Dann wandte sie sich wieder an Alice. »Was würdest du davon halten, hier in Berlin zu bleiben?«

Alice spielte nachdenklich mit dem Kaffeelöffel. »Ich weiß nicht …«, setzte sie an.

Auf Rosas Gesicht breitete sich ein strahlendes Lächeln aus. »Was würdest du davon halten«, sie griff erneut nach Alices Hand, »wenn du bei uns einziehst?« Als Alice den Mund öffnete, um zu widersprechen, hob Rosa die Hand. »Du könntest es doch versuchen. Sieh mal, Liebes, wenn es dir nicht gefällt, kannst du immer noch nach Wien zurückkehren. Oder nach München zu deinem Vater. Und du müsstest erst einmal kein Geld für Miete ausgeben. Jedenfalls so lange nicht, bis du eigenes Geld verdienst.«

»Ich kann das nicht annehmen«, unterbrach Alice ihre Tante.

»Papperlapapp! Du bist Familie, und du bist eine Frau. Sag Ja: Du kannst dir gar nicht vorstellen, wie sehr ich mich freuen würde, eine Freundin in dieser Familie zu haben.« Sie verdrehte die Augen und lachte. »Du machst dir keinen Begriff davon, wie bösartig die alte Krähe … entschuldige …« Sie hielt sich die Hand vor den Mund

und lächelte. »Du machst dir keinen Begriff davon, wie schwirig Helena sein kann.« Rosa griff über den Tisch und drückte Alices Hand. »Dann ist es also abgemacht. Du bleibst für den Rest der Woche hier in der Pension und ziehst am Wochenende bei uns ein. Keine Widerrede, Liebes!« Sie stand auf und unterband so jeden möglichen Protest Alices. »Ich schicke dir am Samstag einen Wagen, der dich abholen wird.«

Da hat sie mich jetzt aber schon ziemlich überrumpelt, dachte Alice stirnrunzelnd und blickte Rosa hinterher. Dann griff sie zur Kanne und schüttelte sie prüfend. Leer. Als der Kellner vorbeikam, bat sie ihn um eine weitere Tasse Kaffee.

Während sie wartete, fragte sie sich, ob es klug war, auf dieses Angebot einzugehen. Doch was hatte sie zu verlieren? Ob sie nun hier oder in Wien in der Klemme steckte, war eigentlich egal.

Kuckuckskind

November 1930

Eisregen trommelte aufs Autodach, verklumpte sich und lief in Mustern am Fenster hinab. Alice blickte aus dem Fenster und beobachtete Fahrradfahrer, die sich durch den dichten Verkehr schlängelten, und dicke Limousinen, die sich rücksichtslos ihren Weg durch die im elektrischen Licht funkelnden Straßen der Stadt bahnten. Fußgänger überquerten hastig und halsbrecherisch die Fahrbahn inmitten des chaotischen Verkehrs. Gedankenverloren zog Alice Muster in die beschlagene Fensterscheibe.

Was sie wohl am Matthäikirchplatz erwartete? Rosa hatte anscheinend allerlei Ideen, wie sie sich in ihrem neuen Zuhause einrichten sollte. Alice hätte ein Zimmer, das über einen eigenen Eingang verfügte, sodass sie kommen und gehen könnte, wann immer sie wollte. Als sie anbot, Miete zu bezahlen, hatte ihre Tante empört abgewinkt.

»Ich bitte dich, Kind«, hatte sie bei ihrem letzten Treffen in einer kleinen Konditorei ausgerufen und ihr mit dem Handschuh sachte aufs Handgelenk geschlagen. »Rede keinen Unsinn. Richte dich erst einmal ein und überlege, was du mit deiner Zukunft anfangen möchtest.«

Sie hatte ihre Handtasche geöffnet und darin herumgekramt. Mit einem kleinen triumphierenden Ausruf hatte Rosa schließlich zwei Schlüssel herausgezogen und sie Alice in die Hand gedrückt. »Der Haus- und der Wohnungsschlüssel. Nimm sie gleich an dich.«

Ob es richtig von Alice gewesen war, in Berlin zu bleiben? Was sie bis jetzt von der Stadt gesehen hatte, gefiel ihr. Quecksilbrig und gefährlich war es, düster, dreckig, billig. Aufregend, schnell und bevölkert von den interessantesten Menschen. Wenn sie irgendetwas erreichen wollte, dann hier. Aber sie musste auch aufpassen. Berlin ernährte sich von Leichtsinn und Gutgläubigkeit. Diese Stadt zog viele an: Glücksritter genauso wie Künstler, Elende wie Verwahrloste, die Hoffnungsvollen und die Optimisten – alle hofften ihr Glück zu machen oder in der Masse unterzutauchen.

Als das Taxi schließlich an den Straßenrand zog und anhielt, schreckte sie aus ihren Gedanken hoch. Überrascht blickte sie auf. Der Matthäikirchplatz lag in der Dämmerung ruhig vor ihr.

Da sie keine Anzeichen machte, auszusteigen, drehte sich der Chauffeur um. »Na, Frolleinchen, Endstation. Weiter jeht es nich'.«

Hastig zog Alice ihre Geldbörse aus der Handtasche.

Der Fahrer winkte ab. »Ist bereits bezahlt.«

Trotzdem ließ Alice es sich nicht nehmen, ihm wenigstens ein Trinkgeld zu geben. Der Chauffeur tippte an seine Mütze und hob ihren kleinen Koffer aus dem Fond, bevor er in der Dämmerung davonbrauste.

Alice wandte sich zum Haus um und blickte an der Fassade hoch. Mit dem Koffer in der Hand stieg sie die Stufen zur Haustür hinauf. Unschlüssig studierte sie das glänzende Klingelschild. Für ein so großes Haus gab es erstaunlich wenige Mietparteien. Im Hausflur ging das Licht an, und gerade als Alice sich dazu durchgerungen hatte, den Schlüssel zu benutzen, wurde die Haustür aufgerissen. Erschrocken stolperte sie eine Stufe zurück. Mit einem spöttischen Lächeln blickte eine Frau auf sie herab. Hinter ihr stand ein eleganter Mann, der ihr über die Schulter sah.

»Sie erlauben?« Trotzig hob Alice das Gesicht und drängte sich an den beiden vorbei in den Hausflur.

Das Paar wich zur Seite und lief auf die Straße. Als Alice sich noch einmal umwandte, waren die beiden in der Dämmerung verschwunden, und die Tür fiel hinter ihr ins Schloss.

»Alice, mein Liebling, da bist du ja!«

Rosa nahm ihr den kleinen Koffer ab und überreichte ihn dem neben der Tür stehenden Mädchen.

Noch während sie den Mantel auszog, konnte Alice Stimmen und Gläserklirren hören. Als sich im nächsten Moment die Tür öffnete, erkannte sie, dass die angrenzenden Räume voller Gäste waren.

»Habe ich mich im Tag geirrt?«, fragte sie verwirrt.

»Nein, nein, Kleines. Ich habe ein paar Freunde eingeladen.« Rosa strahlte sie an. »Zur Feier des Tages.«

Alice blickte zweifelnd an ihrem Kleid herab. Obwohl es das beste war, das sie dabeihatte, würde es dem kritischen Blick einer Gesellschaft kaum standhalten. Wie hätte sie ahnen sollen, dass sie hier in Berlin Kleider für Gesellschaften brauchte! Die hingen alle in ihrem Schrank in Wien. Wenn Colette sie sich nicht bereits unter den Nagel gerissen hatte. Sie würde ihr schreiben und sie bitten, ihr die Kleider zu schicken. Und sie informieren, dass sie sich erst einmal eine andere Mitbewohnerin suchen musste.

Alice setzte ein kleines Lächeln auf und ergab sich in ihr Schicksal. An Rosas Seite betrat sie den überhitzten Salon. Einige Paare tanzten zu den Klängen eines Grammofons, während sich die meisten in kleinen Gruppen unterhielten.

Wer sind all diese Menschen, fragte sie sich, während Rosa sie durch die Menge zog. Als sie die Mitte des Salons erreicht hatten, griff Rosa nach einem Glas und schlug mit einem kleinen Dessertlöffel klirrend an dessen Rand.

»Liebe Freunde! Ich bitte um einen kurzen Moment eurer Aufmerksamkeit«, rief sie.

Die Gespräche ebbten ab. Jemand stellte das Grammofon aus.

Besorgt blickte Alice Rosa an und entschied, dass es wohl am besten wäre, sich möglichst unauffällig in die Menge zurückzuziehen. Doch Rosa griff nach ihrer Hand und hielt sie fest.

»Liebe Freunde«, wiederholte sie. »Ich möchte euch jemanden vorstellen.«

Alice versuchte, sich unauffällig aus dem Griff ihrer Tante zu winden. »Rosa, bitte ...«, flüsterte sie.

Rosa verstärkte ihren Griff und lachte. »Hier ist ja jemand schüchtern.«

Die Gesellschaft stimmte wohlwollend in das Lachen ein.

Nun gut, dachte Alice. Wenn Rosa sich nicht aufhalten ließ, musste sie die Sache mit Anstand hinter sich bringen. Aber Dankbarkeit hin, Dankbarkeit her, sie war keine Kuh, die man am Nasenring vorführen konnte.

»Und deswegen, liebe Freunde, bitte ich euch alle, heute meine Nichte Alice zu begrüßen!«

Die Gäste klatschten höflich.

Rosa hob die Hand. Hat sie denn noch nicht genug, dachte Alice, als sie den Kopf neigte und die Lippen zusammenpresste.

»Besonders hoffe ich«, fuhr ihre Tante fort, »dass Helena, ihre Großmutter, sie ebenfalls in der Familie willkommen heißt.«

Alice erstarrte.

Die Menge teilte sich. Und da stand sie: Helena Waldmann. Wie aus dem Boden gewachsen, und ihr Blick verhieß nichts Gutes.

Alice nippte an ihrem Glas. Sollte sie die Wohnung wieder verlassen, noch bevor sie eingezogen war? Oder wollte sie sich noch die Rechtfertigung Rosas anhören? Am liebsten hätte sie ihre Tante geohrfeigt wegen ihrer … ja, wegen was genau? Hereingelegt hatte sie sie. Sie vor allen lächerlich gemacht, sie vor fremden Menschen gedemütigt. Es war ein Schock gewesen, sowohl für sie selbst als auch für die alte Frau. Sie hatte tief durchgeatmet und versucht, ihrer Großmutter selbstbewusst gegenüberzutreten, war einen Schritt auf sie zugegangen und hatte ihr die Hand entgegengestreckt.

»Versuchst du mir dieses Kuckuckskind unterzuschieben?«, hatte Helena sich an Rosa gewandt, ohne Alices Hand zu ergreifen.

Alice stand da wie erstarrt und spürte, wie ihr die Hitze in die Wangen schoss. Schlagartig waren alle Gespräche verstummt. Sie hatte die Hand sinken lassen und zu Rosa geblickt. Diese drückte kurz ihren Arm, bevor sie ihrer Schwiegermutter antwortete. Was genau sie auf diese Beleidigung erwiderte, konnte Alice durch das Rauschen in ihren Ohren nicht verstehen. Mit brennenden Wangen hatte sie zwischen den beiden Frauen gestanden, die sich ein Wortgefecht lieferten. Die Umstehenden schienen das Geschehen in vollen Zügen zu genießen. Wie ein Gegenstand, um den man sich zankt, war sie sich vorgekommen. Mit einem heftigen Ruck hatte sie schließlich ihren Arm aus Rosas Griff befreit, die es jedoch nicht zu bemerken schien, so sehr war sie auf Helena fixiert. Alice hatte ihren Herzschlag bis in den Hals hinein gespürt. All die Unsicherheit und die Wut der letzten Tage kochten erneut in ihr hoch. Mit einem lauten Krachen hatte sie den Champagnerkelch, den ihr Rosa vor wenigen Minuten in die Hand gedrückt hatte, auf den Boden geworfen. Schlagartig hatte sich Stille über die Menge gesenkt, als sich unvermittelt eine Hand auf ihre Schulter legte. Sie war erschrocken herumgefahren und hatte einem groß gewachsenen, schlanken Mann ins Gesicht geblickt. Erstaunt stellte sie fest, dass ein kleines Lächeln um seine Mundwinkel spielte.

Er hatte sie am Ellbogen gepackt und von den beiden sich streitenden Frauen in die angrenzende dunkle Bibliothek gezogen. Dort hatte er sie vor dem Regal stehen lassen, um den Schalter einer Tischlampe zu suchen. Danach schloss er die Tür und ging zu einer kleinen, gut bestückten Hausbar. Er hatte zwei Gläser mit einer bernsteinfarbenen Flüssigkeit gefüllt und ihr eines in die Hand gedrückt, bevor er sich in einen der Sessel fallen ließ. Dann hatte er einen großen Schluck genommen und zu Alice aufgeblickt, die immer noch reglos am Regal stand und ihn anstarrte.

»Setz dich.« Der Mann trug einen gut sitzenden, dezenten Anzug, das Sakko offen über einem hellen Hemd und einer Weste. Er lockerte den Krawattenknoten. »Bitte, setz dich«, wiederholte er. »Du machst mich nervös, wenn du da so stehst.«

Mit aller Gelassenheit, die ihr noch zur Verfügung stand, erwiderte sie: »Sagt wer?«, bevor sie seiner Aufforderung nachkam. Dann nahm sie einen großen Schluck, ohne zu schmecken, was sie trank.

»Wenn ich richtig mit meiner Vermutung liege – und das tue ich meistens …«, mit dem Glas in der Hand beschrieb er einen kleinen Kreis, »… dann bist du Alice, was bedeutet, dass ich dein Onkel bin.« Er spülte den Rest seines Whiskeys hinunter, strich sich über die dunklen Haare und stand auf, um sich einen weiteren einzuschenken. Fragend hielt er die Flasche in Alices Richtung, die den Kopf schüttelte. Er zuckte mit den Schultern und schenkte sich ein. »Um genau zu sein«, fuhr er fort, während er die Flasche klirrend verschloss, »bin ich Johann, der Schwager dieser … Furie Rosa.« Er wandte sich zu ihr um. »Welche die Frau meines großen Bruders Ludwig ist.« Er hob das Glas und machte eine kleine Verbeugung. »Willkommen in der Familie, Alice.« Mit einem Blick zur Tür, hinter der man immer noch die erhobenen Stimmen Rosas und Helenas hörte, fügte er hinzu: »Willkommen auf dem Schlachtfeld.«

Bereits zum zweiten Mal stürzte nun schon derselbe lange, dünne Mann herein, den sie bereits vor der Villa in der Potsdamer Straße gesehen hatte, und sah sich mit wildem Blick um, bevor er, ohne ein Wort an Alice und Johann zu richten, wieder hinausschoss. Irritiert sah Alice ihm hinterher.

»Achte nicht auf ihn«, sagte Johann ungerührt. »Das wird jetzt eine kleine Weile lang so gehen. Er regt sich immer fürchterlich auf, wenn Rosa und Helena streiten.«

Sie hörte Eiswürfel klirren und blickte Johann an. Er stellte sein Glas ab. »Wir warten besser noch ein bisschen – in Sicherheit.«

»Gibt es denn hier einen sicheren Platz?«, fragte Alice. Sie setzte ebenfalls ihr leeres Glas ab und zündete sich eine Zigarette an.

Gleichmütig blickte Johann zu ihr herüber. »In dieser Wohnung? Oder in der Familie?« Er legte die Fingerspitzen aneinander, als müsste er über Alices Frage nachdenken. »Die Bibliothek ist momentan tatsächlich der sicherste Ort. Wenn du die Familie meinst: Man kann nur versuchen, rechtzeitig aus der Schusslinie zu gehen.« Er lächelte müde. »Und? Was hast du jetzt vor? Nun, wo du die Waldmanns das erste Mal erlebt hast?«

Alice zog an ihrer Zigarette, bevor sie sie an einem Aschenbecher abstreifte. Nachdenklich folgte sie dem aufsteigenden Rauch mit dem Blick und schüttelte den Kopf. »Ich weiß es nicht.« Vorsichtig drückte sie die heruntergerauchte Zigarette aus. »Ich weiß es wirklich nicht. Was würden Sie ... was würdest du tun, wärest du so ... vorgeführt und vor aller Augen zum Gegenstand von Neugier und Tratsch gemacht worden?«

Sie stand auf, schritt an den Regalen entlang und ließ die Fingerspitzen über die Bücherrücken gleiten. Hinter Johann blieb sie stehen und betrachtete seinen Hinterkopf mit dem dichten, am Kopf anliegenden dunklen Haar. »Kuckuckskind hat sie mich genannt. Vor allen Leuten.« Johann drehte den Kopf, sodass sie sein von der Tischlampe erleuchtetes Profil betrachten konnte. »Was ich aber viel schlimmer finde ...«, sie nahm ihre Wanderung wieder auf, »... ist, dass Rosa mich offenbar vorsätzlich in diese Situation gebracht hat.« Sie war nun vor Johann zum Stehen gekommen und blickte auf ihn herab. »Sag mir: Was würdest du tun? Es hinnehmen und so tun, als wäre nichts passiert? Oder gehen?«

»Und wohin würdest du gehen?«, fragte er.

Alice schlug die Augen nieder.

»Wen gibt es in München – oder Wien –, der sich für dich interessiert und sich deiner annimmt?«

»Ich brauche niemanden, der sich *meiner annimmt*«, fuhr sie ihn an. »Ich bin keine fünf Jahre alt!«

Beschwichtigend hob er die Hände, stand auf und ging langsam auf sie zu. Als sie ihm ausweichen wollte, stellte er sich ihr in den Weg. »Ich wollte dir nicht zu nahetreten, Alice. Aber sei ehrlich. Gibt es irgendjemanden in deinem Leben, auf den du dich verlassen kannst?«

Sie lachte auf. »Mich verlassen?« Gereizt schüttelte sie den Kopf. »Und die Waldmanns? Auf die könnte ich mich verlassen? So wie meine Mutter sich auf ihre Brüder hat verlassen können?«

Im gedämpften Licht der Bibliothek konnte sie erkennen, dass er zusammenzuckte.

Sie trat wieder auf die Regale zu. »Ich habe nicht den Eindruck, als könnte ich mich hier auf irgendjemanden verlassen.« Sie drehte sich zu ihm um und hielt ihren Zeigefinger hoch. »Rosa Waldmann: benutzt mich für ihren eigenen Kleinkrieg mit ihrer Schwiegermutter.« Sie streckte den Mittelfinger aus. »Helena Waldmann: will nichts mit mir zu tun haben und hasst mich.« Sie ließ die Hand sinken. »Du?« Sie zuckte mit den Schultern und wandte sich wieder ab. »Ich kenne dich nicht. Also. Sag mir: Was soll ich tun?« Sie lehnte sich mit dem Rücken an eines der hohen dunklen Regale und beobachtete ihn.

Er hatte sich nicht von der Stelle gerührt, eine Hand in der Hosentasche und den Kopf in den Nacken gelegt.

»Was Rosa betrifft: Sie hat allen Grund, nicht gut auf ihre Schwiegermutter zu sprechen zu sein. Was nicht heißen soll, dass ihr Verhalten nicht ab und zu ans Irrationale grenzt. Doch wenn die zukünftige Schwiegermutter einen auf der Verlobungsfeier vor versammelter Gesellschaft einen Emporkömmling nennt, lässt das kaum Raum für familiäre Gefühle. Es soll Frauen geben, die kommen damit zurecht und können vergeben. Rosa gehört nicht dazu.« Er blickte sie an. »Zu deiner Frage, ob du dich auf mich verlassen kannst: Ich weiß nicht, ob du es möchtest. Aber ich kann dir immerhin einen Rat geben.« Er zog ein Zigarettenetui aus der Jackentasche, öffnete es und bot Alice eine Zigarette an. Er gab ihnen beiden Feuer, inhalierte tief und blies gedankenverloren kleine blaue Ringe in Richtung Decke. »Bleib«, sagte er und zog erneut an der Zigarette. »Versuche es. Lass dich darauf ein. Wenn es nicht klappt und wir dich alle in den Wahnsinn treiben …«, er blickte auf und grinste sie an, »… kannst du immer noch gehen.«

Alice beobachtete ihn aus zusammengekniffenen Augen.

Das Geräusch eines zersplitternden Glases und ein schriller Aufschrei ließen sie beide zusammenfahren. Die Tür zum Salon wurde aufgerissen und mit dumpfem Krachen wieder ins Schloss geworfen. Schwer atmend lehnte sich Ludwig Waldmann an die Tür, die Augen geschlossen, das Haar zerzaust und mit aus der Hose hängendem Hemd. Als er die Augen aufriss, stürzte er mit einem verzweifelten Aufschrei auf seinen Bruder zu und packte ihn an den Schultern.

»Sie treiben mich in den Wahnsinn«, rief er und zerrte an Johanns Jackenaufschlag.

Alice wich einen Schritt zurück.

»Ich glaube, ich weiß, was du jetzt brauchst«, erwiderte Johann sanft, nahm seinen aufgelösten Bruder an den Händen, führte ihn zu einem der beiden Sessel und drückte ihn hinein. Dann setzte er sich neben ihn, nicht jedoch, bevor er Alice mit einem leichten Kopfnicken in Richtung Hausbar zu verstehen gegeben hatte, sie möge ein Glas einschenken und ihm bringen.

Während sie tat wie geheißen, konnte sie ihn leise und beruhigend auf seinen Bruder einreden hören. Mit dem Glas trat sie auf die beiden Männer zu und reichte es Johann, der es Ludwig in die Hand drückte.

Dieser schaute erschrocken auf. »Oh Gott!« Unvermittelt sprang er auf und verschüttete den Drink. »Oh Gott! Ach, nein!« Hastig stellte er das tropfende Glas auf den Beistelltisch, zog ein Taschentuch aus der Hosentasche und rieb sich damit über die Hände.

Aus den Augenwinkeln konnte Alice sehen, dass Johann die Lippen aufeinanderpresste, den Kopf abwandte und auf das gegenüberliegende Regal starrte, wo er scheinbar etwas Interessantes entdeckt hatte. Nur seine bebenden Schultern verrieten den sich anbahnenden Lachkrampf.

Alice wandte sich Ludwig zu und streckte ihm die Hand entgegen, die er energisch zu schütteln begann. Wenn er noch ein wenig länger so weitermachte, würde sich ihr Arm mit Sicherheit in einen Pumpenschwengel verwandeln. So wie es aussah, wollte Ludwig sein Missgeschick durch größtmöglichen Enthusiasmus wiedergutmachen.

»Alice – Alice – willkommen«, stammelte er.

Johann legte Ludwig eine Hand auf den Arm. »Lass ihren Arm dran, großer Bruder.«

»Ja, ja, oh, Verzeihung, tut mir leid, Alice!« Mitten in

der Bewegung ließ er ihre Hand los. Alice widerstand der Versuchung, sich das Handgelenk zu reiben. »Es ist nur so schön, dass sie hier ist«, antwortete Ludwig an Johann gewandt und griff erneut nach ihrer Hand. »Auch wenn der Start vielleicht ein wenig ... schwierig war«, fuhr er leicht errötend fort, »ich bin so froh, dass Alice bei uns ist.« Er blickte zu seinem Bruder, ohne ihre Hand loszulassen. »Du nicht auch?«

Der Morgen dämmerte bereits. Irgendjemand hatte ein Fenster geöffnet, um den abgestandenen Zigarettenqualm hinaus- und den neuen Morgen hereinzulassen. Es gefiel Alice, hier im Sessel zu sitzen, in eine Decke gewickelt, die ihr Rosa gebracht hatte, und die drei so nah beisammen zu sehen.

Noch vor ein paar Stunden hatte sie geglaubt, es wäre besser, so schnell wie möglich zu verschwinden. Doch nachdem sich ihre erste Wut gelegt hatte, fing ihr Verstand wieder an zu arbeiten. Sicher, sie war gedemütigt worden. Aber sollte sie nicht alles gründlich durchdenken und erst dann eine Entscheidung treffen? Johann hatte recht: Wer wartete auf sie? Sie biss sich auf die Unterlippe. Sie hatte zwar sehr viele Bekannte und Freunde in Wien ... aber wer war tatsächlich für sie da? Außer Lux war da niemand. Und es widerstrebte ihr, wie ein kleines Mädchen heim zu Papa zu laufen und sich hinter seinem Rücken zu verstecken. Ihr Blick blieb im Ungefähren hängen, zwischen den im gedämpften Licht verschwimmenden Figuren Ludwigs, Johanns und Rosas, die einander zugeneigt auf dem Sofa saßen.

Sie schloss die brennenden Augen. Nun konnte sie

nur noch das Murmeln der Stimmen und das leise Klirren der Kaffeetassen hören. Es war spät – oder früh – geworden.

Sie öffnete noch einmal die Augen, blinzelte in die Dämmerung hinein, gähnte und schlief ein.

Im Westen nichts Neues

Dezember 1930

»Hoho! Alle da?«, rief Ludwig, als er mit Geschenken beladen in den Salon marschierte.

»Oh, wie wunderbar«, rief Rosa und klatschte in die Hände.

Amüsiert beobachtete Alice ihre Tante, deren Augen beim Anblick der vielen Päckchen aufleuchteten.

»Mein Engel«, rief Ludwig seiner Frau zu. »Du brauchst noch ein wenig Geduld. Wir müssen auf Mama warten.«

Rosa protestierte lautstark. Alice, die mit einem kleinen Glas Punsch am Fenster stand, konnte trotz des flauen Gefühls, das sich beim Gedanken an Helena in ihrem Magen ausbreitete, ein Grinsen nicht unterdrücken und blickte zu Johann.

Er hob sein Glas, prostete ihr zu und schlenderte vom extra für die Feiertage angefachten Kamin zu ihr hinüber.

»Nun?«, fragte er. »Wie machen wir uns bis jetzt?« Er nahm einen Schluck vom Punsch und verzog das Gesicht. »Zu süß.«

Alice mochte den schwer durchschaubaren Johann. Er interessierte sie, obwohl er sich nicht in die Karten blicken ließ. Vor allem seit sie vor Kurzem erfahren hatte, dass er Besitzer eines Nachtclubs namens *Das Blinde Schwein* war. Und der Arbeitgeber von John Stevens.

Als es drei Tage zuvor, am letzten Adventssonntag, an der Tür geläutet hatte, stand zu Alices großen Verblüffung eine riesige Tanne vor der Tür. Verdutzt starrte sie auf die blaugrünen Nadeln, bis sich aus dem Gewirr aus Zweigen und Ästen ein paar Hände lösten und eine ihr bekannte Stimme aus dem Baum heraus sprach.

»Wo soll er hin?«, fragte die Tanne.

»Wie, wo soll wer hin?«, entgegnete Alice und überlegte, wie sich wohl ein sprechender Baum in einem Berliner Hausflur erklären ließe.

»Die Tanne«, ächzte der Baum. »Wo soll sie hin?«

»Alice? Wer ist an der Tür?«, rief Rosa aus dem Salon.

»Eine Tanne«, antwortete Alice und fixierte den Baum. »Ich unterhalte mich gerade mit einer Tanne!«

»Du tust was?«

»Nichts. Alles in Ordnung. Unser Weihnachtsbaum ist da«, rief sie über die Schulter und grinste.

Der Baum bebte verärgert und fluchte leise. Zwischen den Ästen blitzte eine abgewetzte Lederjacke auf. Der Träger der Jacke hielt mitten in der Bewegung inne und spähte durch die Äste hindurch. Dann breitete sich ein Lächeln über das schmale Gesicht von John Stevens aus.

»Miss Alice Waldmann. Wie schön, Sie wiederzutreffen.« Er blickte an der Tanne hoch. »Wenn auch unter etwas … ungewöhnlichen Umständen.«

Alice trat zur Seite und ließ ihn durch. Beinahe wäre sie mit der aus dem Salon eilenden Rosa zusammengeprallt, die die Aufstellarbeiten mit der Autorität eines Feldwebels leitete, nicht ohne sich über die Kümmerlichkeit des Baumes, den Johann ihnen schickte, zu beschweren. Alice hielt sich im Hintergrund und beobachtete John. Sein Mund schien immer zu einem Lächeln bereit, tat es aber nicht oft. Sein Blick war klar und aufmerksam. Sobald er sich mit ihrem kreuzte, schlug sie schnell die Augen nieder, bevor sie wenige Sekunden später wieder zu ihm hinübersah.

Als der Baum endlich zu Rosas Zufriedenheit aufgestellt war, hatte sie entsetzt um sich geblickt und festgestellt, dass die Bibliothek vollkommen verwüstet war. Überall auf dem Boden lagen Nadeln und kleine Zweige sowie Holzspäne vom Stamm, der behauen werden musste, um in den Ständer zu passen. Völlig aufgelöst scheuchte Rosa Alice und John hinaus, mit der Bitte, das Mädchen zu ihr hineinzuschicken. Zerstreut drückte sie John fünf Mark in die Hand, schob die beiden hinaus und schloss die Tür hinter ihnen. John blickte die Münze an und legte sie, ohne etwas zu sagen, auf den Tisch. Kaum standen sie im Flur, hörten sie Rosa im Salon rumoren. »Scheiße«, fluchte sie undamenhaft, und sie lachten.

»Hätten Sie gerne eine Tasse Tee?«, fragte Alice merkwürdig aufgeregt.

»Ja, gerne.«

Sie wollte gerade die Tür zum Wohnzimmer öffnen, als sie sein Räuspern hörte. Er stand mit leicht ausgestreckten Armen da, sah erst an sich herunter, hob dann den Blick und zuckte mit den Schultern. Obwohl er sich gründlich abgeklopft hatte, hingen an seinem Hemd und der Hose immer noch Tannennadeln und an seinen Schuhen Holzspäne.

»Oh. Ja, ich verstehe.« Sie dachte kurz nach. »Würde es Ihnen etwas ausmachen, wenn wir uns in die Küche setzen?«

Er schüttelte den Kopf, und sie strahlte ihn an.

»Gut! Die Küche ist mir ohnehin lieber.«

Nachdem sie das Mädchen, das ihnen Teewasser aufgesetzt hatte, zu Rosa in den Salon geschickt hatte, schloss Alice die Küchentür hinter sich.

»Setzen Sie sich doch«, forderte sie John auf. »Sie können gerne rauchen.«

Er hatte ein zerlesenes Buch und ein Päckchen Tabak aus der Jackentasche gezogen, beides auf den großen Küchentisch gelegt und die Jacke über die Stuhllehne gehängt.

Alice reichte ihm einen Aschenbecher, und er zündete sich eine selbst gedrehte Zigarette an.

»Was lesen Sie gerade?«, fragte sie. Ihr erster Blick in einer fremden Wohnung galt immer den Bücherregalen. Menschen, die keine Bücher besaßen oder deren Regale nur zu Repräsentationszwecken mit Literatur gefüllt waren, waren ihr suspekt.

Er nahm das Buch in die Hand und blätterte darin. »Im Westen nichts Neues.«

»Gefällt es Ihnen?«

»Gefallen ... nein. Aber es ist gut.« Er klopfte auf den Buchrücken.

»Und Sie haben für England gekämpft?«

»Ja.«

»Aber Sie sind doch Ire. Wieso haben Sie für die Engländer gekämpft? Noch dazu mit einer deutschen Mutter.«

Er schob das Buch beiseite. »Ich habe für die Engländer gekämpft, ich wurde von den Deutschen gefangen genommen und bin nach dem Krieg zurückgekommen. Das ist alles.« Sein Blick flackerte, dann wandte er das Gesicht ab. »Mehr gibt es nicht zu sagen.« Er zog an seiner Zigarette, nur um festzustellen, dass sie ausgegangen war.

Erschrocken wandte Alice sich ab und machte sich an der Teekanne zu schaffen. Offenbar hatte sie einen wunden Punkt getroffen.

»Tut mir leid. Ich wollte nicht unhöflich sein«, hörte sie ihn leise sagen.

Sie blickte über die Schulter, und er lächelte sie verlegen an. Keine Spur mehr von der Bitterkeit und Ablehnung, die er noch wenige Sekunden zuvor ausgestrahlt hatte.

»Haben Sie sich schon eingelebt?«, fragte er.

Erleichtert über den Themenwechsel wandte Alice sich um und blies die Backen auf. Als sie seinen überraschten Blick sah, lachte sie. »Man kann sich bei dieser Familie höchstens in sein Schicksal ergeben«, erwiderte sie.

Sie griff nach den Tassen und wollte sie zum Tisch bringen, als John aufstand und ihr einen Schritt entgegenging, um sie ihr abzunehmen. In dem Moment, in dem sich ihre Hände zufällig berührten, ließ sie beinahe die Tassen fallen, so überrascht war sie davon, was diese kurze Berührung in ihr auslöste. Schnell griff sie nach einem Geschirrtuch, um eine nicht vorhandene Wasserlache auf der Anrichte aufzuwischen und so ihre zitternden Hände unter Kontrolle zu bekommen. Als sie sich halbwegs sicher war, die Kanne nicht fallen zu lassen, folgte sie ihm an den Tisch, goss Tee ein und setzte sich.

In der sich zwischen ihnen ausbreitenden Stille hörten sie vom anderen Ende der Wohnung Rosa dem Mädchen Anweisungen erteilen. Sie blickten sich an und lachten.

Das Lachen hing noch zwischen ihnen, als John unvermittelt fragte: »Waren Sie mit Johann schon auf der Rennbahn?«

»Nein. Interessiert er sich denn für Pferderennen?«

John schüttelte den Kopf. »Er interessiert sich für Hunderennen. Er veranstaltet sie.« Er zog einen Handzettel, der ihm als Lesezeichen diente, aus seinem Buch und schob ihn über den Tisch.

Neugierig betrachtete sie ihn, dann blickte sie John an. »Wieso sollte ich mit Johann dorthin gehen?«

»Erinnern Sie sich an Gentle?«

»Den großen Hund, den Sie an jenem schrecklichen Abend bei Helena abgeholt haben? Ja, natürlich.« Bei dem Gedanken an den riesigen grauen Hund, der sich so begeistert hatte streicheln lassen, musste sie lächeln. »Was hat Gentle denn mit einer Rennbahn zu tun? Ist er nicht viel zu groß für Hunderennen?«

John nickte. »Er läuft keine Rennen. Aber ich betreue ihn dort. Johann lässt ihn bei mir, weil er zu viele Umstände für Ihre Großmutter macht. Vielleicht möchten Sie ihn ... mich ... dort besuchen? Sie könnten Johann begleiten. Oder aber ... vielleicht wollen Sie auch ohne ihn kommen?« Er strich mit dem Finger an den Kanten seines Buches entlang.

Es dauerte einen Moment, bis Alice begriff, dass er sie einlud. »Oh.« Verwundert betrachtete sie das Buch zwischen ihnen auf dem Tisch. *Im Westen nichts Neues.*

»Wenn Sie lieber mit Johann kommen wollen ...«

»Nein, nein«, fiel sie ihm rasch ins Wort. »Ich würde mich freuen, Gentle zu sehen ... und Sie.«

Als sie aufblickte, breitete sich ein Lächeln auf Johns Gesicht aus.

Nachdenklich sah Alice von Rosa zu Ludwig, der die Geschenke unter dem prächtig geschmückten Weihnachtsbaum arrangierte. Dann schaute sie Johann an, der sie aufmerksam musterte.

»Na ja, viel Zeit, um euch wirklich kennenzulernen, hatte ich noch nicht. Ich bin ja erst drei Wochen hier. Aber ich kann jetzt schon feststellen, dass ihr eine interessante Familie seid. Eine Ansammlung stark ausgeprägter Persönlichkeiten«, antwortete sie ihm auf seine Frage, ob sie sich bereits in der Familie eingelebt hätte.

»Stark ausgeprägte Persönlichkeiten. Soso …« Johann lächelte in sein Glas hinein.

»Wann wollte Helena kommen?«, fragte Alice.

»Gegen sieben. Bist du nervös?«

Sie zögerte. »Weißt du, ich würde mir wünschen, dass sie mit mir über meine Mutter spricht. Denkst du, das ist möglich?«

»Ich weiß es nicht«, antwortete Johann. »Es ist schwer zu sagen, was meine Mutter denkt oder vorhat.« Er hielt kurz inne. »Aber ob sie dich nun mag oder nicht: Ich für meinen Teil freue mich, dass du bei uns bist.«

Überrascht blickte sie ihn an. »Tatsächlich?«

»Ja.«

»Wenn du das ernst meinst, hast du mir bereits ein Weihnachtsgeschenk gemacht.«

Er drückte ihren Arm und beugte sich zu ihr vor. »Du solltest dich nicht mit so simplen Dingen wie meiner Zuneigung zufriedengeben.«

Sie beugte sich ebenfalls vor und legte ihre Hand auf

seine, die kühl und leicht war. »Die simplen Dinge gehören meiner Erfahrung nach oft zu den besten.«

Er lachte. »Ist dir klar, dass du hervorragend zu uns passt? Eine Familie voller stark ausgeprägter Persönlichkeiten …«

Verlegen und doch erfreut blickte sie zur Seite und nahm einen Schluck vom Punsch, der wirklich viel zu süß war. Ihr Blick wanderte durch den Raum zum Weihnachtsbaum. Ein Gefühl, das sich beinahe nach Glück anfühlte, breitete sich langsam in ihr aus. Bis heute war ihr Familie als etwas Abstraktes vorgekommen, etwas, das nur andere hatten. Doch nun …

So weit fort war sie in ihren Gedanken, dass sie gar nicht merkte, wie sich die Salontür öffnete. Es dauerte einige Sekunden, bis ihr auffiel, dass das emsige Summen der Gespräche erstarb. Irritiert blickte sie auf und entdeckte Helena, die in der Tür stand und sie kalt musterte.

Strahlend eilte Ludwig seiner Mutter entgegen und küsste sie vorsichtig auf die Wange. »Mama, endlich! Wir warten schon alle auf dich.«

Alice schien es, als wäre er der Einzige, der sich über die Ankunft seiner Mutter freute.

»Erzähl keinen Unsinn«, antwortete Helena.

»Keinen Streit an Heiligabend. Du hast's versprochen.« Nervös lachte Ludwig auf und drohte ihr spielerisch mit dem Zeigefinger.

Helena sah zu Rosa, die mit versteinerter Miene auf der anderen Seite des Raumes stand, und verzog die schmalen Lippen zu einem kleinen Lächeln. »Solange deine Frau sich daran hält.«

Ludwigs Blick flog zwischen den beiden Frauen hin und her. Alice fand, dass er sich trotz seiner offensichtlichen Nervosität gut hielt. Galant bot er seiner Mutter den Arm, um sie zum Sofa zu führen, das nur an Weihnachten von der Wand weggeschoben und für den Ehrengast direkt vor den Weihnachtsbaum gestellt worden war.

Kaum saß Helena, zündeten Rosa und Johann die Lichter am Baum an. Der Raum leuchtete im Schein der Kerzen, der Baum funkelte, warf flackernde Schatten an die Wand, und mit einem Mal konnte Alice sich vorstellen, dass vielleicht alles gut werden würde. Dass sie möglicherweise eine Zukunft in dieser Familie haben könnte.

Während sie, eingehüllt in den Duft der Bienenwachskerzen, in den Gesang einstimmte, kam ihr das letzte gemeinsame Weihnachtsfest mit ihrer Mutter und Lux in München in den Sinn. Der Gedanke daran, dass sie es fast langweilig gefunden hatte, beschämte sie. Ja, es war bescheidener gewesen. Weniger Geschenke, ein kleinerer Baum. Vor einem Jahr hatte sie sich nach Wien zu ihren Freunden zurückgewünscht. Sie schluckte und blickte auf die vom warmen Kerzenlicht beleuchteten Gesichter.

Ihr Blick blieb an Helena hängen, die aufrecht und stumm auf dem Sofa saß. Nachdenklich betrachtete Alice das eisengraue Haar, das sich in akkuraten Wellen um den Kopf legte. Als würde sie spüren, dass sie beobachtet wurde, drehte sich Helena zu ihr um. Ihre Blicke verfingen sich ineinander. Alice hätte viel dafür gegeben, in diesen Augen lesen zu können. Wie lange sie sich anschauten, konnte sie nicht sagen. Erst als Rosa mit einer großen Schachtel vor Alice stand, löste sie den Blick.

Ein bisschen schwindlig und mit kribbelnden Fingerspitzen wandte sie sich ihrer freudestrahlenden Tante zu, die ihr Geschenk überreichen wollte. Und was für ein Geschenk es war! Als Rosa sie gefragt hatte, ob sie sich über ein Kleid freuen würde, hatte Alice sich etwas Einfaches, Alltagstaugliches vorgestellt. Doch was sie nun aus der großen Schachtel, aus den Lagen raschelnden Papiers befreite, hatte nichts mit einem praktischen Alltagskleid zu tun. Es war das Kleid einer Prinzessin, geheimnisvoll schimmernd, aus zwei Lagen meergrüner Seide, mit perlschnurförmiger Stickerei am tiefen Rückenausschnitt und Rocksaum. Fassungslos wechselte ihr Blick zwischen dem kostbaren Gebilde und ihrer strahlenden Tante, die aufmerksam und sichtlich zufrieden ihre Reaktion beobachtete.

»Rosa! Das kann ich nicht …«, stammelte Alice.

»Doch. Es passt perfekt zu dir! Mach dir keine Gedanken, Liebchen. Es ist eines von meinen Kleidern, in das ich leider nie wirklich hineingepasst habe.«

Sie nahm ihr das Kleid aus den Händen, hielt es ihr an die Schultern und drehte Alice zu Johann um, der sich zu den beiden gesellte.

»Ich glaube, jetzt werdet ihr uns zum Tanzen ausführen müssen.« Rosa lachte.

Vorsichtig legte Alice das Kleid wieder in den Karton. »Oh Gott, es ist so peinlich, dass ich nur Kleinigkeiten für euch habe. Aber was wären das für Geschenke, für die ich mir erst Geld von Rosa leihen müsste … Oh, ist es nicht wundervoll?« Mit glänzenden Augen wandte sie sich zu Johann um, nur um festzustellen, dass er ihr ebenfalls ein Päckchen entgegenhielt.

»Dann kannst du beruhigt sein. Das hier ist lange nicht so kostspielig wie das Kleid.«

Lächelnd beobachtete er Alices Erstaunen, als sie einen kleinen Fotoapparat aus dem Papier wickelte.

»Nicht kostspielig?«, fragte sie ungläubig.

Er zuckte mit den Schultern. »Ich habe die Kamera gewonnen. Sie hat mich also nichts gekostet. Und da ich keine Ahnung von so etwas habe, dachte ich, vielleicht könntest du etwas mit ihr anfangen.«

»Und ob ich etwas damit anfangen kann!« Sie hatte bereits in Wien ab und zu mit einer kleinen geliehenen Kodak-Kamera experimentiert, mit der sie eigentlich Aufnahmen für ihr Kunstgeschichtsstudium machen wollte. Schnell hatte sie festgestellt, dass sie ein gutes Auge für Aufnahmen hatte. Allerdings hatte sie die Sache nie weiter vorangetrieben. Das könnte sie jetzt ändern.

»Womit soll sie etwas anfangen?«, fragte Ludwig, der sich zu ihnen stellte.

Alice zeigte ihm die Kamera, und neugierig untersuchten sie den Apparat. Schließlich zog auch Ludwig ein Päckchen aus der Jackentasche und drückte es Alice in die Hand, die es öffnete und *Im Westen nichts Neues* aus dem Papier zog. Als sie es aufschlug, fiel ihr Blick auf die schwungvoll geschriebene Widmung des Autors. *Für Alice Waldmann mit den besten Wünschen zum Weihnachtsfest 1930. Erich Maria Remarque.*

Verblüfft blickte sie Ludwig an.

»Oh, die Widmung ist Rosas Verdienst. Ich glaube, sie kennt diesen Remarque aus einem ihrer unzähligen Salons.«

»Das ist wundervoll! Danke!«

Sie blätterte durch die Seiten, dann drückte sie lachend ihren verdutzt blickenden Onkeln jeweils einen Kuss auf die Wange und ließ die beiden stehen, um sich ein Glas Sekt zu holen. Mit dem Glas in der Hand schaute sie sich um. Johann und Ludwig waren in ein Gespräch vertieft, während Rosa leise summend mit ihrem Berg an Präsenten beschäftigt war. Nur Helena saß alleine auf dem Sofa, unnahbar, scheinbar unberührt von all dem fröhlichen Trubel.

Jetzt, dachte Alice, das ist der richtige Augenblick.

Sie stellte das Glas ab, zog unauffällig ein flaches, festes Kuvert aus ihrer Rocktasche und durchquerte mit wenigen Schritten den Raum. Mit dem Umschlag in der Hand setzte sie sich neben ihre Großmutter aufs Sofa.

»Frohe Weihnachten«, sagte sie leise.

Helena starrte auf die Lichter des Weihnachtsbaums, als hätte sie sie nicht gehört.

Alice hielt ihr den Umschlag entgegen. Als ihre Großmutter keine Anstalten machte ihn zu nehmen, legte sie ihn aufs Sofa. Sie blieb ein paar weitere Sekunden sitzen, bevor sie aufstand und zu Johann ging, der sie vom anderen Ende des Zimmers aus beobachtet hatte.

»Sie wird es nicht nehmen, oder?«, fragte sie.

Er bot ihr ein weiteres Glas Sekt an, das sie kopfschüttelnd ablehnte.

»Man weiß nie bei ihr«, antwortete Johann. Mit halb geschlossenen Augen roch er an einer der Zigarren, die ihm Ludwig geschenkt hatte. »Was ist es?«

»Eine Fotografie meiner Mutter. Die einzige, die ich hatte.«

Er blickte sie an. Doch noch bevor er antworten konnte, rief Ludwig alle zum Essen. Johann seufzte. Dann bot er Alice seinen Arm. Auf dem Weg ins Speisezimmer sah Alice das Kuvert unangetastet auf dem Sofa liegen.

Bereits wenige Minuten nachdem sie Platz genommen hatten, versiegten alle Plaudereien. Eine nervöse Stille legte sich über die kleine Abendgesellschaft. Sosehr Ludwig bestrebt war, die angespannte Atmosphäre aufzulockern, so wirkungslos prallten all seine Versuche an seiner Mutter ab. Schnell stellte er seine Bemühungen ein und schien in stumme Resignation zu gleiten. Nur das Klirren des Silberbestecks war zu hören, als mit einem Mal Helenas Stimme die Stille durchschnitt. Überrascht blickten alle von ihren Tellern auf.

»Frau Schütt, die Gattin von Ministerialrat Schütt, erzählte mir, ihr Mann habe dich letztens in zweifelhafter Begleitung gesehen, Johann.« Ohne von ihrem Teller aufzublicken, fuhr sie fort: »Wann gedenkst du diesen Lebenswandel aufzugeben?« Sie griff nach ihrem Wasserglas, nahm einen Schluck und warf ihrem Sohn einen Blick über den Tisch zu, bevor sie sich wieder der Gänsekeule widmete. »Du bist keine zwanzig mehr. Außerdem solltest du an die gesellschaftliche Stellung der Familie denken.«

Alice blickte Johann an, der scheinbar gleichmütig weiteraß. Erst nachdem er heruntergeschluckt hatte, antwortete er.

»Ich frage mich: Weiß Frau Schütt, wo sich ihr Mann aufhält, wenn er unterwegs ist?« Er lehnte sich zurück. »Und ob er dabei immer an seine gesellschaftliche Stellung denkt?«

Helena blickte auf. »Was der Ministerialrat tut oder lässt, hast du nicht zu beurteilen. Es ist schon schlimm genug, dass du ... dieses ... Etablissement führst. Aber dass du durch deinen Umgang das mühsam erarbeitete Ansehen deines Vaters gefährdest, lasse ich nicht zu. Euer Vater hat nicht jahrelang eine der angesehensten Galerien aufgebaut und geführt, nur damit du dich mit zwielichtigem Gesindel umgibst. Wir haben nicht all die Opfer gebracht, haben euch nicht einen respektablen Namen gegeben, damit du ... diesen ... liederlichen Lebenswandel führen kannst. Nimm dir gefälligst ein Beispiel an Ludwig: Der ist ordentlicher Professor für

Kunstgeschichte. Verheiratet.« Sie warf Rosa einen giftigen Blick zu. »Keine zweifelhaften Etablissements.«

Johann trank einen Schluck Wein und aß weiter, ohne auf die Rüge seiner Mutter einzugehen. Wieder legte sich Schweigen über die Tafel. Unter gesenkten Lidern, über ihren Teller gebeugt, beobachtete Alice die Familie, deren kaltes Zentrum eindeutig Helena war. Ludwig warf seiner Mutter unruhige Seitenblicke zu, als fürchtete er jederzeit weitere Feindseligkeiten. Der sonst so charmant plaudernde Johann hingegen war ganz und gar auf den Teller vor sich konzentriert. Rosa, offensichtlich um eine entspannte Haltung bemüht und an einem Stück Gans knabbernd, blickte wütend zu ihrer Schwiegermutter, ehe sie lächelnd die Gabel auf den Teller legte und Alice zuprostete.

Nachdem sie ihr Glas abgesetzt hatte, fragte sie in die Stille hinein: »Wie hast du denn bis jetzt Weihnachten gefeiert, Alice?«

»Ach, das war immer eine einfache Angelegenheit.« Alice spießte ein kleines Stück Kartoffelkloß auf. »Den Heiligen Abend haben wir zusammen verbracht. Meist hatten wir einen kleinen Baum, den Lux, mein Vater, selber geschlagen hat, und Mama hat gekocht.«

Helenas Kopf fuhr hoch. Scharf blickte sie Alice an. »Lux?«

»Ja.« Alice nickte vorsichtig.

Mit kaltem Interesse musterte Rosa ihre Schwiegermutter. Helena ignorierte sie. Noch energischer schnitt sie an der Gänsekeule herum. Schließlich warf sie ihr Besteck neben den Teller.

»Diese Gänsekeule ist zu zäh«, zischte sie. »Vollkommen ungenießbar.«

Erschrocken fuhr Ludwig zusammen. »Warte, bis das

Dessert kommt«, versuchte er sie zu beschwichtigen. Er gab dem Mädchen das Zeichen zum Abräumen. »Wir haben extra Schokoladentörtchen mit Orangenmousse zubereiten lassen. Erinnerst du dich? Die haben dir letztes Jahr so gut geschmeckt.«

»Nur weil es mir vor einem Jahr geschmeckt hat, heißt das noch lange nicht, dass es mir dieses Jahr wieder schmecken muss.« Helena warf die Serviette neben ihren Teller. »Ich bin satt.« Sie gab dem Mädchen ein Zeichen. »Bringen Sie mir den Kaffee in den Salon.«

Mühsam stemmte sie sich hoch und scheuchte Ludwig, der aufgesprungen war, um ihr zu helfen, mit einer wedelnden Handbewegung zur Seite. Ohne die Anwesenden eines Blickes zu würdigen, verließ sie den Raum.

»Nur weil es mir letztes Jahr geschmeckt hat ...«, äffte Rosa sie wütend nach. »Wahrscheinlich hat sie heute schon ein paar Kinder gefressen und ist satt.«

Erschrocken blickte Ludwig zu seiner Frau und legte ihr eine Hand auf die Schulter. »Liebste, bitte.«

»Noch so was, und ich bestelle einen Exorzisten!«, fuhr sie ihn an. Sie warf ihre Serviette neben den Teller und stand auf. Alle anderen erhoben sich ebenfalls.

Wie schade um das schöne Fest, dachte Alice beklommen.

Wie eine versprengte Herde verirrter Schafe standen sie um den Esstisch herum. Niemand wollte als Erster den Raum verlassen und sich in den Salon – in die Höhle des Löwen – begeben. Rosa rang sichtlich um Fassung und umklammerte die Stuhllehne so fest, dass ihre Knöchel weiß hervortraten. Erst als Ludwig Johann mit gedämpfter Stimme fragte, ob sie eine Zigarre in der Bibliothek rauchen wollten, kam Bewegung in sie.

»Lass mich ja nicht mit deiner Mutter alleine«, fauchte

sie ihren Mann an. »Immerhin hast du sie eingeladen. Wenn dir daran gelegen ist, dass wir den Rest des Abends mit einem Funken von Anstand zu Ende bringen, dann kommst du jetzt gefälligst mit in den Salon!«

Abrupt wandte sie sich dem Dienstmädchen zu, das sich verschüchtert an der Eingangstür herumdrückte. »Und Sie bringen die Dessertteller in den Salon. Jetzt. Sofort. Für jeden einen. Außer für meine Schwiegermutter!«

Dann rauschte sie aus dem Speisezimmer. Der Rest der Familie folgte ihr, und Alice hoffte inständig, dass der Abend nicht noch weitere Katastrophen bereithielt. Zu ihrer großen Erleichterung bat Helena Johann nur eine halbe Stunde später, sie nach Hause zu bringen. Nachdem sie das Haus verlassen hatte, ließ sich Alice mit Rosa auf das Sofa fallen.

Die Fotografie war fort. Nur der geöffnete Umschlag lag noch da. Vorsichtig strich sie mit dem Zeigefinger darüber. Dann drehte sie sich zu Rosa um, die ihr ein Sektglas reichte und mit ihr anstieß.

Die folgenden Tage waren eiskalt, doch nicht eine einzige Schneeflocke fiel vom Himmel. Der Berliner Winter war ungleich härter als in Wien.

Rosa hatte darauf bestanden, Silvester im *Café Schottenhaml* zu feiern. Nur Johanns guten Beziehungen war es zu verdanken, dass sie einen Tisch in dem restlos ausgebuchten Lokal bekommen hatten.

Durch die Eingangshalle, deren übergroße Freitreppe im Glanz zahlloser, in zarten Farben schimmernder Spiegelgläser leuchtete, drängten und schoben sich treppauf, treppab unzählige Gäste und bestaunten die dargebotene Exotik. Alice war fasziniert von den kleinen Becken, die wie Schwalbennester an den Wänden klebten. Wasser lief in feinen Kaskaden an ihnen hinab, und auf den Rändern saßen fantastische Wundervögel mit leuchtendem Emailgefieder. Gerne hätte sie sich länger umgesehen. Doch in dem Geschiebe und Gedränge stehen zu bleiben, war unmöglich. Rosa folgte Johann und Ludwig, die ihnen einen Weg durch die Menge zum Alabastersaal bahnten, und zog Alice an der Hand hinter sich her.

Als sie endlich ihren Tisch erreicht hatten, war Alice entnervt. Es waren nicht nur die Blicke. Die war sie aus Wien gewohnt. Nein, es waren die wie zufällig an ihr entlangstreifenden Hände und die Zudringlichkeiten von Männern aller Altersklassen, die sie wütend machten.

Am liebsten wäre sie wieder gegangen. Dabei hatte sie sich so auf diesen Abend gefreut. Und nun saß sie hier wie Piksieben und schlug jede Aufforderung zum Tanz aus. Wenn sie nur daran dachte, wie irgend so ein Kerl sie betatschen würde und sich dabei auch noch wie Graf Koks von der Gasanstalt vorkäme, bekam sie Gänsehaut. Dabei hätte sie durchaus Lust zu tanzen. Die Band war wirklich gut! Rosa hatte ihr begeistert erzählt, dass heute Abend die *Weintraub Syncopators* spielen würden, eine der besten Bands der Stadt. Alice musste zugeben, dass sie mit ihrem Urteil nicht ganz Unrecht hatte. Sie hatte zwar noch keine Gelegenheit gehabt, andere Bands in Berlin zu hören, aber das, was sie hörte, ließ ihren Fuß unter dem Tisch auf und ab wippen. Während sie beobachtete, wie Rosa und Ludwig im gold-gedämpften Licht tanzten, das durch die Wände schimmerte, dachte sie, dass der Titel des eben gespielten Stücks wie für Ludwig geschaffen war: *Ich bin verliebt in meine eigene Frau.* Er hatte tatsächlich nur Augen für Rosa. Sie war kein blutjunges Mädchen mehr. Und nach gängigen Standards auch nicht die Attraktivste. Doch Rosa hatte eine Präsenz, welche die neugierigen Blicke aller Anwesenden auf sich zu ziehen vermochte.

»Ich hab schon bessere Bands gehört«, riss Johann Alice aus ihren Gedanken. Sie blickte ihn überrascht an. »Die Musik ist … na ja, ganz in Ordnung. Ein bisschen zu schmissig für meinen Geschmack.« Er zündete sich eine Zigarette an. »Aber nun sind wir hier. Wie wär's?« Er hielt ihr die Hand hin. »Oder möchtest du den ganzen Abend sitzen bleiben?«

Alice fühlte, wie sich zum ersten Mal an diesem Abend ein Lächeln auf ihr Gesicht stahl. Sie griff nach seiner Hand, und er zog sie schwungvoll nach oben.

»Dann wollen wir mal.«

Als er sie über die Tanzfläche schob, stellte sie erstaunt fest, wie gut er tanzte. Sie musste sich keine Gedanken über die richtigen Schritte machen, und mit jedem weiteren Tanz verflog ihre schlechte Laune. Als Johann merkte, dass sie immer mehr Spaß an der Sache hatte, wirbelte er sie, soweit es die Menge zuließ, über die Tanzfläche.

Kurz vor zwölf waren alle mehr oder weniger angetrunken auf die Straße gelaufen, um das Jahr 1931 zu begrüßen. Sie lagen sich in den Armen und tranken direkt aus den Sektflaschen. Alice, die die anderen im Gedränge aus den Augen verloren hatte, hielt sich abseits vom Trubel und lehnte sich gegen eine Hauswand. Was das neue Jahr wohl für sie bereithielt? Wo würde ihr Weg sie hinführen? Ob sich John auch das Feuerwerk ansah? Eine Sektflasche zersplitterte neben ihr auf dem Boden, und Feuerwerkskörper zischten in den Himmel. Erschreckt zog sie sich in Richtung Eingang zurück. Noch bevor sie die Nische erreichte, die sie im Blick hatte, fiel ihr ein junger, sturzbetrunkener Mann freudestrahlend um den Hals und drückte sie an sich. Schnell drehte sie ihr Gesicht zur Seite, und so traf sein feuchter Kuss sie nicht auf die Lippen – wie wohl beabsichtigt –, sondern auf die Wange. Noch während sie sich, mehr überrascht als erschreckt, aus seiner Umklammerung löste und ihn von sich schob, wurde sein Körper schlaff, sein Blick glasig. Hastig trat Alice einen Schritt zurück. Keine Sekunde zu früh: Sein Oberkörper verkrampfte, und er schaffte es gerade noch sich abzuwenden und sich nicht auf ihr Kleid zu übergeben. Alice seufzte, klopfte ihm auf den Rücken und überließ ihn seinem Schicksal.

Als sie wieder nach drinnen ging und die ersten Minuten des Jahres 1931 verstrichen, fasste sie einen Vorsatz: Sie würde am nächsten Wochenende John besuchen.

TEIL 2

JANUAR 1931–AUGUST 1931

Der Goetz'sche Hunde-Racing-Club

Januar 1931

Es regnete ohne Unterlass, und auf den Straßen bildeten sich kleine Seen, die im Handumdrehen Schuhe durchnässten und sie ruinierten. Passanten bewegten sich so nah wie möglich an den Hauswänden und näherten sich den Kantsteinen nur nach gründlicher Beobachtung des Straßenverkehrs, um den Spritzfontänen zu entgehen, die die vorbeirauschenden Autos und Laster verursachten.

Frustriert starrte Alice aus dem Fenster und hoffte, dass der Regen endlich nachlassen würde. Mit ihren Halbschuhen brauchte sie gar nicht daran zu denken, nach Kleinmachnow zu fahren. Sie würde sich den Tod holen. Wenn dieses Wetter weiter anhielt, würde sie sich noch Gummistiefel oder Überzieher besorgen müssen. Seufzend wandte sie sich ab.

Dann würde sie jetzt eben *Im Westen nichts Neues* zu Ende lesen. Wo hatte sie es nur hingelegt? Sie sah sich suchend im Zimmer um. Richtig, sie hatte gestern Abend im Salon gelesen. Während sie durch den Flur ging, dachte sie über die Stelle nach, an der sie aufgehört hatte:

Tröstlich fühlen wir nur den Schlafatem der Kameraden, und so warten wir auf den Morgen. Diesen Satz hatte sie sich gemerkt. Ob John das Atmen seiner Kameraden als tröstlich empfunden hatte?

Da sie Stimmen aus dem Salon hörte, klopfte sie an die Tür und steckte erst dann den Kopf hinein. Rosa hatte Besuch. Neugierig betrachtete Alice die hochgewachsene und überschlanke Frau neben ihrer Tante. Sie hatte schon viel von ihr, der bekannten Bildhauerin, gehört und erkannte sie nun auf den ersten Blick. Renée Sintenis. Alice liebte ihre kleinen Tierplastiken. Mit ihren kurzen Haaren und der androgynen Ausstrahlung war sie auf der Höhe der Zeit. Sie fuhr ihr eigenes Auto, einen Studebaker, ritt jeden Tag im Tiergarten aus und war Stammgast im Romanischen Café. Wenn man sich jemanden zum Vorbild nehmen sollte, dann doch wohl diese Frau, dachte Alice. Sie lächelte entschuldigend und trat einen Schritt in den Raum hinein.

»Ich wollte nur mein Buch ...« Sie stutzte. War das etwa ... Sie trat heran. Tatsächlich! Das war die Aufnahme, die sie letzte Woche am Potsdamer Platz gemacht hatte, und von der sie nicht wusste, ob sie gelungen war. Sie griff nach der Fotografie und sah Rosa an. »Woher hast du ...? Ich kann mich nicht erinnern, sie dir gegeben zu haben.«

»Stimmt«, antwortete Rosa und zündete sich eine Zigarette an. »Aber ich habe Renée von deinen Aufnahmen erzählt und wollte sie ihr zeigen ... und du warst gerade nicht im Haus.«

»Ich stehe direkt vor dir! Oder mit wem sprichst du gerade?«

Rosa wedelte Alices Einwand lässig zur Seite. »Wie dem auch sei. Ich habe sie Renée gezeigt und sie ...«

»Ich will nicht unhöflich gegenüber Frau Sintenis sein«, Alice nickte ihr zu und fing dabei ihren interessierten Blick auf. »Aber ich glaube nicht, dass es in Ordnung ist, wenn du meine Arbeiten ungefragt herumzeigst.«

»Aber Liebchen … Renée ist ja nicht irgendwer. Du solltest dich geehrt fühlen, dass sie sich die Zeit nimmt …«

»Ich verehre Frau Sintenis' Arbeit wirklich sehr«, fiel ihr Alice ins Wort, »aber es geht darum, dass du, ohne mich zu fragen …«

»Nichts für ungut, meine Damen, bitte!«

Alice und Rosa blickten überrascht auf, als die Sintenis ihnen ins Wort fiel.

»Du hättest tatsächlich erst einmal deine Nichte um Erlaubnis fragen sollen, Rosa. Ich entschuldige mich dafür, dass ich darauf gedrängt habe, die Aufnahmen zu sehen und dich dadurch in Schwierigkeiten gebracht habe.«

Rosa winkte ärgerlich ab.

»Fräulein Waldmann, jetzt ist es nun mal, wie es ist.« Die Bildhauerin schob eines der Bilder mit ihren langen, kräftigen Fingern über den Tisch und tippte darauf. »Sie haben ein gutes Auge. Wie lange fotografieren Sie schon?«

Alice warf ihrer Tante einen letzten ärgerlichen Blick zu, bevor sie antwortete. »Ich habe letztes Jahr mehr oder weniger zufällig angefangen, mit einer Kamera herumzuexperimentieren.«

Die Sintenis nahm das Bild auf und betrachtete es. »Darf ich fragen, ob Sie an eine Ausbildung gedacht haben?« Sie hob den Blick. Alice war fasziniert von dem herben Gesicht und den dunklen Augen der Künstlerin. »Ich glaube, Sie könnten ohne Weiteres Ihren Lebensunterhalt damit verdienen. Gute Aufnahmen werden immer gesucht. Vor allem bei den Zeitungen.«

Alice zog einen Stuhl an den Tisch und setzte sich zwischen die beiden Frauen. Aus dem Augenwinkel konnte sie Rosa zufrieden lächeln sehen.

»Wenn es Ihnen recht ist, könnte ich eine Bekannte fragen, ob Sie sich Ihre Mappe ansehen soll. Vielleicht können Sie noch ein paar Sportfotos aufnehmen. Irgendwas mit viel Bewegung. Das geht immer. Fahren Sie doch mal raus nach Mariendorf, zur Rennbahn.«

Nachdenklich betrachtete Alice die Aufnahme. Dann hob sie den Blick und lächelte. »Gingen auch Aufnahmen von Hunderennen?«

Zum hundertsten Mal überprüfte Alice im unsteten Licht des späten Nachmittags die Anschrift. Burgdamm 3, Kleinmachnow. Sie blickte aus dem Busfenster. Es sah nicht aus, als gäbe es hier eine Rennstrecke. Geschweige denn Leben. Kahle schwarze Bäume streckten ihre blattlosen Äste in den Himmel. Als der Bus am Friedhof vorbeifuhr, konnte sie zwei Trauergesellschaften erkennen, dunkle Gestalten folgten mit gesenkten Köpfen den Särgen. Schnell heftete sie den Blick wieder auf den Zettel, den John ihr gegeben hatte und der durch das viele Falten bereits weich geworden war.

Schon in der S-Bahn waren ihr schwarz gekleidete Gruppen aufgefallen. Als sie in Stahnsdorf angekommen war, war sie sich mit ihrer Baskenmütze, dem roten Schal und dem hellen Tweedmantel schrecklich auffällig vorgekommen. In der Vorhalle hatte sie ihre Schritte beschleunigt, um den Friedhof so schnell wie möglich hinter sich zu lassen. Vor der Erinnerung an die Beerdigung ihrer Mutter konnte sie jedoch nicht davonlaufen. Niemand außer Lux und ihr hatten am Grab gestanden. Der Pfarrer hatte eine knappe Trauerrede gehalten. Dann hatten sie ein wenig Erde auf den Sarg geworfen, und schließlich war erst der Geistliche und wenige Minuten später Lux gegangen. Sie war erst aus ihrer Erstarrung erwacht, als sich die Totengräber unruhig unter den Bäumen herumdrückten und ihre Arbeit beenden wollten. Also hatte sie ihre Mutter der Erde überlassen. Asche zu Asche, Staub zu Staub, Erde, aus der wir gekommen sind und in die wir zurückkehren.

Erst als der Schaffner Alice zum zweiten Mal ansprach, zuckte sie zusammen und kehrte in die Realität des schwankenden, über Kopfsteinpflaster rumpelnden Busses zurück. Sie löste ihr Billet und fragte ihn nach der Haltestelle. Als er sie verständnislos anblickte, zeigte sie ihm den Zettel. Er sah ihn sich mit zusammengekniffenen Augen an und nannte ihr dann die Station, an der sie aussteigen musste. Sie solle auf die Zeit achten, wenn sie wieder in die Stadt zurückwolle. Der Bus Richtung Stahnsdorf verkehre heute nur noch zwei Mal: der letzte um sieben. Alice sah auf die Uhr. Sie hatte zweieinhalb Stunden Zeit.

Als sie ausstieg, dämmerte es bereits. Der Wind hatte aufgefrischt und die Wolkendecke aufgerissen. Alles, was vorher grau und schwer gewesen war, leuchtete mit einem Mal beinahe dunkelblau. Alice seufzte. Das Licht war zwar schön, doch viel zu wenig, um noch Aufnahmen zu machen. Sie hatte länger gebraucht, als sie gedacht hatte.

Auf der anderen Straßenseite konnte sie ein wuchtiges Torhaus erkennen, durch das eine breite, ungepflegte Straße in den Wald führte. Hier sollte der Racing Club sein? Skeptisch drehte sie sich um die eigene Achse. Vielleicht hatte sie ja ein Schild übersehen ... Hier stehen zu bleiben, war jedenfalls keine Lösung.

Sie folgte der durch den tagelangen Regen aufgeweichten Auffahrt, und als sie schließlich deren Ende erreichte, waren ihre neu erstandenen robusten Halbschuhe voller Schlamm. Ärgerlich betrachtete sie sie. Hoffentlich lohnte sich dieser Ausflug. Keine Minute später stand sie vor einem mächtigen Herrenhaus, das nach dem Vorbild einer romanischen Burg gestaltet war, und blickte skeptisch an der Fassade hinauf. Keines der rundbogigen Fenster war erleuchtet. Vorsichtig folgte sie dem Weg und stand schließlich in einem gepflasterten Vorhof. Sie blickte sich um. Links ging es zum Haupteingang. Rechts führte der Weg vorbei an ein paar düsteren Wirtschaftsgebäuden, hin zu einem bescheidenen Torbogen. Auch hier brannte nirgendwo Licht.

»Kann ik wat für Sie tun, Frollein?«

Erschrocken fuhr Alice herum. Ihr Herz hämmerte gegen die Rippen. Aus einem der Schatten bei den Wirtschaftsgebäuden hatte sich ein krummer, kleiner Mann gelöst und musterte sie misstrauisch. Er ging einen Schritt auf sie zu. Vorsichtig streckte sie ihm den zerknitterten Handzettel entgegen, darauf bedacht, ihn nicht zu nahe kommen zu lassen.

»Ich suche den Goetz'schen Hunde-Racing-Club. Ist das hier?«

Er nahm ihr den Zettel ab und betrachtete ihn, ehe er ihn zusammenfaltete und ihr zurückgab. »Wenn's draufsteht.«

Ohne ein weiteres Wort wandte er sich ab und ging in Richtung der Pforte.

Unsicher blickte Alice ihm hinterher. Dann rief sie: »Finde ich hier John Stevens?«

Er blieb stehen, legte den Kopf schief – wie ein dürrer alter Vogel, dachte Alice – und ging weiter auf den Durchgang zu. Hatte er sie etwa nicht gehört? Wieder blieb er stehen, drehte sich halb zu ihr um und bedeutete ihr ungeduldig, ihm zu folgen. Dann verschwand er durch den Torbogen.

Schnell lief Alice hinter ihm her. Gerade noch konnte sie erkennen, dass er nach links auf ein Wäldchen zuging. Aus einiger Entfernung hörte sie Hunde bellen. Der Pfad führte auf einen mit Kies gestreuten Weg, gesäumt von römischen oder griechischen Gottheiten, die in der feuchten Dämmerung bläulich zu leuchten schienen. Mit jedem Schritt vom Haus fort wurde die Landschaft offener, und Alice konnte sich gut vorstellen, wie schön es hier im Frühjahr und Sommer sein musste. Sie passierten einen kleinen Pavillon, und nach wenigen Minuten stießen sie auf eine rote Ziegelmauer. Durch ein kunstvoll geschmiedetes Tor betraten sie einen dahinterliegenden Garten. An seinem Ende erkannte Alice ein kleines Gärtnerhaus sowie einige Hundezwinger, zwischen denen mehrere Männer mit großen, dampfenden Eimern hin und her liefen.

Der Alte humpelte in Richtung der Zwinger. »Stevens«, rief er heiser. »Besuch! Wo isser nur wieder, der Kerl? Nie, wo man ihn vermutet.«

»Hier«, kam es aus der Dunkelheit, rechts von ihnen. Der Alte und Alice fuhren zusammen.

Ein Schatten löste sich aus dem Schwarzblau, das zwischen den kahlen Obstbäumen hing, und näherte sich dem Weg. Plötzlich teilte er sich auf, und ein Teil lief in langen Sprüngen auf Alice zu. Sie hörte, wie der Alte neben ihr erschrocken die Luft einsog und einen Schritt zurücktrat. Auch sie war kurz erstarrt, doch dann lachte sie erleichtert auf.

»Gentle«, rief sie, als der Hund bellend um sie herumsprang, sich gegen ihren Oberschenkel drängte und seine feuchte, kühle Schnauze in ihre Hand drückte.

Als sie sich aufrichtete, stand John vor ihr.

Der Alte wandte sich kopfschüttelnd ab, und sie hörten ihn im Fortgehen missmutig murmeln. John blickte ihm hinterher, bis er durch das schmiedeeiserne Tor verschwunden war. Dann drehte er sich wieder zu Alice um.

Sie sah sein Gesicht, seinen Mund, seine Augen, die im Zwielicht der blauen Stunde glänzten, und spürte ein erwartungsvolles Flattern unterhalb ihrer Rippenbögen.

Sie hob ihre Kamera. »Eigentlich hatte ich gedacht, ich könnte ein paar Fotos aufnehmen.« Sie ließ sie wieder sinken. »Aber ich habe die Zeit unterschätzt, die man hier raus braucht. Jetzt ist es wohl zu dunkel.« Sie streichelte über Gentles rauen, feuchten Kopf und nestelte an seinem Halsband. Plötzlich unsicher geworden, ob das als Begründung für ihren Besuch hier draußen ausreiche, schob sie schnell hinterher: »Und außerdem hatten Sie mich ja eingeladen.«

Wie dumm von ihr. Wieso rechtfertigte sie ihren Besuch?

John blickte zum Himmel empor. »Sieht wohl so aus.« Dann sah er sie wieder an. »Soll ich Ihnen trotzdem die Anlagen zeigen?«

Sie nickte.

Er führte sie zu den Zwingern, in denen nun, nachdem die Hunde gefüttert worden waren, Ruhe eingekehrt war.

»Wie viele sind das?«, fragte sie.

»Dreißig.«

»Gehören die alle Johann?«

Er schüttelte den Kopf. »Nein. Den Club-Mitgliedern.«

»Und dieses …«, sie machte eine weit ausholende Geste und streifte dabei leicht seinen Arm, »… dieses Anwesen?« Ihre Fingerspitzen fühlten sich empfindlich an. Hastig schloss sie die Hand hinter ihrem Rücken. »Wem gehört das?«

John verschränkte die Arme und sah sie an. »Einem seiner Geschäftspartner. Er stellt ihm das Anwesen zur Verfügung.«

Alice fixierte einen Hund, der anscheinend im Einklang mit sich und der Welt an einem Knochen kaute.

»Wo ist denn die Rennbahn?«, fragte sie. »Das sieht doch alles nach einem Rittergut und nicht nach einer Rennbahn aus.«

John drehte sich um und deutete hinter den ummauerten Garten. »Dort, hinten auf dem Feld. Da werden die Hunde laufen.« Er wandte sich ihr wieder zu und setzte dieses schiefe Lächeln auf, das ihre Knie weich werden ließ. »Dachten Sie, es wäre eine professionelle Rennbahn?«

Alice spürte, wie ihr die Hitze in den Kopf schoss. »Der Zettel soll ja anscheinend einen professionellen Eindruck machen«, erwiderte sie.

Er lachte leise. »Wie ich sehe, haben Sie Ihre Schuhe bereits eingelaufen. Haben Sie Lust noch ein Stück zu gehen?« Er legte den Kopf schief. »Wenn Sie möchten, kann ich Ihnen einen Aussichtspunkt zeigen. Es ist zwar schon dunkel, aber von dort aus erkennt man die Anlage trotzdem ganz gut.«

Sie nickte, aber da sie keine Anstalten machte, sich von der Stelle zu rühren, nahm er behutsam ihre Hand und legte sie in seine Armbeuge.

Eine Weile folgten sie einem abseits gelegenen Pfad, hinauf auf eine kleine Anhöhe. Keine anderen Geräusche außer ihrer beider Schritte und dem leisen Rascheln der Hundepfoten im nassen Laub waren zu hören. Alice war sich ihres Körpers überdeutlich bewusst. Schließlich erreichten sie die höchste Stelle, über die eine große, alte Kastanie ihre kahlen Äste breitete.

Sie zog die Hand aus Johns Armbeuge – und hätte sie am liebsten sofort wieder zurückgelegt. So etwas habe ich noch nie gefühlt, dachte sie erstaunt, und dabei hatte sie doch weiß Gott genügend Erfahrungen gemacht. Mit einem Mal war sie seltsam scheu. Verwirrt wandte sie sich der Aussicht zu.

Als sie sicher war, ihre Stimme würde sie nicht verraten, drehte sie sich zu ihm um und fragte: »Wie haben Sie Weihnachten und Silvester verbracht?«

John hatte sich mit dem Rücken an den Baumstamm gelehnt. »Ich bin mit Gentle hier draußen geblieben. Jemand muss sich an den Feiertagen um die Hunde kümmern.« Er rieb sich die Wange, und Alice konnte das Schaben seiner Bartstoppeln hören. »Wir sind beide nicht scharf auf die Knallerei und den Lärm.«

»Dann mögen Sie die Stadt nicht?« Sie trat zu ihm unter die Äste.

Er zuckte mit den Schultern. »So würde ich es nicht sagen. Es gibt Zeiten, da bin ich lieber hier draußen. Und dann gibt es Zeiten, in denen ich den Lärm und die Hektik brauche.« Er blickte sie an. »Wie war das erste Fest mit der Familie?«

Alice seufzte und lehnte sich neben ihn. »Ein wenig kniffelig. An Weihnachten war Helena da und hat allen die Stimmung vermiest.«

»Sie macht es Ihnen nicht leicht, oder?«

Alice zog nachdenklich an einer Haarsträhne, die unter ihrer Baskenmütze herausgerutscht war. »Ich weiß nicht. Eigentlich klar, dass sie mich nicht mit offenen Armen empfängt, oder? Ich erinnere sie immer an die Tochter, die sie verstoßen hat.« Sie ließ die um den Finger gewickelte Locke los. »Genau das möchte ich ja auch. Sie soll an meine Mutter denken und sich schlecht dabei fühlen. Aber andererseits ... möchte ich auch mit ihr sprechen. Ich will wissen, was damals tatsächlich vorgefallen ist. Will verstehen, wieso sie so unnachgiebig ist. Hört sich das merkwürdig an?«

Er schüttelte den Kopf. »Nicht im Mindesten.«

Sie sah auf, und ihre Blicke trafen sich. Wenn er sie jetzt küssen würde? Oder schlimmer: Wenn er sie nicht küssen würde? Hatte sie ihn womöglich völlig falsch verstanden, sich mit diesem Besuch lächerlich gemacht? Sie runzelte die Stirn. So kannte sie sich überhaupt nicht. Normalerweise fiel es ihr nie schwer, selbst die Initiative zu ergreifen. Schnell blickte sie zu Boden und spürte im selben Moment, wie er nach ihrer Hand griff und sie zu sich zog.

Als sich ihre Gesichter näherten, stieg etwas in Alice auf – Lachen, Weinen, Sehnsucht? Sein Mund schmeckte nach Tabak, Salz und Honig. Nur kurz gaben sie sich frei, dann nahm er sie wieder in den Arm, und sie küssten sich abermals. Sie seufzte, und dieses Geräusch, das seinen Anfang in ihrer Kehle nahm und doch nicht von ihr zu stammen schien, gab allem ein neues Ausmaß, einen fremdartigen, aufregenden Ausdruck.

Als Alice schließlich die Augen aufschlug, hatte sie jedes Zeitgefühl verloren. Von den Zwingern hörte man träge ein paar Hunde bellen, Gentle stöberte raschelnd durch das Unterholz, eine Kirchturmuhr schlug. Sie rührten sich nicht, blieben eng umschlungen stehen. Aus der Entfernung konnte man Autos hören.

»Ich darf meinen Bus nicht verpassen. Wie spät ist es?«, murmelte Alice in seine Jacke hinein.

John zog eine zerkratzte Uhr aus der Hosentasche. »Zwanzig vor sieben.« Er griff nach ihrer Hand und pfiff leise nach dem Hund. Mit ineinander verschränkten Händen liefen sie die Anhöhe hinab.

Alice wunderte sich, dass man ihr schnell schlagendes Herz nicht hören konnte. Mit einem Mal fühlte sie sich leicht und ausgelassen zugleich, fast ein bisschen, als hätte sie einen Champagnerschwips. Am liebsten würde sie John noch einmal küssen. Warum nicht? Entschlossen zog sie ihn in Richtung der Bäume, und als sie sein überraschtes Gesicht sah, lachte sie. Sie trat dicht an ihn heran, legte die Hände auf seine Schultern und zog seinen Kopf zu sich herunter.

»Wann sehen wir uns wieder?«, fragte er, nachdem sie sich widerstrebend und außer Atem voneinander gelöst hatten. Seine Finger wanderten zu ihrer Schulter und fuhren am Riemen der Kamera entlang. »Wolltest du nicht Fotos machen?« Er nahm ihre Hand, und sie gingen schweigend weiter in Richtung Bushaltestelle. »Vielleicht kann ich dich ja nächste Woche begleiten und dir ein paar Motive zeigen. Nach was suchst du denn?«

Sie blieben stehen. Wenige Meter entfernt konnten sie schon die Straße erkennen.

Alice dachte kurz nach, dann sah sie ihn an. »Nach dem Leben.« Sie drückte seine Hand. »Ich will das Leben fotografieren.«

Er nickte, und als er ihre Hand losließ, strich er mit den Fingern über ihre Handfläche. Sie schmiegte sich an ihn und schloss die Augen. Er hob ihr Kinn an und küsste sie erneut, doch Gentle sprang so lange fröhlich bellend um sie herum, bis sie lachend aufgaben.

Alice beugte sich zu ihm und zog ihn sachte an einem seiner Ohren. »Oh, du Dummerjan. Du wirst doch nicht etwa eifersüchtig sein? Hier, du kriegst auch einen.« Sie drückte ihm die Lippen auf den harten Schädel, und der große Hund wand sich, um mit seiner Zunge an ihr Gesicht zu gelangen.

»Nein, Gentle, du musst mich nicht küssen. Das macht bereits dein Herrchen.« Sie wandte sich wieder John zu. »Und das macht er gut …«

Gerade als sie nach seiner Hand griff und er sie zu sich zog, hörten sie das Motorengeräusch des Busses.

Erst als der Schaffner sie zum zweiten Mal aufforderte, einzusteigen oder es bleiben zu lassen, drehte Alice sich um und erklomm die Stufen. John hatte sich mitten auf die Fahrbahn gestellt und blickte dem Bus hinterher. Kurz bevor dieser um die Kurve bog, hob er die Hand. Dann verschwand er in der Dunkelheit.

In Neukölln

Februar 1931

In den letzten Tagen waren die Temperaturen über den Gefrierpunkt geklettert, und es hatte wieder zu regnen begonnen. Heute Morgen hatte sich kurz die Sonne blicken lassen, war jedoch schnell wieder hinter den dicken Wolken verschwunden.

Alice blickte zum Himmel empor. Die Sonne wollte und wollte nicht durchbrechen, um das triste Februargrau zu vertreiben.

»Ist es im Winter immer so trüb in Berlin? Wo bleibt denn hier das Licht?«, fragte sie Rosa, die, auf dem Weg zu einem ihrer Salons, ein Stück des Weges mit ihr teilte.

»Das Licht«, schnaubte Rosa.

Alice hakte sich bei ihr ein. Sie steuerten die Eingangshalle der U-Bahn-Station an.

»Treibst du dich heute Nachmittag wieder in der Stadt herum? Warum kommst du nicht mit mir mit? Vielleicht lernst du ein paar interessante Leute kennen. Die dich protegieren könnten. Oder ... vielleicht könnten wir auch Helena überraschen und zusehen, wie sie sich über dich ärgert ...« Bei der Vorstellung einer genervten Helena glitzerten Rosas Augen schadenfroh.

»Ach Rosa«, seufzte Alice. »Ich glaube nicht, dass mich das weiterbringt. Außerdem weißt du ganz genau, dass ich mich nicht herumtreibe.« Nachdenklich blickte sie ihre Tante von der Seite an. Ob sie etwas von ihr und John ahnte? »Ich arbeite an meiner Lette-Mappe«, betonte sie mit vorsichtigem Nachdruck in der Stimme.

Sie trennten sich am Bahnhof, und Alice sah Rosa hinterher, als diese in Richtung Tiergarten weiterlief.

Dann drängte sie sich in die Linie BI, Richtung Kottbusser Tor, von wo sie mit der Linie D zum Hermannplatz weiterfuhr. Nachdenklich betrachtete sie ihr Spiegelbild, das ihr aus der Fensterscheibe entgegensah. Sie mochte Rosa wirklich sehr, doch möglicherweise fand sie Gefallen daran, Alice als Stachel in Helenas Fleisch zu drehen. Um ihrer Schwiegermutter deren Abneigung und Härte heimzuzahlen. Irgendwie konnte sie es ihr nicht verdenken.

Als Alice kurz vor der Station Hermannplatz aufstand und sich an die Tür stellte, rückten all diese Gedanken in den Hintergrund, und sie fühlte ein Kribbeln, das sich von Kopf bis Fuß durch ihren Körper auszubreiten begann.

Schon bevor sie aus dem Wagen ausgestiegen war, hatte sie John am Fuß der Rolltreppen nach ihr Ausschau halten sehen. Sie drängte sich durch die einkaufswütigen Massen zu ihm. Auch er hatte sie nun entdeckt, und über sein sonst so ernstes Gesicht huschte ein Lächeln. Er griff nach ihrer kalten Hand, zog sie an sich, küsste sie und scherte sich einen feuchten Kehricht darum, dass sie das Gedränge der anderen Fahrgäste blockierten.

»Womit habe ich denn das verdient?«, fragte sie ihn atemlos und lachend, nachdem sie sich aus seiner Umarmung gelöst hatte.

Er lächelte sie schief an und zuckte mit den Schultern. »Mir war danach.« Dann küsste er sie erneut.

»Kinners, habt ihr keen Zuhause oder warum knutscht ihr hier uf'm Bahnsteig rum!«

Ihre Köpfe fuhren auseinander, als ein dicker Mann im abgewetzten Mantel sie im Strom der Passagiere anrempelte.

Sie blickten ihm hinterher, als er sich zusammen mit den anderen Passagieren auf eine kleine Brücke schob, die zu einem Durchgang führte. Auf dem Schild über dem Durchgang konnte sie *Direkter Durchgang zum Kaufhaus* lesen.

»Lass uns los«, sagte John und nahm Alice an der Hand. Nachdem sie sich durch die Menge gekämpft hatten, stiegen sie hoch. Nur wenige nahmen denselben Weg, sie wollten wohl nicht ins Kaufhaus.

Oben angekommen blieb Alice stehen und legte staunend den Kopf in den Nacken. Die zwei Türme des riesigen, mit Muschelkalk verkleideten Neubaus ragten über ihnen auf. So musste man sich in New York fühlen! Zu gerne würde sie das Karstadt-Gebäude mit den drei Lichthöfen von innen erkunden. Und die Dachterrasse, von der alle schwärmten und von der man einen großartigen Blick auf die Stadt haben sollte. Von dort oben müsste man fotografieren. Was das für Bilder gäbe!

»Nächstes Mal fahren wir nach oben«, sagte John.

Sie sah ihn erstaunt an.

»Heute hatte ich an etwas anderes gedacht. Oder möchtest du ...?«, fragend wies er mit dem Kinn auf das Warenhaus.

Einen Moment lang war sie versucht, den Nachmittag in diesem Tempel des Konsums zu verbringen.

»Nein.« Sie schüttelte den Kopf, nahm die Kamera aus der Tasche und hängte sie sich über die Schulter. »Das läuft uns nicht weg.« Sie hakte sich bei ihm unter. »Lass uns schnell weitergehen. Bevor wir hier zu Ölgötzen erstarren oder erfrieren.«

Eilig überquerten sie die Kreuzung Hermannstraße/Hasenheide. Schon von der anderen Straßenseite fielen Alice die vielen Frauen und vereinzelte Männer auf, die denselben Weg wie sie nahmen und alle einem großen Gebäude, das wie ein Dampfer im Hafen vor Anker lag, entgegenstrebten. Die Menge wurde immer dichter, bis sie sich vor den Eingängen in der Kälte zu einem wogenden, atmenden Knäuel zusammendrängte.

Am Straßenrand, etwas abseits der Wartenden konnte Alice einige Frauen erkennen, die sich Schilder um den Hals gehängt hatten, auf denen sie sich selbst wie auf einem Markt anpriesen. *Suche Arbeit jeder Art*, war auf einem zu lesen.

»Was ist das?«, fragte sie und blickte sich bestürzt um.

»Das Arbeitsamt, zuständig für Reinigungsfrauen und weibliches Hauspersonal. Alle diese Frauen hier …«, er deutete auf die Menge, »… sind ohne Arbeit. Sie holen sich ihren Stempel für das Arbeitslosengeld ab oder hoffen auf eine Stellenvermittlung.«

»So viele?«

John nickte. Er blickte sich um, dann deutete er unauffällig auf einen Mann, der durch die Menge schritt, Leute ansprach und ihnen Zettel in die Hand drückte. »Die Menschenfischer sind auch schon da.«

»Menschenfischer?«, wiederholte Alice irritiert.

John beobachtete den Mann, der auf eine große, magere Frau mit ihrem an sie gelehnten, halbwüchsigen Sohn einredete und mit Papieren herumfuchtelte. Er schien nicht zu merken, dass die Frau kein Interesse an seinen Ansichten zeigte. Vielleicht war es ihm aber auch egal.

»Verheiratete Frauen und Halbwüchsige bekommen überhaupt keine Unterstützung«, sagte John.

Alice starrte bestürzt zu der Frau. »Und was will der Mann von ihr? Wer ist das?«

John zuckte mit den Schultern. »Kommunist, Sozialist, vielleicht ein Nazi.«

Alice wandte sich ab. »Ich kann hier nicht fotografieren.«

John blickte sie nachdenklich an. »Hm.«

»Was soll das heißen: Hm?«

»Ich dachte, du willst das Leben fotografieren? Nicht nur hübsche Bilder machen?« Er zog seinen Tabakbeutel aus der Jackentasche und fing an, sich eine Zigarette zu drehen.

»Was meinst du damit, ich will nur hübsche Bilder machen?« Sie blickte zu der Frau, die immer noch an derselben Stelle stand. Der Flugblattmann hatte gemerkt, dass er bei ihr nicht weiterkam und redete mittlerweile auf einen Mann vor ihr ein.

»Wenn du das Leben zeigen willst ...«, John zündete sich seine Zigarette an und inhalierte. »... wie willst du das dann machen?« Nachdenklich betrachtete er die Glut.

»Hör mal«, fuhr sie ihn an. »Was soll das heißen, ich will nur hübsche Bilder machen?«

Er sah sie durch den Zigarettenrauch an. »Ich dachte, du willst das zeigen, was hinter der Fassade liegt. Und nicht nur ein bisschen daran herumkratzen und gefällig sein«, sagte er leise. Dann strich er ihr eine Locke aus dem Gesicht. »Hör mal, ich treffe in ein paar Minuten jemanden. Bleib hier und warte auf mich. In spätestens einer halben Stunde bin ich wieder da.«

Damit ließ er sie stehen, wechselte auf die andere Straßenseite und verschwand um die nächste Straßenecke.

Fassungslos starrte Alice ihm hinterher, dann wandte sie sich ab. Dieser arrogante Kerl! Erst maßregelte er sie, und dann verschwand er einfach. Natürlich wollte sie nicht nur hübsche Bilder machen. Aber sie konnte doch nicht einfach draufhalten! Durfte sie die Situation dieser Leute für die eigenen Bilder ausnutzen? Aufmerksam studierte sie die Menge, ließ den Blick über einzelne Gesichter und Köpfe schweifen und suchte nach dem »Menschenfischer«. Machte sie die Menschen, wenn sie sie aufnahm, nicht zu Objekten? Zu einem Etwas, dass einer Beurteilung durch Dritte unterworfen war, ohne dass sie Einwand erheben konnten?

John hatte recht. Und das ärgerte sie maßlos. Wollte sie tatsächlich nur gefällige Aufnahmen, gestellte Porträtfotos machen? Situationen nachstellen und möglicherweise sogar ideologisch aufladen?

In Ludwigs Bibliothek hatte sie den Bildband *Menschen am Werk* gefunden und studiert. Die Fotos waren technisch perfekt, doch ihre »geistige Veredelung« stieß Alice ab. Sie wollte nicht inszenieren. Sie wollte Menschen zeigen, wie sie waren. Gut und schlecht, müde, wach, hasserfüllt, verzweifelt, resigniert. Wütend. Und ängstlich. Und dazu müsste sie ihre Hemmungen in den Schrank sperren und draufhalten.

Sie atmete tief durch, hob die Kamera und stellte die Brennweite ein.

Die Galerie der Lebenden

Winter/Frühjahr 1931

Obwohl – oder vielleicht gerade weil – sie der Anblick all dieser Menschen vor dem Arbeitsamt erschüttert hatte, kam es Alice vor, als wäre ein Schleier vor ihren Augen weggezogen worden. Ungeachtet des Wetters, der Kälte oder der Uhrzeit streifte sie die darauffolgenden Wochen mit John durch Berlin, vorbei an einem ununterbrochenen Wechsel von großmäuliger, aufdringlicher Pracht und kleinem, grauen Elend.

Die helle Beleuchtung des nächtlichen Potsdamer Platzes, die finsteren Straßen Kreuzbergs, die funkelnden Vergnügungspaläste im Westen der Stadt, die billigen Spelunken um den Osthafen herum, die vornehmen Villen im Grunewald, der belebte Alexanderplatz, die feuchten Mietskasernen im Wedding, die neue Architektur, die ihre Bewohner mit Licht und Luft versorgen sollte: Diese Stadt war in ihren Gegensätzen Lichtjahre von dem entfernt, was sie aus Wien und München kannte. Und doch gab es auch in Berlin Momente und Orte, an denen ihr pure Schönheit begegnete. Meistens vollkommen unerwartet, und deswegen umso anziehender. Eine Zeitungsseite, die vom Wind die Straße hinuntergetrieben wurde. Eine alte Maiglöckchen-Verkäuferin an einer Straßenecke, die sich die Sonnenstrahlen auf ihr zerknautschtes Gesicht fallen ließ. Ein Lichtstrahl, der in einen düsteren Hinterhof fiel und einen Ascheimer in ein geheimnisvolles Objekt verwandelte. Oder ein Gemälde, das Alices Herz schneller schlagen ließ. Ein Gemälde, das sie letzte Woche in der *Galerie der Lebenden* im Kronprinzenpalais entdeckt hatte und das sie John, der sie bis jetzt durch diese neue Welt geführt hatte, zeigen konnte.

Sie hatte ihn überredet, sich an einem der ersten sonnigen Tage in den beinahe farblosen Räumen des Romanischen Cafés zu treffen. Fasziniert beobachtete Alice die laute Geschäftigkeit der Künstler und derjenigen, die sich für solche hielten, der Schriftsteller und Schreiberlinge, der Damen von Welt und zweifelhaftem Ruf. John rutschte unruhig auf seinem Stuhl hin und her und rieb sich immer wieder über die Fingerknöchel.

»Magst du Kunst?«, fragte sie ihn.

Er überlegte kurz. »Sagen wir mal: Sie ist eine Spielerei für Leute mit Geld.«

Alice verzog spöttisch die Mundwinkel. »Du glaubst, Kunst ist bloß was für reiche Leute?«

»Wenn du mich so fragst ...« Er hob die Hände und erwiderte ihren Blick. »Was soll ein Gemälde bewirken? Die Leute können es nicht essen. Sie können nicht ihre Miete damit bezahlen oder ihren Kindern ordentliche Schuhe kaufen. Ein Bild hängt an einer Wand und verhilft einem Sammler zu noch mehr Ansehen.«

»Ah, da kommen wir der Sache schon näher. Du glaubst also, dass Kunst elitär, dekorativ und bedeutungslos ist?« Sie grinste, und ihre Augen leuchteten herausfordernd. »Dass Leute ohne Geld nur materielle

Bedürfnisse haben und sich geistig nicht weiterentwickeln möchten? Ist deine Ansicht nicht ... elitär?«

Er starrte sie verblüfft an.

Sie nahm einen Schluck von ihrem mittlerweile kalten Kaffee und beobachtete ihn zufrieden über den Tassenrand hinweg. »Wann warst du eigentlich das letzte Mal in einem Museum?«

Er verzog gequält den Mund, antwortete aber nicht.

»In einer Ausstellung?«

Als er auch auf diese Frage keine Antwort gab und stattdessen anfing, mit der Fingerspitze verstreute Zuckerkristalle zusammenzuschieben, musste sie lachen.

»Also weder in dem einen noch in der anderen. Verstehe.«

Er zog eine Augenbraue hoch. »Ich hatte eben keine ... Zeit, mich mit so etwas zu beschäftigen. Klingt das jetzt wie eine Ausrede?« Unsicher blickte er sie an. »Hm, ich glaube schon. Ich lasse mich aber gerne überzeugen, wenn es das ist, was du möchtest.«

Ein Grinsen breitete sich auf ihrem Gesicht aus.

»Was?«, fragte er und kniff ein Auge zu. »Was!« Auch er musste nun lachen. »In Ordnung. Du willst mich überzeugen!« Er legte den Kopf schief und verschränkte die Arme. »Gut: Bekehre mich.«

Mit zufriedenem Gesichtsausdruck beugte sich Alice vor. »Hast du heute Nachmittag schon was vor? Wenn nein, werde ich dir etwas zeigen, und dann möchte ich wissen, ob du immer noch glaubst, Kunst sei Zeitverschwendung.«

Sie rief eilig den Ober, zahlte die beiden Kaffees, und noch bevor John Einwände erheben konnte, waren sie auf dem Weg in Richtung Unter den Linden.

Nachdem sie die überhitzten Ausstellungsräume betreten hatten, trennte sie sich von ihm. Er sollte sich ein eigenes Urteil bilden. Langsam schritt sie die Reihe der Gemälde auf der gegenüberliegenden Seite ab, sah aber immer wieder zu ihm hinüber. Normalerweise wäre sie, angezogen von den leuchtenden Farben, den ungewöhnlichen Perspektiven und Kompositionen der Impressionisten, vor fast jedem stehen geblieben und hätte sich in sie hineinfallen lassen. Heute konnte sie sich jedoch nur schwer konzentrieren. Jedes Mal, wenn er vor einem Bild innehielt, hätte sie gerne gewusst, ob es ihm gefiel und wenn ja, warum.

Als sie sich endlich am Fuß der Treppe trafen, nahm Alice John an der Hand und zog ihn die Stufen hinauf. Von oben hörte sie gedämpftes Murmeln, das im Entgegenkommen lauter wurde.

»Ich kann verstehen, dass wir dem Ausland die Bedeutung deutscher Kultur ins Bewusstsein rücken müssen, liebe Frau Ring«, erklärte ein gesetzter älterer Herr. »Aber doch nicht mit …«, er schien entrüstet um Worte zu ringen, »… mit so etwas.« Energisch wedelte er mit der Hand in der Luft herum und ließ die Angesprochene, eine schmale, kleine Frau, im Durchgang zu den Ausstellungsräumen stehen. John und Alice drückten sich an die Wand, um ihn durchzulassen.

»Von ›so etwas‹ verstehen Sie eben nichts«, rief sie ihm hinterher und drehte auf dem Absatz um.

Verwundert blickte John ihr nach.

»Das ist Grete Ring«, flüsterte Alice. »Die Kunsthändlerin.« Sie hakte sich bei ihm unter.

»Geschäfte wird sie so aber nicht machen, oder?«, fragte er stirnrunzelnd.

»Hast du eine Ahnung!« Alice grinste. »Die Frau ist außergewöhnlich.«

»Aha, verstehe. Kunstsammler wollen also beschimpft werden. Dann könnte ich mich eventuell doch noch für den Kunsthandel erwärmen.«

Sie lachte leise und zog ihn in den ersten Raum, vorbei an Erich Heckels auf zwei Zeltbahnen gemalte *Madonna von Ostende*. Diese Räume unterschieden sich vollkommen von denen im Erdgeschoss. Alles war schlicht, die Wände weiß tapeziert und mit farbigen Fußsockeln versehen. Der Boden bestand aus groben Dielen. Die Bilder waren an einfachen Hängungen befestigt, und kleine Papierstreifen informierten darüber, welches Bild man gerade betrachtete.

»Mach die Augen zu«, befahl Alice John und griff nach seiner Hand.

Er sah sie neugierig an, dann schloss er die Augen und ließ sich von ihr durch die Räume führen. Sie hielt an.

»Zähl bis drei, dann öffne sie.«

Sie ließ ihn los, trat ein paar Schritte zurück und beobachtete sein Gesicht.

Einen winzigen Augenblick lang glaubte sie zu sehen, wie sich seine Augen überrascht weiteten. Sie zog sich zum Fenster zurück und ließ ihn alleine mit den vier fast lebensgroßen blauen Pferden, die sich über ihrem Betrachter auftürmten und geschmückt waren mit Halbmonden, Sternen und Kreuzen. Die ihre kraftvollen Köpfe nach links wandten, hin zu einer Felslandschaft in Braun- und Ockertönen, überwölbt von einem Regenbogen. Beinahe beneidete Alice John um diesen Augenblick. Lux hatte ihr oft genug erklärt, dass die Beziehung, die Liebe zu bestimmten Bildern mit jeder Betrachtung tiefer werde und sich in einem ausweite, einen ergriff und die Sicht auf die Dinge, auf alles verändern könne. Und hier war also dieses Bild! Sie konnte fühlen, wie es sie ergriff und sich genau diese Liebe in ihr ausbreitete. Manchen Menschen blieb es ein Leben lang verwehrt, das richtige Bild zu finden. Oder vom richtigen Bild gefunden zu werden. Hoffentlich würde *Der Turm der blauen Pferde* für John eine ähnliche Bedeutung gewinnen wie für sie selbst. Sie trat zu ihm.

»Mein Vater hat einmal etwas sehr Interessantes gesagt.« Sie schloss die Augen und versuchte sich an die genauen Worte zu erinnern. »Jedes Bild – wirklich jedes – hat eine eigene Persönlichkeit. Manche sind duldsam, sie bleiben gerne ein Leben lang an einem Ort. Manche sind gleichgültig, sie dämmern in einer Art Halbschlaf vor sich hin, und es ist ihnen egal, wo und bei wem sie hängen.« Sie öffnete die Augen und ließ den Blick über die blauen Pferde schweifen. »Und manche sind aufmerksam, sie nehmen genau wahr, was um sie herum passiert und wo sie hängen.«

»Genau so ein Bild ist dieses«, antwortete John und griff nach ihrer Hand. »Es ist …« Er zögerte, setzte erneut an. »Es ist, als ob hinter dem, was wir sehen, noch etwas anderes liegt. Etwas, das deinen Blick erwidert.«

Alice drückte seine Hand. So standen sie mehrere Minuten Seite an Seite mit ineinander verschränkten Fingern, versunken in Farben, Formen, Gedanken. Eben wollte sie John näher an sich heranziehen, als eine Frau sie von hinten ansprach.

»Fräulein Waldmann?«

Erschrocken fuhren sie auseinander. Alice drehte sich um.

»Sie sind der Neuzugang bei den Waldmanns, oder?«
Vor ihr stand Grete Ring und musterte sie neugierig.

»Du hast die Ring getroffen?«, fragte Johann, als Alice ihm abends von ihrer Begegnung in der Nationalgalerie erzählte.

»Ja. Ich soll dich grüßen«, antwortete sie. »Woher kennst du sie? Tee?« Sie deutete auf die Kanne, die neben ihr auf dem kleinen Tisch stand.

Er schüttelte den Kopf und hob eine schwere, geschliffene Glaskaraffe hoch, aus der er Malt Whiskey in zwei Gläser goss. Sie stießen an.

»Ach, von verschiedenen Gelegenheiten«, antwortete er, nachdem er sich Alice gegenüber in den Sessel hatte fallen lassen. »Ich habe sie lange nicht gesehen. Das letzte Mal wohl 1920, nachdem sie zu Cassirer gegangen ist. Wenn ich mich richtig erinnere, hatte sie eine unserer Ausstellungseröffnungen besucht.«

»Welche denn?«

»Lass mich nachdenken ... ich glaube, das muss die Brücke-Ausstellung gewesen sein.«

»Habt ihr viele Expressionisten ausgestellt?«, fragte Alice, deren Interesse nun geweckt war.

Johann schüttelte den Kopf. »Nein, eher nicht. Anfangs hatte unser Vater sich auf deutsche Impressionisten konzentriert, was zu seiner Zeit ziemlich innovativ war. Er musste damals einiges an Kritik und Anfeindungen einstecken, hat sich dann aber doch auf dem Markt durchgesetzt. Aber anscheinend war ihm das nicht mehr genug, denn so wie es aussieht, hat er wohl vorgehabt, nach dem Krieg das Programm ein wenig zu ... modernisieren.«

»Wie seid ihr denn damals im Krieg zurechtgekommen? Hattet ihr große Probleme?«, fragte Alice und rutschte tiefer in den Sessel.

»Na ja ... nicht mehr oder weniger als andere auch. Während des Krieges liefen die Alten Meister ganz gut –

Menzel, Feuerbach, Böcklin, von Werner, Leibl, Schuch, Thoma. Du musst bedenken, dass es damals kaum frische Ware gab. Viele Künstler waren in den Krieg gezogen, und manch einer kam verwundet oder gar nicht zurück. Diejenigen, die hier waren, litten genauso sehr unter Hunger wie alle anderen. Und wenn sie das Glück hatten, einen vollen Bauch zu haben, mussten sie erst einmal Material zum Arbeiten auftreiben. Um ihnen zu helfen – und natürlich in der Hoffnung auf frische Ware – versorgte unser Vater einige von ihnen mit Material, Farben und Leinwänden. Helena war überhaupt nicht begeistert, dass er das ›Geld so zum Fenster rausschleuderte‹, wie sie es nannte. Und als er dann …« Johann stockte, dann wandte er sich zu seiner Nichte um. »Hast du eigentlich schon den gläsernen Teesalon und das arabische Schlafzimmer drüben in Helenas Villa gesehen? Oder die Mosaiken in der Galerie?«

Alice zog die Augenbrauen hoch. »Wie glaubst du, soll ich dort hineinkommen? Helena wird mir sicherlich keine Hausführung angedeihen lassen. Und in die Galerie hat mich noch niemand mitgenommen.«

»Ah.« Er lächelte ironisch. »Da hast du wohl recht. Vielleicht kann ich dich ja mal hineinschmuggeln, wenn sie nicht da ist. Denn die beiden Räume solltest du unbedingt gesehen haben. Für die Galerie habe ich einen Schlüssel.«

»Was sind das für Räume? Ein gläserner Teesalon und ein … was … arabisches Schlafzimmer?«

»Ja. Gegen Kriegsende kam unser Vater auf die Idee, er müsse der Kundschaft demonstrieren, dass er ein innovativer Kunsthändler und -mäzen sei, der mit der neuen Zeit geht. Der ein Gespür hat für neue Strömungen und Richtungen.«

»Und das wollte er mit einem Teesalon?«, fragte Alice und runzelte die Stirn.

»Na ja, es sollte ja nicht bei dem Teesalon und dem Schlafzimmer bleiben. Was ihm vorschwebte, war die komplette Umgestaltung der Villa und der Galerie in expressionistischem Stil. Das sollte dann in allen relevanten Zeitschriften publiziert werden, um so neue kaufkräftige Kundschaft anzulocken. So weit ist es allerdings nicht mehr gekommen. Die beiden Wohnräume und ein Teil der Galerie waren alles, was er finanzieren konnte, bevor er starb. Und Helena war froh, als sie das Projekt beenden konnte. Nachdem er beerdigt worden war, hat sie die Arbeiten einstellen lassen, die beiden Räume abgesperrt und nie wieder einen Fuß hineingesetzt.«

Alice schnaubte. »Hm, das kann ich mir gut vorstellen. Schade, dass ich die Galerie nicht mehr erlebt habe.«

»Sie hätte dir gefallen.«

»Wann habt ihr sie geschlossen?«

»Ende 23. Keiner hatte Geld, dafür jede Menge Probleme und wertlose Scheine.« Er prostete ihr zu.

»Andere haben durchgehalten. Was haben sie anders gemacht?«

Er zuckte mit den Schultern. »Vielleicht hätten wir es auch schaffen können.« Johann stand auf, um sich nachzuschenken.

»Aber?«, fragte Alice.

Er drehte sich zu ihr um. »Helena wollte nicht. Und bevor du fragst, warum ... ich weiß es nicht.« Nachdenklich blickte er in sein Glas, dann sah er zu ihr hinüber. »Aber ich hätte große Lust, es noch einmal zu versuchen.«

Kurze Zeit später, nachdem Alice sich in ihr Zimmer zurückgezogen hatte, wanderten ihre Gedanken noch einmal zu ihrem Gespräch zurück. Was, wenn es tatsächlich möglich wäre, die Galerie wiederzubeleben? Ob es dort einen Platz für sie gäbe? An diesem Abend ging sie mit dem Gefühl zu Bett, dass ihr Tag in der Nationalgalerie in mehrfacher Hinsicht ein Glücksfall gewesen sein könnte.

Als der Februar in den März überging und die Tage endlich wieder länger wurden, fuhren Alice und John in die Stresemannstraße, um das Museum für Völkerkunde zu besichtigen. Es war zwar kein Kunstmuseum im klassischen Sinn, doch hatten sich viele Künstler mit Artefakten aus Asien und Afrika beschäftigt und Inspiration aus ihnen gezogen. Picasso war begeistert von afrikanischen Plastiken, Van Gogh hatte sich intensiv mit japanischen Holzschnitten beschäftigt, und auch die Brücke-Künstler waren von Objekten aus der Südsee und Ozeanien hingerissen. Vielleicht konnte Alice ja noch etwas lernen, immerhin war das Ethnologische Museum Berlins eines von Weltrang.

Während in den Bäumen um das Gebäude herum die Meisen begannen, sich auf den Frühling einzustimmen, schlenderten sie durch das Museum und landeten irgendwann in der Abteilung für afrikanische Kunst, die sie sich nur mit wenigen anderen Besuchern teilten.

John deutete auf eine Plastik in einer der Vitrinen. Er kniff die Augen zusammen und trat einen Schritt näher. »Hast du nicht das Gefühl, sie erwidert unseren Blick?«, fragte er leise.

Alice stellte sich neben ihn und betrachtete die Plastik genauer. Sie ließ ihren Blick über die Perlenhaube mit den seitlich angebrachten Muscheln und über die drei Narben, die die Stirn zierten, gleiten. Der Hals verschwand unter zahlreichen Reifen, die auch die Unterlippe verdeckten. Sie betrachtete die Oberlippe, die elegant modellierte Nase, die großen Augen.

Ein Kribbeln lief ihr über den Rücken, ein kleiner Schauer, der sich von den Rippen aus durch ihren Körper fortsetzte.

»Hast du dich schon mal gefragt, wie diese Dinge zu uns nach Europa gekommen sind?«, fragte John.

Alice zuckte mit den Schultern. »Tausch? Handel?« Sie konnte den Blick nicht von dem Kopf lösen und fragte sich, wieso ihr erst jetzt seine tatsächliche Schönheit auffiel.

»Mein Vater hatte eine ähnliche Plastik. Sie wurde bei uns als Türstopper verwendet.«

Alice runzelte die Stirn. »Als Türstopper?«

John presste die Lippen aufeinander. »Mein Vater war in der Britischen Armee. Royal Navy.« Er blickte Alice an. »Hast du schon mal vom Königreich Benin gehört?«

Sie schüttelte den Kopf.

»1897 gab es eine englische Strafexpedition. Alles, was auch nur im Entferntesten kostbar schien, wurde in einem Lagerhaus zusammengetragen. Bronzen, geschnitzte Elfenbeinzähne. Dann haben die Soldaten angefangen, die Häuser niederzureißen und den Palast anzuzünden.« Er schob die Hände in die Hosentaschen und blickte die Figur an. »Sie luden alles auf ihre Schiffe und brachten es nach Europa, wo es an Museen und Sammler verkauft wurde.« Jäh wandte er sich ab und ging auf den Durchgang zum nächsten Raum zu.

Alice blickte ihm hinterher, dann sah sie noch einmal auf die Plastik. Die leeren Augen starrten zurück. Der wohlige Schauer, den sie noch vor wenigen Minuten gefühlt hatte, hatte sich in etwas verwandelt, das sich wie eisige Tropfen auf ihrer Kopfhaut anfühlte.

Das Blinde Schwein

Frühjahr 1931

Alice zuckte zusammen. Ein Regentropfen war in ihren Nacken gefallen, als sie aus dem Taxi stieg. Schnell rann er an ihrem Hals hinab, unter den Mantelkragen, hinein in den Rückenausschnitt ihres meergrünen Tanzkleids. Vielleicht hätte sie besser etwas anderes angezogen. Etwas, das dem Wetter entsprochen hätte. Immerhin hatte es den ganzen Tag geregnet. Entsprechend nass und glitschig war das Straßenpflaster, auf dem sie in ihren neuen Schuhen mit den hohen Absätzen stand. Unauffällig wackelte sie mit den Zehen und zog den Mantel fester um sich. Während John den Fahrer bezahlte, blickte sie skeptisch an dem Gebäude hinauf, vor dem sie angehalten hatten und das schon bessere Zeiten gesehen haben musste.

Stuck bröckelte vom Putz, blinde Fensterscheiben, durch die trübes Licht auf die wenigen vorbeihastenden Passanten fiel. Keine Neonreklame, kein Reklameschild wies darauf hin, dass sich hier der Nachtclub *Das Blinde Schwein* befinden sollte. Wenn man sich allerdings genauer umsah, fielen einem die auffällig unauffällig in den Hauseingängen herumlungernden Schatten auf. Und wenn man lange genug wartete auch die vereinzelten

Taxen, aus denen elegant gekleidete Paare ausstiegen, die so gar nicht hierher passten. Genau wie sie. Sie fühlte ein leichtes Kribbeln in der Magengrube.

John hatte vorgeschlagen, sich später zu treffen. Er müsse etwas für Johann erledigen. Immer wieder war er auf ihren Streifzügen für eine kurze Weile verschwunden, um »geschäftliche Dinge« zu erledigen. Und obwohl sie ab und zu gefragt hatte, mit wem er sich traf, hatte sie nie befriedigende Antworten erhalten. Je weniger sie wisse, desto besser für sie, hatte er nur gesagt und sie in seine Arme gezogen. Doch diesmal hatte sie nicht lockergelassen, und schließlich hatte er nachgegeben und sie mitgenommen. Außerdem: Sie hätte im Leben nicht die Gelegenheit verpassen wollen, einen neuen Jazzclub zu entdecken. Schon gar nicht, wenn dieser Club Johann gehörte und sie den Abend gemeinsam mit John verbringen könnte.

John hatte sich fein gemacht, er trug einen nachtschwarzen Einreiher. Auf eine Krawatte hatte er wie üblich verzichtet und die dunkle Tweed-Kappe ins Gesicht gezogen.

Sie stiegen einen durch Ascheimer verborgenen Kellerabgang mit abgetretenen Stufen hinunter, der durch eine rote Glühbirne notdürftig beleuchtet wurde, und liefen vorbei an dunklen Lattenverschlägen durch niedrige Gänge, in denen selbst Alice den Kopf einziehen musste, um nicht mit dem Scheitel an der Decke entlangzuschrammen. Nach wenigen Metern und mehreren Abzweigungen hatte sie die Orientierung komplett verloren. Ein paar Ecken weiter blieb John plötzlich stehen und klopfte an eine unscheinbare, leicht verrostete Eisentür. Gleich darauf öffnete sich eine kleine Klappe in Augenhöhe.

Ein forschendes Augenpaar musterte erst John, dann sie, und wenige Sekunden später öffnete sich die Tür geräuschlos. Von weiter hinten drangen die gedämpften Klänge von Jazzmusik an ihr Ohr.

John ließ ihr den Vortritt, und als sie sich nach ihm umdrehte, sah sie, dass er ein paar gemurmelte Worte mit dem Mann am Einlass wechselte, der bedauernd den Kopf schüttelte.

John wandte sich achselzuckend ab und folgte Alice. Die Musik und das Stimmengewirr wurden mit jedem Schritt lauter. Ein livrierter Page zog mit einer eleganten Verbeugung einen bodenlangen Ledervorhang zur Seite und gab damit den Blick auf den dahinterliegenden Raum frei, der viel größer war, als Alice erwartet hatte. Sie betraten den Tanzsaal. Neugierig blickte sie sich um. Überall sah man elegantes Publikum, das an größeren und kleineren schwarzen Lacktischen saß, zwischen denen Kellner hin und her schossen. In der Mitte befand sich eine spiegelglatte Tanzfläche, über die sich Pärchen in den verschiedensten Zusammensetzungen zu den Klängen einer Jazzband schoben, die auf einer kleinen Bühne am Ende des Raums stand. Alice verzog das Gesicht, als sie sah, wie schlecht die meisten sich zu der hervorragend gespielten Musik bewegten.

Ein herbeieilender Kellner führte sie an einen Tisch, ein anderer stellte unaufgefordert ein Glas vor John.

»Man weiß also schon, was du trinkst. Was ist in dem Glas?«, fragte sie.

»Whiskey. Würde ich hier allerdings nicht empfehlen.«

Der Ober, der Alices Bestellung aufnehmen wollte, verzog keine Miene. »Möchten Sie vielleicht einen Cocktail trinken, gnädiges Fräulein? Der Sidecar ist momentan sehr beliebt bei den Damen«, erklärte er und beugte sich vertraulich vor.

»Aus was wird er gemixt?«, fragte sie.

»Cognac, Triple sec und Zitronensaft.«

Schaudernd zog sie die Schultern hoch. »Schade um die schönen Spirituosen.« Sie deutete auf Johns Glas und setzte ihr unschuldigstes Lächeln auf. »Bringen Sie mir ein Glas von dem da. Bitte.«

Verschnupft rauschte der Kellner ab.

John zog fragend die Augenbrauen hoch.

»Ich kann Cocktails nicht ausstehen. All das süßliche Gepansche.«

»Wie du meinst«, antwortete er. »Dir ist aber klar, dass du jetzt Eselspisse trinken musst?« Er blickte melancholisch in sein Glas. »Nirgendwo sonst habe ich jemals so schlechten Whiskey getrunken. Nicht mal im Krieg.« Er legte den Kopf in den Nacken und schüttete den Rest hinunter.

Alice blickte auf. Den Krieg hatte John seit ihrem Gespräch an Weihnachten nicht mehr erwähnt. Und sie hatte sich gehütet, ihn ein weiteres Mal danach zu fragen. Nicht, dass es sie nicht interessieren würde.

»Nein?«, fragte sie und zog eine ihrer Juno-Zigaretten aus dem Etui.

John beugte sich vor, gab ihr Feuer, zündete sich eine seiner Selbstgedrehten an und blickte nachdenklich dem sich kräuselnden Rauchfaden hinterher. Gerade schien er zu einer Antwort ansetzen zu wollen, als sein Blick ausdruckslos wurde.

Alice roch ihr schweres Parfum, bevor sie sie sah. Sie drehte sich um. Direkt hinter ihr stand eine teuer gekleidete, umwerfend aussehende Frau und lächelte John unter halb geschlossenen Lidern an, bevor sie gleichgültig auf sie herabsah und ihr eine Wolke süßen Zigarettenrauch ins Gesicht blies. Alice kniff die Augen zusammen und hustete.

»John, Darling. Schön, dich zu sehen.« Sie sah Alice an, die den Blick trotz ihrer tränenden Augen nicht abwandte. »Wo hast du denn die Kleine aufgegabelt?« Sie taxierte Alice und zuckte mit den Schultern. »Na ja. Bisschen zu wenig Titten für deinen Geschmack, oder? Neu im Geschäft?«, fragte sie an Alice gewandt und verzog die blutrot geschminkten Lippen zu einem Lächeln. Alice drehte sich mit hochgezogenen Augenbrauen zu John um, während sie versuchte, nicht zu grinsen. Trotz der schummerigen Beleuchtung konnte sie erkennen, dass ihm das Blut ins Gesicht schoss.

»Ah«, krächzte er und räusperte sich. »Esmé. Das ist meine Freundin Alice.« Er blickte Alice an und griff nach ihrer Hand. »Also, meine feste ... meine richtige ... meine ...« Er brach ab und klappte den Mund zu. Mittlerweile war er so rot, dass Alice glaubte, ihm würde Dampf aus den Ohren schießen. Sie konnte sich das Grinsen nicht mehr verkneifen, wandte sich zu Esmé um und hielt ihr die Hand hin.

»Alice Waldmann.«

Überrascht ergriff Esmé ihre Hand und schüttelte sie.

»Ich glaube, John bedarf in Zukunft nicht mehr Ihres ... Beistands? Er ist jetzt in festen Händen.«

Mit zusammengekniffenen Augen betrachtete die Hure Alice, dann grinste sie ebenfalls. »Och, es gibt durchaus Paare, die sich meiner Dienstleistungen erfreuen. Gemeinsam.« Esmés Zungenspitze blitzte kurz zwischen ihren Zähnen auf. »Falls ihr also einmal das Bedürfnis nach etwas Abwechslung verspüren solltet ...«

John räusperte sich geräuschvoll. »Ah, Esmé, ich glaube, ich wäre jetzt gerne mit Alice alleine.« Er blickte sie flehend an.

»Wenn du meinst«, antwortete Esmé und ließ Alices Hand los. Sie wandte sich ab, drehte sich dann aber noch einmal um. »Beinahe hätte ich es vergessen, John. Du wirst erwartet.«

Mit einem eleganten Hüftschwung verschwand sie in der Menge.

John atmete erleichtert aus. »Ich … äh …«, setzte er stotternd an.

Alice beobachtete ihn interessiert.

»Ifreann«, stieß er zwischen zusammengebissenen Zähnen hervor. »Ich … Tut mir leid!«

»Ifreann?«, wiederholte sie.

Er zuckte mit den Schultern, anscheinend froh, dass sie nicht nach Esmé fragte.

»Hölle. Auf Irisch. Hör mal, ich muss jetzt los.« Vorsichtig fuhr er mit dem Daumen über ihren Handrücken. »Es kann ein bisschen dauern. Mach dir also keine Sorgen, wenn ich in einer Stunde noch nicht zurück bin.«

»Eine Stunde? Hmm, jetzt, wo ich so viele Fragen hätte.«

John schoss erneut die Röte ins Gesicht, und sie grinste, drückte dann aber fest seine Hand.

»Keine Sorge. Ich bleib hier schön artig sitzen und denke nach. Vielleicht setzt sich ja Esmé noch ein bisschen zu mir.«

Er zuckte schuldbewusst zusammen. Dann ließ er ihre Hand los und strich eine störrische Locke, die sich aus ihrer Frisur gelöst hatte, hinter ihr Ohr. »Geh mit niemandem mit und warte auf mich.«

»Du hörst dich an wie Rotkäppchens Mutter.«

»Ich mein es ernst. Versprichst du, hier zu warten?« Er sah ihr in die Augen.

»Ja, in Ordnung. Ich warte hier auf dich.«

Er beugte sich über den Tisch und küsste sie. Dann griff er nach ihrem Glas, trank es in einem Zug aus, stellte es ab und schob sich durch die Menge, ohne sich noch einmal nach ihr umzudrehen. Alice konnte noch erkennen, wie er einen Mann im Smoking ansprach, der ihn durch eine verhängte Tür auf der Rückseite des Saals führte. Dann war er verschwunden.

Einige Minuten lang starrte sie auf den Durchgang, als könne sie ihn durch reine Willenskraft wieder herauszwingen. Dann wandte sie sich ab. Ein Kellner schwirrte an ihr vorbei. Sie griff nach dem leeren Whiskeyglas und gab ihm damit ein Zeichen, ihr noch eines zu bringen.

Eine halbe Stunde später saß sie mit aufgestützten Armen, das gewünschte Glas Whiskey vor sich, rauchend an ihrem Tisch. Esmé war nicht mehr aufgetaucht, und langsam wurde ihr langweilig.

Den einen oder anderen Galan, der sie zum Tanzen auffordern wollte, hatte sie gleichgültig abgewiesen. Wie schade, dass sie ihre Kamera nicht dabeihatte. Was hätte es hier nicht alles zu fotografieren gegeben: Von reichen Töchtern über Edelhuren, von Versicherungsangestellten bis zu gelackten Eintänzern schien hier allerhand unterwegs zu sein. Dazwischen die eine oder andere Ganovenvisage und am Tisch nebenan ein abenteuerlustiges Ehepaar aus Posemuckel, das große Augen machte und sich wahrscheinlich bereits jetzt zurechtlegte, was sie der daheimgebliebenen Familie und den Freunden von ihrem Ausflug in die Berliner Unterwelt erzählen würde. Was hätte sie hier für eine Ausbeute gehabt. Sie unterdrückte ein Gähnen und nahm einen kleinen Schluck vom Whiskey. Warm. Angewidert verzog sie den Mund und stellte das Glas ab.

»Eselpisse.«

Eine gepflegte Männerhand schob sich über ihre Schulter und griff nach dem Glas. Verdutzt wandte Alice sich um. Ein dunkelhaariger, nicht mehr ganz junger Mann beugte sich über sie und führte den Tumbler an die Nase. Er schnupperte, zuckte zusammen und wandte sich suchend um. Am Nebentisch schien er entdeckt zu haben, wonach er Ausschau gehalten hatte. Er trat an den Tisch, immer noch mit ihrem Glas in der Hand, verbeugte sich mit einem kleinen Lächeln vor dem älteren Ehepaar, das ihn mit großen Augen anstarrte, und schüttete den Inhalt des Glases in den Sektkübel. Die beiden schnappten nach Luft, schienen es aber für klüger zu halten, sich nicht zu beschweren. Der Unbekannte schlenderte um den Tisch herum und setzte sich Alice gegenüber auf Johns Platz.

»Besetzt.« Sie zog die Augenbrauen zusammen und fixierte ihr Gegenüber finster.

Er war groß, mit langen Armen und Beinen, die gewellten Haare schwarzbraun, durchzogen von ersten silbernen Fäden. Seine Nase schien öfter als einmal gebrochen und schief zusammengewachsen zu sein.

Ihr Protest schien ihn nicht weiter zu beeindrucken. Seelenruhig zog er einen Flachmann aus der Jackentasche, schraubte ihn auf, roch versonnen an dessen Inhalt und goss etwas davon in Alices Glas. Dann schob er es zu ihr hinüber.

»Probieren Sie«, forderte er sie auf. Sie meinte, den Hauch eines Akzents heraushören zu können. Engländer?

Alice ignorierte das Glas. Sie verschränkte die Arme und reckte das Kinn vor. Was erlaubte sich dieser Kerl?

Er lehnte sich zurück und zwinkerte ihr zu. Ein Lächeln zog über sein Gesicht, das die kleinen Fältchen um die blauen Augen deutlich hervortreten ließ.

»Wenn Sie nicht freiwillig gehen, werde ich jemanden rufen, der Ihnen einen Platz an einem anderen Tisch suchen wird.« Demonstrativ hob sie die Hand, um einen Kellner heranzuwinken.

Der Unbekannte packte sie am Handgelenk. Sein Griff war nicht schmerzhaft, aber doch so fest, dass sie sich ihm nicht entziehen konnte.

Verblüfft starrte sie ihn an. »Was …?«

Er hob einen Finger an die Lippen und schüttelte den Kopf. Dann ließ er sie unvermittelt los. Wütend rieb sie sich das Handgelenk. Er lächelte sie an. Dann nahm er einen Schluck aus ihrem Glas.

»Ich hätte zu gerne gewusst, wie es John geht. Wir haben uns schon eine Ewigkeit nicht mehr gesehen. Dabei sind wir sehr alte Freunde.«

Alice kniff die Augen zusammen.

»Noch aus dem Krieg.«

Die Band hatte einen Song nach dem anderen gespielt. Nun machte sie die erste Pause. Das Publikum applaudierte, als die Musiker sich verbeugten.

Der Unbekannte wandte sich um. »Die sind richtig gut, die Jungs, oder?«, fragte er und deutete mit dem Daumen auf die kleine Bühne.

»Darf ich fragen, wer Sie sind?« Alice starrte ihr Gegenüber an.

»Verzeihen Sie, Fräulein Waldmann. Habe ich mich noch nicht vorgestellt?«

Sie zuckte zusammen. Woher kannte er ihren Namen?

Er streckte die Hand über den Tisch. »William Scanlan.« Ein strahlendes Lächeln breitete sich auf seinem Gesicht aus, als er sich auf dem Stuhl zurücklehnte und sie unverhohlen musterte. »Ich muss sagen, der Junge hat sich gemacht, seit ich ihn das letzte Mal gesehen habe.« Er goss ihnen erneut einen ordentlichen Schluck aus seinem Flachmann ein und seufzte zufrieden, nachdem er am Glas genippt hatte. »Was Whiskey angeht, sollten Sie sich immer an die Iren halten.«

Alice verengte die Augen. »John hat nie von Ihnen erzählt. Wer sagt mir, dass Sie ihn tatsächlich kennen?« Sie konnte selbst hören, wie angriffslustig sie klang, hielt es aber nicht für notwendig, einen freundlicheren Ton anzuschlagen. Zumindest nicht, solange sie nicht wusste, was er tatsächlich im Schilde führte.

»Hat er Ihnen nie von mir erzählt?« Ungläubig schüttelte er den Kopf und schnalzte mit der Zunge. »Dabei standen wir uns so nahe.« Er legte die Zeigefinger aneinander, um zu verdeutlichen, wie eng ihr Verhältnis gewesen war. »Aber wahrscheinlich liegt es daran, dass er nicht gerne ans Kriegsgefangenenlager denkt.« Er beugte sich vor. Seine Augen blitzten neugierig. »Hat er Ihnen vom Kriegsgefangenenlager erzählt?«

Alice starrte ihn an. Ich sollte jetzt aufstehen und gehen, dachte sie. Hin- und hergerissen zwischen brennender Neugier und schlechtem Gewissen kämpfte sie mit sich selbst – und blieb sitzen. »Wenn er es nicht getan hat, hat er sicherlich seine Gründe«, wies sie Scanlan verärgert zurecht.

Überrascht blickte er sie an, hob besänftigend die Hände und lachte. »Ich wollte Ihnen nicht zu nahetreten.« Er ließ die Hände sinken. »Lassen Sie uns ein wenig plaudern«, schlug er vor und prostete ihr versöhnlich zu.

Die Band kehrte auf die Bühne zurück und legte sofort mit einem schnellen und lauten Stück los. Was Alice recht war, machte es eine Antwort doch fast unmöglich.

»Wie habt ihr euch denn kennengelernt?«, fragte Scanlan, nachdem der Song geendet hatte.

Alice hoffte, dass die Kapelle schnell weiterspielen würde. Sie trommelte mit den lackierten Fingernägeln auf ihr Zigarettenetui. »Über meine Familie«, antwortete sie knapp.

Entweder fiel Scanlan ihre Einsilbigkeit nicht auf oder er ließ sich davon nicht beeindrucken. »Habe gehört, er verkauft jetzt Papiere? Oder ist er wieder zu den Boxern zurückgegangen?«

Alice blickte ihn verständnislos an. »Zu den Boxern?«

»German Boy, so haben sie ihn genannt. Ich habe ihm ein paar Techniken beigebracht. Er war bei seinen irischen Kameraden nicht unbedingt beliebt, als halber Deutscher.« Nachdenklich blickte er in sein Glas. »Bei den Deutschen allerdings auch nicht. War eine schwere Zeit für ihn. So kurz, nachdem er seinen Bruder verloren hat.«

»Seinen Bruder?«, wiederholte Alice. Am liebsten hätte sie sich auf die Zunge gebissen. John hatte ihr nie von einem Bruder erzählt.

Scanlan beobachtete die Musiker, die beratschlagten, welches Stück sie als Nächstes spielen wollten, und die kurze Unterbrechung nutzten, um einen Schluck Bier zu trinken.

»Ihr seid noch nicht lange zusammen, oder?«, fragte er und warf ihr einen interessierten Seitenblick zu.

Alice zuckte mit den Schultern. Sie zog eine Zigarette aus dem Etui und zündete sie an.

»Tragische Geschichte«, fuhr Scanlan fort. »John und sein Bruder sind zwischen die Linien geraten. John hat es geschafft, Lewis nicht. Der deutsche Sanitäter, der sie fand, konnte wohl nichts mehr tun.« Er schüttelte den Kopf und seufzte. »War ein guter Mann, der Sanitäter. Hat sich um John gekümmert. Soviel ich weiß, auch nach dem Krieg.« Wieder warf er ihr einen Seitenblick zu. »Kann mich immer noch an den Namen erinnern. Johann Waldmann.« Er lächelte. »Ein Verwandter?«

Alice verschluckte sich beinahe am Zigarettenrauch, bekam sich aber gerade noch unter Kontrolle und griff hastig nach dem Whiskey. Die Band stimmte das nächste Stück an, wofür sie dankbar war, war dies doch eine Möglichkeit, sich wieder etwas zu fangen.

Konnte das alles Zufall sein? Misstrauisch beobachtete sie den Mann, der scheinbar vollkommen entspannt der Kapelle zusah und mit dem Fuß im Takt wippte. Sie war so konzentriert, dass sie zusammenzuckte, als sich eine Hand auf ihre bloße Schulter legte.

Scanlan war aufgesprungen und breitete die Arme aus. Möglich, dass es die Überraschung war, dachte Alice, als sie Johns Gesicht beobachtete. Innerhalb weniger Sekunden schien er eine Vielzahl an Empfindungen zu durchlaufen, als Scanlan ihn in eine Umarmung zog und ihm in einem fort auf den Rücken klopfte.

Alice war ebenfalls aufgestanden und beobachtete die beiden. Als John sich aus dem Griff des älteren Mannes löste, leuchtete sein Gesicht für einen kurzen Moment auf. Dennoch schien irgendetwas nicht in Ordnung zu sein.

Er beugte sich zu ihr, um sie zu küssen, und sie blickte ihm fragend in die Augen. Er erwiderte ihren Blick und zog sie an sich.

»Geh in zehn Minuten zu den Damentoiletten. Warte dort auf mich«, flüsterte er. Dann ließ er sie los und zog einen Stuhl an den Tisch.

Sie setzte sich neben ihn, griff nach ihrem Zigarettenetui und blickte unauffällig auf ihre Armbanduhr. Zwanzig nach zwölf. Während sie sich eine Zigarette anzündete, beobachtete sie die beiden Männer, die begonnen hatten, sich auf Englisch zu unterhalten. Bis jetzt hatte sie geglaubt, ihr Englisch sei nicht schlecht, doch mit ihren Kenntnissen hatte das, was sie hier hörte, nur sehr wenig zu tun.

Scanlan schien zu merken, dass sie ihnen nicht folgen konnte, denn er unterbrach sich selbst.

»Verzeihen Sie, Fräulein Waldmann. Aber wenn man sich so lange nicht gesehen hat, dann gehen einem ... wie heißt es auf Deutsch ... die Gäule durch. Nicht wahr?« Er schlug John auf die Schulter. »Ab jetzt auf Deutsch, damit das bezaubernde Fräulein Waldmann uns versteht.«

Er prostete ihr zu und trank aus. Sein Blick glitt dabei zwischen John und Alice hin und her. Alice fröstelte. John drückte ihre Hand unter dem Tisch.

»Ihr habt euch schon bekannt gemacht?«, fragte er Scanlan.

»Ja. Und ich muss gestehen, ich habe sie sehr überfallen. Aber keine Sorge.« Er beugte sich vor. »Ich habe ihr keines deiner Geheimnisse verraten.«

»Wie auch? Es gibt ja keine«, antwortete John. Seine Stimme klang ungewohnt kalt und hart.

Alice sah ihn überrascht an, schlug aber schnell den Blick nieder, damit Scanlan nichts bemerkte. Sie spürte Johns Fuß sacht gegen ihren tippen. Unauffällig blickte sie auf die Uhr. Halb eins. Sie griff nach ihrer Handtasche und erhob sich. Die beiden Männer standen ebenfalls auf.

»Wenn ihr mich für einen Augenblick entschuldigen würdet?« Sie deutete mit der freien Hand vage in Richtung der Toiletten.

Ohne einen Blick zurückzuwerfen, schob sie sich durch den Raum, vorbei an der überfüllten Tanzfläche. Die fröhliche Aufregung um sie herum schien auf einmal umzuschlagen. Alice spürte eine nervöse Erregung, die wie elektrischer Strom durch die Menge lief. Irgendetwas war im Gange. Viele Gäste reckten die Köpfe, um die Quelle der Unruhe auszumachen. Auch Alice blickte sich um und meinte, flüchtig etwas Blaues an der Eingangstür aufblitzen zu sehen. Polizei? Hatte John etwa gewusst …?

In dem Moment, in dem sie den Durchgang zur Damentoilette erreichte, hörte sie einen schrillen Pfiff, eine Frau schrie auf, ein Glas fiel zersplitternd zu Boden, und die Hölle brach los.

Die Menge wogte hin und her und suchte hektisch nach einem Fluchtweg. Schupos mit gezogenen Waffen begannen in den Raum hineinzuströmen und trieben das Publikum wie eine verängstigte Schafherde vor sich her.

»Dies ist eine polizeiliche Maßnahme«, rief ein dicker Beamter in Zivil. »Wir werden Sie zum Polizeipräsidium mitnehmen und Ihre Personalien feststellen sowie Ihre Aussage aufnehmen. Falls es jemand noch nicht wissen sollte: *Das Blinde Schwein* ist ein illegales Lokal.«

Noch wenige Minuten zuvor hatten ein paar Männer neben der Bühne herumgelungert. Der Großteil von ihnen fügte sich nun, wohl in der Annahme, es gäbe keine Möglichkeit, sich dem polizeilichen Zugriff zu entziehen. Andere jedoch rannten auf gut getarnte Durchgänge zu, die in das dahinterliegende Kellerlabyrinth führten. Alice beobachtete ein paar elegant gekleidete Frauen, die ebenfalls versuchten, sich durch Seitengänge zu verdrücken, aber von zwei Schupos aufgehalten und in die Raummitte zu den anderen versprengten Lämmern zurückgeführt wurden.

Sie wich in den Schatten einer Nische zurück und hoffte, dass John endlich auftauchen würde, damit sie verschwinden konnten. Sie hatte kein Verlangen nach einer polizeilichen Befragung, Leibesvisitationen oder einer Nacht auf dem Revier.

Erschrocken zuckte sie zusammen, als jemand nach ihrem Arm griff, und blickte zur Seite. Endlich! John drückte die Tür zur Damentoilette auf und zog sie hinter sich her.

»Was ist mit Scanlan?«

»Um den brauchst du dir keine Sorgen zu machen. Der hat den Überlebensinstinkt einer Ratte«, antwortete er und führte sie zur hintersten Kabine, in der die Putzleute ihre Schrubber und Eimer abstellten.

»Da passen wir niemals rein. Außerdem werden die Schupos auch hier suchen.«

Er grinste sie an. »Können sie ruhig. Sie werden aber niemanden finden.«

Er schob sich an ihr vorbei in die Kabine, griff hinter Besen und Schrubber, und zu Alices großem Erstaunen öffnete sich eine gut getarnte Tür in der Wand. Dann trat er einen Schritt zur Seite und bedeutete ihr durchzugehen, nicht ohne über ihren verblüfften Gesichtsausdruck zu grinsen. Er zog die Türe hinter ihnen zu, und sie standen in vollkommener Finsternis.

Vorsichtig tastete Alice sich über den unebenen Boden

vor. John hatte seine Hand auf ihren Rücken gelegt und schob sie sachte vorwärts.

»Warte«, sagte sie, stützte sich mit einer Hand an der rauen Ziegelwand ab und zog die Tanzschuhe mit den hohen Absätzen von den Füßen. Das fehlte gerade noch, sich in der Dunkelheit das Genick zu brechen. Mussten eben ihre Seidenstrümpfe dran glauben.

John schob sich an ihr vorbei, griff nach ihrer Hand und zog sie langsam hinter sich her. Undeutlich erkannte Alice die schwach erleuchteten Umrisse einer Tür.

Vorsichtig öffnete er sie, blickte in das dahinterliegende Treppenhaus und bedeutete ihr, ihm in das schummerige Licht hinauszufolgen. Alice wandte sich Richtung Ausgangstür. Doch John schüttelte den Kopf und deutete auf die Treppen. So leise wie möglich begannen sie die Stufen hochzusteigen. Obwohl sie sich bemühten, jedes Geräusch zu vermeiden, öffnete sich im ersten Stock eine Wohnungstür, und ein kleines, graues Männchen blinzelte ihnen kurzsichtig durch den Türspalt entgegen. John legte den Zeigefinger an die Lippen. Der alte Mann nickte, zog sich in seine Wohnung zurück und schloss lautlos die Tür.

Im vierten Stock, unter dem Dach angekommen, blieben sie vor der Bodentür stehen. Von unten konnte Alice Autohupen und das Geräusch eines anfahrenden Lasters hören. Sie wandte sich um und blickte über das Geländer in die Dunkelheit hinab. Wahrscheinlich werden gerade die Gäste des *Blinden Schweins* zum Polizeipräsidium gebracht, dachte sie und war froh, entwischt zu sein.

Hinter ihr klopfte John an die Tür. Ein komplizierter Rhythmus, fast ein Morsecode. Die Türe öffnete sich lautlos.

Sie drehte sich um. Im hell erleuchteten Türrahmen stand Johann.

Ohne ein Wort zu verlieren, führte er sie vorbei am roh behauenen Dachgebälk durch eine dahinterliegende Tür in ein schlicht, aber geschmackvoll eingerichtetes Büro. Verblüfft blieb Alice in der Tür stehen und blickte sich um. Als sie einen Schritt in den Raum machte, bohrten sich Holzsplitter schmerzhaft durch ihre Strümpfe in die Sohlen. Sie humpelte zu einem dick gepolsterten Clubsessel, ließ sich hineinfallen, zog die Füße hoch und untersuchte sie. Die Strümpfe waren hin. Vorsichtig zupfte sie an einem der größeren Splitter, ließ aber gleich wieder von ihm ab.

Nachdenklich blickte sie zu den Männern auf der anderen Seite des Raums: Johann von ihr abgewandt an die Kante des Schreibtischs gelehnt mit hochgerollten Hemdsärmeln und verschränkten Armen, John ihm gegenüber mit dem Aktenregal im Rücken. Die beiden waren in ein leises Gespräch vertieft, schenkten ihr keine Beachtung.

Wusste Johann über sie beide Bescheid? Bis jetzt hatten sie nie über ihre Beziehung zu John gesprochen. Es war einfach nicht notwendig gewesen. Sie schien ihr außerhalb aller sonstigen Bindungen zu existieren.

Als würde er ihren Blick fühlen, sah John zu ihr herüber, lächelte sie an und wandte sich wieder Johann zu, der auf ihn einredete. Alice stützte nachdenklich den Kopf auf die Hand. Wie stand es um die Verbindung von John und Johann? Was verband die beiden? Scanlan hatte behauptet, sie würden sich aus dem Kriegsgefangenenlager kennen, in dem Johann als was … als Sanitäter gedient hatte? John versorgte für Johann und seine Partner die Hunde, ja – aber was tat er sonst noch für ihn? Und was hatte es eigentlich mit Scanlan auf sich? Wieso zum Teufel tauchte er in diesem Nachtclub auf? War das wirklich nur ein Zufall? Der heutige Abend hatte Fragen aufgeworfen, auf die sie Antworten wollte.

Schließlich zog Johann eine Schreibtischschublade auf, entnahm ihr eine Flasche und stellte sie auf den Tisch. John kam zu ihr herüber und setzte sich auf die Armlehne ihres Sessels. Als er die zerrissenen Strümpfe an ihren Füßen sah, kniete er sich vor Alice und untersuchte stirnrunzelnd ihre Sohlen. Er ließ sie los, ging zum Schreibtisch und zog gleichfalls eine Schublade auf, aus der er eine schmale Rolle Leukoplast und eine Schere nahm und ein langes Stück abschnitt. Dann umfasste er erneut ihren Fuß und drückte den Streifen auf die Sohle. Als er ihn mit einem Ruck abriss, keuchte Alice auf.

Er blickte auf und grinste sie an. »Das tut doch nicht etwa weh?«

Sie streckte ihm die Zunge raus.

»Ein Indianer kennt keinen Schmerz, heißt es.«

»Scheiße«, keuchte sie, als er den zweiten Streifen abriss und ihr die Tränen in die Augen schossen. »Ich verzichte auf den Indianer!«

John lachte und tätschelte ihr liebevoll den Fuß, bevor er sich aufrichtete und die Gläser entgegennahm, die ihm Johann entgegenhielt.

Alice hatte nach oben gesehen und den nachdenklichen Blick ihres Onkels getroffen, als er ihr zuprostete. Als es an der Tür klopfte, dasselbe komplizierte Klopfzeichen, das auch John verwendet hatte, wandte er sich ab, um hinauszugehen.

Während sie an ihrem Glas nippte, konnte sie gedämpftes Murmeln durch die geschlossene Tür hören.

John hatte ein Taschentuch in den Inhalt seines Glases getunkt und rieb damit ihre Sohlen ab.

»Halt still«, sagte er, als sie ihren Fuß reflexartig wegziehen wollte und ihn beinahe aus dem Gleichgewicht gebracht hätte. Eben hatte er ihren Fuß losgelassen, als die Tür krachend aufflog.

Alice sprang auf, ließ ihr Glas fallen und stieß dabei John um.

Im Türrahmen stand der dicke Zivilpolizist, der die Razzia im *Blinden Schwein* geleitet hatte, mit gezückter Waffe. Seine kleinen, zwischen Fettpolstern liegenden Augen funkelten.

»Das ist eine polizeiliche Aushebung!«, rief er.

Alices Blick flog zwischen den drei Männern hin und her. Irgendetwas stimmte hier nicht ...

Wieso stand Johann so entspannt im Türrahmen, die Daumen in den Westentaschen eingehakt, im Rücken des Polizisten? Sie wandte sich zu John um, der immer noch auf dem Boden saß. Auch er schien keinen Grund zur Besorgnis zu sehen. Seine Arme lagen entspannt über den angezogenen Beinen.

»Was wird hier gespielt?«, fragte sie misstrauisch.

Der Polizist feixte und entblößte dabei eine Reihe schiefer, rattenartiger Zähne.

Johann drängte sich an ihm vorbei in den Raum, holte ein viertes Glas, goss etwas von der goldenen Flüssigkeit ein und hielt sie ihm entgegen.

»Hör auf mit dem Blödsinn, Bernhard. Du erschreckst meine Nichte noch zu Tode.«

Der Polizist legte seine Waffe auf den Schreibtisch, nahm das Glas entgegen und prostete ihr zu, bevor er es in einem einzigen Zug leerte. »Das ist schon was anderes als das, was ihr den Leuten unten vorsetzt«, schmatzte er zufrieden und hielt es Johann entgegen, der ihm mit einem kleinen zufriedenen Lächeln nachschenkte.

Irritiert sah Alice die beiden an. John stellte sich neben sie und legte den Arm um ihre Schulter. Sie schüttelte ihn ungehalten ab. Und auf einmal verstand sie. Ihre Augen weiteten sich.

»Das war eine getürkte Razzia, oder?«

Die drei Männer lachten los.

»Was ist so komisch?« Empört sah Alice die lachenden Männer an.

»Du hast ihr nichts erzählt?«, fragte der Polizist und wischte sich die Tränen aus den Augen.

Johann schüttelte, plötzlich wieder ernst geworden, den Kopf. »Das war bis jetzt nicht notwendig. Aber da wir nun mal alle hier sind …«

Er hob das Glas auf, das ihr vorhin hinuntergefallen war, tauschte es aus und schenkte nach. Dann drückte er es ihr in die Hand. »Nun, Alice. Es handelt sich um ein simples, geschäftliches Arrangement. Ein bisschen Nervenkitzel für die Gäste. Aber so, dass ihnen nichts wirklich Schlimmes passiert. Wir wollen sie nicht vergraulen, nicht wahr?« Er blickte zu dem Polizisten, der amüsiert grunzte. »Dafür erhalten Bernhard und seine Männer – alles echte Polizisten – einen kleinen … nennen wir es einen Bonus. Immerhin kann man von einem Beamtengehalt keine großen Sprünge machen.«

»Aber die Gäste werden doch aufs Revier gebracht. Oder etwa nicht?«, fragte Alice und runzelte die Stirn.

Bernhard lachte. »Doch. Echte Polizisten mit echten Transportern bringen echte Gäste auf ein … ich würde es jetzt nicht unbedingt unechtes Revier nennen. Ein ehemaliges Verwaltungsgebäude. Sehr praktisch. Dabei fällt mir ein, Johann, dass wir uns nach etwas Neuem umsehen müssen. Es gab ein Rundschreiben, dass das Gebäude jetzt doch wieder genutzt werden soll. Falls du also ...«

Johann warf Alice und John einen Blick zu, legte Bernhard die Hand auf die Schulter und zog ihn in eine andere Ecke des Raums.

Als er Alice im Vorbeigehen streifte, blickte er sie an und sagte mit leiser Stimme: »Ein Grund mehr, über die Galerie nachzudenken. Was hältst du davon, wenn wir uns nächste Woche die Räume ansehen?«

Sie wandte sich ab, stellte sich an eines der geöffneten Fenster, das den Blick auf die nächtliche Dächerlandschaft freigab, und atmete tief durch. John trat direkt hinter sie.

»Wieso hast du mir nichts davon gesagt?«, fragte sie.

»Weil es Johanns Geschäfte sind. Nicht meine.«

»Hmm, vielleicht. Aber du arbeitest für ihn. Und außerdem erzählst du mir nicht einmal etwas, wenn es um dich geht.« Erst jetzt wurde ihr klar, wie enttäuscht sie war, dass John ihr nichts über seinen Bruder oder das Kriegsgefangenenlager erzählt hatte. »Oder sollte ich sagen: gerade, wenn es um dich geht? Und ich rede jetzt nicht von Esmé.«

Er blickte sie nachdenklich an. Dann schob er die Hände in die Hosentaschen und schaute über ihren Kopf hinweg auf den Himmel über Berlin. »Es gibt Dinge, die ... ihre Zeit brauchen, um erzählt zu werden. Es ist nicht, dass ich sie vor dir verheimlichen möchte. Nur sind sie ...« Er stockte und setzte erneut an. »Da geht es um Dinge, über die ich noch nie mit jemandem gesprochen habe. Von denen ich wünschte, sie wären nie passiert.« Vorsichtig streckte er die Hand nach ihr aus. »Und genauso wenig möchte ich, dass du verzerrte Versionen über diese Dinge von anderen zu hören bekommst.« Zaghaft schob er seine Hand in ihre. »Es tut mir leid.«

Einige Sekunden lang kämpften Groll und Nachsicht in Alice um die Oberhand. Schließlich seufzte sie und zog ihn an sich. »Ich werde dir trotzdem immer alles erzählen«, murmelte sie in seine Schulter hinein.

Er strich ihr über den Rücken und drückte sie an sich. »Niemand erzählt immer alles. Selbst dann nicht, wenn man sich liebt.«

Das Familiengeschäft

Frühjahr 1931

Nachdem Johann seinen Wagen am Tiergarten abgestellt hatte, holte er Alice ab. Da es überraschend warm war, schlenderten sie vom belebten Potsdamer Platz aus die Straßen entlang, über den Matthäikirchplatz, vorbei an den vielen Galerien, die es hier gab. In einer von ihnen hatte sie sich erst vor wenigen Wochen die Laserstein-Ausstellung angesehen. Sie ließen sich Zeit und bummelten auf verschlungenen Wegen durch das Lützowviertel von einem Schaufenster zum nächsten. So viele Kunsthandlungen, dachte Alice, als sie vor der Auslage einer Galerie stehen blieben, um deren Angebot kritisch zu begutachten. Könnte die Galerie Waldmann sich auch heute gegen die Konkurrenz durchsetzen?

Sie ließen die laute Betriebsamkeit der Potsdamer Straße hinter sich, als sie in die kleine, stille Privatstraße abbogen, in der sich sowohl der Familien- als auch der Firmensitz der Waldmanns befand. Die wenigen Meter, die sie in vollkommener Stille zu den sechs beinahe identischen Villen zurücklegten, reichten, um ihr jenen Oktoberabend in Erinnerung zu rufen, an dem sie Helena zum ersten Mal begegnet war. Damals war alles feucht, dunkel und nass gewesen. Versonnen blinzelte sie über den Rand ihrer Sonnenbrille zu den Fenstern hoch, hinter denen ihre Großmutter lebte.

Sie blieben auf der gegenüberliegenden Straßenseite stehen und blickten schweigend auf die beiden nebeneinanderliegenden Gebäude: links die Villa, in der Helena lebte, und rechts die Kunsthandlung. Der Vorgarten, der sie miteinander verband, war schon seit Langem sich selbst überlassen worden.

Alice blickte Johann von der Seite an. Nachdenklich, die Hände in den Hosentaschen, stand er still da und musterte die Fassade. Seine Miene war unlesbar, wie meistens. Sie sah, wie sein Blick über die wild wuchernden Rosen wanderte, die sich am schmiedeeisernen Zaun emporrankten, dann nach links zu dem immer noch am Eingangstor angebrachten Geschäftsschild und hoch zu den zugezogenen Vorhängen der großen Fenster schweifte. Als hätte er gespürt, dass sie ihn beobachtete, blinzelte er. »Den Teesalon und das Schlafzimmer werde ich dir heute nicht zeigen können.« Er deutete unauffällig mit dem Kinn auf eines der oberen Fenster, an denen sich eben eine Gardine bewegt hatte. »Bereit?« Er sah sie an und bot ihr seinen Arm an.

Sie nickte und hakte sich bei ihm ein.

Gemeinsam überquerten sie die Straße. Als Johann das Gartentor aufstieß, quietschte es schrill, als wolle es der ganzen Nachbarschaft ihre Ankunft ankündigen.

Mit einem dumpfen Schlag fiel die schwere Eingangstür ins Schloss, und Alice fröstelte, als sie plötzlich im kühlen Dämmer des Hausflurs stand. Sie setzte die Sonnenbrille ab und schob sie in die Handtasche. Als sie aufblickte, brauchte sie einen Moment, um zu verstehen, was sie da sah. Sonnenlicht flutete durch das farbige Glas im oberen Teil der Eingangstür und ließ Muster, menschliche Gesichter, Reptilien, Vögel und Drachen an den Wänden aufleuchten. Wohin sie auch blickte: Die Wände waren über und über mit Mosaiken bedeckt. Zögernd trat sie näher und ließ die Finger vorsichtig über die unterschiedlichen Tiere gleiten, reale und fantastische, die gemeinsam friedlich unter Bäumen lagen. Staunend sah sie Johann an, der neben der Tür stehen geblieben war und sie zufrieden beobachtete. Er löste sich aus dem Schatten und deutete auf einen kleinen Treppenabsatz, der links von ihr vier Stufen nach oben führte.

»Wollen wir?«, fragte er.

Sie folgte ihm ins Innere des Hauses, nicht jedoch, ohne sich noch einmal umgedreht zu haben, um einen letzten Blick auf die Mosaiken zu werfen.

Als die Tür hinter ihr zufiel, zuckte sie zusammen. Eine merkwürdige Stille, die sich über Jahre hinweg angesammelt zu haben schien, lag auf den Räumen. Es war, als ob das Haus selbst die Luft anhielt und horchte, wer eingetreten war, um es aus seinem Schlaf zu wecken. Alice schloss die Augen und lauschte. Wenn sie genau hinhörte, glaubte sie, das Haus ausatmen, sich strecken und ausdehnen zu hören.

Sie öffnete die Augen, als Johann über den staubigen Parkettboden schritt, um die Vorhänge vor den beinahe bodentiefen Fenstern wegzuziehen.

Licht fiel in den stickigen Raum. Alice kam es vor, als würde das Haus sie willkommen heißen, sie fragend und hoffnungsvoll beobachten.

»Komm. Lass uns hier unten beginnen.« Johann streckte einladend die Hand nach ihr aus, und sie betraten zwei ineinander übergehende, durch einen Absatz getrennte Ausstellungsräume. Die Farben der Stofftapeten waren im Laufe der Jahre ausgebleicht und stumpf geworden. In der Mitte des hinteren Raums standen zwei mit weißen Leinentüchern verhüllte Bänke. Alice zog sie herunter, setzte sich auf das Samtpolster und fühlte den Träumen nach, die still aus den Wänden im Dämmerlicht emporstiegen und über sie hinwegstrichen. Waren es ihre eigenen Träume? Träume von Bildern und ihren Betrachtern? Johann setzte sich neben sie.

»Spielst du ernsthaft mit dem Gedanken, die Galerie …?«, fragte Alice und ließ den Blick schweifen. »Oder wolltest du mir die Räume einfach nur so zeigen?«

Johann zündete sich eine Zigarette an. »Ich hatte dir ja gesagt, dass es mich reizen würde, es noch einmal zu versuchen. Also, ja. Ich … und Ludwig denken ernsthaft darüber nach.«

»Wieso gerade jetzt?«

Johann verzog das Gesicht. »Wenn du es genau wissen willst … zum einen wird es immer schwieriger mit dem Club und den dazugehörigen … Geschäften. Du hast ja gehört, was Bernhard gesagt hat. Und außerdem …«, er zog an seiner Zigarette, »… ich weiß auch nicht. Seitdem du da bist, habe ich das Gefühl, dass uns allen ein Neuanfang guttun könnte.« Er zuckte mit den Achseln und stand auf. »Wollen wir uns weiter umsehen?«

Alice blickte ihm hinterher, wie er zur Tür schlenderte. Seitdem ich da bin, dachte sie und fühlte ihr Herz aufgeregt klopfen. Dann stand sie auf und folgte Johann.

Schließlich führten ihre Erkundungen sie in den zweiten Stock vor eine Stahltür.

Als sie den Raum betraten, erkannte Alice nur die Umrisse verhüllter Objekte. All das, was unten fehlte, schien hier aufbewahrt worden zu sein und drängte sich wie kleine, ängstliche Gespenster unter mottenzerfressenen Leinentüchern zusammen.

Johann öffnete die Fenster und ließ Tageslicht herein. Die Helligkeit offenbarte die tatsächlichen Dimensionen der Etage, die mit Gerümpel, Hausrat und allerlei ausgemusterten Gegenständen vollgestellt war. Links hinten konnte man einen eigens eingerichteten Bereich erkennen, in dem Gemälde und Skulpturen standen.

Ihr Onkel hakte einen Daumen in seiner Westentasche ein, mit der anderen Hand deutete er um sich. »Das hier könnte der Bürobereich werden.« Er zeigte nach rechts. »Hier Fotostudio und die Dunkelkammer. Mit fließendem Wasser und Atelierfenster.« Er warf ihr einen Blick zu und deutete auf die schräg gegenüberliegende Seite. »Hier: das Büro. Und gleich daneben, dort, wo die Bilder stehen: das Lager.«

Alice drehte sich im Kreis, die Hände in die Hüften gestützt, und runzelte die Stirn. Wenn Johann tatsächlich seine Pläne umsetzen wollte, würde es teuer werden. Sehr teuer.

Als hätte er ihre Gedanken gelesen, sagte er: »Es wird wahrscheinlich ziemlich teuer. Aber was soll's. Ich denke, das ist es wert.«

»Hier seid ihr. Wieso habt ihr nicht auf mich gewartet?«

Erschrocken fuhr Alice herum. Ludwig steckte den Kopf durch die angelehnte Tür und stieß sie auf.

»Hast du ihr alles gezeigt?«, fragte er Johann und betrat den Dachboden. »Und? Wie findest du es?«, wandte er sich an Alice. Seine Augen leuchteten.

Johann blickte zu Alice, zuckte mit den Schultern und grinste. Alice konnte sehen, wie die Vorfreude Ludwig beinahe zerriss.

»Nun? Spann uns nicht auf die Folter«, rief er. »Machst du mit?«

Johann grinste und sah zu Alice rüber, die zwischen den beiden hin und her blickte. »Vielleicht hat sie ja gar keine Lust mit ihren alten Onkeln …«, antwortete er an Ludwig gewandt. »Vielleicht …«

Alice lief auf ihn zu und drückte ihm die Hand auf den Mund. »Bist du wohl still!«, rief sie. »Von wegen keine Lust haben!«

Sie konnte das Lachen nicht länger unterdrücken, als Johann sie hochhob und über den Dachboden wirbelte.

Die Beerdigung
eines nationalen Helden

Frühjahr 1931

Alice hatte wirklich an einen glücklichen Zufall geglaubt, als John bei Aschinger in der Leipziger Straße auf Arthur Landsberger gestoßen war. Oder Landsberger auf ihn. Denn gerade als sie sich auf der Suche nach einem freien Tisch durch Einkaufsbummler und Journalisten aus dem nahe gelegenen Zeitungsviertel gedrängt hatten, rief jemand seinen Namen. Sie drehten sich um, und Alice erkannte einen langen, dünnen Mann mit dem Gesicht eines fröhlichen Frettchens, der aufgeregt zu ihnen herüberwinkte und auf zwei freie Plätze an seinem Tisch deutete.

John seufzte, nahm Alice an der Hand und drängte durch die Menge zurück.

»John«, rief der Unbekannte und schlug ihm auf die Schulter. Dann blickte er aus neugierig blitzenden Augen Alice an. »Und?«, fragte er mit eindeutig österreichischem Einschlag. »Willst mich nicht dem hübschen Menscherl vorstellen?« Ohne abzuwarten griff er nach Alices Hand, hob sie an seine Lippen und deutete einen Handkuss an. »Gnädiges Fräulein.«

Sie neigte den Kopf. »Angenehm, Herr ...?« Fragend blickte sie John an.

»Alice, das ist Arthur Landsberger. Landsberger – Alice Waldmann.«

Sie setzten sich zu ihm an den Tisch, aßen, tranken, und als Alice ihm erzählte, dass sie selbst ein paar Jahre in Wien gelebt hatte, war seine Begeisterung kaum zu bremsen.

»Willst du nicht mal wieder was bei der Redaktion einreichen?«, fragte er schließlich John, wie nebenbei. Alice, die gerade mit einer Portion Bratkartoffeln beschäftigt war, blickte überrascht auf.

»Er schreibt nämlich ab und zu was für die Volkszeitung, Ihr Freund. Und gar nicht einmal schlecht, dafür, dass er ein irischer Halunke ist.« Grinsend schob Landsberger seinen leer gegessenen Teller zur Seite und blickte zwischen den beiden hin und her.

John zog die Augenbrauen zusammen und senkte den Kopf über seinen Teller mit Löffelerbsen.

Alice spürte, dass ihm das Thema unangenehm war.

»Wisst ihr was?«, fragte Landsberger in die entstandene Gesprächspause hinein. »Soll ich euch mitnehmen zum Heldenbegräbnis? Eine Riesen-Hetz, das Ganze!« Er beugte sich vor. »Die Nazis wollen eine richtige Demonstration draus machen.«

»Heldenbegräbnis?«, fragte Alice neugierig.

Landsberger grinste. »Ja eh! Die Nazis haben mal wieder einen ihrer Deppen bei einer Straßenschlacht verloren. Und nun wollen sie einen Märtyrer für die nationale Sache aus ihm machen.« Er deutete auf Alices Kamera, die neben ihr auf dem Tisch lag. »Wenn Sie ein paar gute Aufnahmen machen, Alice, könnt' ich sie vielleicht bei der Zeitung unterbringen. Da drüben ...« Er ruckte leicht mit dem Kopf nach rechts. »Seh'n Sie den kleinen Kerl mit der Kamera?« Er grinste. »Natürlich sehen Sie ihn.« Dann stützte er das Kinn auf die Hand und blickte Alice an. »Das ist der Pahl. Georg Pahl. Sagt Ihnen der Name was? Nein?« Breit grinsend lehnte er sich zurück und entblößte eine Reihe kleiner, spitzer Zähne. »Der Pahl also, der hat als Erster den Hitler, den depperten Fetznschädl, fotografiert. Im Frühjahr 23 im Lunapark am Kurfürstendamm. Da hat er ihn mit ein paar von seinen Gschaftlhuawan erwischt. Beim Damen-Boxen.« Er feixte anzüglich. »Also, der Hitler, der wollte damals ums Verrecken nicht fotografiert werden. Wegen Fahndungsfotos. Aber der Pahl hat ihn im Lunapark erkannt und abgedrückt. Da ist der Hitler in so einen Zorn geraten und auf den Pahl zugesprungen und hat ihn so lang bearbeitet, bis der seine Platten tatsächlich rausgerückt hat. Aber der Pahl ist ein hartnäckiger Hund. Der kann warten. Im nächsten Jahr ist er also nach Nürnberg zum Deutschland-Tag gefahren. Alle waren sie da, die Großkopferten und Wichtigen. Der Ludendorff hat die Reihen der Hakenkreuzler abgeschritten. Ganz wichtig hat er getan.« Er schob seine Daumen in die Westentaschen. »Und der Hitler hat den Vorbeimarsch der Kampfverbände abgenommen. Und da hat ihn der Pahl erwischt. Zack!« Er schlug mit der Faust auf den Tisch. »Danach musste er Fersengeld geben. Die SA hat es nicht gern gesehen, dass ihr geliebter Führer abgelichtet wurde. Aber sie haben ihn nicht erwischt.«

»Und?«, fragte John, ohne von seinem Teller aufzublicken.

Landsberger lehnte sich auf seinem Stuhl zurück und zündete sich eine Zigarette an. »Nix. Ich denk nur, wenn der Pahl dahin geht, dann könnt' es interessant werden. Vielleicht ist es eine Chance für deine Freundin.« Er inhalierte tief. »Und du …«, er ließ den Tabakrauch durch Mund und Nase entweichen, »… du könntest vielleicht was dazu schreiben.«

Alice sah John an, der ohne aufzublicken weiteraß.

»Ah. Ich seh schon. Es gibt Gesprächsbedarf«, stellte Landsberger nach einem kurzen Blick auf John fest. »Ich werd jetzt mal Hände waschen gehen.« Er drückte die Zigarette aus und stand auf. »Und ihr überlegt's euch in der Zwischenzeit. Ich könnt' euch in meinem Auto mitnehmen«, schlug er vor, ehe er sich in Richtung der Herrentoiletten entfernte.

Alice legte ihr Besteck auf den Teller. »Noch ein Geheimnis? Oder hast du es nur … vergessen?«

»Kein Geheimnis. Einfach nur nicht wichtig«, antwortete John und blickte stirnrunzelnd von seinem Teller auf. »Hör mal, wir sollten nicht mitfahren.«

»Wieso überlässt du nicht mir die Entscheidung, ob ich etwas wichtig finde oder nicht? Und hattest du nicht gemeint, ich wolle nur hübsche Bilder machen? Da gibt es jede Menge interessante, unhübsche Motive, meinst du nicht?«

»Zu gefährlich«, antwortete John.

»Ich würde das gerne sehen.« Alice verschränkte die Arme.

Er seufzte und legte den Kopf in den Nacken. »Nein.«

»Doch.« Sie starrte ihn an. »Glaubst du, mir Vorschriften machen zu können? Falls ja, schlag dir das schnell aus dem Kopf!«

Er schnaubte. »Das wäre das Letzte, was ich glaube. Aber es ist gefährlich. Gefährlicher, als du es dir vorstellst.«

Sie blickte nachdenklich auf ihren Teller. Es mochte wohl sein, dass es nicht ungefährlich war. Nachdenklich kaute sie auf ihrer Unterlippe.

»Vielleicht hast du recht«, erwiderte sie nach einer Weile, und ihre Stimme wurde eine winzige Spur härter. »Aber ich geh trotzdem hin. Ich würde mir gern meine eigene Meinung bilden.«

Er starrte sie an, und sie konnte sehen, wie seine Kiefermuskeln arbeiteten. »Du musst mir was versprechen.« Sein Blick hielt sie für einen Moment gefangen.

»Was?«, fragte sie vorsichtig.

Er rieb sich mit der Hand über Stirn und Nacken und fixierte den großen, zwischen Tabakschwaden und Essensdunst hängenden Leuchter. »Du bleibst bei mir. Du versuchst, unauffällig zu fotografieren. Und vor allem: Du hörst auf das, was ich dir sage. Wenn ich sage, renn, dann heißt das, dass wir sofort und ohne Diskussion rennen, klar?« Er sah sie an. »Wenn du mir das versprechen kannst, dann komme ich mit.«

Alice nickte. »In Ordnung, das lässt sich machen.«

Sie hatte bei seiner Antwort mehr Erleichterung gefühlt, als sie sich selber eingestehen wollte.

Seine Mundwinkel verzogen sich zu einem spöttischen Grinsen. »Miss Alice Waldmann, wenn Sie sich was in den Kopf gesetzt haben.«

Sie rückte nahe an ihn heran, drückte ihm einen Kuss auf die Wange und flüsterte: »Danke!«

»So, seid ihr euch einig geworden?«, dröhnte es in ihren Rücken. »Dann auf, gemma!«

Um kurz vor vier ließ Landsberger Alice und John an der Spandauer Straße aussteigen.

»Lauft schon mal vor. Ich muss noch einen sicheren Parkplatz finden. Wir treffen uns spätestens am Bülowplatz.« Gleich darauf war er hinter dem Fernsprechamt nach links abgebogen.

Schon von Weitem konnten sie erkennen, wie überlaufen die breite Kaiser-Wilhelm-Straße war. Alice hielt den Atem an. Die Luft schien mit einer eigenartigen Elektrizität aufgeladen zu sein. Mehrere Hundert Menschen mussten es sein, die die Straße säumten.

»Und welche von denen sind jetzt die Nazis?«, fragte sie John.

Er ließ seinen Blick über die Menschenmenge schweifen und zuckte mit den Schultern. »Rein äußerlich wirst du sie nicht von den Kommis unterscheiden können. Die Polizei hat ihnen für heute ihre Uniformen verboten.« Spöttisch verzog er die Mundwinkel. »Nur an dem, was diese Idioten schreien, wenn sie sich gegenseitig die Köpfe einschlagen, kannst du sie unterscheiden.« Er nahm Alices Hand und drückte sie, ohne den Blick von der erregten Menge zu wenden. »Du weißt, was du mir versprochen hast?«

Sie nickte, ließ seine Hand los, spannte den Transporthebel der Kamera und blickte durch den Sucher. Ungeduldig schnalzte sie mit der Zunge. Zu viele Menschen, die sich vor das Objektiv schoben, sie von hinten anstießen und an ihnen vorbeidrängten. Sie ließ die Kamera sinken. Gab es hier irgendwo eine erhöhte Stelle? Dort drüben, das Luther-Denkmal am Neuen Markt! Von dort aus könnte sie besser sehen. Schnell lief sie hinüber, rannte die Stufen hoch und kletterte auf die Brüstung. Doch das Trauergeleit war schon vorbeigezogen. Gerade noch die Rückseiten der PKW und der Polizeilaster erkannte sie, welche den von Pferden gezogenen, lächerlich pompös mit einer Krone und zwei Kreuzen dekorierten Leichenwagen begleiteten.

»John«, rief sie gegen den Lärm der Menge an. »Lass uns weiterlaufen.«

Er nickte und half ihr herunter. »Durch die Kaiser-Wilhelm kommen wir nicht durch.« Er runzelte die Stirn und blickte sich um. Berittene und Uniformierte versuchten, die mitlaufenden Massen in die Seitenstraßen abzudrängen. »Schnell, ich weiß, wie wir zum Bülowplatz kommen!«

Er bahnte ihnen einen Weg gegen den Strom der Masse zur Klosterstraße. Zwar wimmelte es auch hier von Schaulustigen, die dem Trauerzug parallel zur Hauptroute folgten, doch das Durchkommen war einfacher.

Immer wieder blieb Alice stehen, blickte durch den Sucher und machte Aufnahmen. Ein paarmal hätte John, der ihr einige Schritte voraus war, sie fast verloren.

»Herrgott, Alice«, fuhr er sie an, als er das dritte Mal zu ihr zurücklief und sie am Oberarm packte, um sie mit sich zu ziehen. »Wir müssen zusammenbleiben!«

Alice schüttelte seinen Griff ab. »Lass los! Wie soll ich Aufnahmen machen, wenn ich nicht stehen bleibe?«

»Ich wusste, dass es ein Fehler war«, fluchte er leise. »Ich werde ab jetzt hinter dir laufen. Dann habe ich dich wenigstens im Blick!«

»Wenn dich das beruhigt!« Sie wandte sich ab und ging weiter.

Er dirigierte sie durch schmale, dunkle Gassen mit kleinen, geduckten Häusern hin zur Neuen Friedrichstraße, die an den Markthallen vorbeiführte und Alice mit all ihren Farben, Gerüchen, Geräuschen anzog.

Kaum waren sie die Panoramastraße wenige Schritte entlanggelaufen, drehte John blitzschnell auf dem Absatz um und zerrte die verwirrte Alice hinter sich her.

»Mist«, fluchte er leise.

Über die Schulter blickend erkannte sie gerade noch, wie Leute sich an die Mauern drückten und in Hauseingänge sprangen. Zwei junge Männer – Jungen eigentlich, dachte Alice – in für die Kälte viel zu dünnen, abgetragenen Straßenanzügen mit Hemden ohne Kragen hetzten um die Ecke. Genau auf sie zu. Ihnen dicht auf den Fersen eine Gruppe nicht weniger schäbig aussehender junger Männer. Allerdings waren diese in der Überzahl. Und mit Knüppeln bewaffnet. Jäh zog John Alice in eine Einfahrt und drückte sie gegen die Wand.

Ihr Atem ging schnell. Eng an die Mauer gepresst lauschten sie. Auf das Geräusch vorüberhastender, aufs Straßenpflaster trommelnder Schritte und atemlosen Keuchens. Dann Stille. Wenige Sekunden später ein Schrei. Sie kniff die Augen zu und drückte ihren Kopf an Johns Schulter.

»Weg hier«, zischte er und griff nach ihrer Hand.

Vorsichtig streckte er den Kopf aus der Hofeinfahrt und zog sie hastig hinter sich her. »Sieh nicht nach rechts.« Als Alice einen Blick zurückwarf, konnte sie eben noch sehen, wie ein schmächtiger, farbloser Kerl mit seinen schweren Stiefeln ausholte und gegen den Kopf eines der beiden am Boden liegenden Männer trat. Als wäre er ein Fußball. Hätte sie nicht Johns Hand gehalten, wäre sie gestürzt.

Eilig hasteten sie auf den Bahnhof Alexanderplatz zu. Wenige Minuten später erreichten sie den dreieckigen Bülowplatz, der im Schatten des schmucklosen Volkstheaters lag. Die sonst so leer gefegte, öde Platte war heute voller Menschen, die in größeren und kleineren Gruppen zusammenstanden.

Auch hier konnte sie eine eigenartige Energie wahrnehmen, doch war es eine andere als jene an der Kaiser-Wilhelm-Straße. Hier schienen die Leute auf etwas zu warten und sich in nervöser Vorahnung zusammenzudrängen.

Sie schnappte Fetzen eines Liedes auf.

»Rot Front, Rot Front, ertönet es aus der Kämpfer Mund!«

John drehte sich zu ihr um und musterte sie. »Alles in Ordnung?«

Sie nickte.

Er zog sie an sich. Ein paar Sekunden lang war es ihnen vollkommen gleich, dass sie den Fluss der schiebenden, drängenden Menge blockierten. Schließlich konnten sie sich dem Wogen nicht länger widersetzen und ließen sich weitertreiben.

John deutete auf den Eingangsbereich der Volksbühne. »Lass uns versuchen, dort rüberzukommen.«

Sie nickte, und gemeinsam schoben sie sich durch die Menge. Als sie den Eingang erreichten, atmeten sie auf.

»Siehst du irgendwo Landsberger?«, fragte er.

Sie stellte sich auf die Zehenspitzen. »Nein.«

»Unmöglich, ihn hier zu finden«, murmelte er. Dann sah er sie an. »Willst du noch ein paar Bilder schießen?«

Ihre Kamera zeigte an, dass sie nur noch drei Aufnahmen machen konnte. Dann wäre der Film voll.

Sie blickte über die Menschenmenge, die mittlerweile aufgehört hatte zu singen. Für einen kurzen Augenblick glaubte sie, Pahl zu erkennen. Sicher war sie sich aber nicht. Sie schüttelte den Kopf.

Erleichtert atmete John auf und nahm ihre Hand.

»Lass uns vom Liebknecht-Haus aus rüber in die Weydingerstraße laufen.« Er deutete nach links auf ein vierstöckiges Gebäude.

Gegen SPD-Verrat – Kämpft mit der KPD, konnte Alice unter den Fenstern des obersten Stockwerks lesen oder *Für Brot und Freiheit*, *Für Sowjet-Deutschland – Hinein in die KPD* im Stockwerk darunter. Dazwischen blickten die überlebensgroßen Porträts von Lenin, Luxemburg und Liebknecht streng auf Arbeiter, Neugierige und Polizisten herab.

Noch bevor sie die Hälfte der Strecke zurückgelegt hatten, wurde John langsamer.

»Was ist?«, frage Alice. Als sie an ihm vorbeisah, erkannte sie die Polizeikette, die begann, die Straße abzuriegeln.

Die Menge um sie herum rückte enger zusammen und drängte in die entgegengesetzte Richtung. Selbst wenn sie gewollt hätten, wäre es nicht möglich gewesen, sich gegen den Strom zu stellen. Sie mussten sich mittreiben lassen. Ein nervöses Summen lag in der Luft.

John verstärkte seinen Griff um Alices Hand und blickte über die Schulter. »Was auch passiert, bleib bei mir und lass meine Hand nicht los.«

Sie ließen sich mit der Menge um das Volkstheater herum schieben, durch die Koblanck-, auf die Lothringer Straße zu.

»Duck dich«, rief John plötzlich. Noch ehe Alice begriff, was los war, prasselten Steine auf das Straßenpflaster.

Die Menge rannte los.

Als sie wie Korken aus einem engen Flaschenhals auf die Lothringer Straße hinauskatapultiert wurden, konnte Alice die Krone des Leichenwagens über der Menge hin und her schwanken sehen. Sie wollen den Wagen zu Fall bringen, dachte sie erstaunt. Wieder prasselten Steine um sie herum.

Geduckt liefen sie die Straße entlang, als auf einmal Schüsse erklangen. Hektisch blickte John über die Schulter und zerrte Alice hinter sich her. Sie sah einen Mann, der sich vornübergebeugt in einen Hauseingang stürzte, die Hände über dem Kopf, als könne ihn das vor Kugeln oder Steinen schützen.

Und dann, plötzlich, hörte sie ganz deutlich die Pferde. Das scharfe Klappern der Hufe. Die Rufe. Das Knarren des Lederzeugs.

Sie drehte sich um und sah ein riesiges braunes Pferd direkt auf sie zukommen. Immer näher, immer näher. John rief ihr etwas zu, doch sie konnte ihn nicht verstehen. Er ließ ihre Hand los. Hatte er nicht gesagt, sie sollte nicht loslassen?

Sie spürte einen Schlag und merkte, wie sie das Gleichgewicht, den Boden unter den Füßen verlor. Die Zeit dehnte sich ins Unermessliche. Langsam, als hätte sie alle Zeit der Welt, streckte Alice die Arme aus und zog die Knie an. Sie blickte zum steinernen Himmel herab, sah zum bewölkten Pflaster auf. Schnell, langsam, übergenau. Selbst die kleinsten Fugen und Ritzen zwischen den Wolken, den Steinplatten, die langsam auf sie zustürzten, konnte sie erkennen. Kann etwas langsam auf einen zustürzen, fragte sie sich erstaunt. Dann schlug sie auf.

Als sie wieder auf die Beine kam, konnte sie gerade noch erkennen, wie sich der Leichenwagen seinen Weg durch die tobende Menge bahnte, geschützt von aufgebrachten Nationalsozialisten und berittener Polizei, die jeden weiteren Angriff abzuwehren suchten. Als sie sich nach John umblickte, sah sie, wie ein einzelner Schupo, der den Anschluss an seine Einheit verloren hatte, von ein paar Männern niedergerissen wurde. Drohend, mit geballten Fäusten standen sie über ihm. Einer trat ihm grinsend den Tschako vom Kopf. Ein anderer griff nach der Pistole am breiten Ledergürtel des um sich schlagenden Polizisten. Sie hörte das metallische Klicken des Sicherungsbügels, als der Mann den Hahn spannte und auf den am Boden liegenden Schupo zielte.

»Nein, aufhören«, glaubte sie sich rufen zu hören. Ohne nachzudenken griff sie nach ihrer Kamera.

Der Mann mit der Pistole blickte über die Schulter und sah sie mit dem Fotoapparat auf sich zukommen. Als sich ihre Blicke trafen, hob sie die Kamera. Und drückte ab.

Der Mann kam auf sie zu, den Pistolenlauf zu Boden gerichtet, die freie Hand ausgestreckt. »Gib mir die Kamera!«

Sie schüttelte den Kopf.

»Gib sie mir!«, bellte er.

Alice wich zurück, einen Schritt, zwei Schritte, entschlossen, ihn nicht an die Kamera zu lassen. Ihre Gedanken rasten. Weglaufen? Doch wohin? Ihm den Rücken zukehren? Zu gefährlich. Sie konnte den Blick nicht von der locker in seiner Hand liegenden Pistole abwenden.

Und dann, mit einem Mal, so schnell und unerwartet, dass sie beinahe daran zweifelte, es tatsächlich zu sehen, flog die Waffe in einem hohen, beinahe eleganten Bogen zur Seite und schlug metallisch klappernd auf dem Straßenpflaster auf. Verwundert folgte sie der Flugbahn mit dem Blick.

Eine plötzliche Bewegung, aus dem Augenwinkel wahrgenommen, ließ sie zurückschauen. Wie aus dem

Boden gewachsen, stand John vor dem Mann. Gerade wollte sie den Arm nach ihm ausstrecken, da landete seine Faust in hohem Bogen mitten im Gesicht ihres Angreifers.

Sie hörte das leise Knirschen gebrochener Knochen. Verwundert blickte der Mann von John zu ihr. Dann gaben seine Beine nach, und er sackte zu Boden, während ihm Blut aus der Nase schoss.

Ohne ihn weiter zu beachten, wandte John sich ab und ging auf sie zu. Im ersten Moment schreckte Alice zurück. Seine Augen lagen brennend in ihren Höhlen und blitzten auf. Doch dann klärte sich sein Blick, und sie erkannte ihn wieder.

»Alles in Ordnung?« Er nahm ihren Kopf zwischen die Hände und sah ihr prüfend in die Augen.

Sie konnte das Blut an seinen aufgeschürften Knöcheln sehen. Es roch nach Kupfer und Silber.

Er griff nach ihrer Hand. »Lass uns hier verschwinden.«

An den Weg, der sie Haken schlagend an den Straßensperren, die überall aus dem Boden schossen, vorbeigeführt hatte, konnte Alice sich später nur verschwommen erinnern. Erst als sie den Märchenbrunnen am westlich gelegenen Eingang des Volksparks Friedrichshain erreichten, atmete sie auf.

Vorbei am blicklos über den Wolf hinweg starrenden Rotkäppchen, vorbei am Müllersohn, der zu überlegen schien, ob er dem gestiefelten Kater das Fell über die Ohren ziehen sollte, vorbei an Schneewittchen, an deren Leib die Zwerge hochkrochen, liefen sie unter den gleichgültigen Blicken der auf den Arkaden ruhenden Tierfiguren in den Park, in die sie verschluckende Dämmerung hinein.

Obwohl ihnen keine Menschenseele begegnete, zog es

sie von den Wegen herunter, unter die Äste der im Dämmerlicht stehenden Bäume, immer weiter in die Schatten hinein. Als sie schließlich nach Luft ringend anhielten, spürte Alice, wie schnell ihr Herz schlug. Sie sah zu John, der sich mit den Händen auf den Knien abstützte. Ausatmend richtete er sich auf. Ihre Blicke verfingen sich. Langsam kam er näher.

Sie streckte die Hand nach ihm aus, packte ihn an der Jacke und zog ihn an sich. Sie wollte ihn jetzt, in genau diesem Moment, mehr als alles andere spüren, schmecken, anfassen, und dieses plötzliche, heftige Verlangen überraschte sie. Dennoch konnte sie nicht anders. Ungeduldig drängte sie sich gegen ihn, zog seinen Kopf heran und küsste ihn.

Seine Hand wanderte über ihren unter dem Mantel verborgenen Körper, öffnete den Verschluss, suchte und fand ihre festen, kleinen Brüste. Das Vergnügen, das sie dabei empfand, die Leidenschaft, die sie trotz allem, was eben geschehen war, fühlte, verblüffte sie.

Als sie spürte, dass er seine Hand fortziehen wollte, hielt sie sie fest an sich gedrückt. Sein Körper spannte sich an, drängte hart gegen sie. Sein Verlangen erregte sie, steigerte die Lust, die sie durch seine immer fordernder werdenden Berührungen empfand.

Sie küsste ihn und ließ sich gegen den Baumstamm drängen. Seine Hände hatten mittlerweile den Weg zu ihren Brustwarzen gefunden. Alice schnappte nach Luft. Ein Schauder durchlief sie. Oh, mach weiter, dachte sie, bitte mach weiter.

Erneut versuchte John seine Hand fortzuziehen, und diesmal gelang es ihm. Anstelle seiner trockenen, warmen Hand strich mit einem Mal ein kalter Luftzug unter ihre halb geöffnete Bluse.

»Was ...«, entfuhr es ihr, mehr verblüfft als erschrocken.

Sie wirbelte auf dem Absatz herum und sah, wie John eine Gestalt am Mantelaufschlag aus dem Gebüsch zerrte und mit einem heftigen Schlag vor die Brust von sich stieß. Während die kleine, untersetzte Gestalt nach Halt suchend rückwärts taumelte, öffnete sich sein Überzieher.

Wilde, heiße Wut stieg in Alice auf und ließ sie zittern, als sie das vor Kälte und Schreck zusammengeschrumpfte Glied des Fremden erkannte.

Als dieser mit schreckgeweiteten Augen zu ihr herübersah, richtete sie sich auf und hob das Kinn. Ihr Blick versengte ihn.

Der kleine Mann stolperte rückwärts in die Dunkelheit, wandte sich um und rannte davon. Erst als er nicht mehr zu sehen war, drehte sich John zu ihr um. Mit gesenktem Kopf ging er auf sie zu. Als er aufblickte, konnte Alice ein Lächeln um seine Mundwinkel spielen sehen.

»Was gibt es da zu grinsen?«, fragte sie empört.

»Du siehst sehr ... interessant aus.« Vorsichtig zupfte er an ihrem Mantel. »Besonders ...« Er zog sie an sich. »Deine Bluse steht offen«, flüsterte er in ihr Ohr.

Sie wich zurück und blickte an sich herab. »Oh!«

Alice biss sich auf die Unterlippe, die zu beben begonnen hatte. Doch es war zu spät. Das Lachen ließ sich nicht zurückhalten und platzte aus ihr heraus.

John nahm sie wieder in den Arm, und so standen sie einige Minuten lang leise lachend da, bis er sie von sich schob und ihre Bluse zuknöpfte.

Erschöpft und nachdenklich hängte sie sich bei ihm ein, und sie kehrten auf den leeren Kiesweg zurück. Sie musterte ihn von der Seite. Auch wenn sie nichts lieber getan hätte, als augenblicklich mit ihm zu schlafen, wusste sie doch, dass es so besser war. Wenn sie mit ihm schlief, sollte es sich von allen anderen Begegnungen unterscheiden, die sie bis jetzt gehabt hatte. Es sollte etwas sein, an das sie sich für immer erinnern würden.

Bei der Schneiderin

Frühjahr 1931

Der Frühling war bis jetzt alles andere als vielversprechend gewesen. Wochenlang hatten sich die Menschen nur unter ihren Schirmen auf die Straße getraut. Doch wie auf ein Zeichen hin hielten sie inne, richteten den Blick zum Himmel empor und klappten die Schirme zusammen. Als hätten sie beschlossen, dass es nun endlich genug war mit diesem düsteren Wetter, dass es an der Zeit war, Licht und Farbe und Wärme in ihr Leben zurückzuholen. Die Frauen fingen an, ihre Garderobe kritisch zu begutachten und sie auf den neuesten Stand zu bringen. Auch Rosa studierte seit Wochen die neuesten Modemagazine, um Kostüme ändern oder neue schneidern zu lassen. Termine wurden vereinbart, Anproben verabredet, Stoffmuster ausgewählt. Ein emsiges Hin und Her, ein farbenfroher Wirbel aus Stoffen und Tüchern, Kostümen und Abendkleidern, Taschen und Accessoires, den Alice, die ihre Tante begleitete, in Fotografien festzuhalten versuchte. Mit dem leisen Anflug eines schlechten Gewissens gestand sie sich ein, dass sie erleichtert war, keine Straßenschlachten zu fotografieren. Was nicht bedeutete, dass sie Modefotografie ernsthaft in Betracht zog. So amüsant die Nachmittage mit Rosa waren: Auf Dauer war ihr Mode als Thema zu belanglos. Wohin sich ihre Fotografie entwickeln, welchen Themen oder Bereichen sie sich allerdings tatsächlich zuwenden sollte, war ihr noch nicht klar. Und das machte sie unzufrieden.

Zunehmend unkonzentriert fühlte sie sich, ungeduldig gegenüber Rosas Begeisterung für all den modischen Schnickschnack. Wie war es möglich, dass diese Frau, die mit einem so scharfen Verstand gesegnet war, die sich mit Intellektuellen und Künstlern umgab und keine noch so knifflige Debatte scheute, sich so sehr für diese bunten Nichtigkeiten begeistern konnte? Sie seufzte innerlich und beobachtete ihre Tante bei der Anprobe.

Alice fühlte, dass die anfangs so kurzweiligen, erholsamen Tage im behüteten Umfeld Rosas und Ludwigs ihrem Ende entgegengingen. Umso erleichterter war sie, als ihre Tante verkündete, dass sie mit ihrer Ausstattung zufrieden und nun bereit wäre, Porträtaufnahmen für Ludwig machen zu lassen, und zwar bei ihrer Freundin Greta Bergner. Was für Alice eine wunderbare Gelegenheit wäre, eine echte Meisterin ihres Faches kennenzulernen. Und wer weiß? Vielleicht ergäbe sich etwas Vorteilhaftes für sie aus diesem Besuch. Auch wenn ihr Rosas Versuche, sie in allen möglichen Bereichen zu protegieren, manchmal gehörig auf die Nerven gingen, so war Alice in diesem Fall doch neugierig. Und schon möglich: Vielleicht konnte sie sich tatsächlich etwas von der Bergner abgucken.

Eine Woche später, pünktlich um 15 Uhr, standen Alice und Rosa auf dem Treppenabsatz im dritten Stock eines gutbürgerlichen, nach Bohnerwachs riechenden Vorderhauses am Kurfürstendamm. Selbst durch die geschlossene Wohnungstür konnte man Musik, Lachen und Lärm hören. Erstaunt blickte sie Rosa an. Wurde hier bereits um diese Uhrzeit gefeiert? Denn danach hörte es sich an. Zweifellos tanzte hinter dieser Tür eine Menge ausgelassen zu wilder Jazzmusik, weswegen wohl auch niemand ihr Klingeln hörte. Dreimal hatten sie vergeblich geläutet. Rosa kniff die Augen zusammen, stellte die mit Accessoires vollgepackte Tasche ab, legte den Daumen auf den Klingelknopf aus Messing und drückte, anscheinend entschlossen, ihn nicht loszulassen, bevor irgendjemand die Türe öffnen würde.

Gerade wollte Alice Rosa vorschlagen, zu gehen, als die Tür von einer spitzgesichtigen, dürren jungen Frau in einem halbtransparenten Kleid aufgerissen wurde. Erschrocken fuhr Alice zurück.

»Wenn Sie sich schon wieder beschweren wollen, Frau Meineke …«, zischte die junge Frau.

»Ich hatte schon befürchtet, es würde niemand öffnen«, sagte Rosa und lächelte die junge Frau an, die ihr im selben Moment um den Hals fiel.

»Rosa, Darling«, quietschte sie und drückte sie mit erstaunlicher Kraft an ihren kaum vorhandenen Busen.

»Sylvia, Schatz, wie schön, dich zu sehen! Gut siehst du aus.«

Erstaunt blickte Alice ihre Tante an. Ihre ganze Haltung wirkte auf einmal spannungsvoller. Täuschte sie sich, oder hatte sich auch ihr Tonfall verändert? Fast schien es, als wäre ihre Stimme um einige Oktaven nach unten gerutscht und irgendwie … rauchiger? Alice musterte Sylvia, um so vielleicht herauszufinden, was diese Veränderung an Rosa ausgelöst haben könnte. Schwer vorzustellen, dass diese leichenblasse, übertrieben stark geschminkte Gestalt so auf ihre Tante wirken konnte.

»Sind wir zu früh?«, fragte Rosa. »Greta hat gesagt, ich solle um drei Uhr kommen?«

»Ach nein, nein, nein. Du weißt, wie sie ist.« Sylvia wedelte mit der Hand in der Luft, was sowohl als Aufforderung zum Eintreten als auch als Erklärung für die Situation gedeutet werden konnte, und schloss nach einem Blick die Treppe hinunter schnell die Tür hinter ihnen. »Gib mir deine Tasche, ich lasse sie ins Atelier bringen. Tommy Darling«, rief sie in das Zwielicht des Flurs hinein. Ein junger Mann, gekleidet in einen Smoking und, wie Alice erstaunt feststellte, mit rot geschminkten vollen Lippen, löste sich lautlos aus dem Schatten und nahm Rosa die Tasche ab. Dann zog er sich ebenso lautlos, wie er gekommen war, wieder zurück.

Sylvia führte sie der Musik entgegen, einen Gang entlang, der durch rote Lampions in schummriges Licht getaucht wurde. Sie betraten einen großen verqualmten Raum.

Sylvia, Rosa und sie schoben sich durch die zuckende, lärmende Menge, die sich vor ihnen öffnete, vorbei an sich fiebrig windenden und eng umschlungenen Paaren. Aus dem Lautsprecher eines Grammofons kratzte die Stimme eines Sängers, unterlegt vom treibenden Rhythmus der Klarinette und des Schlagzeugs. Alice hatte noch nie so viele außergewöhnliche, befremdlich schöne und groteske Gestalten gesehen. Nicht immer war sie sich sicher, wer Mann oder Frau, Mensch oder Trugbild war. Sie hatte das beunruhigend elektrisierende Gefühl sich durch ein Becken zu bewegen, dessen Oberfläche sich bewegte, ohne dass man genau erkennen konnte, was diese Bewegung auslöste.

»Greta eröffnet heute wieder einmal eine kleine Ausstellung.« Sylvias Hände mit den grün lackierten, spitzen Nägeln flatterten durch die Luft und deuteten vage in Richtung einiger Fotografien an den Wänden. Kurz blickte Alice zu den Bildern. Zu gerne hätte sie sie genauer betrachtet. Genau wie die Feiernden um sich herum. Am liebsten wäre sie mit ihrer Kamera durch die selbstvergessene Menge gewandert und hätte ein Foto nach dem anderen geschossen. Seufzend schloss sie zu Rosa auf, die bereits am anderen Ende des Raums auf sie wartete. Sylvia öffnete eine Tür, die durch eine grüne Samtportiere verhängt war, und ließ sie in den dahinterliegenden, durch schwere Vorhänge abgedunkelten Raum treten.

Die Silhouette einer großen, schlanken Frau zeichnete sich vor einem prasselnden Kaminfeuer ab. Sie hatte ihnen den Rücken zugewandt und starrte in die Flammen. Obwohl Alice wusste, dass draußen heller Nachmittag war, kam es ihr vor, als herrschte in diesem Raum tiefe Nacht.

»Rosa! Wie wunderbar, dich zu sehen!«

Greta Bergner hatte sich umgedreht und schritt auf sie zu. Sie beugte sich vor, um Rosa auf die Wangen zu küssen, dann reichte sie ihr einen gefüllten Champagnerkelch. Im Gegensatz zu ihren Gästen war sie schlicht, aber teuer gekleidet, trug ein schwarzes seidenes Kleid und eine einreihige makellose Perlenkette, die ihr bis auf die Oberschenkel fiel.

»Du hast gar nicht erzählt, dass du heute ein kleines Fest veranstaltest. Wenn ich das gewusst hätte, hätte ich einen anderen Termin vereinbart.«

»Ach das.« Greta lächelte und zog die Schultern nach oben, bevor sie einen weiteren Kelch füllte. »Das sind nur ein paar Leute. Sag mir lieber, wen du mir hier mitgebracht hast.«

Sie zog fragend die schön geschwungenen Augenbrauen nach oben und blickte Alice an.

»Das ist meine Nichte, Alice.« Rosa schob sie nach vorne, ins Licht.

»Eine Nichte hast du jetzt also auch noch.« Greta griff nach Alices Hand und drückte sie. »Glückliche Rosa! Einen Ehemann, jetzt noch eine bezaubernde Nichte. Was kommt wohl als Nächstes?« Sie lächelte Alice kühl an und reichte ihr den Kelch.

Dann deutete sie auf eine unbequem aussehende, expressionistisch gestaltete Sitzgruppe vor dem Kamin. Sie selbst nahm auf einem hohen Lehnstuhl gegenüber dem Sofa Platz. Alice fiel auf, dass der Platz geschickt gewählt war, ließ doch das Kaminfeuer das blonde, kurz geschnittene Haar der Fotografin golden leuchten. Sie musste sich ihrer Wirkung und wie sie sie am besten zur Geltung bringen konnte, sehr bewusst sein. Kein Wunder, dass sie so einen hervorragenden Ruf als Fotografin genießt, dachte Alice.

Greta Bergner beugte sich vor, öffnete ein kleines vergoldetes Zigarettenetui, das vor ihr auf dem mit Intarsien verzierten Tischchen lag, und bot den beiden Frauen an, sich daraus zu bedienen. Rosa winkte ab, doch Alice nahm eine Zigarette heraus und zündete sie an dem ihr entgegengehaltenen Feuerzeug an.

Beinahe lautlos, das Geräusch der Schritte gedämpft durch den dicken Teppich, hatte Sylvia erneut den Raum betreten, ein Tablett mit einem Sektkühler balancierend, das sie auf dem kleinen Tischchen abstellte. Durch die angelehnte Tür konnte man leises Stimmengewirr hören.

»Musik?«, fragte Sylvia. Greta blickte fragend ihre Gäste an. Rosa schüttelte den Kopf.

»Nein, danke, meine Liebe«, antwortete Greta, entließ sie mit einem kaum merklichen Nicken und schaute wieder zu Rosa. »Du willst also eine Porträtfotografie anfertigen lassen?«

»Deswegen bin ich hier.« Rosa nippte an ihrem Champagner. »Eine Fotografie für Ludwig.«

»Männer«, antwortete Greta. »Immer will man ihnen gefallen.« Auch sie nahm einen Schluck aus dem Kelch. »Dabei machen sie nichts als Ärger. Oder sind langweilig.« Sie seufzte und sah Alice an. »Sagen Sie bitte nicht, dass Sie ebenfalls einen langweiligen Mann haben.« Ihre Augen glänzten im flackernden Schein des Kaminfeuers.

»Greta, lass Alice in Frieden«, kam ihr Rosa mit einer Antwort zuvor.

»Wie gut, dass ich mir nie was aus Männern gemacht habe – und mir auch in Zukunft nichts aus ihnen machen werde.« Gretas Blick schoss kurz zu Rosa, während sie sachte mit dem Daumen über ihren Arm strich. »Ich hab's mit den Männern versucht. Ganz ehrlich«, erklärte sie Alice mit kühlem Lächeln. »Rosa kann's bezeugen.« Wieder ein winziges, kaum sichtbares Blinzeln in Rosas Richtung. »Aber wenn ich dich so sehe, Liebchen«, wandte sie sich erneut an Alice, »dann weiß ich, dass Männer Zeitverschwendung sind.«

Sie stützte den Ellbogen auf die Armlehne, legte ihr Kinn in die Hand und betrachtete Alice.

»Greta«, fuhr Rosa sie scharf an. »Lass es gut sein!«

Alice sah zu Rosa, die ihren Blick nicht von Greta lösen konnte. Was verband die beiden Frauen? Ihre Tante war doch glücklich mit Ludwig. Oder war sie es nicht?

Greta warf den Kopf in den Nacken und lachte erstaunlich tief und laut. Sie stand auf, ging zum Sofa und beugte sich über Rosa, die zu ihr aufsah.

»Ach, Röschen! Wärst du damals nur nicht diesem Langweiler begegnet.«

Sie strich mit der Fingerspitze über ihre Wange, folgte der Halslinie und verharrte kurz über dem Ausschnitt. Dann beugte sie sich vor und drückte die Lippen auf ihren Mund. Gebannt beobachtete Alice die beiden Frauen. Täuschte sie der Eindruck oder erwiderte Rosa den Kuss? Das flackernde Licht, die Wärme des Raumes, der Alkohol machten es beinahe unmöglich, einen klaren Blick zu bewahren.

Mit einer eleganten, fließenden Bewegung richtete Greta sich auf und strich die Falten aus ihrem Kleid. Dann wandte sie sich ab, setzte sich wieder und betrachtete die im Kamin tanzenden Flammen.

Rosa sah auf ihre Hände und mied den Blick ihrer Nichte.

Bleischweres Schweigen lastete auf dem Raum. Am liebsten wäre Alice aufgestanden, hätte die schweren Vorhänge zur Seite gezogen und Licht und Luft hineingelassen.

Gerade wollte sie fragen, ob sie eines der Fenster öffnen könne, als Greta Bergner mit kalter, klarer Stimme sagte: »Genug geplaudert. Wir haben zu tun.« Sie erhob sich und schritt quer durch den Raum am Sofa vorbei. »Immerhin müssen wir noch ein Foto für deinen Mann aufnehmen.«

Ohne eine Antwort abzuwarten, öffnete sie eine beinahe unsichtbare Tür am anderen Ende des Raums und trat hindurch.

»Soll ich ihr wirklich meine Arbeiten zeigen?«, fragte Alice ihre Tante abends im Salon, während sie die Aufnahme betrachtete, die Greta Bergner von Rosa angefertigt hatte.

Rosa ließ das Buch sinken, in dem sie gelesen hatte, und blickte sie an. »Wozu wären wir sonst hingegangen?«

Alice zuckte mit den Schultern. »Ich dachte, du wolltest ein Porträt für Ludwigs Geburtstag?«

»Das hätte ich auch bei anderen machen lassen können«, antwortete Rosa und ließ ihre lange Perlenkette durch die Finger laufen.

»Aber nicht ein solches.«

»Das ist wahr.«

Rosa senkte den Blick und blätterte eine Seite um.

Unruhig strich Alice an den Regalen entlang, zog mal dieses, mal jenes Buch heraus, schlug eines auf, klappte es wieder zu.

»Ich kann dich denken hören«, sagte Rosa.

Alice blickte über die Schulter. »Was denke ich denn?«

»Du denkst: Woher kennen sie sich?« Rosa blätterte eine weitere Seite um und blickte dann auf. »Und wieso benehmen sie sich so merkwürdig?«

»So etwas in der Art. Ja.«

»Und die drängendste Frage von allen: Was sollte dieser Kuss?« Rosa lehnte den Kopf an die hohe Sessellehne und beobachtete ihre Nichte durch gesenkte Augenlider.

»Du musst es mir nicht erzählen.«

Alice setzte sich in den Sessel auf der anderen Seite des Raums. Sie schlug das Buch auf, das sie wahllos aus dem Regal gezogen hatte. Doch als ihr Blick eine halbe Seite lang an den Zeilen entlanggewandert war, ohne zu verstehen, was sie las, klappte sie es wieder zu. Nachdenklich strich sie mit den Fingern an den Kanten entlang.

»Und ich soll wirklich mit meinen Sachen zu ihr gehen?«, fragte sie Rosa schließlich noch einmal.

»Wie gesagt: Wozu sonst das alles?«, antwortete Rosa, ohne den Blick zu heben.

»Für dich? Für sie?«

Rosa schüttelte langsam den Kopf. »Nein. Für uns ist es vorbei.«

»Weiß sie es?«

»Ja. Aber sie versteht es nicht.«

»Und du? Verstehst du es?«

»Meistens.« Rosa blickte auf. »Ich bin müde. Lass uns zu Bett gehen. Morgen zeigst du ihr deine Arbeiten.«

Die Prüfung

Frühjahr 1931

Alice beobachtete Greta Bergner, auf deren ebenmäßiges Gesicht mit den weit auseinanderstehenden Augen ein Sonnenstrahl fiel. Mit ausdrucksloser Miene blätterte sie langsam durch ihre Arbeiten. Noch gestern vor dem Zubettgehen hatte Alice eine Auswahl getroffen und die Arbeiten nach langem Ringen in die Mappe gelegt. Die Arbeitsamt-Serie und die Aufnahmen von der Straßenschlacht waren ebenfalls dabei. Um drei Uhr morgens war sie aufgewacht und hatte noch einmal alles umsortiert, hatte die Straßenschlacht herausgenommen und sich ins Bett gelegt, nur um sich eine weitere halbe Stunde herumzuwälzen und dann erneut das Licht anzuschalten und die Fotos wieder hineinzulegen. Jedes Mal, wenn sie diese Bilder betrachtete, konnte sie winzige Schweißperlen auf der Oberlippe spüren.

Und nun stand sie hier, im hellen Tageslicht, im Empfangssalon Greta Bergners, dem man die Exzesse des Vortags nicht im Mindesten ansah. Ein Windhauch wehte durch das geöffnete Fenster, die Vorhänge waren zurückgezogen, und nichts erinnerte mehr an die dunkle Höhle, in der sie Greta Bergner gestern das erste Mal begegnet war.

»Sie haben ein gutes Auge für Bildaufbau. Kommen Sie vom Kunststudium?« Greta nahm ein Foto, eines der Bilder der Straßenschlacht, wie Alice registrierte, und betrachtete die Details durch eine kleine Einschlaglupe. Sie ließ das Foto fallen, ohne auf Alices Antwort zu warten, und griff nach einem anderen, das sie aus der Mappe herauszog. Mit einem rot lackierten Nagel tippte sie darauf. »An der Lichtführung müssen Sie noch arbeiten. Da kann man mehr rausholen.«

»Das meiste ist draußen auf der Straße entstanden«, erklärte Alice. »Ohne die Möglichkeit, sich um Lichtsetzung zu kümmern.«

»Man kann sich immer ums Licht kümmern.«

»Aber wenn …«

»Immer!«

Alice biss sich auf die Zunge. Arrogante Kuh, dachte sie.

»Wieso wohnen Sie bei Rosa?«, unterbrach Greta ihre Gedanken.

Überrascht blickte Alice auf. »Wieso sollte ich nicht bei ihr wohnen? Sie ist meine Tante.«

»Und natürlich ist es auch bequemer für Sie. Praktischer …«

»Praktischer?«

»Na ja, nichts für ungut.« Greta hob die Schultern. »Aber Sie müssen kein eigenes Geld ausgeben, das Sie möglicherweise auch gar nicht haben. Und dann die Verbindungen der Waldmanns. Die werden Ihnen natürlich auch nützlich sein. Das ist alles nicht zu verachten. Der Name Waldmann öffnet einem gewisse Türen.« Sie lehnte sich vor, um ein weiteres Foto heranzuziehen.

Alice spürte Ärger in sich aufflammen. Wofür hielt diese Frau sie eigentlich: einen Schmarotzer, der sich ins gemachte Nest setzte? »Ich brauche den Namen Waldmann nicht, um vorwärtszukommen. Wenn es das ist, was Sie meinen«, schnappte sie.

»Nein?« Greta musterte sie amüsiert. »Ohne dass Rosa sich für Sie eingesetzt hätte, wären Sie jetzt nicht hier, oder?« Sie sah sie einen Moment länger als notwendig an, dann schlug sie die Mappe zu und schob sie über den Tisch. »Ich habe genug gesehen.« Sie wandte sich ab.

»War das alles?«, fragte Alice und konnte den patzigen Unterton in ihrer Stimme hören. Sie atmete tief ein und versuchte, ihren Ärger in den Griff zu bekommen.

»Was haben Sie erwartet?« Greta nahm eine Zigarette aus einem Kästchen, zündete sie aber nicht an. »Dass ich vor Begeisterung Tränen vergieße?« Sie zuckte mit den Schultern und musterte Alice interessiert.

Alice kam sich wie ein Insekt vor, das unter ein Mikroskop gelegt wurde. Kein besonders angenehmes Gefühl. Sie biss sich auf die Innenseite der Wange. Dann holte sie tief Luft. »Ich weiß nicht ...«, setzte sie an, brach aber gleich wieder ab. »Etwas ... Ratschläge, mit denen ich arbeiten kann, vielleicht?«

Greta musterte sie kühl. »Ich bringe Sie zur Tür.«

Sie umrundete den Tisch, ging Alice voraus durch den Flur und öffnete die Wohnungstür. Alice schritt an ihr vorbei, ohne ihr die Hand zu reichen.

»Kommen Sie nächsten Mittwoch, nachmittags.«

Verblüfft drehte Alice sich um.

Greta stand an den Türrahmen gelehnt. Im hellen, harten Tageslicht sah sie fast zerbrechlich aus. »Gegen zwei. Nein, gegen drei. Nicht zu früh. Sie können mir fürs Erste in der Dunkelkammer zur Hand gehen.« Sie richtete sich auf, trat in die Wohnung zurück und schloss die Tür, ohne auf eine Antwort zu warten.

Alice hörte Schritte auf den Treppen, hörte die Haustür ins Schloss fallen, roch Bohnerwachs. Sie zögerte ein paar Sekunden auf dem Absatz und fragte sich, ob sie eben eine Prüfung bestanden hatte.

Der Kuss

Sommer 1931

Alice hatte sich nicht vorstellen können, so viel von Greta zu lernen. Nicht nur, dass sie eine hervorragende Porträtfotografin war, es war mehr als das: Greta Bergner verstand es, zum Wesenskern der jeweiligen Person vor dem Objektiv vorzudringen, ohne dass diese es merkte, und dabei deren Innerstes nach außen zu kehren. Genau diesen kurzen Moment hielt sie in einer einzigen Fotografie fest.

Doch nicht nur im Studio, auch auf der Straße gelangen ihr bemerkenswerte Aufnahmen. Eines Nachmittags, als Alice damit rechnete, in der Dunkelkammer zu arbeiten, hatte Greta sie auf eine fotografische Entdeckungsreise durch die Straßen Berlins mitgenommen, und was sie alleine in diesen wenigen Stunden über das ständig wechselnde, launenhafte Licht des Sommers gelernt hatte, ließ sie immer noch staunen. Was Greta alles auffiel, was sie sah! Nicht nur die großen, spektakulären, eindrucksvollen Dinge. Nein, gerade die unscheinbaren Details, an denen man täglich vorbeilief, ohne sie eines zweiten Blicks zu würdigen, registrierte sie mit klarem, unbestechlichem Blick. Eine alte Frau, die Rüben feilbot und durch die

Aufnahme Gretas eine Bedeutung weit über sich selbst hinaus erlangte, ohne dabei verloren zu gehen. Oder etwas so Einfaches wie eine Pfütze, schillernd von ausgelaufenem Benzin, in der sich der Himmel spiegelte, verwandelte sich in ihrer Aufnahme zu etwas Magischem.

Wie hatte sie je daran zweifeln können, von dieser Frau zu lernen?

Zum ersten Mal fühlte Alice, wozu Fotografie tatsächlich imstande war. Unter der Anleitung Gretas war sie sich beinahe selbst wie eine Kamera vorgekommen, die klickklickklick eine Aufnahme nach der anderen machte. Sie hatte tatsächlich das Gefühl, zu wissen, was sie wollte und wie sie es anstellen musste, das Bild zu bekommen, das sie sich vorstellte. Und dass da jemand war, der ihr zeigte, wie sie sehen konnte. Wozu sie imstande war. Und doch waren da die Zweifel, ob die Fotografie tatsächlich das richtige Metier für sie war. Wenn sie Greta beobachtete, dann konnte sie die Hingabe erkennen, mit der sie arbeitete. Das Feuer, das in ihr brannte, und das Alice – trotz aller Fortschritte – nicht in sich entfachen konnte. Sie fotografierte wirklich gerne! Und sie würde dabeibleiben, bis sie tatsächlich herausbekäme, was es war, für das sie brannte.

Der ganze Tisch war übersät mit Fotografien. Alice beugte sich vor, um eine der Aufnahmen heranzuziehen. Fünf Frauen, aus der Untersicht aufgenommen, die hintereinanderstanden und auf etwas zu warten schienen. Die erste drehte sich um und blickte mit zusammengezogenen Augenbrauen hinter sich. Die letzte in der Reihe legte ihre rechte Hand vertraut auf den Oberarm der vor ihr Stehenden. Die Horizontlinie schien nach rechts unten zu kippen.

Nachdenklich zupfte Alice an ihrer Unterlippe. Ihr

gefiel das, aber sollte sie das nächste Mal versuchen, etwas auszugleichen? In Gedanken versunken drehte sie sich um und ließ überrascht die Fotografie fallen, als wie aus dem Nichts Greta vor ihr stand. Ohne darüber nachzudenken, trat Alice einen Schritt zur Seite, doch ihre Lehrmeisterin packte sie am Oberarm und zog sie zu sich. Erstaunt öffnete Alice den Mund, wollte protestieren. Doch bevor sie einen Laut von sich geben konnte, legte Greta die Lippen auf ihre eigenen. Verblüfft fühlte sie ihre Zungenspitze, die fordernd und drängend begann, ihren Mund zu erforschen. Alice konnte spüren, wie ihr verräterischer Körper auf diese Einladung reagierte und bereitwillig antwortete. Noch vor einem Jahr wäre es nicht unwahrscheinlich gewesen, dass sie mit Greta im Bett gelandet wäre. Aber jetzt, wo es John gab …

Mit einem heftigen Ruck riss sie sich los und stieß Greta von sich. Hastig umrundete sie den Tisch.

Greta beobachtete sie von der anderen Seite des Tischs aus, warf den Kopf in den Nacken und lachte laut.

»Was soll das?«, fauchte Alice und versuchte, dem Drang zu widerstehen, den Aschenbecher zu packen und nach ihr zu werfen.

Greta zuckte mit den Schultern. »Ich habe den Eindruck, dass ich nicht die erste Frau bin, die dich küsst, oder? Und es hat dir gefallen. So viel habe ich gemerkt.«

Hatte sie sich etwa doch getäuscht? War es doch nicht um ihre Arbeiten gegangen? Wollte Greta nur mit ihr ins Bett? Oder … Es ging gar nicht um sie! Die Erkenntnis durchfuhr Alice wie ein Blitz. Wie hatte sie nur so blind sein können? Sie, Alice, sollte das Mittel sein, um sich an Rosa zu rächen! Nicht weil Greta Bergner Potenzial in ihr erkannte, sondern einzig und allein, weil sie sich ihrer bedienen wollte, hatte sie sie kommen lassen.

Greta drehte sich um, lehnte sich an die Tischkante und zündete sich eine Zigarette an.

»Wieso bin ich tatsächlich hier?«, fragte Alice.

Greta zog an der Zigarette und blickte den makellosen Ringen, die sie ausatmete, hinterher.

»Bin ich wegen Rosa hier oder wegen meiner Fotos?«

Greta legte den Kopf in den Nacken und lehnte sich zurück. Alice hätte sie am liebsten geschüttelt.

»Trauen Sie sich nicht, die Wahrheit zu sagen?«

»Die Wahrheit? Du willst die Wahrheit?« Greta lachte, löste sich vom Tisch und ging einen Schritt auf Alice zu. »Oh, welch hehres Begehr'. Das Fräulein möchte die Wahrheit hören«, fuhr Greta fort und blies ihr Rauch ins Gesicht. »Dann lass dir gesagt sein, mein Kind, dass es keine allumfassende Wahrheit gibt, die alles erklärt und Antworten schön säuberlich in kleinen, appetitlichen Häppchen serviert.«

»Warum haben Sie mir tatsächlich angeboten, bei Ihnen auszuhelfen?«, fragte Alice noch einmal.

»Natürlich auch wegen Rosa. Das hatte ich dir von Anfang an gesagt. Wenn sie dich nicht mitgebracht und mir direkt unter die Nase gehalten hätte, hätte ich aller Wahrscheinlichkeit nach niemals Notiz von dir genommen. Jedenfalls nicht als Fotografin«, sagte Greta langsam und musterte Alice kühl.

Wie Alice dieses Gefühl hasste, gewogen und für zu leicht befunden zu werden!

»Du solltest dich darüber freuen, dass sie sich für dich verwendet hat«, fuhr Greta fort, ohne Alices wütendem Blick auszuweichen. »Es war bestimmt nicht leicht für sie, zu mir zu kommen. Aber was machst du stattdessen? Du gibst die Prinzessin auf der Erbse.«

»Aber der Kuss …«

Ihr Gesichtsausdruck hatte sich nicht geändert, aber es dauerte einen Moment, bevor Greta antwortete. »Der Kuss. Ja«, sagte sie gleichmütig. »Du gefällst mir, und ich finde dich leidlich attraktiv. Und? Du warst deiner ersten Reaktion nach auch nicht gerade abgeneigt.« Sie drückte die Zigarette im Aschenbecher aus und blickte auf. »Glaubst du jetzt etwa, ich wäre in dich verliebt? Und dass ich andauernd versuchen würde, dir nachzustellen, um dir bei jeder Gelegenheit die Kleider vom Leibe zu reißen?«

»Was lässt Sie glauben, Sie könnten so mit mir reden?«, fuhr Alice Greta wütend an.

»Oh bitte, komm von deinem Ross herunter.« Auch Greta hatte nun die Stimme erhoben. »Meinst du, ich wüsste nicht, dass du Probleme damit hast, durch Rosas Einfluss bei mir hereingekommen zu sein? Nein? Denn so ist es. Du bist nicht schlecht, und aus dir könnte etwas werden, wenn man dir die richtige Richtung zeigt. Aber du solltest einmal über den Begriff Dankbarkeit nachdenken.«

»Bitte?«

»Ja, du dummes Ding. Dankbarkeit! Die allerwenigsten haben deine Verbindungen. Glaubst du etwa, da draußen laufen nicht Hunderte herum, die glücklich über die Möglichkeiten wären, die du hast? Die sich anstrengen und alles geben würden, um weiterzukommen?«

»Wenn es tatsächlich so viele da draußen gibt, wie Sie sagen, warum geben Sie sich dann mit mir ab?«, fauchte Alice.

Greta sah sie nachdenklich an. »Das frage ich mich mittlerweile auch. Denke sehr gründlich darüber nach, ob du diese Chance tatsächlich aus purer Dummheit verschenken willst.«

»Oh, was für eine großartige Chance! Die ich nur wegen meiner Tante bekommen habe. Oder aber, weil Sie jemanden zum …«

Greta packte Alices Handgelenk und hielt sie fest. »Wage es nicht, so mit mir zu sprechen«, zischte sie. »Und überlege dir gut, ob du nicht zu weit gegangen bist.«

Sie ließ Alice los. Ihr Handgelenk brannte an den Stellen, an denen Gretas Fingernägel sich in ihre Haut gebohrt hatten.

»Du solltest jetzt gehen.« Greta wandte sich ab und zündete sich eine weitere Zigarette an. »Vielleicht kannst du wiederkommen. Falls ich Lust habe, mich noch mal mit dir zu beschäftigen.«

»Man wird sehen«, schnappte Alice und warf ihr einen letzten wütenden Blick zu.

Als sie auf die belebte Straße trat, fröstelte sie trotz der warmen Nachmittagssonne. Sie blickte in den blauen Sommerhimmel, schloss die Augen und atmete tief ein und aus. Als sie sie wieder öffnete, merkte sie, dass ihre Knie zitterten. Sie hatte es versaut.

Wo zur Hölle bekomme ich jetzt einen Schnaps her, dachte sie und machte sich auf die Suche nach der nächsten Eckkneipe.

Zwischen den Linien

August 1931

Viel länger hätte Alice Rosas Fragen, warum sie die letzten Tage nicht bei Greta im Fotostudio verbracht hatte, nicht mehr ausweichen können. Sie war unendlich dankbar dafür, dass Ludwig auf die Reise nach Heringsdorf bestanden hatte. Er freute sich schon seit Wochen auf die Tage am Meer. Rosa hingegen schien bei der Aussicht auf gesunde Luft, Ruhe und Abgeschiedenheit entsetzt zu sein. Einzig Ludwig zuliebe hatte sie dieser Sommerfrische zugestimmt. Flehentlich hatte sie Alice gefragt, ob sie nicht mitkommen wolle. Sie würde auch die Reisekosten übernehmen, gar keine Frage. Doch Alice hatte abgelehnt.

Mit einem Koffer voller Bücher war Rosa schließlich abgereist. Ihrer Ansicht nach handelte es sich nicht um einen Trip an die Küste, sondern um eine Art Verschleppung in ein fernes Land, in dem es von Langweilern nur so wimmeln würde.

Als Alice dem Taxi, das die beiden zum Stettiner Bahnhof brachte, hinterherwinkte, atmete sie erleichtert auf. Sicher würde es Rosa innerhalb kürzester Zeit gelingen, die gesamte Elite Heringsdorfs auf sich aufmerksam zu machen. Wenn es denn eine gab.

Sie lachte in sich hinein, als sie das Taxi um die Ecke verschwinden sah. Vierzehn Tage himmlische Ruhe lagen vor ihr und niemand, der sie fragte und beobachtete und versuchte, sie zu gängeln. Vielleicht sollte sie zu John rausfahren. Von dort aus könnten sie ein paar Ausflüge aufs Land machen. Vielleicht könnte sie auch ... bei ihm übernachten? Ihr Herz schlug schneller. Wer weiß, was die kommenden Tage bringen würden.

Summend schloss sie die Wohnungstür hinter sich, ging zum Telefon und wählte Johns Nummer. Während sie dem Freizeichen in der Leitung lauschte, zog sie mit der Fingerspitze an den Kanten des Fernsprechers entlang. Sie ließ es mehrere Minuten läuten, doch niemand nahm ab. Vielleicht war er draußen bei den Hunden. Nachdenklich legte sie auf.

Sollte sie unangemeldet zu John nach Kleinmachnow fahren? Sie könnte etwas zu essen mitnehmen und ihn überraschen. Ja, vielleicht wäre das gar keine schlechte Idee. Zwei kalte Flaschen Bier – zur Feier des Tages –, Aufschnitt und Brot. Sie lief in die Küche, um nachzusehen, was noch im Eiskasten zu finden war.

Jedes Mal staunte Alice, wie lang man brauchte, um nach Kleinmachnow zu gelangen. Eine halbe Weltreise! Und dann fing es auch noch an zu donnern. Den ganzen Weg über hatte sich ein Gewitter über der Stadt aufgebaut, das sich genau jetzt, wo es keine Möglichkeit gab, sich unterzustellen, entladen wollte. Noch ein Grund mehr, den Führerschein zu machen. Rosa hatte angeboten, das Geld für die Fahrstunden vorzustrecken. Und wenn sie die Prüfung bestand, könnte sie ab und zu Johanns Auto benutzen. Vielleicht wäre es tatsächlich keine so schlechte Idee, denn hier in Berlin, mit seinen riesigen Dimensionen, konnte man sehr viel Zeit in den Öffentlichen vertrödeln. Wie unabhängig sie wäre! Sie könnte mit offenem Verdeck aus der Stadt fahren. Wenn es nicht gerade regnete. Vielleicht sollte ich Rosas Angebot tatsächlich annehmen, dachte sie, während sie an den aus Marmor gehauenen Göttern vorbeieilte und dem schon vertrauten Kiespfad folgte, dem kleinen, versteckt liegenden Häuschen entgegen. Möglicherweise könnte sie auch schon vorher mit John üben. Alice lächelte. Ob es allerdings beim Üben bleiben würde? Trotz des Regens, der sie mittlerweile bis auf die Haut durchnässt hatte, lachte Alice still in sich hinein.

Als sie schließlich auf den schmalen Weg zum Haus einbog, war sie nicht nur durch das Tempo, das sie angeschlagen hatte, außer Atem.

Sie klopfte, doch John öffnete nicht. In den Fenstern brannte kein Licht. Zum Glück hatte er ihr bei ihrem letzten Besuch gezeigt, wo der Ersatzschlüssel versteckt war. Sehr einfallsreich, dachte sie, und schüttelte den nassen Kopf, als sie ihn unter dem Blumentopf neben der kleinen verwitterten Bank herauszog. Als sie ihm erklärt hatte, dass jeder halbwegs erfahrene Einbrecher zuerst genau an dieser Stelle nachsehen würde, hatte er nur mit den Achseln gezuckt und gemeint, es gäbe ohnehin nichts von Wert in diesem Haus. Es ging ihm nur darum, dass nicht jeder bei ihm hereinspazieren konnte, wenn er nicht da war. Ihr Herz hatte einen kleinen Freudensprung gemacht. Sie war für ihn also nicht »jeder«. Sie durfte wissen, wo der Schlüssel lag, und ihn benutzen.

Mit nassen Fingern führte Alice ihn ins Schloss. Doch genau in dem Moment, als sie ihn umdrehen wollte, wurde die Tür von innen aufgerissen. Erschrocken sprang sie einen Schritt zurück.

»Du?«, fragte John überrascht, doch im nächsten Moment leuchtete sein Gesicht auf. Auch er war in den Regen geraten: Sein rotes Haar, das er anscheinend gerade mit einem Handtuch trocken gerieben hatte, stand in alle Richtungen ab. Sein Hemd stand offen. Er hatte es sich wohl eben erst übergestreift.

»Ich habe Bier und was zu essen mitgebracht. Wenn du mich also reinlässt …« Alice hob das Einkaufsnetz.

Ohne ein weiteres Wort zog er sie in den Vorraum und schloss rasch die Eingangstür. Aus dem Wohnraum hörte sie das leise Klicken von Krallen auf Holzdielen. Der große graue Kopf von Gentle, über dessen Nacken ein feuchtes Handtuch hing, schob sich durch den Türspalt. Mit seinem mächtigen Körper drückte er die Zimmertür auf und drängte sich zwischen John und Alice.

»Na du?«, sagte Alice zu dem wedelnden Hund, der sich gegen ihr Bein drückte. Sie stellte ihr Netz ab, nahm seinen nassen Kopf zwischen die Hände und beugte sich zu ihm. Gentle war begeistert und wollte mit seiner riesigen Zunge ihr Gesicht ablecken. Sie lachte, drehte schnell ihr Gesicht zur Seite und drückte seinen Kopf an die Brust. Nass war sie ohnehin.

John zog sie hoch. »Du musst raus aus den nassen Sachen«, sagte er.

Ihre Blicke verfingen sich ineinander. Ihr fiel keine passende Antwort ein, also nickte sie nur und blieb einfach stehen. Der Moment zog sich in die Länge. Schließlich räusperte sich John und stieß die Tür zum Wohnraum ganz auf.

»Ich lege dir ein paar Sachen raus.«

Ohne eine Antwort abzuwarten, ging er voraus,

Gentle an seiner Seite, der sich zufrieden unter den großen Tisch in der Mitte des Raumes legte. John öffnete einen einfachen Kleiderschrank und suchte ein paar Kleidungsstücke für sie heraus: ein weites Hemd, eine Hose, einen Gürtel, Socken und ein Handtuch, mit dem sie sich abtrocknen konnte.

Er drückte ihr die Sachen in die Hand und nahm ihr das Einkaufsnetz ab. »Krempel die Ärmel und Hosenbeine am besten einfach hoch.« Dann wandte er sich ab und verschwand in der Küche.

Hastig schlüpfte Alice aus ihren vollgesogenen Schuhen, zog das tropfende Kleid, dann das Unterkleid aus. Wenn er jetzt reinkäme? Sie sah zur angelehnten Tür. Zögernd griff sie nach dem Handtuch und begann sich trocken zu reiben. Dann streifte sie seine Sachen über. Das Zimmerfenster war nur angelehnt, und Alice konnte den Regen auf die Blätter der Obstbäume fallen hören. Obwohl das Gewitter sich entladen hatte, war es noch nicht kühler geworden. Sie stellte einen Stuhl ans Fenster und hängte ihre Kleider über die Lehne. Dann ging sie in die Küche.

Vom Türrahmen aus beobachtete sie, wie John sich auf den wenigen Quadratmetern bewegte, die seine Küche beherbergten.

Er musste sie gehört haben, denn noch während er kopfüber in einem kleinen Schränkchen neben der Waschschüssel kramte, fragte er: »Bist du sehr hungrig?«

Sie schüttelte den Kopf. »Eigentlich nicht.«

Er richtete sich auf und wandte sich zu ihr um. »Gut. Ich kann nämlich nicht viel zum Essen beisteuern – außer einer Dose Ölsardinen, die wahrscheinlich schon hundert Jahre alt ist.« Er hielt eine verbeulte Dose hoch, betrachtete sie nachdenklich und stellte sie zurück in den

Schrank. Mit verschränkten Armen lehnte er sich gegen die Anrichte, deren Lackierung bereits abblätterte, und sah sie an. »Du leuchtest.«

Alice spürte, wie Freude in ihr aufstieg.

»Du hast mir noch nicht erzählt, warum du gekommen bist.« John legte den Kopf schief. »Immerhin ist es ein weiter Weg.«

»Ich wollte dich sehen. Reicht das als Grund? Gewöhn dich schon mal dran. Rosa und Ludwig sind für zwei Wochen in Heringsdorf. Ich kann also kommen und gehen, ohne mich der Inquisition unterziehen zu müssen.« Alice grinste ihn an.

Er kniff ein Auge zu, ging langsam auf sie zu und zog sie in seine Arme. »Das ist ja fabelhaft, Miss Waldmann! Das müssen wir unbedingt feiern.«

Neben den beiden Bierflaschen, die sie mitgebracht hatte, stand eine angebrochene Flasche Rotwein.

Er ließ sie los, nahm zwei Wassergläser von der Anrichte und schenkte Rotwein ein. Dann hielt er sein Glas hoch. »Auf die nächsten zwei Wochen!«

Sie prostete ihm zu und spürte, wie sich Wärme in ihr ausbreitete. »Und auf alles, was sie uns bringen mögen«, erwiderte sie seinen Trinkspruch. »Komm, lass uns essen.«

Alice hatte das Gefühl, die Nacht, die sich von außen an den Scheiben rieb, hielte den Atem an. Sie fühlte ein Ziehen in den Beinen, in den Armen, und ein Band, das sich um sie beide legte und sie zusammenhielt.

»Möchtest du bleiben, oder soll ich dich nach Hause fahren?«, hatte er gefragt. Sein Blick verriet ihr, dass er nicht so unbefangen war, wie er vorgab.

Sie knabberte an einem Brotkanten, trank einen Schluck Wein und sah ihn über den Rand des Glases an.

Betrachtete seine blaugrünen Augen, seine leuchtenden Sommersprossen. Seinen breiten Mund, der so gut schmeckte. Nach Salz und Wind und etwas anderem, Süßem, für das sie keinen Namen hatte. Seine roten Haare, die im gedämpften Licht der schwachen Glühbirne kupferfarben schimmerten. Zum Teufel! Man musste auch mal etwas wagen!

Vorsichtig setzte sie das Glas ab und erwiderte seinen fragenden Blick. »Ich bleibe.«

Es hatte aufgeklart, die Gewitterwolken waren abgezogen. Nachdem sie den Tisch abgeräumt hatten, stieß Alice das Fenster auf. Wassertropfen perlten von den Blättern. Ganz in der Nähe rief ein Käuzchen. Gentle, der seinen Platz unter dem Tisch hatte räumen müssen, lag nun unter dem Fenster und lief im Schlaf. Seine Krallen scharrten über die Dielen.

John schaltete das elektrische Licht aus und zündete ein paar Kerzen an. Sie nahmen die noch ungeöffneten Bierflaschen und setzten sich auf das zerschlissene Sofa, das aus dem Herrenhaus stammte und so gar nicht hierher passte.

Ihr Gespräch mäanderte durch Zeit und Raum, bis es sie zurück in die Vergangenheit führte. Alice erzählte freimütig von ihrer Kindheit in München. Als Achtjährige hatte sie unbedingt schwimmen lernen wollen. Voller Neid hatte sie die Kinder aus der Nachbarschaft beobachtet, wie sie an den Kiesbänken der Isar herumtollten und immer wieder kreischend ins Wasser sprangen. Wie gerne wäre auch sie vom Ufer aus auf eine der vielen kleinen Kiesbänke hinausgeschwommen. Doch ihre Mutter fand das alles viel zu gefährlich. Sie würde übermütig werden und wie üblich ihre Kräfte überschätzen. Alice bat. Alice tobte. Nichts half. Sie hatte sogar ihren Vater angebettelt. Als er sie fragte, ob ihre Mutter es erlauben würde, musste sie verneinen. Lux hatte sie angesehen und geseufzt. »Dann bin ich genauso machtlos wie du«, hatte er kopfschüttelnd gemeint und die Ateliertür hinter sich geschlossen.

»Du hättest die anderen Kinder fragen können, ob sie es dir beibringen«, sagte John.

Alice lachte leise. »Das habe ich.«

»Aber?«

Sie stieß ihn mit der Schulter an und nippte an ihrem Bier. »Aber. Wie gesagt: Einige der Kinder kannte ich aus der Nachbarschaft. Da waren die kleine Sophie, die Tochter vom Bäcker, und der rothaarige Joseph, dessen Vater Metzger war und der mir so gut gefiel.« Sie lächelte und griff in Johns Haarschopf. »Ich scheine eine Schwäche für rothaarige Männer zu haben.«

John legte den Arm um sie und zog sie näher an sich heran.

»Es war einer der heißesten Tage, die ich je erlebt habe«, fuhr sie fort. »Der Himmel war ...«, sie zögerte, suchte nach dem passenden Wort. »Kennst du das Blau, das Maler für den Mantel der Jungfrau Maria verwenden? So ein Blau war das.« Sie schloss die Augen.

»Kobaltblau«, antwortete John.

Mit geschlossenen Augen nickte Alice, dann fuhr sie fort. »Es war so heiß, dass sich die Kiesel am Hochufer im ersten Moment kalt anfühlten. Aber sie waren nicht kalt, sondern heiß. So heiß, dass man sich die Füße verbrannte.« Sie öffnete die Augen und blickte ihn nachdenklich an, bevor sie weitererzählte. »Ich hatte ihnen schon eine Weile lang zugesehen. Wie sie sich scheinbar schwerelos im Wasser treiben ließen oder mit langsamen Zügen zu einer kleinen Kiesbank im Fluss hinüberschwammen. Es sah so ... leicht aus.« Ihre Stimme klang verlegen. »Irgendwann entdeckte mich Sophie. Sie lief zu den anderen und zeigte mit dem Finger auf mich.« Alice atmete tief durch. »Also bin ich runtergegangen, um zu fragen, ob sie mir das Schwimmen beibringen. Was hatte ich schon zu verlieren?« Sie zupfte am Flaschenetikett.

»Und?«, fragte John.

Alice zuckte mit den Achseln. »Natürlich wollten sie nicht. Als ich fragte, warum, antwortete Joseph, weil ich ein ›schiaches Preißn-Bankert‹ sei.«

»Ein schiaches Preißn-Bankert?«, wiederholte John verständnislos und runzelte die Stirn.

»Ich spreche Hochdeutsch, also bin ich ›a Preiß‹, eine Preußin, und ein ›Bankert‹ ist ein uneheliches Kind«, antwortete sie ruhig. »Schiach bedeutet hässlich.«

»Ah.« Er nickte nachdenklich. Während sie der Stille lauschten, die sich um sie legte, und eine kleine Weile ihren Gedanken nachgehangen hatten, fuhr John Alice mit den Fingern durch die gelösten Haare.

»Was ist dann geschehen?«, fragte er.

Sie hob den Blick und grinste ihn an. »Ich habe Joseph eine geklebt und bin dann ins Wasser gegangen.«

»Du bist ins Wasser gegangen?«

»Ja. Mit allem, was ich anhatte. Und habe mich reingesetzt.« Sie nahm einen Schluck von ihrem Bier und blickte an die Decke. »Das war ihnen unheimlich – glaube ich.« Sie spürte ein leises Beben an ihrer Schulter und blickte John an. »Lachst du etwa?«, fragte sie und streckte ihm die Zunge raus.

»Soll ich es dir beibringen?«

Sie richtete sich auf und stützte sich auf den Ellbogen. »Würdest du das tun?«

Er drehte eine ihrer Haarsträhnen um seinen Zeigefinger. »Ja.« Das flackernde Licht ließ sein Gesicht aufleuchten. Er hob die Flasche und stieß damit leicht gegen ihre. »Dann ist es also abgemacht.«

Sie nickte und küsste ihn auf die Wange. »Jetzt bist du dran. Erzähl mir was von dir«, bat sie ihn. »Oder warte, ich weiß, was ich wissen möchte.«

»Na gut. Was willst du wissen?«

»Als wir letztens deinen Freund Landsberger getroffen haben ... also, er hat erzählt, dass du Artikel geschrieben hast?«

John nickte. »Ja, aber das ist nichts wirklich ...«, er suchte nach dem passenden Ausdruck, »... Reales.«

»Na hör mal, Artikel zu schreiben, die veröffentlicht werden, ist sehr real.«

Er zuckte mit den Achseln.

»Was waren das für Artikel?« Alice war entschlossen, nicht lockerzulassen.

»Och, dieses und jenes. Ein bisschen Sport, ein bisschen Milieu, ein bisschen Tingeltangel.«

Ihre Augenbrauen fuhren nach oben. »Tingeltangel?«

»Na ja, kleine Sachen über ... Tingeltangel eben. Ein bisschen hinter die Kulissen schauen. In Theatern, Varietés, Rummelplatz. Ein bisschen Flitter.«

»Flitter? Du?« Sie schnaubte.

»He, ja. Warum nicht? Glaubst du, ich kann nicht auch Flitter?« Er grinste sie an.

»Och, natürlich kannst du auch Flitter. Ich sage nur Esmé ...« Als sie sah, wie ihm das Blut ins Gesicht schoss, lachte sie und stupste ihn mit ihrer Flasche an, bevor sie wieder ernst wurde. »Aber weißt du ... ich glaube, du könntest viel mehr. Ich meine ... du hast doch einen scharfen Blick für die Lage der Leute dort draußen.

Wenn du über solche Themen schreiben würdest ... Damit könntest du doch vielleicht etwas bewirken, oder?«

»Vielleicht. Aber ich glaube nicht, dass es wirklich das Richtige für mich wäre.«

»Wieso nicht?«

»Sieh mal, die meisten Blätter möchten dich einordnen können. Bin ich Kommunist? Sozialist? Bürgerlich? Arbeiterklasse? ... Ich bin nichts von allem. Genauso wenig, wie ich Ire, Engländer oder Deutscher bin. Das macht mich für die Leute irgendwie ... verdächtig. Sie können mich nicht einschätzen. Wissen nicht, wo meine Loyalitäten liegen.« Er zündete sich eine Zigarette an, bevor er fortfuhr. »Und mir ist das auch ganz recht. Ich will mich keiner Gruppe oder Partei oder was auch immer anschließen. Das gibt nur Ärger. Ich fühle mich ein paar bestimmten Menschen verpflichtet. Johann gehört dazu.« Er zog sie an sich und küsste sie auf die Stirn. »Und du.«

Sie fühlte, wie eine warme Woge durch sie hindurchlief und schmiegte ihren Kopf an seine Schulter. »Wie bist du überhaupt dazu gekommen, Artikel zu schreiben?«, fragte sie versonnen und zog gedankenverloren an einer ihrer Locken.

»Och, irgendwann sollte ich jemandem bei der AIZ, der Arbeiter-Illustrierten-Zeitung, etwas bringen. Ich habe im Hof unten gewartet. Und da war Landsberger, der wie ein aufgescheuchtes Huhn hin und her lief und immer und immer wieder einen Text gelesen hat. Laut, sodass mir gar nichts anderes übrig blieb, als ihn zu hören. Er sollte den Artikel kürzen und wusste nicht, wo er ansetzen sollte. In seiner Verzweiflung hat er mich gesehen und um eine Zigarette gebeten.« John zuckte mit den Schultern. »Wir sind ins Gespräch gekommen, und ich habe ihm was für seinen Artikel vorgeschlagen. Es hat funktioniert. Wir sind uns dann noch ein paarmal über den Weg gelaufen … und na ja … so hat sich eben eins nach dem anderen ergeben.«

»Darf ich die Sachen lesen? Oder hast du etwa was über Esmé geschrieben, das ich besser nicht in die Finger kriegen sollte?« Alice grinste ihn an.

John schnaubte vergnügt und nahm einen Schluck Bier. »Wenn du das Zeug wirklich lesen willst, werde ich mal sehen, ob ich noch irgendwo die Ausschnitte habe. Aber ich muss dich enttäuschen: Ich habe nicht ein Wort über Esmé geschrieben.«

Er streckte sich. Dann zog er sie an sich und küsste sie. Als sie sich atemlos voneinander lösten, strich Alice ihm durch die Haare.

»Ich hoffe, ich küsse besser als Esmé? Du küsst auf jeden Fall besser als Greta Bergner«, murmelte sie in sein Ohr.

»Oh?« Er blickte sie verdutzt an, und Alice lachte leise.

»Schau nicht so schockiert. Ich bin nicht im Geringsten an ihr interessiert.«

Er räusperte sich. »Du hast … Greta Bergner … hmm du hast … eine Frau geküsst?«

Ihre Mundwinkel verzogen sich sacht nach oben. Sie zuckte mit den Schultern. »Sie hat versucht, sich an mich ranzumachen, und ich habe ihr ziemlich klar gesagt, was ich davon halte. Glaubst du, sie interessiert mich? Als Frau? Davon abgesehen: Es war nicht das erste Mal, dass mich eine Frau geküsst hat.«

»Nicht das erste Mal?« Seine Augenbrauen schossen nach oben.

»Stell dir vor: Ich hatte ein Leben vor dir.«

Er blickte sie so verdutzt an, dass sie lachen musste und ihm über die Wange strich.

»Du willst mir nicht erzählen, du hättest vor mir nicht mit Frauen geschlafen?«, fragte sie ihn. »Esmé?«

Verlegen schüttelte er den Kopf. »Nein. Natürlich nicht. Aber ... Frauen?«

»Ja. Warum nicht? Aber wenn du das so sagst, hört es sich an, als ob ich mich mit hunderten durch die Betten gewälzt hätte.«

»Und? Hast du?«

Sie grinste ihn an. »Nein, du Dummkopf. Aber – sagen wir mal so – ich habe mit mehr als einer geschlafen. Genauso wie mit ein paar Männern.«

»Ist es ... ist es anders, mit einer Frau zu schlafen als mit einem Mann, also abgesehen vom ...«

»Vom Anatomischen her?«, half Alice John seine Frage zu vollenden. Sie überlegte kurz. »Jeder Mensch ist anders. Und genauso liebt jeder Mensch anders. Ganz unabhängig davon, ob diese Person ein Mann oder eine Frau ist. Es ist nicht besser oder schlechter. Wobei ich das Wort ›lieben‹ in diesem Zusammenhang nicht richtig finde. Denn ich habe keinen von ihnen geliebt.«

»Du bist also nur ...«

»Ich bin aus Neugier mit ihnen ins Bett gegangen. Stört dich das?« Sie blickte ihn forschend an.

Er kaute nachdenklich auf seiner Lippe, dann hob er den Blick. »Nein. Aber ich dachte, Frauen wären anders. Bei Männern ... na ja, da gibt es ein gewisses ...«

»Triebpotenzial?« Sie lachte leise. »Glaub mir, das gibt es nicht nur bei Männern. Aber Frauen haben es meist besser im Griff.« Sie zögerte. »Nein«, verbesserte sie sich. »Sie haben es nicht besser im Griff. Aber für einen Mann ist es einfacher, seine Triebe auszuleben als für eine

Frau. Und um mit jemandem zu schlafen, muss ich nicht zwangsläufig in ihn verliebt sein.«

Sein Kopf fuhr hoch, und er sah sie alarmiert an. Sie konnte den Gedanken, der ihm durch den Kopf schoss, hinter seinen Augen vorbeiziehen sehen. Schnell legte sie ihm die Hand auf den Arm.

»John, du musst mir eines glauben: Das, was ich mit dir … das ist etwas, das ich … ich noch mit keinem anderen Menschen … das geht weit über das hinaus, was ich jemals erlebt habe.« Alice sah ihm direkt in die Augen.

Langsam hob er die Hand und zog sie an sich heran. »Oh Himmel, was machst du nur mit mir«, flüsterte er.

»Dasselbe könnte ich dich fragen«, antwortete sie ihm genauso leise. Sie rutschte näher an ihn heran und konnte seinen sehnigen Körper fühlen, der sich gegen sie presste. Alles lief ineinander zusammen. Wo hörte sie auf, wo fing er an?

Mit geschlossenen Augen tastete sie nach dem kleinen Tischchen neben dem Sofa, um die Bierflasche abzustellen. Ein paar Bücher und Hefte polterten krachend zu Boden. Sie zuckte zusammen und wollte sich vorbeugen, um sie aufzuheben, doch er zog sie zurück.

Seine Hand wanderte an ihrem Bein hinauf und fand schließlich die Knopfleiste der Hose. Fragend blickte er sie an, und sie nickte. Behutsam knöpfte er sie auf, schob seine Hand hinein und tastete sich weiter abwärts, einwärts. Zitternd bog sie den Rücken durch und drängte sich gegen seine Hand.

Irgendwo, weit weg, konnte Alice einen Fensterladen klappern hören. Hier gibt es doch keine Fensterläden, dachte sie irritiert, am Rande ihres bewussten Verstandes, und merkte, wie sich Johns Hand zurückzog. Sie schlang die Arme um ihn und versuchte, ihn wieder an sich heranzuziehen. Doch er löste sich aus ihrer Umarmung und rollte hastig vom Sofa. Fragend blickte sie zu ihm auf. Nun konnte sie hören, dass jemand gegen die Tür hämmerte.

John zog die leichte Decke, die auf den Boden gerutscht war, über Alice, und stand auf.

Sie sank zurück und hörte leises Murmeln an der Tür, während sie gedankenverloren dem drängenden Kribbeln in ihrem Körper nachspürte. Die Stimmen wurden lauter und steigerten sich rasch zu erregtem Grollen. Sie richtete sich auf, als die Zimmertür aufgestoßen wurde und John zurückkam.

»Was ist denn los?«, fragte sie.

»Ich muss noch mal raus«, antwortete John und berichtete in wenigen Worten von dem Helfer, der heute Morgen einen der Hunde am Halsband über den Hof gezerrt hatte. Bereits zwei Mal war er verwarnt worden. Ein drittes Mal hätte er sich das nicht leisten dürfen. Also hatte er seine Sachen zusammensuchen müssen und war aufgefordert worden zu verschwinden. Jetzt war er wiedergekommen, angetrunken, und schlug Krach.

»Tut mir leid.« Er beugte sich über sie, um sie zu küssen. »Nicht weglaufen. Ich versuche, so schnell wie möglich wieder hier zu sein.«

Sie schloss die Augen und erwiderte seinen Kuss. Dann legte sie zwei Finger an die Stirn für einen Salut. »Aye, Captain. Ich bewege mich nicht von der Stelle.«

Von draußen rief jemand seinen Namen.

»Ich komm ja schon«, rief John ungehalten. Dann wandte er sich wieder Alice zu. »Ich liebe dich«, flüsterte er. Behutsam fuhr er mit seinem Finger über ihre rechte Augenbraue, dann war er fort.

Fast Mitternacht. Die Welt um sie herum lag in tiefem Schlaf, die Stille nur hin und wieder unterbrochen von den Rufen eines Käuzchens. Augenblicke verflogen Herzschlägen gleich. John hatte gesagt, er liebe sie.

Alice streckte sich. Ihr Arm stieß gegen die Bierflasche, die sie vorhin so achtlos auf dem Tischchen abgestellt hatte. Träge setzte sie sich auf und sah die heruntergefallenen Bücher und Hefte auf dem Boden liegen. Sie beugte sich vor, zog einen schmalen Band an sich heran und schlug ihn auf. Blätterte eine Seite um. Dann noch eine. Und noch eine. Das war kein Buch. Sie atmete scharf ein. Das war ein Skizzenheft. Johns Skizzenheft.

Albtraumhafte Gestalten, Trinkgelage und Gewalt, Soldaten und immer wieder Krieg. Kinder, Alte, Huren und Lumpen, gezeichnet mit harten, rohen Strichen, sprangen ihr von den Seiten entgegen. Dazwischen flüchtige, skizzenhafte Zeichnungen von Hunden, Porträts, Selbstporträts. Johann. Landsberger. Scanlan. Ganz zum Schluss sie. Und immer wieder das Bild eines jungen Mannes. Sie runzelte die Stirn und führte das Heft dichter an die Augen. Vorsichtig strich sie mit den Fingerspitzen über die Linien.

Ein Geräusch ließ sie aufblicken. Im Türrahmen stand John. Sein Gesicht lag im Dunkeln. Langsam ließ sie das Heft sinken.

»Du hast mir nie erzählt, dass du zeichnest.« Verlegen hielt sie das Skizzenheft hoch. Sie fühlte sich, als hätte sie heimlich sein Tagebuch gelesen und wäre dabei erwischt worden. Wenn es nach John gegangen wäre, hätte sie dieses Heft sicher nie zu Gesicht bekommen.

Wortlos trat er in den Raum. Sie konnte nicht sagen, ob er wütend, überrascht oder verlegen war. Sein Blick wanderte zwischen ihrem Gesicht und dem Heft hin und her, als überlege er, es ihr aus der Hand zu reißen. Dann wandte er sich ab, trat ans Fenster und blickte in die Dunkelheit.

Vorsichtig legte sie das Heft in den Schoß. »Es tut mir leid, dass ich ...«

Er schnitt ihr das Wort mit einer knappen Handbewegung ab.

»Sie sind gut, deine Zeichnungen«, sagte sie leise.

Er blickte über die Schulter, sein Ausdruck nicht zu deuten.

Alice schlug eine Seite auf und betrachtete die Zeichnung. Im Licht der unruhig brennenden Kerzen sah es aus, als würde sie sich bewegen.

»Ist das ...«, sie stockte, setzte erneut an. »Ist das dein Bruder? Lewis?«

Johns Rücken versteifte sich.

»Du hast ihn im Krieg verloren, nicht wahr?«

»Was hat Scanlan dir erzählt?«

Alice zögerte, legte das Heft zur Seite und stellte die Füße auf den Boden. Gentle, durch die Bewegung aufgewacht, blickte kurz zu ihr hoch. Dann schloss er erneut die Augen.

»Du ... Ihr seid zwischen die Linien geraten. Lewis wurde ... verwundet.« Sie zögerte erneut. »Lewis wurde so schwer verwundet, dass er ... er hat es nicht geschafft. Johann hat dich gefunden und in ein Lager gebracht«, fuhr sie langsam fort.

»Wir hatten uns verlaufen.« Er lachte leise und bitter. »Wie sich das anhört. Wie in einem Märchen. Wir hatten uns verlaufen ...« Er wandte sich um, lehnte sich ans Fensterbrett und verschränkte die Arme. Sein Gesichtsausdruck war für Alice unlesbar. Als er weitersprach, sah er sie nicht an. »Und wenn sie nicht gestorben sind ... Eine Kugel hat ihm die Bauchdecke aufgerissen. In einem Moment läuft er neben mir ... und im nächsten liegt ein kreischender, blutiger Klumpen Fleisch im Schlamm.«

Alice schluckte. »Oh John. Es tut mir so leid.«

Er blickte sie an, sah aber schnell wieder weg und atmete scharf aus. »Ich ... ich hatte ihn in ein Schlammloch gezogen. Hatte seine Wunde untersucht und ... mir war klar ... was es bedeutete. Das Einzige, das ich für ihn tun konnte, war, da zu sein. Ich hatte gehofft, dass er merkt ... dass er nicht alleine ist. Gehofft, gebetet, dass irgendjemand kommen und uns helfen würde.« Er schüttelte den Kopf. »Aber es kam niemand. Seit damals bete ich nicht mehr. Und Lewis hat einfach nicht aufgehört zu schreien! Irgendwann habe ich gedacht ... habe ich gedacht, dass ich jemanden finden muss, der uns ... ihm helfen kann. Also habe ich ihn dort zurückgelassen und bin losgelaufen. Einfach in die Dunkelheit hinein. Vielleicht hatte ich auch gehofft, erschossen zu werden. Ich weiß es nicht mehr.« Sein Blick wanderte ruhelos durchs Zimmer, und als er ihren traf, sah er schnell weg. »Aber ich konnte ihn immer noch schreien hören. Selbst als ich zu weit weg war, um ihn tatsächlich hören zu können.« Er tippte an seine Stirn. »Hier.« Er deutete auf sein Herz. »Und hier. Da habe ich ihn gehört.«

Alice schloss die Augen. Sie fühlte Tränen brennend aufsteigen.

»Ich bin trotzdem weitergelaufen. Bis mir klar wurde, dass ich gar nicht nach Hilfe suchte.«

Er drehte sich zu ihr um und sah sie an. »Ich bin weggelaufen. Weil ich Angst hatte. Weil ich ihn nicht mehr hören wollte ... konnte. Weil ich feige war.«

Als Alice aufstand und zu ihm hinübergehen wollte,

wich er zurück und schüttelte den Kopf. Sie blieb stehen, obwohl jede Faser ihres Körpers nichts anderes wollte, als ihn in die Arme zu nehmen.

»Schließlich bin ich wieder zurückgelaufen.« Er wandte sich wieder dem Fenster zu. »Und da lag er immer noch. Nur dass er jetzt nicht mehr schrie. Ich bin in das Schlammloch hineingesprungen und dachte … hoffte … es wäre vorbei. Aber als ich nach seinem Puls suchte, hat er die Augen aufgeschlagen und mich angelächelt.« Er rieb sich ungehalten übers Gesicht. »Er hat gelächelt, Alice! Also habe ich mich zu ihm gesetzt und seinen Kopf in meinen Schoß gelegt.«

Trotz der Dunkelheit konnte sie den Schimmer von Tränen auf seinem Gesicht erkennen.

»Lewis war zwei Jahre älter als ich. Er hat mich immer aus allem rausgehauen. Er war derjenige, der immer da war. Und dann … dann war er … er hatte solche Schmerzen! Ich wollte ihm helfen, Alice. Gott verzeih mir, ich konnte ihn doch nicht …« Er senkte den Kopf. »Wir wussten beide, dass es keine Hilfe für ihn geben würde. Also habe ich ihm die Hand auf die Stirn gelegt und dann … meine Pistole … und … er hat die Augen aufgemacht … und gelächelt.«

Selbst im flackernden Kerzenschein konnte Alice den Schmerz in seinen Augen, in der Linie seiner hochgezogenen Schultern erkennen.

Er räusperte sich und fuhr mit der Hand übers Gesicht, als wolle er alle Gefühle wegwischen. Doch es gelang ihm nicht. »Kurz nach Sonnenaufgang haben uns deutsche Sanitäter … Johann … gefunden und mich ins Lager gebracht.« Er hob den Blick und sah Alice direkt an. »Weißt du, was schlimm ist? Richtig schlimm? Dass ich wütend auf Lewis bin.« Er schluckte und schüttelte den Kopf. »Wütend, dass er tot ist. Ich hätte tot sein sollen. Nicht er.«

Alice stellte sich neben ihn, ohne ihn zu berühren.

»Mein Vater hat es auch so gesehen. Ich. Nicht er.«

Vorsichtig legte sie ihm die Hand auf den Arm. »Das darfst du nicht glauben, John«, sagte sie leise. »Das darfst du niemals glauben.« Sie nahm sein Gesicht zwischen die Hände. »Sieh mich an.«

Er versuchte, sich wegzudrehen, doch sie hielt ihn fest, ließ ihn nicht ausweichen. Seine Pupillen waren dunkel, sie schienen im schwachen Licht mit der Iris zu verschmelzen.

»Sieh mich an, John«, wiederholte Alice. »Du trägst keine Schuld. Das darfst du niemals glauben. Niemals!« Dann zog sie ihn an sich – ernst, behutsam, bestimmt – und küsste ihn.

Sie hatte es sich anders vorgestellt. Nachdem, wie sie wenige Stunden zuvor begonnen hatten, hatte sie etwas Leichteres, Heiteres erwartet. Doch nun rollte es mit der elementaren Heftigkeit eines Gewitters über sie hinweg. Anfangs hatten sie sich noch sanft und zärtlich geküsst. Doch schon wenige Momente später war klar, dass sie beide sich keine Sanftheit wünschten. Mit jeder Faser ihres Körpers erwiderte sie die Direktheit seiner Berührungen. Sie wollte ihn so sehr, dass es sie fast schon ängstigte. Sie konnte sich nicht daran erinnern, sich ausgezogen zu haben. Sie hatten nur kurz innegehalten, um sich beinahe erschrocken in die Augen zu blicken. Um sich wortlos zu versichern, dass das, was sie taten, sie fester aneinanderbinden würde als jeder laut ausgesprochene Liebesschwur. Er hatte sie gepackt, sie angehoben, und sie hatte ihre Beine um ihn geschlungen, seine Hitze und ihrer beider Schweiß auf der Haut gefühlt. Sie lebten!

Sie lebten! Alice fühlte den warmen Nachtwind, der durch das angelehnte Fenster ins Zimmer hereindrang, sachte über ihre Oberschenkel streichen. Als sie John in sich hineingleiten spürte, klammerte sie sich an ihn, als ginge es um ihr Leben und bäumte sich auf. Sie hatten es nicht mehr bis zum Sofa geschafft. Sie konnte die scharfe Kante spüren, als John sie auf den Tisch hob und sich in ihr bewegte, sie immer härter gegen das Holz stieß. Sie hatte die Arme um ihn geschlungen und hielt ihn mit aller Kraft fest.

Die Zeit stürzte durcheinander. Wie etwas, das einen Hügel hinabrollte und immer schneller wurde, sich jeder Kontrolle entzog. Er hielt sie so fest, dass er fast die Luft aus ihr herauspresste. Sie war sich nicht sicher, wo ihr Körper endete und seiner begann. Schließlich war es auch nicht wichtig. Auch dieser Gedanke verflog und löste sich im gleißenden Licht hinter ihren geschlossenen Augenlidern auf.

Die nächsten zwei Wochen verbrachte Alice in einem atemlosen Wirbel aus Euphorie, Hitze und Sorglosigkeit, nur unterbrochen durch unendlich erscheinende, zeitlose Momente. Die sommerstille Wohnung am Matthäikirchplatz, Johns Haus in Kleinmachnow und die Seen rund um Berlin bildeten die Welt, in der sie sich schwerelos, traumgleich und doch hellwach bewegte. Sooft es die Zeit zuließ, lieh sich John Johanns Buick aus. Mit offenem Verdeck und Gentle zwischen Decken, Schwimmsachen und Proviant auf der Rückbank fuhren sie aus der Stadt hinaus und hielten an, wo es ihnen gefiel. John brachte ihr das Schwimmen bei, und Alice verstand schnell. Hatte sie sich anfangs noch, ähnlich Gentle, paddelnd und prustend fortbewegt, entwickelte sie rasch eine elegante, kraftvolle Art, sich erst in Ufernähe und dann immer weiter in die Mitte des Sees vorzuwagen. Übermütig lieferte sie sich mit John Wettschwimmen, an denen sich auch Gentle beteiligte, der, als würde er ihrer Ausdauer und Kraft noch nicht ganz trauen, gerne dicht neben ihr schwamm. Mit seiner Hilfe hatte sie John geschlagen, indem sie sich an seinem Halsband festhielt und halb schwimmend, halb gezogen durch den See pflügte. Als sie das Ufer als Erste erreichten, schüttelte John den Kopf und rief ihnen zu: »Ihr zwei seid Wassergeister! Ich wusste es, er ist gar kein Hund. Er ist ein Wasserpferd, und du, du bist eine Wasserhexe.« Er deutete anklagend mit dem Finger auf sie. »Du willst mich unter Wasser, in dein Reich, ziehen.«

Mit zu Klauen geformten Händen und gebleckten Zähnen drehte Alice sich um und rannte mit großen Sprüngen im seichten Uferwasser auf ihn zu, den tropfnassen Hund an ihrer Seite.

Lachend war John zurückgewichen und hatte sie aufgefangen. Der Hund sprang fröhlich bellend um sie herum, und Alice fühlte, dass genau in diesem Moment nichts und niemand ihr je etwas anhaben konnte und dass die Zeit ihren Lauf anhielt, damit sie sich am Ufer, nach frischem, kühlen Seewasser riechend, im Regen eines Sommergewitters lieben würden.

Eine kleine (Geburtstags-)Feier

August 1931

Der Regen hatte sie am Kurfürstendamm ins Kino getrieben. In eine Nachmittagsvorstellung des neuen Fritz-Lang-Films *M – Eine Stadt sucht einen Mörder* mit Gustav Gründgens und Peter Lorre. Die Besprechungen, die Alice gelesen hatte, waren gut gewesen, und die unheimlichen Szenen hatten ihr die Gelegenheit gegeben, sich enger an John zu schmiegen. Nicht, dass sie sich tatsächlich so sehr geängstigt hätte … Obwohl, die Pseudoverhandlung, bei welcher die Ganoven den Kindermörder in Selbstjustiz zur Todesstrafe verurteilen wollten, war schon sehr beklemmend gewesen. Und so schnell wollte sie auch nicht mehr Griegs *In der Halle des Bergkönigs* hören, das der Mörder immer pfiff, wenn er ein neues Opfer fand.

Während des Heimweges hatte es kurz aufgeklart. Als Alice jedoch den Schlüssel ins Haustürschloss steckte, fing es wieder an zu regnen. Glück gehabt, dachte sie und schloss die Wohnungstür hinter sich. Sie zog den feuchten Mantel aus und hängte ihn an die Garderobe.

»Jemand zu Hause?«, rief sie in die stille Wohnung hinein.

»Alice?«, antwortete Rosa aus dem Salon. »Setz dich kurz zu mir.«

Rosa saß mit einem Bleistift in der Hand im Licht der elektrischen Deckenbeleuchtung am Tisch, vor ihr Zettel, Notizen und Listen.

»Komm, leiste mir ein bisschen Gesellschaft.« Sie streckte ihre Hand aus.

Alice griff nach ihr, drückte sie und setzte sich dicht neben sie. Ihr Geburtstagsfest! Alice lächelte, als sie daran dachte, mit welcher Begeisterung Rosa sich an die Planung gemacht hatte. Sie selbst hätte zwar einer kleineren Feier den Vorzug gegeben, doch wie könnte sie ihrer Tante diese Freude verwehren? Und wenn sie ehrlich war: Ein bisschen freute sie sich auch darauf. Ein Fest. Ihr Fest! Wann hatte es das schon mal gegeben? Außerdem wäre es eine gute Gelegenheit, der Familie reinen Wein über John und sie einzuschenken.

»Hattest du einen schönen Tag?«, fragte Rosa und strich Alice eine feuchte Haarsträhne aus dem Gesicht.

Alice senkte den Kopf, um ihr Lächeln zu verbergen.

Rosa musterte sie aufmerksam. »Sieht so aus, als hättest du tatsächlich einen sehr schönen Tag gehabt«, stellte sie fest. Nachdenklich betrachtete sie Alice, dann wandte sie sich wieder ihren Notizen zu.

»Ich war nur im Kino. M – Eine Stadt sucht einen Mörder.«

»Na, unter einem schönen Tag stelle ich mir was anderes vor. Wie war der Film?«

Alice zuckte mit den Schultern. »Unheimlich.«

»Also werde ich ihn mir nicht ansehen.« Rosa tippte auf eine ihrer Listen. »Was meinst du, was sollen wir essen?«, wechselte sie das Thema. »Rollbraten? Oder Schnitzel?« Sie kratzte sich mit dem Kopierstift an der

Nase und blickte auf. »Aber das ist nicht das Richtige für August ... Was würdest du denn gerne essen?«

»Hängt das nicht auch davon ab, wie viele Personen kommen?«, fragte Alice und nahm die Gästeliste, die Rosa ihr rüberschob. »Wie viele sind denn das?«, fragte sie verblüfft, als sie die Seiten durchblätterte. Die Kunsthistorikerin Grete Ring, die gemeinsam mit Walter Feilchenfeldt die Galerie Cassirer leitete, die Malerin Lotte Laserstein und Renée Sintenis waren nur einige bekannte Namen, die sie beim Überfliegen ausmachen konnte.

Ihr war zwar klar gewesen, dass Rosas »kleine Feier« größer ausfallen würde, doch die anfänglichen Überlegungen, die sich noch um eine überschaubare Teegesellschaft am Nachmittag gedreht hatten, hatten nun anscheinend die Ausmaße einer mehrgängigen Dinnerparty angenommen.

»Zum Essen sind nur die Familie, ein paar gute Freunde und ausgewählte Bekannte eingeladen. Der Rest soll später kommen«, erklärte Rosa und schob jeden möglichen Widerspruch mit einer lässigen Handbewegung zur Seite.

Jetzt ist der richtige Zeitpunkt, dachte Alice und atmete tief durch. »Ich möchte noch jemanden zum Essen mitbringen.«

Rosa sah sie an, mit einem für Alices Geschmack viel zu prüfenden Blick. »Es ist dein Geburtstagsfest. Du kannst einladen, wen du möchtest.« Langsam schob sie Alice den Stift rüber.

Schnell griff sie danach und senkte den Kopf über die Blätter. In großer schwungvoller Schrift setzte sie Johns Namen auf die Liste der Dinnergäste und hielt sie Rosa hin.

»John Stevens.« Rosa blickte Alice mit hochgezogenen Augenbrauen an. »Sieh mal einer an.« Doch dann verzog sich ihr Gesicht zu einem strahlenden Lächeln. »Wie nett. Bring ihn mit. Es ist dein Fest, Liebes.« Sie strich über Alices Hand und blickte wieder auf ihre Notizen. »Lass mich noch ein wenig hierüber nachdenken«, sagte sie. »Falls du Hunger hast, dann geh ruhig in die Küche. Die Köchin hat noch was für dich zurechtgemacht.«

Mit einer aufmunternden Bewegung scheuchte sie Alice aus dem Salon.

Dinnerparty

15. August 1931

Punkt Mitternacht hatte Alice mit Rosa, Ludwig und Johann angestoßen und Johanns Geschenk ausgewickelt – ein traumhaft schönes silbernes Jugendstil-Zigarettenetui mit in den Deckel eingearbeitetem Jadestein. Auch Rosas und Ludwigs Geschenk, das Fest, erfüllte sie mit Freude. Noch vor einem halben Jahr hätte sie es nicht für möglich gehalten, wirklich ein Teil dieser Familie zu sein. Am meisten hatte sie sich jedoch über Johns schmales, flaches Päckchen gefreut, das sie ausgepackt hatte, kurz bevor sie ins Bett gegangen war: ein japanisches Kunstalbum, das mit den herrlichsten Farbholzschnitten bebildert war. John und sie hatten es vor ein paar Wochen beim Stöbern in einem kleinen Antiquariat entdeckt. Alice hatte sich sofort darin verliebt. Doch als sie gefragt hatte, was es kosten sollte, hatte sie es leise und rasch wieder zurückgelegt. Und hier lag es nun vor ihr, auf ihrem Bett, und sie konnte sich nicht sattsehen an den wundervollen Holzschnitten.

Als sie am nächsten Tag in hochhackigen Schuhen und Unterwäsche vor ihrem Schrank stand und überlegte, welches der Kleider, die Rosa ihr geschenkt hatte, sie heute Abend tragen wollte, hatte sie sich beinahe davon überzeugt, dass alles gut gehen würde. Das Kleid sollte diese Zuversicht ausdrücken. Sanft strich sie über die an der Kleiderstange hängenden Stoffe. Rosa hatte ihr einige neue Sachen nähen und ein paar ihrer eigenen Abendkleider, in die sie nicht mehr passte, ändern lassen.

Das schwarze naturseidene? Oder das ärmellose, mit den blau-silbernen Perlen bestickte Kleid mit V-Ausschnitt? Stirnrunzelnd zog Alice beide Kleider heraus, stellte sich mit ihnen vor den Spiegel und hielt abwechselnd das eine und das andere vor sich. Zweifelnd starrte sie ihr Spiegelbild an. In dem schwarzen sah sie aus wie eine Gouvernante. Elegant – aber eben eine Gouvernante. Sie entschied sich für das andere Kleid. Ja, das war es: selbstbewusst und dennoch entspannt. Zufrieden sah sie ihr Spiegelbild an und hängte das Kleid an die geöffnete Schranktür.

John war pünktlich auf die Minute. Und er sah gut aus. Sehr gut sogar! Eigentlich hatte sie fast damit gerechnet, dass er in demselben Anzug wie damals im *Blinden Schwein* erscheinen würde. Als sie ihn vorsichtig darum gebeten hatte, sich einen Abendanzug auszuleihen, hatte er sie mit einem Blick bedacht, als wollte sie ihn der Schlachtbank zuführen.

Doch nun stand er im schwarzen Anzug, mit weißem gestärktem Hemd und schwarzer Krawatte vor ihr, und sie musste sich mit einem Anflug von schlechtem Gewissen eingestehen, dass sie nicht damit gerechnet hatte, er würde ihrer Bitte tatsächlich nachkommen. Sekundenlang starrte sie ihn an.

Unsicher grinsend trat er einen Schritt zurück und breitete in gespielter Hilflosigkeit die Arme aus.

»Ich hoffe, es ist ein gutes Zeichen, dass du nichts sagst.« Er beugte sich vor und fügte mit gedämpfter Stimme hinzu: »Denn ich komme mir wie ein verkleideter Schimpanse vor. Und wenn ich mich schon so fühle, dann soll es sich wenigstens lohnen.«

»Ich …« Alice räusperte sich. »Ich muss sagen, ich bin beeindruckt.« Sie legte die Hand an seine Wange. »Du bist tatsächlich rasiert«, stellte sie grinsend fest.

Er rieb sich mit der Hand über das Kinn. »Selbst ich habe den Umgang mit einem Rasiermesser gelernt«, antwortete er trocken und deutete dann auf das Treppenhaus hinter sich. »Soll ich neben der Tür stehen bleiben und die Gäste einlassen … oder darf ich reinkommen?«

Schnell griff sie nach seiner Hand, zog ihn in den Flur und schloss die Tür hinter ihm. Sie drehte sich um, schlang die bloßen Arme um seinen Nacken und gab ihm einen schnellen Kuss, bevor jemand sie überraschen konnte.

»Ich wollte dir danken für dein wundervolles Geschenk. Du hast nicht vergessen, wie sehr mir diese Holzschnitte gefallen haben. Ich bin sehr beeindruckt, Mr. Stevens …«

»Wie könnte ich irgendetwas vergessen, das dir Freude bereitet.« Er zog sie an sich und küsste sie erneut. »Ich hoffe, du lässt dich lieber von mir als von Greta küssen«, murmelte er.

»Darauf kannst du wetten!«

»Hast du denn schon mit ihr gesprochen? Mit der Bergner?«, fragte John, nachdem sie sich voneinander gelöst hatten und er die Krawatte zurechtrückte.

Alice zuckte mit den Schultern. »Noch nicht. Ich bin immer noch hin und her gerissen.«

John blickte sie fragend an.

»Na ja, einerseits habe ich wirklich viel von ihr gelernt. Andererseits, was ist, wenn sie wieder versucht …«

»Willst du bei ihr weiterlernen?«, fragte er und strich sich in einem zwecklosen Versuch seine Haare zu glätten über den Kopf.

»Ich weiß nicht. Ich habe tatsächlich große Fortschritte gemacht. Aber ich sehe auch, dass ich nicht mit der Leidenschaft dabei bin, die es bräuchte, um eine wirklich gute Fotografin zu werden.« Sie zuckte erneut mit den Schultern. »Ich denke, ich könnte wohl mein Geld mit Aufnahmen verdienen. Aber ob es tatsächlich das ist, was ich für den Rest meines Lebens machen will …«

John drückte ihre Hand. »Entschuldige dich trotzdem bei ihr, und mach so lange weiter, bis du weißt, was du tatsächlich willst.«

»Aber was ist, wenn sie mich nicht mehr will?«

»Dann musst du dir was anderes suchen. Aber bevor du es nicht versucht hast, kannst du es nicht wissen.«

Er nahm ihr Gesicht zwischen die Hände und drückte ihr einen Kuss auf die Nasenspitze.

»Also gut.« Alice atmete tief durch. »Bist du bereit, der Familie entgegenzutreten?«

John presste die Lippen aufeinander und nickte. »Bereit.«

Sie hakte sich bei ihm unter. »Dann lass uns reingehen.«

Bis jetzt war alles gut gegangen. Johann hatte Alice und John unter seine Fittiche genommen und sie mit den meisten Gästen bekannt gemacht. Ihre anfängliche Besorgnis, John könne unhöflich behandelt werden, hatte sich als nichtig erwiesen. Nur Rosa bereitete Alice Kopfzerbrechen. Sie wurde einfach nicht schlau aus ihrer Tante. Ein paarmal meinte sie, sie dabei ertappt zu haben, wie sie John abzuschätzen schien.

Als sie sich kurz mit John in eine ruhige Ecke der Wohnung zurückzog, fragte sie ihn leise, wie es ihm gehe.

Er atmete durch. »Ich komme mir vor wie ein Zirkuspferd, das in der Manege herumgeführt wird.«

Alice grinste. »Ich sehe förmlich den Federbusch auf deinem Kopf wippen.« Sie reichte ihm ein Glas Selters, das sie vom Tablett eines vorbeieilenden Serviermädchens nahm. »Hier. Zum Kehle befeuchten.«

Skeptisch betrachtete er das Glas. »Das wird nicht reichen, um durch den Feuerreifen zu springen.« Er gab einem anderen Mädchen ein Zeichen, stellte das Seltersglas aufs Tablett und nahm stattdessen zwei Gläser gefüllt mit Whiskey. Eines davon drückte er Alice in die Hand.

»Na hör mal. Wir müssen einen klaren Kopf behalten.« Sie lachte.

Er blickte auf sein Glas, dann kippte er den Inhalt in einem einzigen Zug hinunter. Er schüttelte sich leicht und seufzte. »So dürfte es gehen.« Mit seinem leeren Glas stieß er an ihr unberührtes. »Vielleicht noch ein bis zwei Gläser ...«

Alice setzte an und trank einen kleinen Schluck. Noch bevor der Alkohol ihre Magengrube erreichen konnte, hörte sie Rosa ihren Namen rufen.

»Alice? Alice, wo bist du?«

Sie stöhnte und lehnte die Stirn gegen Johns Schulter.

»Das Stöckchen ruft.« Er grinste und zupfte an ihrem Ohrläppchen.

Sie hauchte ihm einen Kuss auf die Wange, dann drehte sie sich um und steuerte auf ihre Tante zu. Kurz blickte sie noch einmal über die Schulter, doch John wurde bereits in eine Diskussion mit Ludwig verwickelt.

Als sie sich wieder umdrehte, sah sie, dass neben ihrer Tante ein gut aussehender junger Mann in einem perfekt geschnittenen, modischen Anzug stand und sich angeregt mit ihr unterhielt. Rosa errötete, sichtlich erfreut über eine Bemerkung, die er gemacht hatte, und fasste sich kokett an den Hals. Ein Schmeichler, dachte Alice, ein gestriegelter Lackaffe. Sie trat zu den beiden.

»Alice, Liebling, ich möchte dir Erik Wolfferts vorstellen. Herr Wolfferts, meine Nichte Alice.«

Wolfferts lächelte sie an und entblößte dabei zwei Reihen erstaunlich weißer und kräftiger Zähne. Er knallte die Hacken zusammen und deutete einen Diener an.

Rosa legte die Hand auf Alices Unterarm. »Herr Wolfferts hat mir eben erzählt, dass er darüber nachdenkt, seine Kunstsammlung umzubauen.«

»Und natürlich wäre mir in dieser Angelegenheit sehr an den Ratschlägen einer so angesehenen und in Kunstkreisen arrivierten Familie wie der Ihren gelegen«, ergänzte Wolfferts. Sein Blick wanderte zwischen Rosa und Alice hin und her.

Rosa neigte wohlwollend den Kopf, als ein Dienstmädchen an sie herantrat, knickste und ihr etwas zuflüsterte.

Sie seufzte. »Alice, bitte kümmere dich um Herrn Wolfferts. Ich werde in der Küche gebraucht. Die Köchin hat wohl gerade einen nervösen Zusammenbruch. Entschuldigen Sie bitte.«

Schon war sie in der Menge verschwunden und ließ Alice stirnrunzelnd zurück. Diese durch nichts zu erschütternde Köchin sollte einen nervösen Zusammenbruch haben? Vorsichtig warf sie einen Seitenblick auf Wolfferts.

»Da geht sie hin«, seufzte er. »Um das Essen und die Nation zu retten.«

»Das Abendessen würde mir schon reichen«, antwortete Alice.

Wolfferts lachte erstaunlich jungenhaft, was so gar nicht zu seiner steifen Verbeugung passte. Vielleicht war er gar kein so alberner Lackaffe, wie sie anfänglich gedacht hatte.

»Sagen Sie, hätten Sie eine Zigarette für mich?«, fragte sie. »Ich muss gestehen, ich habe meine bereits aufgeraucht.«

Er zog ein elegantes silbernes Etui aus der Jackentasche und ließ es aufspringen. Teure Zigaretten, registrierte sie. Die richtig guten. Und ein eingraviertes Hakenkreuz im Deckel des Etuis. Soso, dachte sie. Ein Nazi bist du also.

Wolfferts ließ das Feuerzeug aufschnappen und beugte sich lächelnd vor.

»Sagen Sie, Herr Wolfferts.« Alice inhalierte den Zigarettenrauch. »Wie sieht denn Ihre Kunstsammlung aus? Völkische Heimatkunst? Hinterglasbilder?«

Wolfferts lachte erneut und ließ seine makellosen Zähne aufblitzen. »Ah, Fräulein Waldmann, das ist der Irrtum, dem beinahe alle aufsitzen. Ich verrate Ihnen jetzt ein Geheimnis.« Vertraulich beugte er sich zu ihr vor und senkte die Stimme. »Man kann Nationalsozialist sein und einen hervorragenden Kunstgeschmack haben.« Er zündete sich ebenfalls eine Zigarette an und zwinkerte ihr durch den aufsteigenden Rauch fröhlich zu. »Nur weil man die Größe Deutschlands wiederherstellen will, heißt das noch lange nicht, dass man ein unkultivierter Banause ist.«

Sie zog an ihrer Zigarette. »Tatsächlich?«

Unaufgefordert beschrieb Wolfferts die Sammlung, wie sie aufgebaut war, welche Maßstäbe angelegt worden waren und noch vieles mehr. Er spulte seine Sätze so glatt und klar ab, dass sie beinahe den Eindruck machten, in der Luft, über ihren Köpfen zu schweben.

Während Alice mit halbem Ohr zuhörte, verständig nickte, ab und zu einen zustimmenden Laut von sich gab und anscheinend immer an der richtigen Stelle lächelte, glitt ihr Blick gedankenverloren über die anwesenden Gäste, auf der Suche nach John. Dort drüben, an der Wand, stand er und beobachtete sie. Sie konnte fühlen, wie sich ihre Mundwinkel zu einem kleinen Lächeln hoben. John neigte leicht den Kopf und prostete ihr zu.

»Was glauben Sie, wäre ...« Mitten im Satz brach Wolfferts ab. Irritiert blickte Alice ihn an. Hatte er gemerkt, dass sie ihm nicht mehr zuhörte? Doch er sah nicht sie an. Ihr Blick folgte dem seinen zur Tür, die sich eben geöffnet hatte. Nach und nach, tröpfchenweise, verstummten alle Gespräche.

Im Türrahmen, einer Herrscherin gleich, aufrecht, ihr Stock ein Zepter, in Silbergrau gekleidet, stand Helena.

Die Anwesenden schienen die Köpfe zu beugen, in Ehrfurcht und Schrecken vor der Größe und Kraft der vogelkleinen, alten Frau.

Gleichgültig blickte sie über die Gäste hinweg. Erst als ihr Blick Alice fand, kam Leben in ihr Gesicht. Mit zusammengepressten Lippen starrte sie zu ihr herüber. Obwohl Alice das Gefühl hatte, Helenas Blick zöge ihr alle

Kraft und allen Atem aus dem Leib, stand sie genauso aufrecht wie ihre Großmutter zwischen den Gästen.

»Mama!«, rief Ludwig und eilte auf Helena zu.

Mit kaltem Unmut schüttelte sie seine Hand ab, die er besorgt unter ihren Ellbogen zu schieben versuchte. Langsam und aufrecht schritt sie auf Alice zu, und die Menge teilte sich vor ihr wie einst das Rote Meer vor Moses.

Alice fühlte eine merkwürdige Ruhe in sich aufsteigen. Soll sie nur kommen, dachte sie und hatte für einen Moment den Eindruck, eine splittrige Helligkeit würde sich um sie beide herum ausbreiten.

Wenige Schritte vor ihr blieb Helena stehen und legte die Hände auf den Silberknauf ihres Stocks. Mit hartem Blick betrachtete sie ihre Enkelin.

»Gratulation«, sagte Helena gerade so laut, dass es nur die nächsten Umstehenden hören konnten. Ihre Stimme klang flach und gepresst.

Als Alice ihren Blick auf die Hände ihrer Großmutter gleiten ließ, erkannte sie, dass sie zitterten. Schnell zuckte ihr Blick zurück. Merkwürdigerweise hatte sie das Gefühl, etwas gesehen zu haben, das sie nicht hätte sehen sollen.

»Danke«, erwiderte sie und war erstaunt über den eigenen, ruhigen Tonfall.

Helena wandte sich ab, machte ein paar Schritte auf Ludwig zu, der nervös an seinen Bartenden kaute und die beiden Frauen beobachtete. Alice nahm den Blick nicht von der alten Frau.

Kurz bevor Helena den ausgestreckten Arm ihres Sohnes erreichte, blieb sie noch einmal stehen und wandte den Kopf in Alices Richtung. »Du hast es also geschafft, dich erfolgreich in diese Familie hineinzudrängen.«

Alice erstarrte. Die Menge um sie herum zog scharf die Luft ein.

Helena setzte ihren Weg zum Sofa fort. Tuschelnd schoben die Leute die Köpfe zusammen und warfen aufgeregte Blicke zwischen Helena und ihrer Enkelin hin und her.

»Alte Teufelin«, sagte jemand nah an Alices Ohr und drückte ihr ein Sektglas in die Hand.

Mit steifem Hals und gefrorenem Lächeln wandte sich Alice um. Greta Bergner. Die fehlte ihr gerade noch, um Gottes willen. Für noch eine Auseinandersetzung hatte sie nicht die Nerven.

»Trinken!«, ordnete Greta an, und Alice führte automatisch das Glas an die Lippen. »Komm nächsten Mittwoch ins Atelier. Wir müssen reden. Und es gibt noch einige Arbeiten von dir zu besprechen.«

Bevor Alice antworten konnte, schlängelte Greta sich zwischen den Gästen hindurch und bewegte sich leichtfüßig auf die Tür zu.

Auf einmal kam Alice der Salon viel zu klein vor. Überfüllt und stickig. Was hatte Rosa sich nur dabei gedacht, so ein Spektakel zu veranstalten? Schrilles Gelächter, Zigarettenqualm, Geschnatter und Getöne.

»Und?«, hörte sie John hinter sich. »Was hatte sowohl die eine als die andere zu sagen?«

Sie packte ihn an der Hand und zog ihn in den Wintergarten. Aufatmend ließ sie sich in einen Korbsessel fallen, kniff die Augen zu und rieb sich die Nasenwurzel. Am knarrenden Geräusch erkannte sie, dass John sich in den Sessel neben sie gesetzt hatte.

»Merkwürdig und merkwürdiger«, murmelte Alice, öffnete die Augen und beugte sich vor, um nach Johns Glas zu greifen. Er reichte es ihr, und sie nahm einen

Schluck. Nachdenklich fuhr sie mit dem Rand an der Unterlippe entlang. »Zuerst hat Helena mir gratuliert und mir dann freundlicherweise vor allen Gästen zu verstehen gegeben, dass ich mich in die Familie hineingedrängt habe.«

»Das war nicht anders zu erwarten, oder?«

Alice zuckte mit den Achseln und gab John sein Glas zurück. »Nein, eigentlich nicht. Trotzdem hatte ich gehofft, dass sie vielleicht etwas zugänglicher würde.« Sie lachte leise. »Albern, nicht wahr?«

»Und was wollte Greta Bergner?«, fragte er.

»Sie hat mich für nächsten Mittwoch eingeladen. Wir müssten reden, und es gäbe noch Arbeiten von mir zu besprechen.«

»Das ist doch gut.« Er lächelte schief. »Ich würde lügen, wenn ich sagte, dass ich Greta Bergner mag. Aber sie ist wichtig für dich.«

»Ach, natürlich ist sie wichtig für mich« unterbrach sie ihn. »Rein fotografisch.«

John fasste nach ihrer Hand. »Na dann. Entschuldige dich bei ihr und hoffe das Beste.«

Gerade als sie sich vorbeugte, um ihm einen Kuss auf die Lippen zu drücken, öffnete sich die Tür zum Salon. Durch den schmalen Spalt schob sich der Kopf von Erik Wolfferts. Als er Alice sah, schob er die Flügel ganz auf und strahlte sie an.

»Da sind Sie ja, Alice. Ihre Tante würde jetzt gerne ihre Ansprache halten und bittet Sie in den Salon.«

Alice stöhnte auf. Es führt wohl kein Weg daran vorbei, dachte sie, als sie sich erhob und nach Johns Hand griff. Als sie sich zu ihm umwandte, erschrak sie über die Feindseligkeit, mit der er Wolfferts anstarrte. Gott, nicht noch das, dachte sie gereizt und erwiderte, ohne den

Blick von John zu wenden: »Sagen Sie meiner Tante, ich komme gleich.«

»Liebe Freunde, liebe Familie«, Rosa schlug mit einem kleinen, silbernen Dessertlöffel gegen ein Sektglas und drehte sich einmal um die eigene Achse. »Darf ich um Aufmerksamkeit bitten.« Sie stellte das Glas ab und verschränkte die Hände. »Ich werde euch – Ihnen – kein Geheimnis erzählen, wenn ich heute bekannt gebe, dass wir Familienzuwachs bekommen haben.«

»Du hast die neun Monate aber geschickt überspielt, Rosa«, ertönte eine Stimme aus der Menge.

»Nein, nein.« Sie hob lachend und abwehrend beide Hände. »Nein, nicht auf diese Art und Weise. Es war kein Storch im Spiel«, rief sie gegen das allgemeine Gelächter an und wurde wieder ernst. »Es geht um meine Nichte Alice. Einige von euch haben sie bereits kennengelernt.« Sie blickte in die Runde. Ihr Blick blieb an John hängen, der direkt neben Alice stand. »Ihr Weg war lang und verschlungen, und wenn ich Ihnen alles erzählen wollte, müsste ich bei Adam und Eva und der Schlange beginnen.« Ihr Blick flog zu Helena, die reglos und scheinbar gleichgültig auf dem Sofa thronte. Als Rosa die Hand nach Alice ausstreckte, um sie an ihre Seite zu ziehen, wurde ihre Stimme weich. »Aber sie hat zu uns gefunden. Trotz aller Hindernisse und Schwierigkeiten. Und niemand« – sie blickte erneut zu Helena – »niemand kann sie uns wegnehmen oder die Freude über ihre Anwesenheit in unserer Familie, ihrer Familie, trüben.« Sie hob das Glas. »Auf Alice! Herzlichen Glückwunsch zum Geburtstag, Alice Waldmann!«

Alle bis auf Helena hoben die Gläser.

Wenig später saß die Gesellschaft um den Tisch herum und löffelte kalte Suppe.

Alice fand sich zwischen Johann und Erik Wolfferts wieder, während John ans andere Ende des Tisches gesetzt worden war. Als sie zu Tisch gerufen wurden, hatten sie gar nicht so schnell schauen können, wie Rosa John freundlich, aber sehr bestimmt einen Platz am unteren Teil der Tafel, direkt zu Helenas Linker zugewiesen hatte. Alice wollte schon protestieren, doch John hatte leicht den Kopf geschüttelt und war zu seinem Platz gegangen. Er hatte ja recht. Sie wollte keinen Aufstand vor allen Leuten. Schon gar nicht vor Helena. Nicht nachdem Rosa sich so für sie eingesetzt hatte. Aber nachher würde sie ein ernsthaftes Gespräch mit ihr führen. Entweder Rosa akzeptierte John als ihren Freund oder ... Oder was? fragte sie sich. Vielleicht war es an der Zeit, sich ein eigenes Zimmer zur Untermiete zu suchen. Während rings um sie herum alle die Köpfe über ihre Teller beugten, Besteck klapperte und Löffel über Suppenteller schabten, überlegte Alice, wie lange ihre Ersparnisse reichen müssten, bevor sie mit dem Fotografieren oder der Galerie tatsächlich Geld verdienen konnte.

Nachdenklich blickte sie zu John, der leise auf eine Bemerkung Helenas antwortete. Ein kleines, feines Lächeln spielte um die Lippen ihrer Großmutter. War sie zu mehr als Kälte und Verachtung fähig? Alice ließ ihren Löffel sinken.

»Du wunderst dich?«, fragte Johann mit gesenkter Stimme. Er war ihrem Blick gefolgt und deutete mit der Spitze seines Löffels unauffällig in Richtung seiner Mutter. »Sie schätzt ihn. Was keine kleine Sache ist – wie du weißt. Wie hat sie es einmal formuliert?« Er kniff die Augen nachdenklich zusammen. »John redet nicht über

Dinge, von denen er nichts versteht, und wenn er etwas sagt, hat es Hand und Fuß.«

Wollferts, der auf Alices anderer Seite saß, beugte sich ebenfalls zu ihr. »Eine beeindruckende Frau, Ihre Großmutter.« Er legte seinen Löffel beiseite und tupfte sich mit der Serviette über die Mundwinkel. Dann lehnte er sich zurück und sprach Johann hinter Alices Rücken an. »Gibt es denn wirklich keine Möglichkeit, dass meine Sammlung durch Ihr Haus betreut werden könnte?«

Alice starrte ihn an. Wie unhöflich, sich im wahrsten Sinne des Wortes hinter ihrem Rücken zu unterhalten.

Johann, der Alices Verärgerung spürte, antwortete: »Lassen Sie uns nach dem Dessert bei einer Zigarre darüber sprechen. Ich denke, das ist jetzt nicht der richtige Moment.« Er warf Alice einen schnellen Blick zu und zwinkerte.

Wollferts steckte den milden Tadel unbefangen ein und nickte zustimmend. »Sie haben vollkommen recht, Herr Waldmann. Wie dumm von mir.« Er beugte sich zu Alice. »Verzeihen Sie meine Unhöflichkeit.«

Während die Dienstmädchen den nächsten Gang servierten und alle mit ihren Tellern beschäftigt waren, flüsterte Johann Alice zu: »Wir sollten Wollferts Anliegen wohlwollend prüfen. Die Sache hat Potenzial. Für alle Beteiligten.«

Überrascht blickte sie ihren Onkel an. Der hatte sich jedoch bereits wieder seinem Teller zugewandt und machte sich über sein Wiener Schnitzel her.

Eine halbe Stunde später standen sie im Salon. Ludwig, Johann, Alice und Erik Wollferts. John war direkt nachdem die Tafel aufgehoben worden war zu ihr gekommen, doch Alice hatte ihn mit einem flüchtigen Kuss und einer hastigen Erklärung abgespeist. Dann hatte sie ihn im Esszimmer zurückgelassen. Als sie sich noch einmal nach ihm umgesehen hatte, blickte er ihr verblüfft und ein wenig ratlos hinterher. Am liebsten wäre sie noch einmal umgekehrt, doch dann hätte sie den Anfang der Besprechung verpasst.

Ludwig füllte ihre Gläser auf. Alice bat eines der Dienstmädchen um eine Tasse Kaffee.

Interessiert hörte sie dem Gespräch der Männer zu. Gehörte das dazu? Klopften sie sich so gegenseitig ab? Wolfferts referierte erneut die Geschichte und den Aufbau der Sammlung, während Ludwig und Johann lauschten. Man muss ihm durchaus zugestehen, dachte Alice, als sie ihn beobachtete, dass er ziemlich gut über Kunst Bescheid weiß. Bis jetzt hatte sie geglaubt, dass sich die Nationalsozialisten auf diesem Gebiet nicht auskannten, geschweige denn irgendein anderes als ein »völkisches« Interesse an dem Thema hätten. Sie sah zu Ludwig, der gebannt lauschte. Ein Blick zu Johann verriet ihr, dass auch dieser interessiert zuhörte, jedoch noch lange nicht die gleiche Begeisterung wie sein Bruder an den Tag legte. Sein Gesichtsausdruck war zwar aufmerksam, doch darüber hinaus unlesbar. Hätte Alice nicht gewusst, dass sie die Galerie wiedereröffnen würden, hätte man glauben können, er höre Wolfferts aus reiner Höflichkeit zu.

»Ich wäre wirklich sehr glücklich, wenn Sie die Sammlung einmal begutachten würden«, sagte Wolfferts. »Ich halte große Stücke auf Ihren Namen. Meine Mutter, die eine gute Kundin Ihres Hauses war, konnte nie verstehen, warum Sie die Kunsthandlung aufgegeben haben.« Erwartungsvoll blickte er Ludwig an, der bedauernd die Schultern hob.

»Es war die Entscheidung unserer Mutter. Nach dem

Tod unseres Vaters fühlte sie sich nicht in der Lage, die Geschäfte weiterzuführen. Wir beide, mein Bruder und ich, waren damals noch zu jung, und dann kamen der Krieg und die Inflation.« Ludwig seufzte. »Allerdings …« Er blickte auf und hob den Zeigefinger. »… handelt es sich nicht um eine unumkehrbare Entscheidung, oder Johann?«

Nachdenklich betrachtete Johann den Inhalt seines Glases. »Warum sehen wir uns nicht erst einmal Ihre Sammlung an und überlegen dann, wie es weitergehen könnte«, wandte er sich an Wolfferts. Sein Blick wanderte zu Alice. »Alice sollte uns mit ihrer Kamera begleiten. Was meinst du: Könntest du möglicherweise diesen Auftrag, den du gerade angenommen hast, ein wenig verschieben?«

Überrascht blickte Alice ihn an. Was für ein Auftrag? Und dann verstand sie! Johann hatte vor, sie als viel beschäftigte Fotografin darzustellen, um ihr so einen Auftrag zu verschaffen. Einen echten, richtigen Auftrag! Sie atmete tief ein.

»Ich weiß, dass das Magazin dir einiges angeboten hat, aber vielleicht besteht Verhandlungsspielraum?«

Sie konnte fühlen, wie er vorsichtig mit seiner Schuhspitze gegen ihre Pumps tippte.

»Wie viel bietet Ihnen dieses Magazin denn?«, fragte Wolfferts. »Sie sollen natürlich nicht umsonst arbeiten. Selbstverständlich stellen Sie den Betrag in Rechnung.« Er strahlte sie an. »Sagen Sie Ja, ich bitte Sie!«

Alice räusperte sich und nickte. »Ja, da muss ich wohl noch einmal mit der Redaktion sprechen, ob sich da was machen lässt.« Sie warf Johann, der an seiner Nase zupfte, einen verstohlenen Blick zu und versuchte, sich ihre Begeisterung nicht allzu sehr anmerken zu lassen.

»Wunderbar! Darauf sollten wir anstoßen.« Wolfferts klatschte in die Hände.

»Noch ist keine endgültige Entscheidung gefallen«, warf Johann ein.

Wolfferts blickte erst ihn und Ludwig, dann Alice an. »Sie haben recht. Aber ich habe das Gefühl, dass die ganze Angelegenheit sich für uns alle sehr gut entwickeln wird.« Er hob sein Glas und prostete Alice zu, als sie Johns Stimme hinter sich hörte.

»Hier bist du also.« John lächelte kühl, als Alice sich zu ihm umdrehte. »Möchtest du mich nicht vorstellen?« Sein Gesichtsausdruck gefiel ihr gar nicht.

Johann räusperte sich. »John, gut, dass du kommst. Ich wollte gerade etwas mit dir besprechen.«

Er griff nach seinem Ellbogen, doch John schüttelte ihn ab, als wäre er eine Fliege, lästig, aber nichts, was einen aufhalten könnte.

»Und Sie sind?«, fragte Wolfferts und musterte John gleichgültig. Alice schauderte unwillkürlich, als sie den schneidenden Unterton in seiner Stimme wahrnahm.

Die beiden Männer standen sich gegenüber, und Alice konnte ihre gegenseitige Abneigung förmlich riechen.

»Entschuldigen Sie uns einen Moment, Herr Wolfferts«, sagte sie, fasste John am Ärmel und zog ihn in den Wintergarten. »Was soll das?«, zischte sie.

»Der Kerl ist ein Nazi, falls es dir noch nicht aufgefallen sein sollte.« John zündete sich eine seiner Selbstgedrehten an und inhalierte.

»Ja und?«

»Seit wann verstehst du dich so gut mit Nazis?«

Alice starrte ihn an. »Soll ich etwa die Leute erst nach ihrem Parteibuch fragen, und wenn es das falsche ist, auf dem Absatz umdrehen? Und wer bestimmt denn, ob es das falsche ist? Du?«

John antwortete nicht, aber Alice konnte erkennen, dass er versuchte, seinen Ärger im Zaum zu halten. Dann fiel es ihr wie Schuppen von den Augen.

»Du bist eifersüchtig!«

Er sah sich um, scheinbar auf der Suche nach einem Aschenbecher.

»Du solltest deine Eifersucht besser im Griff haben, John.«

»Ich bin nicht eifersüchtig«, fuhr er sie an.

»Ach, nein? Warum benimmst du dich dann wie ein … Hornochse?«

»Du solltest dir nur genau überlegen, mit wem du dich anfreundest«, antwortete er leise und stieß seine Zigarettenkippe in den Palmentopf.

»Ach, John.« Sie machte einen Schritt auf ihn zu. »Ich will mich doch nicht mit Wollferts anfreunden. Aber er könnte ein wichtiger Kunde für die Galerie werden. Ich hatte dir doch von Johanns Überlegungen erzählt. Erinnerst du dich?« Sie legte die Hand auf seinen Unterarm. »Und ich habe eben meinen ersten Auftrag bekommen.« Sie machte noch einen Schritt auf ihn zu und lehnte sich an ihn. »Einen bezahlten Auftrag.«

Er zog sie an sich und strich über ihre Haare. »Entschuldige«, murmelte er. »Ich habe nur das Gefühl, dass seit Neuestem alle Welt Geschäfte mit den Nazis machen will.«

»Ja, ich weiß. Ich finde ihre Weltanschauung auch … abstoßend.« Sie sah ihn an. »Aber die Sache ist wichtig für mich, verstehst du? Ich würde endlich eigenes Geld verdienen. Und vielleicht ergibt sich ja mehr daraus. Mit anderen Auftraggebern. Bitte verdirb es nicht.«

Er nahm ihr Gesicht zwischen seine Hände und blickte ihr in die Augen, studierte ihre Gesichtszüge, fuhr mit dem Daumen über ihren Nasenrücken. »Gut, wenn es so wichtig für dich ist, werde ich nichts mehr sagen.«

Alice lächelte.

»Aber ich werde ihn im Auge behalten«, sagte er, und sie knuffte ihn gegen den Oberarm. »Happy Birthday«, flüsterte er und küsste sie.

Fast alle Lichter waren gelöscht. Nur noch vereinzelt hörte man müdes Murmeln von den wenigen Gästen, die bis jetzt – kurz vor vier Uhr morgens – durchgehalten hatten. Sie hatten noch getanzt. Alice hatte das befriedigende Gefühl, von einem Großteil der anwesenden Damen neidisch beobachtet worden zu sein. John tanzte nicht schlecht, auch wenn er es nicht gerne tat. Strahlend hatte sie sich immer wieder von ihm auffordern lassen. Den einen oder anderen Tanz hatte sie allerdings auch an andere vergeben: Wolfferts, Johann, selbst Ludwig wollte mit ihr tanzen. John hatte sie nur ungern freigegeben. Und während sie mit Wolfferts getanzt hatte, konnte sie seinen Blick auf sich brennen fühlen.

Nachdem die Nachbarn schließlich gedroht hatten, die Polizei zu rufen, falls noch ein einziges Mal das Grammofon laufen würde, waren die meisten Gäste gegangen, und Alice und John hatten sich in die dunkle Bibliothek zurückgezogen.

Sie stellten sich ans geöffnete Fenster. Alice befreite ihre heißen, geschwollenen Füße aus den Schuhen. Morgen würde sie keinen Schritt ohne Schmerzen tun. John legte ihr von hinten den Arm um die Taille und reichte ihr mit der anderen Hand eine bereits angezündete Zigarette.

Schweigend standen sie aneinandergelehnt da. John legte das Kinn auf ihren Scheitel.

»Weißt du, was ich tun werde, wenn ich das Geld für meinen ersten Auftrag bekomme?«, fragte sie und schmiegte sich eng an ihn.

Er schüttelte den Kopf, und sie konnte ihn riechen: dunkler, würziger Tabak. Thymian, Honig. Und noch etwas anderes. Etwas, das nur John war. Sie schloss die Augen.

»Ich werde mir eine eigene Wohnung suchen.«

»Reicht denn das Geld?«, fragte er, und sie meinte einen Anflug von Zweifel in seiner Stimme zu hören.

Sie drehte sich zu ihm um und musterte ihn, so gut es in der Dunkelheit möglich war. »Ich dachte, du freust dich?« Sie zog an ihrer Zigarette und wandte sich wieder dem Fenster zu.

»Natürlich freue ich mich.« Er drehte sie zu sich um. »Aber ich weiß nicht, wie viel dir dieser eine Auftrag einbringt. Versteh mich nicht falsch.« Er hob die Hand, als sie zu einer Antwort ansetzte. »Eine Wohnung kostet Geld, und wenn du den einen Auftrag erledigt hast und keine nachkommen? Was ist dann? Ziehst du dann wieder zu Rosa zurück?« Er deutete hinter sich. »Ich kenne deine finanziellen Verhältnisse nicht, Alice. Es ist mir auch vollkommen egal, ob deine Familie Geld hat. Ich will nur nicht, dass du eine Bruchlandung machst. Glaub mir.« Er zog Alice an sich. »Ich würde mir nichts mehr wünschen, als mit dir zusammen zu sein. Tag und Nacht und Woche für Woche und Jahr für Jahr. Immer.«

Alice verbarg das Gesicht in den Falten seines Hemdes. Mein Gott, wie gut er roch. Wie gut er sich anfühlte. Wie sicher sie sich mit ihm fühlte. Ich liebe ihn, dachte sie und hob den Kopf. Ich liebe ihn.

Vorsichtig fuhr sie mit dem Finger seine Augenbrauen entlang, dann seine Nase hinunter bis zu seinem Mund, wo sie vorsichtig und sachte mit der Daumenspitze über seine Unterlippe strich. Sie nahm seinen Kopf zwischen die Hände und zog ihn zu sich. Sie empfand etwas, für das es keinen Namen gab. Nicht einmal das Wort *Liebe* trifft es, dachte sie verschwommen, als ihre Lippen seine fanden.

Auf der Straße fuhr ein Auto vorbei und ließ die Fensterscheiben zittern. Das gelbe Licht der Scheinwerfer huschte über die Decke der Bibliothek. Die Uhr von St. Matthäi schlug vier. Eine Tür fiel ins Schloss.

Vorsichtig hob sie den Kopf, ohne sich aus Johns Umarmung zu lösen.

»Weißt du, ich habe mit Johann gesprochen. Er hat einen interessanten Vorschlag gemacht. Er will die Kunsthandlung wiedereröffnen. Und ich könnte die Fotografien für die Kataloge und Reproduktionen machen. Ich würde ein Gehalt bekommen und ein eigenes Studio in den ehemaligen Räumen der Galerie.«

»Aber?«

»Aber wir müssten mit der Sammlung von Wolfferts beginnen. Das wäre eine einmalige Gelegenheit. Für uns alle. Diese Sammlung ... Wir wären schön dumm, wenn wir diese Gelegenheit nicht beim Schopf packen würden.«

»Also will auch Johann Geschäfte mit Nazis machen.«

»John, bitte«, fiel sie ihm ins Wort. »Weißt du, ich denke, Johann sucht nach einer ... soliden Geschäftsbasis als dem *Blinden Schwein*. Und Ludwig freut sich so sehr. Ich glaube, seine Universität langweilt ihn unendlich. Und für mich ... für mich wäre es ein Weg, wirklich zur Familie zu gehören. Bitte verdirb es nicht.«

206

Er blickte sie an. »Ich würde zu gerne verstehen, warum dir diese Familie so wichtig ist.«

Sie zuckte mit den Schultern und sah aus dem Fenster in den schon heller werdenden Himmel. »Anfangs ging es mir tatsächlich nur darum, Helena, die Familie, mit ihrer Schuld zu konfrontieren. Aber dann habe ich sie besser kennengelernt. Ich weiß, das hört sich vielleicht albern an, aber sie sind mir ans Herz gewachsen. Alle. Selbst Helena.« Sie schüttelte den Kopf. »Besser kann ich es dir nicht erklären.« Sie löste sich aus seiner Umarmung, lehnte sich gegen das Fensterbrett und sah ihm dabei zu, wie er sich eine Zigarette drehte. »Wie kommt es, dass du nie von deiner Familie erzählst?«

Er zündete seine Zigarette an und stieß langsam den Rauch aus. Eine Weile herrschte Schweigen, und Alice glaubte schon, er würde ihre Frage ignorieren. Doch dann blickte er sie an und schüttelte den Kopf. »Es gibt keine Geschichte. Alles, was es zu wissen gibt, habe ich dir erzählt.«

»Ich glaube, es gibt immer etwas zu erzählen«, antwortete sie.

Er stieß sich vom Fensterbrett ab und verbeugte sich mit einem spöttischen Funkeln in den Augen. »Gestatten, gnädiges Fräulein. Ich bin der Sohn von Richard Stevens und seiner Frau Margarethe Stevens, geborene Kaufmann.«

»Und?«, fragte sie.

»Und was?«

»Sohn von Richard und Margarethe?«

»Alice«, setzte er an, »wenn ich es sage: Es gibt keine Geschichte …«

Die Tür wurde aufgerissen, und Ludwig, eine glimmende Zigarre zwischen den Fingern, stolperte mit unsicheren Schritten in den Raum.

»Alice! John!«, rief er mit verwaschener Stimme im Überschwang der durchzechten Nacht.

»Ludwig, Ludwig«, rief Johann, der ihm gefolgt war, lachend. »Komm. Ludwig, du gehst jetzt ins Bett. Wir bringen dich zu Rosa.« Er blickte zu John, der Ludwig an der Schulter packte. »Und du, John, kannst heute bei mir übernachten.«

»Oh ja, Rosa. Wo ist meine Rosa? Rosa«, rief Ludwig entzückt und wollte lostaumeln.

John drehte sich noch einmal kurz zu Alice und lächelte sie an. Im Schein des frühen Morgenlichts, das durchs Fenster fiel, meinte sie, ein Glimmen in seinen Augen zu erkennen. Fast ließ es sie ihre Meinungsverschiedenheit vergessen.

TEIL 3

AUGUST 1931–NOVEMBER 1932

Eine Einladung

August 1931

Sie waren zu Fuß vom Matthäikirchplatz in die Potsdamer Straße rübergelaufen. Johann hatte die Krawatte gelockert und die Anzugjacke ausgezogen. Sein Hut saß in verwegenem Winkel auf dem Hinterkopf, die Ärmel seines Hemdes waren hochgerollt. Eine ausgelassene Ferienstimmung hatte sich in der Stadt ausgebreitet, und staunend umrundeten sie Müßiggänger, die in Cafés an eilig auf die Straße gestellten Tischen und Stühlen saßen und ihr Bier genossen. Fast hätte man meinen können, man flaniere den Ku'damm entlang und nicht die gediegene Potsdamer.

Als Alice und er den Dachboden der Galerie betraten, lag ein Schleier aus abklingender Hitze über den Dächern, und die Luft fühlte sich dick, golden und träge an.

Sie zogen sich ein paar Kisten heran, staubten sie mit einem Taschentuch ab und setzten sich darauf. Johann begann, ihr seine Pläne zu erklären. Alice hatte das Gefühl, nicht nur sie, sondern auch das Haus hörte ihm aufmerksam, geradezu aufgeregt zu. Er hatte bereits mit einem Innenarchitekten gesprochen, der sich alles ansehen wollte. Wie viel Platz sie bräuchte, wollte er von ihr wissen. Wo genau sollte die Dunkelkammer hin? Wollte sie vielleicht ein größeres Fenster? Ein eigenes Büro? Oder wollte sie sich eines mit ihm teilen?

Doch zuerst einmal würden sie sehen, ob man einige der Objekte, die sich hier oben befanden, in den Grundstock für die Galerie übernehmen konnte. Also hatten sie angefangen, die Tücher von einigen Objekten zu ziehen, um zu sehen, was sich unter ihnen verbarg. Vieles davon war gut. Bei anderen hatten sie beide mit den Augen gerollt und sie schnell zur Seite gestellt.

Nachdem sie eine Stunde lang Kisten geöffnet, Objekte und Gemälde sortiert hatten, stand Alice staubig und verschwitzt vor der letzten. Sie hob den Deckel an.

»Johann, sieh dir das an!«

Er wandte sich zu ihr um, ein paar Tücher im Arm. Als er sah, was sie gefunden hatte, lachte er und nahm den abgeschabten Teddybären entgegen, den sie ihm hinhielt. »Hallo, Gustav. Wo hast du denn so lange gesteckt, alter Freund? Hast hier wohl überwintert.«

Still setzte Alice sich auf eine Kiste und sah ihm zu, wie er, Gustav neben sich, ein Spielzeug, ein Buch, ein Bild nach dem anderen aus der Kiste nahm, manches kürzer, manches länger betrachtete und es dann vorsichtig zurücklegte. Schließlich nahm er Gustav, schloss die Kiste und setzte sich darauf.

»Er war oft mit Ludwig, mir ... und deiner Mutter hier oben.« Johann deutete mit dem Daumen über seine Schulter in Richtung der Treppe. »Dort drüben, die zweite Metalltür, ist die Verbindungstür zum Wohnhaus. Ludwig und ich sind hier rübergeschlichen, wenn Ausstellungseröffnung war. Anna war noch zu klein. Sie hätte uns nur verraten. Also haben wir gewartet, bis sie eingeschlafen war. An solchen Abenden wurden wir immer früh ins Bett gesteckt. Wer will schon drei lästige kleine Kinder mitschleppen und die ganze Zeit aufpassen, dass sie nichts mit ihren klebrigen Pfoten anfassen und ruinieren? Und glaube mir: Wir waren lästig. Und hatten andauernd klebrige Hände.«

»Wieso hast du dich nie bei meiner Mutter gemeldet?«, fragte Alice leise.

Johann ließ den Teddybären sinken. »Das habe ich, Alice.« Er räusperte sich, und Alice konnte sehen, dass ihn die Erinnerung an seine Schwester bedrückte. »Ich habe ihr ein paarmal geschrieben. Aber ihre Briefe waren sehr, sehr wütend. Voller Zorn. In gewisser Weise ähnelte sie Helena. Allerdings hätte man ihr das nicht sagen dürfen. Sie hätte dir den Kopf abgerissen. Anna hatte darauf bestanden, dass ich zwischen ihr und unserer Mutter vermitteln sollte. Aber ... ich hatte gedacht ... gehofft ... mit der Zeit würde sich alles wieder von ganz allein einrenken. Was es nicht tat, wie du weißt. Irgendwann hat sie sich nicht mehr gemeldet. Erst dachte ich: in Ordnung. Sie beruhigt sich, und wir können weitersehen. Aber dann wurde das Schweigen zwischen uns immer endgültiger ... und irgendwann war es zu spät.« Er fuhr sich mit der Hand übers Gesicht. Dann blickte er auf und tippte gegen Alices Knie. »Aber das sind alles alte Geschichten, an denen man nichts mehr ändern kann. Erzähl mir lieber von dir – und John.«

Überrascht über den plötzlichen Themenwechsel starrte sie ihn an. »Ha! Na, das ist mal ein gelungenes Ablenkungsmanöver.«

Er lachte. »Stimmt. Aber es interessiert mich wirklich.

Und du weißt ja, dass John nichts von sich aus erzählt. Also muss ich mich an dich halten.«

Nun lachte auch Alice. »Da hast du allerdings recht. Dieser Mann ist schwieriger zu knacken als eine Auster. Wie habt ihr beide euch eigentlich kennengelernt?« Sie dachte an Scanlan und was er ihr erzählt hatte und fragte sich, ob seine Geschichte mit Johanns übereinstimmen würde.

Ihr Onkel neigte den Kopf und zog einen imaginären Hut. »Chapeau, mein Fräulein. Ich erkenne ein gelungenes Ablenkungsmanöver, wenn ich auf eines stoße.« Sie streckte ihm die Zunge raus, und er drohte ihr lachend mit dem Zeigefinger. »Na! Man streckt seinem alten Onkel nicht die Zunge raus.« Er blickte Gustav an. »Was meinst du, alter Junge? Sollten wir über jemanden reden, der so verschwiegen ist?« Er schüttelte den Kopf, dann sah er zu Alice. »John wird dir sicher alles erzählen. Wenn er es bis jetzt noch nicht getan hat, hat er bestimmt Gründe dafür. Aber eines kann ich dir versichern: Er ist ein guter Mann. Ein sehr guter. Der sich unter Wert verkauft.«

Alice runzelte die Stirn. »Was meinst du damit?«

»Glaubst du nicht, ich hätte ihm eine andere Aufgabe besorgen können?« Er hob die Hände und ließ sie in einer beinahe frustrierten Geste auf die Knie fallen. »Ich meine, er macht das alles wirklich hervorragend. Die Aufträge, die er für mich erledigt, würde ich niemand anderem anvertrauen. Auch die Hunde. Die werden so gut versorgt wie nie zuvor. Die Leute leisten unter seiner Anleitung Hervorragendes. Aber John hätte das Zeug für mehr. Er ist intelligent. Er hat Talente, die er nicht nutzen will.«

Wusste Johann von den Skizzenbüchern? Nein, sie

glaubte nicht. Aber ihr Onkel hatte recht. John hätte das Zeug zu mehr. Sie zögerte kurz. »Weißt du, dass er Artikel für eine Zeitung geschrieben hat?«

Johann sah sie nachdenklich an. »Nein. Aber wundern tut es mich nicht.«

Noch während Alice über das eben Gehörte nachdachte, öffnete sich die angelehnte Tür, und Ludwig steckte den Kopf hindurch.

»Hier versteckt ihr euch also«, rief er.

»Sieh mal, wen wir gefunden haben.« Johann hielt ihm den Stoffbären entgegen.

»Gustav! Den gibt es noch? Kinder, das ist ein gutes Zeichen.« Ludwig rieb sich die Hände. »Passt auf, habt ihr nächstes Wochenende schon etwas vor?«, fragte er atemlos. »Ich habe heute nämlich telefoniert, und ihr fragt euch bestimmt, mit wem.« Ludwig legte, ganz der Professor, der er war, die Hände auf den Rücken und begann vor ihnen auf und ab zu laufen. »Erik Wolfferts. Er hat uns für nächstes Wochenende nach Mecklenburg-Vorpommern, genauer gesagt nach Güstrow eingeladen.« Er blieb einen kurzen Moment stehen, um seine Zuhörer zu mustern. »Und wer weiß, was wir dort machen werden?«

»Das wirst du uns sicher gleich sagen«, antwortete Johann.

»Wir werden dort, im Gutshaus Bredow der Familie Wolfferts, eine Gemäldesammlung besichtigen. Eine Sammlung, die es uns ermöglichen wird, die Galerie Waldmann wiederzubeleben! Ist das nicht großartig?« Ludwig konnte sich nicht mehr zurückhalten und warf begeistert die Hände in die Luft.

Alice blickte zwischen ihren beiden Onkeln hin und her und fühlte, wie Aufregung in ihr aufstieg. Beinahe gleichzeitig begannen sie alle drei zu reden, zu lachen und sich zu umarmen.

Als John am dritten Tag ihrer Aufräumaktion zu ihnen stieß, reichten sich Handwerker, Altmöbelhändler und Innenarchitekten die Klinke in die Hand und weckten das so lange im Dornröschenschlaf dämmernde Haus. Es war, als würde es sich langsam rekeln und schütteln, verwundert die Augen reiben ob all der Betriebsamkeit, die in und um es herum herrschte.

Als John sie auf dem Dachboden fand, versuchte Alice gerade, eine Kiste aufzustemmen, um ihren Inhalt zu begutachten. Sie hatte das Stemmeisen angesetzt und drückte es nach unten. Nichts tat sich.

»Verflixt!«, fluchte sie leise, als John hinter sie trat und seine Hände auf ihre legte. Überrascht blickte sie hinter sich und lächelte. Dann drückten sie das Stemmeisen gemeinsam herunter, und der Deckel bewegte sich mit einem trockenen Knirschen einen Spaltbreit nach oben. Sie brauchten zwei weitere Versuche, um ihn abnehmen zu können. Nachdem sie ihn zur Seite gestellt hatte, drehte Alice sich zu John um.

»Danke. Was machst du denn hier?« Sie wischte sich über die Stirn und verteilte dabei einen grauen Staubfleck auf der Haut.

»Ich habe Gentle zu Helena gebracht. Außerdem wollte ich dich beim Arbeiten beobachten.« Er zog sie an sich.

Sie lachte. »Vielen Dank auch. Ich dachte, du hättest mich vermisst?«

»Natürlich habe ich dich vermisst.«

»Mr. Stevens.« Sie rückte näher an ihn heran. Ihr Herzschlag beschleunigte sich.

»Wenn Johann nicht hier wäre … ich hätte glatt Lust, dich hier auf dem Dachboden …«, murmelte er und nestelte an den Knöpfen des Hemdes, das sie sich von ihm geliehen hatte. »Musst du am Wochenende wirklich nach Güstrow fahren? Willst du nicht lieber zu mir rauskommen?« Er schob die Finger unter ihr Hemd.

Alice schloss die Augen und genoss das Gefühl seiner trockenen, kühlen Hand auf ihrer heißen und schweißfeuchten Haut. Sie zog seinen Kopf zu sich heran und küsste ihn. »Natürlich wäre das schöner. Aber du weißt, dass es nicht geht«, flüsterte sie und öffnete die Augen.

Sie konnte die Enttäuschung in seinem Blick erkennen. Er presste die Lippen aufeinander, zog seine Hand zurück und nickte. »Ich weiß.«

Verstohlen stopfte sie sich das Hemd zurück in die Hose, während John sich durch die Haare fuhr und sich abwandte. Sie legte ihm die Hand auf die Schulter. »John. Bitte. Wir haben doch darüber gesprochen.«

Er griff nach ihrer Hand und küsste sie. »Ich weiß. Ich sag schon nichts mehr. Ich werde jetzt mal besser zu der alten Dame rübergehen und sehen, ob wenigstens Gentle sich ordentlich benimmt.«

Ohne sich noch einmal umzublicken, ging er auf die Verbindungstür zum Wohnhaus zu. Noch während Alice ihn auf ihren Lippen schmecken konnte, war die Tür hinter ihm ins Schloss gefallen.

»Er wird darüber hinwegkommen.« Sie hatte nicht gehört, dass Johann neben sie getreten war, so angespannt hatte sie John hinterhergesehen. »Komm, ich will dir was zeigen.«

Er nahm sie bei der Hand und zog sie in den hinteren Teil des Dachbodens, wo einige Gemälde an der Wand lehnten.

»Erkennst du den Maler?«, fragte Johann und deutete auf eines der Gemälde.

Selbst im gedämpften Licht, das durch die staubigen Fenster hereinfiel, erkannte sie den Pinselstrich. Diese diffuse Raumauflösung, die Gesichter und Hände, die beinahe maskenhaft aus dem abstrakten Hintergrund herausschwebten, die expressive Farbpalette.

»Wie könnte ich ihn nicht erkennen? Das ist ein Bild von Lux!« Sie wandte sich zu Johann um, der mit verschränkten Armen hinter ihr stand.

»Es ist noch eines da. Sieh mal.« Er trat neben sie und zog ein weiteres Gemälde hinter dem ersten hervor.

»Diese Arbeiten kenne ich gar nicht. Die müssen aus seinem Frühwerk stammen. Hat die Kunsthandlung ihn denn einmal vertreten?«

Johann schüttelte den Kopf. »Nein, nicht dass ich wüsste. Und schon gar nicht, nachdem er mit Anna ...« Er rieb sich nachdenklich über die Nase. »Lass uns eine Pause machen.« Er reichte ihr eine Flasche Wasser aus der Tasche, die Rosa ihnen heute Morgen mitgegeben hatte. Sie war bis obenhin gefüllt mit belegten Broten, Obst, Kuchenstücken und Thermoskannen voll heißem Tee und Kaffee.

Johann setzte sich auf eine Kiste, zog eine zweite heran und stellte die Tasche vor sich, deren Inhalt er interessiert untersuchte.

»Verhungern werden wir jedenfalls nicht.« Er zog ein Plunderteil aus einem in Wachspapier eingeschlagenen Päckchen.

Alice zog sich ebenfalls eine Kiste heran. Gemeinsam

vertilgten sie in behaglichem Schweigen mehrere Wurst- und Käsebrote. Ich habe gar nicht gemerkt, wie hungrig ich bin, dachte sie verblüfft, als sie gleichzeitig nach dem letzten Stück Hefezopf griffen. Nachdem sie es sich geteilt hatten, zündete Johann eine Zigarette an und reichte sie Alice.

»Hast du in letzter Zeit von deinem Vater gehört?« Er stand auf, streckte sich und schlenderte zu den Bildern.

Sie nickte. »Ab und zu schreibe ich ihm. Aber glaube nicht, dass er mir deswegen immer antwortet. Ich bin es gewohnt und habe mich damit abgefunden.«

Johann drehte sich zu ihr um. »Abgefunden?«

Alice zuckte mit den Schultern und stellte sich neben ihn. »Na ja, dass er kein Vater wie andere ist.«

Johann beugte sich zu den Bildern, um sie genauer zu betrachten. »Wie meinst du das?«

»Oh, versteh mich nicht falsch. Er war ein großartiger Vater, der mir fast alles erlaubt hat.« Sie grinste. »Wovon meine Mutter aber im Leben nicht erfahren durfte. Der sich auch nicht zu schade war, mit einem kleinen Mädchen stundenlang Kasperletheater zu spielen und ihr vorzulesen und sie auf dem Rücken durchs Haus zu schleppen.« Sie streifte die Asche ihrer Zigarette an der leeren Wasserflasche ab.

»Aber?«

Sie schüttelte den Kopf. »Aber er konnte auch fürchterlich kalt und abweisend sein. Vor allem, wenn er sich mal wieder mit meiner Mutter gestritten hatte. Dann schloss er sich tagelang in seinem Atelier ein, man durfte ihn nicht ansprechen, und wenn man es doch tat …« Sie warf Johann einen schnellen Seitenblick zu, dann verschränkte sie die Arme, und ihr Blick glitt über die Gemälde ihres Vaters. »Dann sah er dich an, als würde er dich hassen.«

Johann legte ihr die Hand auf die Schulter und drückte sie. Sie legte ihre Wange darauf, lächelte ihn schief an, wandte sich ab und begann, die Reste ihres Mittagessens wegzupacken.

Die Sammlung Wolfferts

August 1931

Sie waren die rund zweihundert Kilometer über die Landstraße nordwärts Richtung Rostock gefahren; Johann und Ludwig auf den Vordersitzen, Alice mit ihrer Fotoausrüstung und einer kleinen Reisetasche auf dem Rücksitz. Sie hatte sich auf die Rückbank gekniet und so lange zurückgeblickt, bis John, der gekommen war, um sie zu verabschieden, und nun im Regen stand, hinter der nächsten Ecke verschwunden war. Dann hatte sie sich zurückfallen lassen und war ihren Gedanken nachgehangen. Die Sonne hatte sich den ganzen Tag noch nicht blicken lassen, und der Regen trommelte monoton auf das Verdeck. Sie wickelte sich fröstelnd in ihre Jacke und beobachtete zerstreut, wie sich die Stadt immer weiter von den Straßen zurückzog, bis sie irgendwann über offenes Land fuhren.

Das Gutshaus am Ende der Auffahrt wirkte wie ein großes, altes Tier, das sich im Regen duckte und ihre Ankunft mit halbgeschlossenen Augen gleichgültig zur Kenntnis nahm.

Als Johann den Wagen vor der Eingangstür abbremste,

öffnete sich die Haustür, und Erik Wollferts kam bewaffnet mit Regenschirmen die elegant geschwungene Freitreppe heruntergelaufen, im Schlepptau einen Hausburschen.

Während Alice auf dem Rücksitz mit ihrer Fototasche hantierte, begrüßte Erik Johann und Ludwig, der alleine durch die Größe des Hauses beeindruckt schien.

Als sie aufblickte, beugte Erik sich zu ihr in den Wagen und nahm ihr die Reisetasche ab, deren Griff sich mit dem Trageriemen der Fototasche verheddert hatte.

Seine blonden Haare fielen ihm in die Augen, die leuchteten, als er ihr die Hand reichte, um ihr aus dem Wagen zu helfen und den Schirm über sie zu halten.

»Willkommen auf Gut Bredow. Ich freue mich so sehr, dass du mitkommen konntest, Alice.«

In den letzten zwei Wochen waren sie zum Du übergegangen. Was John wohl davon halten würde, fragte Alice sich unweigerlich mit einem leichten Stich.

Er warf die Autotür hinter ihr zu. Der Hausbursche war herangetreten, und Erik reichte ihm die Fototasche. Dann wandte er sich den beiden Brüdern zu.

»Wir haben Räume für Sie vorbereiten lassen. Klaus wird Ihr Gepäck auf Ihre Zimmer bringen. Ich würde vorschlagen, Sie machen sich frisch, ruhen sich etwas aus, und dann treffen wir uns in einer Stunde in der Halle für einen kleinen Rundgang sowie einen ersten Blick auf die Sammlung.«

Er ließ Alice den Vortritt und führte dann alle drei eine breite alte Treppe aus Eichenholz hinauf in den ersten Stock und einen langen Korridor entlang, an dessen seidenbezogenen Wänden düstere, altmeisterliche Landschaften hingen.

Als Alice die Tür ihres Zimmers hinter sich schloss,

atmete sie tief aus. Sie hatte nicht damit gerechnet, die heutige Nacht in einem Schloss zu verbringen. An der Decke des Raums hing ein Kristallleuchter, das Bett war bezogen mit feinster Leinenwäsche. Sogar einen Kamin gab es, in dem ein Feuer prasselte. Auf einem kleinen Tisch stand eine Kristallschale, gefüllt mit roten Rosenblättern. Daneben lag eine Karte. *Herzlich willkommen auf Gut Bredow*, las sie.

Alice trat ans Fenster. Als sie die Vorhänge zur Seite schob, blickte sie auf den Park des weitläufigen Anwesens, dessen Grenzen sich scheinbar bis zum Horizont zogen.

Beim Gedanken, was John wohl zu all der Opulenz sagen würde, musste sie lächeln. Er würde fluchen wie ein aufrechter, klassenbewusster Kommunist, dachte sie. Leise zwar, aber dafür umso heftiger. Sie öffnete ihre Reisetasche und begann auszupacken. Während sie die Anfangstakte der Internationale pfiff, hängte sie ihr Kleid auf einen Bügel und strich es glatt.

Als es Zeit war, ging Alice nach unten. Sie war die Erste und konnte sich so in aller Ruhe in der Halle umsehen. Sie wagte gar nicht, sich vorzustellen, wie es hinter all den Türen und Durchgängen weiterging. Tatsächlich verschleierte die Bezeichnung »Gutshaus«, um was es sich hier handelte: den Landsitz eines Adeligen. Zwar waren die Wolfferts soweit sie wusste nicht adelig. Kein Erbadel. Aber Geldadel, das ja. Erik hatte ihr erzählt, sein Vater sei Besitzer einiger großer Fabriken und säße als Abgeordneter der SPD im Reichstag. Sein Gesicht hatte sich verächtlich verzogen, als er über ihn sprach. Die beiden schienen nicht besonders gut miteinander auszukommen. Nun ja, wenigstens hing hier kein Hitler.

Als sie ein Geräusch hinter sich hörte, drehte sie sich erschrocken um. Erik stand im Schatten auf der Treppe und sah zu ihr herab. Wie lange hat er dort schon gestanden, fragte sich Alice unbehaglich.

»Und? Schon ein bisschen umgesehen?« Er sprang die letzten beiden Stufen hinunter.

»Nur hier in der Halle«, antwortete sie und deutete auf die Bilder.

Mit einem schiefen Lächeln blickte er sich prüfend um, als ob er all dies zum ersten Mal sähe. »Immer wenn ich hier bin, möchte ich alle Türen und Fenster aufreißen, um Luft hereinzulassen.« Er wandte sich um und trat dicht an sie heran. »Du musst mich unbedingt in Berlin besuchen.« Er griff nach ihrer Hand. »Da sieht es ganz anders aus. Heller. Moderner. Ich bin gerade erst umgezogen und habe die Wohnung komplett neu herrichten lassen. Ich bin mir sicher, dass es dir gefallen wird.«

»Erik …«, setzte sie an. Wie konnte sie ihm nur klarmachen, dass sie kein Interesse an ihm hatte? Als sie zu ihrer großen Erleichterung Johanns und Ludwigs Stimmen hörte, entzog sie ihm schnell ihre Hand und ging auf die Treppe zu. »Johann, Ludwig. Erik wartet schon.«

Schnell hakte sie sich bei ihren Onkeln unter. Das würde weitaus anstrengender, als sie geglaubt hatte.

Erik führte sie durch lange Korridore und öffnete Doppeltüren, um sie durch dahinterliegende, aufwendig dekorierte, aber kalte und düstere Räume zu führen. Das ganze Haus war angefüllt mit geschnitzten Möbeln im gotischen Stil, und Alice hatte das Gefühl, sich durch eine Schauergeschichte zu bewegen. An den Wänden hingen düstere, riesige Schlachtengemälde, und sie hätte sich nicht gewundert, wäre aus irgendeiner Ecke ein

Domestik mit gepuderter Perücke und samtener Livree hervorgesprungen.

Erik spulte die Geschichte des Hauses herunter. Im Grunde schien ihn all das hier entsetzlich zu langweilen. Ludwig hingegen war sichtlich entzückt von all der zur Schau gestellten Noblesse und stellte interessierte Fragen.

»Ich möchte hier nicht begraben sein«, wisperte Johann Alice zu und schauderte leicht.

Sie drückte seinen Arm, ohne ihn anzusehen. »Ludwig scheint es zu gefallen«, flüsterte sie und konnte sich ein Grinsen nicht verkneifen.

»Ludwig war schon immer leicht zu begeistern. Los, weiter. Wir dürfen nicht den Anschluss verlieren. Nicht dass wir hier verloren gehen«, antwortete Johann durch zusammengepresste Zähne.

Schnell eilten sie durch den Saal auf ihren Gastgeber zu, der gemeinsam mit Ludwig an der Tür zum nächsten Raum stand und auf sie wartete.

Nachdem sie durch zwei weitere Räume getrieben worden waren, hatten sie endlich ihr Ziel erreicht. Sie betraten eine lange, nach außen liegende Galerie, deren Fenster durch zugezogene Vorhänge verdunkelt waren. Als Erik sie zurückzog, ließ das verblassende Tageslicht die Wände plötzlich in flimmernden Farben und Schattierungen aufleuchten. Das Licht durchdrang und reflektierte die Farben der Bilder und schien den Raum aufzulösen. Alice blieb wie angewurzelt in der Tür stehen.

Was hier an den Wänden hing, waren die schönsten impressionistischen Gemälde, die sie je gesehen hatte. Die Sammlung schien beträchtlich größer zu sein, als sie angenommen hatten. Sie trat auf ein wundervoll grüngoldenes Seerosenstück Monets zu, das neben einer verschneiten Landstraße Sisleys leuchtete. Ein sonnendurchfluteter Garten Caillebottes strahlte neben einem Gartenbild von Liebermann. Ein heller, freundlicher Sommerstrand Manets hing neben einem nächtlichleuchtenden Hafen Monets. Frauen mit Sonnenschirmen in Wiesenlandschaften, Ruderer auf dem Wasser, Arbeiter auf Kohlenschiffen, Bauern bei der Arbeit, Landstraßen in gleißender Mittagssonne, Waldwege in sonnenleuchtendem Grün. Und durch alle Bilder flutete flirrendes Licht. Es war, als ob sie aus sich selbst heraus leuchteten.

Sie drehte sich hingerissen zu Erik um, der am Fenster stehen geblieben war und zu ihr herüberblickte.

Auch Johann und Ludwig schien es die Sprache verschlagen zu haben. Gebannt standen sie vor den Bildern.

Erik stellte sich neben Alice. »Ich denke, diese hier wird man am besten verkaufen können.« Er blickte die Bilder prüfend an. »Für meinen Geschmack sind sie allerdings zu französisch. Und zu jüdisch.« Er deutete auf den Liebermann und griff nach ihrer Hand. »Ich habe noch eine Überraschung für dich.« Er deutete auf zwei Gemälde, die umgedreht am Ende des Raums standen. »Komm!«

Er führte sie zu den Bildern und drehte das vordere um.

Überrascht blickte Alice darauf. Noch zwei Arbeiten ihres Vaters, die sie nicht kannte.

Erik lächelte zufrieden und drehte das zweite Bild um.

Johann schlenderte zu ihnen herüber. Mit ausdrucksloser Miene betrachtete er die Arbeiten. »Ich glaube nicht, dass man die zusammen mit den anderen anbieten sollte«, sagte er nachdenklich.

»Wieso nicht?«, fragte Erik. »Meiner Meinung nach sind sie gut. Und immerhin sind sie von Alices Vater.«

»Das stimmt schon. Aber sie passen nicht zum Rest der Sammlung«, antwortete Johann.

Alice blickte ihn überrascht an. Einen Augenblick lang glaubte sie, einen merkwürdig kalten Unterton in seiner Stimme gehört zu haben. Bezog sich seine Ablehnung tatsächlich nur auf sein Urteil über die Gemälde? Wäre es nicht ein Zeichen der Versöhnung, wenn die Galerie Bilder ihres Vaters ausstellen würde?

Johann schien zu merken, dass ihr etwas durch den Kopf ging. Er blickte sie stirnrunzelnd an.

Schnell trat sie näher an die Bilder heran, als ob sie sie genauer betrachten wollte. Wäre es nicht endlich an der Zeit, ihre beiden Familien zusammenzuführen? Wieso eigentlich nicht? Oder … dachte sie verblüfft, und ein prickelndes Gefühl wand sich ihr Rückgrat hinauf … oder sollte sie Lux vielleicht zur Eröffnung einladen? Immerhin war sie ein Mitglied der Familie und konnte eigene Entscheidungen treffen.

Mit einem kleinen Lächeln richtete sie sich auf und blickte zu Johann, der sie immer noch beobachtete. Sie hakte sich bei ihm ein und drückte seinen Arm. »Nun, man wird sehen.«

Sobald sie in Berlin waren, würde sie Lux einen Brief schreiben.

Den ganzen nächsten Tag hatten sie damit verbracht, die restliche Sammlung zu sichten und Erik Fragen zu stellen. Sollten die Waldmanns nur verkaufen oder auch bei der Neuausrichtung der Sammlung beraten? Erik schien bereits sehr konkrete Vorstellungen davon zu haben, was ihn interessierte: die deutschen Expressionisten, die auch Dr. Goebbels' Beifall fanden. Nur kurz hatten sie die Räume für einen Mittagsimbiss verlassen. Als Erik sie ins Esszimmer führte, hatte dort eine Flasche Champagner gestanden. Zum Anstoßen, um die Auftragserteilung an die Familie Waldmann zu feiern. Die Männer hatten sich lachend auf die Schultern geklopft und Alice umarmt. Erik drückte sie einen Augenblick zu lange und zu fest an sich. Vorsichtig hatte sie sich aus seiner Umarmung gewunden. Während die Männer die weiteren Details besprachen, stellte sie sich ans Fenster und beobachtete sie nachdenklich. Sosehr sie sich über den Auftrag freute: Sie musste Erik gegenüber auf der Hut sein und die richtige Mischung aus Freundlichkeit und Distanz wahren. Die Blicke, die er ihr immer wieder zuwarf, waren eindeutig. Abgesehen von seinen merkwürdigen politischen Ansichten fand sie ihn eigentlich ganz nett und liebenswürdig. Wenn er nicht so verbohrt mit seiner Politik wäre, könnte sie sich sogar vorstellen, mit ihm befreundet zu sein. Seine Begeisterung für die Nazis war ihr unverständlich. Wie konnte ein Mensch sich in eine dermaßen krude Weltanschauung verrennen? Immer wieder hatte er in den letzten beiden Tagen mit glänzenden Augen vom Führer gesprochen, der sie alle in eine bessere Zukunft leiten würde. Nein, die Nazis waren nicht ihre Sache. Ganz und gar nicht.

Ihr war klar, dass es eine Gratwanderung werden würde. Wahrscheinlich müsste sie noch die eine oder andere fette Kröte schlucken.

»Und sie hat tatsächlich zugestimmt?« Verblüfft starrte Rosa Alice an.

Die Kaffeekanne hing über den Tassen, in der Schwebe zwischen Anheben und Einschenken. Alice beobachtete skeptisch die Tülle und hielt ihre Tasse vorsichtshalber noch dichter unter die Öffnung, an der sich bereits ein paar Tropfen sammelten. Ohne den Blick abzuwenden, antwortete sie: »Ja. Johann hat mir alles erzählt. Ich bin nicht mitgekommen, um die Sache nicht zu gefährden.« Sie blickte Rosa an. »Möchtest du nicht einschenken?«

Dampfend schoss der Kaffee in ihre Tasse. Rosa konnte eben noch ihren Schwung abbremsen. Entschieden setzte sie die Kanne ab, stand auf und nahm eine Flasche Cognac von dem Tischchen, das als Hausbar diente. Sie goss einen Schluck in ihre Tasse, bevor sie diese mit Kaffee auffüllte. »Du auch?«

Alice schüttelte den Kopf. Ihr war nicht nach Alkohol. »Jedenfalls haben Johann und Ludwig ihr unsere Pläne vorgestellt«, fuhr sie fort, »und sie ein bisschen durch die Räume geführt. Die Firma läuft ja zum Teil immer noch auf ihren Namen. Da muss sie ihre Zustimmung geben, wenn wir unter dem alten Namen weitermachen wollen.«

Rosa schnalzte mit der Zunge und schüttelte ungehalten den Kopf. »Ich verstehe nicht, warum ihr so großen Wert auf ihr Einverständnis legt. Ihr hättet doch eine neue Firma gründen können.«

Alice fühlte, wie Ungeduld in ihr aufstieg. »Rosa, lass es gut sein«, antwortete sie so ruhig wie möglich. »Willst du wissen, wie es weitergeht?«

Rosa nickte.

»Also, sie haben ihr alles gezeigt und ihr von dem

Wollferts-Auftrag erzählt. Und dann haben sie ihr gesagt, dass ich als Fotografin einsteigen soll.«

Rosa führte ihre Tasse an die Lippen und hielt sie mit beiden Händen fest. »Und? Was hat sie gesagt?« Sie verengte die Augen. »Hat sie sich sehr geziert?«

Vorsichtig setzte Alice ihre Tasse ab und fühlte, wie sich ein breites Grinsen über ihr Gesicht ausbreitete. »Nein. Das ist ja das Erstaunliche. Johann hatte mit viel mehr Widerstand gerechnet und sich bereits alle möglichen Argumente zurechtgelegt.« Sie strahlte ihre Tante an. »Sie hat Ja gesagt. Er meinte, es wäre gewesen, als würde er mit einem Bohrer an der vermeintlich dicksten Stelle der Mauer ansetzen, all sein Gewicht darauflegen –, und auf einmal gibt die Wand nach. Einfach so.« Sie schnippte mit den Fingern. »Puff!«

Rosa runzelte die Stirn. »Wenn das nicht eine Finte ist. Ich traue ihr nicht.«

Das Strahlen in Alices Gesicht erlosch. »Kannst du dich nicht einfach für mich freuen?«

Rosa blickte sie überrascht an und griff schnell über den Tisch nach ihrer Hand. Schuldbewusst lächelte sie. »Du hast ja recht, meine Kleine. Ich bin eine fürchterliche Schwarzseherin. Verzeih mir.«

Ein unangenehmes Schweigen breitete sich zwischen ihnen aus, das Rosa schließlich beendete, indem sie Alice noch eine Tasse Kaffee einschenkte.

Sie räusperte sich. »Wie war es auf Gut Bredow?«, fragte sie. Alice hörte die Anspannung in ihrer Stimme und das Bemühen, möglichst ungezwungen zu klingen. »Ludwig hat mir zwar einiges erzählt. Aber von dir habe ich noch gar nichts gehört. Wie war denn Erik?«

»Sehr freundlich. Zuvorkommend.«

»Nur zuvorkommend?« Rosa lächelte. »Ich hatte das

Gefühl, du hättest ihn auf deinem Fest sehr beeindruckt.« Sie nippte an ihrer Tasse. »Wie gefällt er dir denn?«

»Rosa …«, sagte Alice mit drohendem Unterton.

»Es ist doch so, Liebchen: Ich möchte, dass es dir gut geht.«

Alice verengte die Augen. Konnte sie es nicht einfach bleiben lassen? Rosa bewegte sich auf sehr dünnem Eis. »Es geht mir bereits sehr gut«, antwortete sie kurz angebunden.

Erneut griff Rosa nach ihrer Hand. Diesmal entzog sie sie ihr. »Du bist noch jung. Versteh mich nicht falsch. Weißt du, ich kann verstehen, was du in John siehst. Aber er ist nicht die Zukunft. Er hat keinen Namen. Er hat kein Geld.«

Alice stand auf. »Stimmt. Und er ist kein Nazi«, antwortete sie kalt.

»Politik.« Rosa machte eine müde, wegwerfende Geste. »Das ist doch nicht entscheidend. Entscheidend ist, dass er dir eine sichere Zukunft bieten kann. Und außerdem: Wenn die Nazis erst einmal in politischer Verantwortung stehen, werden sie, wie alle anderen Parteien, auf den Boden der Tatsachen zurückkehren. Du wirst sehen. Es wird nichts so heiß gegessen, wie es gekocht wird.«

Alice starrte Rosa für einen kurzen Moment an. War sie so geblendet von den Möglichkeiten, die sich Alice durch eine mögliche Verbindung mit Erik eröffneten? Sie blinzelte, dann ging sie auf die Tür zu. Sie hatte die Nase gründlich voll.

»Alice?«, rief ihr Rosa hinterher. »Alice, ich will doch nur dein Bestes!«

An der Tür drehte Alice sich noch einmal um. »Ich hätte nie geglaubt, dass gerade du dich so in die Irre führen lässt.« Sie holte tief Luft. »Und dass du glaubst, ich würde John aufgeben, wegen einer sicheren Zukunft. So wie du Greta aufgegeben hast?«

Im Hinausgehen konnte sie sehen, wie Rosa erstarrte und den Kaffeelöffel sinken ließ, mit dem sie in ihrer Tasse gerührt hatte.

Annäherungen

Herbst 1931

Alice freute sich über die viele Arbeit, die im Atelier auf sie wartete. Eriks Gemälde mussten aufgenommen, Filme entwickelt und Abzüge belichtet werden. Doch so viel es auch zu tun gab: Ihre Gedanken kreisten ununterbrochen um die Frage, ob sie ihren Vater zur Eröffnung einladen sollte. Es ärgerte sie, dass Johann ihren Vorschlag einfach so zur Seite gewischt hatte und anscheinend keinen einzigen Gedanken daran verschwendete, was sie gerne wollte. War ihre Position in der Familie doch noch nicht so gefestigt, wie sie bis jetzt geglaubt hatte? Wieso sollte sie ihren Vater nicht einladen? Er war lange vor den Waldmanns für sie da gewesen. Auch wenn er kein perfekter Vater war, war er doch gut und liebevoll zu ihr gewesen.

Ärgerlich schüttelte sie den Kopf, warf einen überbelichteten Abzug in den Abfalleimer und riss die festen, schwarzen Vorhänge auf. Was sie jetzt brauchte, war frische Luft. Sie zerrte am Griff, bis sich die Fenster ruckartig und mit kratzendem Knirschen öffneten. Mit geschlossenen Augen hielt sie ihr Gesicht dem kühlen Luftzug entgegen, der vom Garten hereinwehte und sanft um ihre Stirn strich. Das Wetter hatte über Nacht gewechselt. Der Sommer schien sich endgültig verabschiedet und dem Herbst Platz gemacht zu haben. Der Himmel war grau und die Luft frisch, mit Feuchtigkeit gesättigt. Alice ließ den Blick über den Garten schweifen. Auf einer Seite war er durch die Brandmauer des Nachbarhauses und zur Straßenseite durch dichte Hecken eingefasst. Er wirkte, als sei er schon lange sich selbst überlassen worden. Seufzend zündete sie sich eine Zigarette an und zupfte einen Tabakkrümel von der Unterlippe, als sie aus dem Garten eine gedämpfte Stimme hörte.

Helena! Neugierig beugte Alice sich vor, um zu sehen, mit wem sie sprach, und entdeckte den breiten Rücken Gentles, der friedlich durchs Gras stöberte, jedoch sofort von seiner Suche abließ und schwanzwedelnd zu ihr lief. Als er vor ihr stand, nahm sie seinen großen Kopf zwischen die Hände und redete leise mit ihm. Der Hund setzte sich hin, Helena legte die Wange auf seinen Kopf und strich über seinen Rücken.

Eine Woge der Zuneigung für die alte Frau strömte mit einem Mal durch Alice hindurch – unerwartet und überraschend. Es musste doch mehr hinter dieser kühlen Fassade stecken. Mehr als die kalte Verachtung, mit der sie ihr immer wieder begegnet war. Als Alice sich vorbeugte, um ihre Großmutter besser sehen zu können, stand Helena auf und blickte – als hätte sie gespürt, dass jemand sie beobachtete – nach oben. Erschrocken wich Alice einen Schritt zurück. Konnte sie sie vom Garten aus sehen? Wie ein Schnüffler kam sie sich auf einmal vor und schämte sich. Alice hielt die Luft an. Helena sah immer noch hoch. Und dann – Alices Herz schlug bis zum Hals – nickte sie, wandte sich ab, fasste den Hund am Halsband und führte ihn hinein.

Erst als Alice die Terrassentür ins Schloss fallen hörte, atmete sie aus. Nachdenklich drückte sie die Zigarette auf dem Fensterbrett aus und schloss das Fenster. Trotz des beschämenden Gefühls, das sich unangenehm flau in ihrem Magen hielt, hatte sie den Eindruck, eben Teil von etwas Entscheidendem geworden zu sein.

Als Alice am nächsten Tag ihr Atelier betrat, brannte das Licht. Sie wusste genau, dass sie es am Vorabend gelöscht hatte. Es war spät geworden, und sie war die Letzte gewesen, die das Haus verlassen hatte. Alice trat an den Tisch mit den Abzügen des Vortags. Ganz offensichtlich waren sie durchgesehen worden. Jemand hatte eine Aufnahme herausgezogen und vor die anderen gelegt. Es war die beste.

Von da an machte Alice es sich zur Angewohnheit, immer zur Mittagszeit aus dem Fenster in den Garten hinunterzublicken, um zu sehen, ob Helena da war. Wenn sie es war, machte sie eine Aufnahme. Seit dem ersten Mal, als sie sie mit Gentle im Garten beobachtet hatte, hatte Helena nicht mehr hochgeblickt. Doch jeden Morgen, wenn Alice an ihren Schreibtisch trat, auf den sie am Vorabend die Abzüge gelegt hatte, fehlte stets die letzte Aufnahme von Helena. Und immer fand Alice die neusten Fotografien der Gemälde zu einem säuberlichen Stapel sortiert, mit dem gelungensten Bild ganz oben.

Eigentlich sollte ich der Familie von dieser neuen Entwicklung erzählen, oder wenigstens John, dachte sie mit einem Anflug von schlechtem Gewissen. Doch sie tat es nicht. Sie wollte dieses zarte, empfindliche Pflänzchen ihrer aufkeimenden Verbindung noch nicht den Blicken der anderen aussetzen.

Als die Gartenaufnahmen vierzehn Bilder umfassten, begann Helena, Alices Atelier auch tagsüber aufzusuchen. Immer zur Mittagszeit, wenn Johann sein Büro direkt nebenan verlassen hatte, stand sie wortlos in der Tür. Bei ihrem ersten Besuch wäre Alice vor Schreck beinahe in Ohnmacht gefallen und hatte gefürchtet, ihre Großmutter sei gekommen, um ihr eine ihrer verletzenden Abfuhren zu erteilen. Doch nichts dergleichen war geschehen. Stattdessen war sie auch am nächsten und dann am übernächsten Tag wiedergekommen. Jedes Mal, wenn sie auftauchte, nickte sie Alice kurz zu, folgte ihr mit dem Blick, sprach sie aber nicht an. Alice arbeitete ruhig weiter, auch wenn ihr Herz gegen die Rippen schlug. Wie eine stumme Erscheinung strich die alte Frau durch den Raum und setzte sich schließlich auf einen Stuhl, um ihr zuzusehen. Schon bald fing Alice an, ihrer Großmutter kleine Erfrischungen bereitzustellen: Limonade, Wasser, eine Tasse Mokka.

Erst wenn Johanns Schritte von unten zu hören waren, verließ Helena das Atelier genauso wortlos, wie sie gekommen war. Alice fühlte sich wohl in der schweigsamen Gesellschaft ihrer Großmutter. Eigentlich hätte ihre Anwesenheit sie nervös machen sollen, nach alldem, was zwischen ihnen vorgefallen war. Und tatsächlich pochte ihr Herz schneller, wenn sie in der Tür stand. Neugierig hatte Alice dieses Pochen beobachtet, untersucht und dabei erfreut festgestellt, dass es nicht mehr ihrer Wut entsprang. Alice freute sich über die Besuche ihrer Großmutter, auch wenn kein einziges Wort zwischen ihnen gewechselt wurde. Möglicherweise, dachte Alice, haben wir etwas viel Besseres gefunden als Worte: ein gemeinsames Schweigen. Dieses wurde nur ein einziges Mal gebrochen.

Entgegen ihrer üblichen Routine setzte Helena sich diesmal nicht, sondern stellte sich neben Alice und betrachtete die Aufnahmen, die ihre Enkelin sortierte. Mit ihrem gekrümmten Finger tippte sie auf eine von zwei Aufnahmen. »Die hier ist besser.«

Alice blickte überrascht auf und ließ den Stapel sinken. Dann nickte sie und legte die Aufnahmen auf dem Tisch vor ihnen aus. Gemeinsam begannen sie, die nicht gelungenen auszusortieren. Aus den Augenwinkeln warf sie ihrer Großmutter immer wieder einen Blick zu.

»Das ist die Sammlung von Erik Wollfferts, nicht wahr?«, fragte Helena schließlich.

Alice, die die Aufnahmen in zwei ordentliche Stapel zusammenschob, nickte. Helena starrte auf den Tisch.

»Ich habe deine Mutter geliebt.« Sie blickte auf und sah ihrer Enkelin zum ersten Mal direkt ins Gesicht.

»Tatsächlich? Davon hat sie ja nicht viel gemerkt«, schnaubte Alice spöttisch.

Helena warf ihr einen Seitenblick zu. Ihre Miene war angespannt. »Du erinnerst mich sehr an sie. Wahrscheinlich habe ich mich deswegen so lange gegen dich gesträubt: weil ich immer, wenn ich dich ansehe, an meine Schuld erinnert werde.« Sie legte eine Hand auf Alices Arm, drückte ihn leicht.

Alice wich zurück, und Helena zog ihre Hand weg.

»Wenn du es ihr damals gesagt hättest … wäre vielleicht nicht so viel … kaputtgegangen.« Alice betrachtete mit gerunzelter Stirn die Aufnahmen, die vor ihr lagen. Dann schüttelte sie den Kopf und starrte ihre Großmutter an. »Kannst du dir nur annähernd vorstellen, wie sehr sie dich vermisst hat? Nein. Das kannst du nicht. Ein

Wort, ein einziges Wort von dir hätte genügt ... Aber du hast ja deine Prinzipien, nicht wahr? Und schon gar nicht kannst du verzeihen, wenn sich jemand deinen Wünschen widersetzt. Nicht einmal der eigenen Tochter.« Sie nahm die Fotos, ging mit ihnen zum Fenster und wandte ihrer Großmutter den Rücken zu.

»Ich hatte meine Gründe. Und diese ändern nicht das Geringste daran, dass ich deine Mutter geliebt habe«, hörte sie Helena leise sagen.

Als Alice sich umdrehte, war ihre Großmutter, schnell und flüchtig, wie ein Geist, durch die Tür verschwunden. Einen verrückten Augenblick lang fürchtete sie, sie müsste weinen. Das war es gewesen, was sie gewollt hatte, weswegen sie ursprünglich hergekommen war. Dieses Eingeständnis ihrer Großmutter. Und doch ... nun, da sie es bekommen hatte, fühlte sie sich seltsam und gar nicht triumphierend. Sie hatte sich diesen Augenblick in sämtlichen Farben ausgemalt, hatte ihn so oft vor ihrem inneren Auge abgespielt und geglaubt, dieser eine Augenblick würde alles verändern. Doch das Einzige, das sie fühlte, war Bedauern. Bedauern, dass sie so viel Zeit verloren hatten.

Zwei Briefe

Herbst 1931

Berlin, 20. Oktober 1931

Lieber Lux, lieber Papa, (ich weiß: Du magst nicht, wenn ich Dich so nenne, aber gönne es mir dieses eine Mal).

Ich freue mich so, endlich ein Mitglied der Familie Waldmann zu sein, auch wenn der Weg dorthin nicht leicht war. Anfangs war ich wirklich sehr wütend auf sie wegen der Sache mit Mama. Aber nun sind sie mir erstaunlicherweise alle ans Herz gewachsen. Und noch jemanden, der mir – auf eine andere Art – sehr am Herzen liegt, habe ich hier gefunden.

Was Helena betrifft, so erlebe ich gerade eine Annäherung, die mir sehr viel bedeutet. Wie ich schon erwähnt habe, war sie am Anfang sehr abweisend. Doch nun ist sie einen riesigen Schritt auf mich zugekommen. Vielleicht wird am Ende doch noch alles gut?

Tatsächlich ist es sogar so, dass ich in der Galerie mitarbeiten werde, die wir wiederer-

öffnen. Sehr hilfreich ist es dabei natürlich, dass wir mit der Sammlung von Erik Wolfferts beginnen können. Seine Mutter war eine große Sammlerin von Impressionisten. Ich bin gerade dabei, die Gemälde zu fotografieren. Überhaupt fotografiere ich sehr viel und habe jetzt auch mein eigenes Atelier in den Räumen der Galerie. Ich verdiene mein eigenes Geld und kann möglicherweise bald eine eigene Wohnung mieten.

Die Wiedereröffnung soll eine große Sache werden, mit viel Gesellschaft und allem möglichen Tamtam. Wer weiß? Vielleicht wäre das die Gelegenheit, endlich das Kriegsbeil zwischen den Waldmanns und Dir zu begraben? Was würdest Du davon halten?

Stell Dir vor: Ich habe sowohl in der Galerie als auch bei Erik Wolfferts einige Deiner frühen Gemälde entdeckt. Ich kannte sie noch gar nicht und war sehr überrascht. Wenn ich Zeit habe, werde ich sie fotografieren und Dir die Abzüge schicken.

Gib mir bald Bescheid, ob Du zur Eröffnung kommen möchtest.

Herzlich, Alice

München, 28. Oktober 1931

Liebe Alice,

es freut mich, dass Du Dich so gut in der Familie einleben konntest und Anschluss in der großen Stadt gefunden hast. Es gibt nämlich nichts Schlimmeres, als alleine durchs Leben zu gehen und diejenigen verloren zu haben, die einem am Herzen liegen.

Es ist in der Tat großartig, dass Du in die Geschäfte der Galerie miteinbezogen wirst. Das bestärkt mich in meiner Meinung: Du wirst Deinen Weg gehen.

Ich danke Dir sehr herzlich für die Zusendung einiger Deiner Fotografien, die ich sehr gelungen finde. Wie werden sie sich wohl in einem Katalog oder abgedruckt in Kunst und Künstler *machen?*

Auch hat es mich sehr gefreut, dass einige meiner frühen Arbeiten sowohl bei den Waldmanns als auch in der Sammlung Wollferts aufgetaucht sind. Ich selbst habe nur noch eine einzige aus jener Zeit. Sie wurde noch nie öffentlich gezeigt.

Es würde mich sehr interessieren, um welche meiner Bilder es sich bei jenen handelt, die Du gesehen hast. Wie Du vielleicht in einigen Zeitschriften gelesen hast, wird immer wieder die Forderung nach einem Werksverzeichnis gestellt. Insofern wäre es tatsächlich eine große Hilfe, wenn Du die Gemälde fotografieren und mir Abzüge schicken könntest. Natürlich werde ich sie angemessen vergüten. Möglicherweise könnten wir für die Erstellung meines Catalogue raisonné zusam-

menarbeiten? Lass es Dir einmal durch den Kopf gehen. Ich fände es nur richtig, wenn Du meine Arbeiten abbilden würdest.

Ich freue mich auf Deinen nächsten Brief und bleibe bis dahin,

Dein Vater Heinrich Lux

PS: Wenn ich es recht bedenke, wäre diese Ausstellungseröffnung tatsächlich eine wunderbare Gelegenheit, um frischen Wind in die verfahrene Familiengeschichte zu bringen. Und als Dreingabe werde ich mein oben erwähntes Bild – das bisher noch nie ausgestellt wurde – zur Verfügung stellen. Ich denke, das würde alles in ein neues Licht setzen.

Die Eröffnung

6. Dezember 1931

Den ganzen Tag war es unnatürlich, beinahe schon frühlingshaft warm gewesen. Immer wieder hatte es geregnet, doch als der Bote einen Tag vor der Ausstellungseröffnung gegen vier Uhr nachmittags am Hintereingang der Galerie klingelte und Alice wie vereinbart das fest in braunes Packpapier eingeschlagene Bild übergab, hatte es kurz aufgeklart. Das Gemälde war nicht besonders groß, beinahe quadratisch, vielleicht 110 × 110 cm. Lux' übliches Format.

War es klug, das Bild zu zeigen? Lux bestand vehement darauf. Bei ihrem letzten Telefonat hatte sie ihn noch einmal darauf angesprochen.

»Ich bin mir nicht sicher, ob wir das Bild tatsächlich … Versteh mich nicht falsch … Ich meine, es ist schon ein großer Schritt, wenn du zur Eröffnung kommst. Es wurde viel zu viel Zeit verloren durch falschen Stolz und Unnachgiebigkeit. Aber …«

»Nein, nein, nein, Alice. Du wirst sehen, dieses Bild wird alles ändern. Glaube mir. Es wird dazu beitragen, alles ins rechte Licht zu rücken. Ich werde dir das Bild schicken.«

»Lux ...«

»Du musst mir eines versprechen, Alice. Du darfst es dir nicht vorher ansehen. Denn ich will, dass das Bild auch für dich eine Überraschung ist. Du suchst einen Platz aus, an den du es hängen wirst. Sag einfach, du hättest noch das Bild eines Künstlers entdeckt, von dem du meinst, es würde gut zu den übrigen passen, dass es aber erst in letzter Minute angeliefert würde. Das ist ja nicht einmal gelogen. Und dann, ohne es dir anzusehen – das ist wichtig, Alice –, bringst du es in die Ausstellung.«

Ihr war nicht wohl bei der Sache, und sie hatte weder Ja noch Nein gesagt. Die eigenmächtige Einladung ihres Vaters war ein großes Risiko. Doch es war an der Zeit, und sie musste dieses Zeichen jetzt setzen. Wenn sie wirklich zur Familie Waldmann gehörte, dann mussten sie ihren Wunsch nach Versöhnung akzeptieren. Außerdem: Wie lange war es überhaupt noch möglich, alle zusammenzubringen? Lux und Helena waren nicht mehr jung.

Dennoch war ihr dieses verdammte Bild nicht geheuer. Vielleicht wollte Lux sie wirklich nur überraschen mit einem Gemälde, das Wunden heilen konnte. Doch wieso sollte sie dieses Bild nicht schon vorher sehen?

Und hier war es nun. Mit einer eigentümlichen Mischung aus Aufregung und Zweifel hatte sie es in Empfang genommen und durch die Hintertür ins Haus getragen.

Vorsichtig trat Alice ans Treppengeländer, lauschte und blickte nach oben.

Fast war sie oben angekommen, als sie diese eine verdammte Stufe übersah. Sie spürte Hitze durch ihren Körper schießen, als sie den Halt verlor und instinktiv die Arme ausstreckte, um den Sturz abzufangen. Das Bild segelte vor ihr her und blieb mit der Ecke an den Stufen über ihr hängen. Mit einem hässlichen Geräusch schrammte es am Geländer entlang. Obwohl sie mit dem Knie gegen den Absatz prallte und der jäh aufflammende Schmerz ihr die Tränen in die Augen trieb, gelang es ihr, das Bild zu packen, bevor es laut polternd die Treppe hinunterfallen konnte.

Nun saß sie in ihrem Atelier, rieb sich die schmerzenden Schienbeine und untersuchte den langen Riss im Packpapier. Ob das Bild beschädigt war? Sie biss sich auf die Unterlippe, während sie am Papier zupfte. Habe ich etwa Angst, es auszupacken, fragte Alice sich und hielt kurz die Luft an.

Entschlossen drehte sie es um und begann vorsichtig das Natronklebeband zu befeuchten, um es abzulösen. Langsam schlug sie die einzelnen Schichten Papier wie Seiten eines Buches auf, bis sie schließlich die Rückseite des Bildes freigelegt hatte. Unschlüssig fuhr sie mit den Fingerspitzen über den Rahmen. Sie atmete tief durch, hob das Bild hoch und stellte es, ohne es anzusehen, auf die Staffelei. Dann wandte sie sich ab und trat ein paar Schritte zurück. Mit geschlossenen Augen verharrte sie wenige Sekunden, lauschte ihrem pochendem Herzen, dann drehte sie sich um und öffnete die Augen.

Was sie sah, war ein Schlag ins Gesicht, und sie zuckte unwillkürlich zusammen. Ihr Blick flog über die bemalte Leinwand, folgte den Formen und Linien. Ein Mann und eine Frau, unbekleidet, sich so leidenschaftlich umarmend, dass es wie ein Ringkampf wirkte. Der Mann war in Rückenansicht dargestellt, sein Gesicht in der Halsbeuge der Frau verborgen, ganz auf sie konzentriert. Auf der Schulter hatte er ein Muttermal. Alice schluckte und trat näher, griff unwillkürlich an die eigene Schulter, legte die Finger auf die Stelle, an der sie – und ihr Vater – ein

Muttermal hatten. Mit den Fingern der anderen Hand glitt sie über die Stelle auf dem Bild und folgte dem Pinselstrich. Ihr Blick blieb an der Frau hängen, die ihre Beine um die Taille des Mannes geschlungen hatte und ihn schützend in den Armen hielt. Ihr Gesicht war dem Betrachter zugewandt. Herausfordernd blickte sie ihn über die Schulter des Mannes an. Aus goldleuchtenden, bernsteinfarbenen Augen.

Keuchend atmete Alice aus, als hätte ihr jemand in den Magen geboxt. Ohne es zu merken, legte sie die Hand vor den Mund. Sie trat noch dichter an das Gemälde heran. Übelkeit stieg in ihr auf, als sie erkannte, dass sie in die Augen ihrer Großmutter blickte.

Schnell griff sie nach einer Decke und warf sie über das Gemälde.

Um fünf Uhr morgens lag Alice wach und starrte an die Decke. All die Vorfreude hatte sich in Rauch aufgelöst. Was war das für eine Geschichte mit Helena und Lux? Konnte es tatsächlich sein, dass die beiden ein Verhältnis gehabt hatten? Sie warf sich auf die Seite und starrte an die Wand, während ihre Gedanken zum tausendsten Mal dem immer gleichen Weg folgten. Lux benutzte sie. Er hatte seine ganz eigenen Pläne. Sie drückte ihr Gesicht in die beruhigende Wärme ihres Kissens.

Noch gestern Abend hatte sie versucht, ihn im Kempinski anzurufen. Aber er war ausgegangen. Sie wollte weder das Bild noch ihn auf der Ausstellung sehen! Was sie allerdings wollte, war eine Erklärung von ihm. Dieses Bild war eine private Angelegenheit. Eine sehr private, die man nicht vor aller Welt ausbreitete.

Stöhnend setzte sie sich auf und zupfte den feucht geschwitzten Pyjama vom Rücken. Es hatte keinen Sinn, länger liegenzubleiben. Sie schwang die Beine aus dem Bett und schauderte, als ihre nackten Fußsohlen den kalten Boden berührten. Nachdenklich starrte sie auf ihre Zehen.

Vielleicht wäre es am besten, noch heute Vormittag zum Kempinski zu fahren. Lux mitzuteilen, dass das Bild nicht ausgestellt werden würde.

Als sie am frühen Vormittag an der Rezeption nach Heinrich Lux fragte, bekam sie lediglich die Auskunft, er sei bereits am Morgen ausgegangen und habe nicht wissen lassen, wann er zurückkäme. Kurz hatte sie überlegt, auf ihn zu warten, aber sie musste zurück. Die anderen warteten auf sie. Es blieb ihr wohl nichts anderes übrig, als zu hoffen, Lux rechtzeitig vor der Eröffnung abzufangen.

Als sie gegen Mittag in die stille Wohnung zurückkehrte, trottete sie erschöpft in ihr Zimmer und schloss die Tür hinter sich ab. Kurz erschrak sie, als ihr aus dem Spiegel ihr eigenes blasses Gesicht entgegenstarrte. Du sitzt in der Scheiße, meine Liebe, dachte sie verzagt. Sie wandte sich ab und ging auf den Kleiderschrank zu. Wenn sie schon die Straße in den Untergang beschritt, dann wollte sie wenigstens gut dabei aussehen.

Als sie die Schranktür öffnete, hörte sie das Telefon im Salon läuten. Es schellte und schellte. War denn niemand im Haus, der das verdammte Telefon abnahm? Entnervt warf sie das Kleid, das sie eben herausgenommen hatte, auf ihr Bett und riss die Zimmertür auf. Kein Laut war zu hören – außer dem gottverdammten Telefon. In Strümpfen lief sie in den Salon und nahm den Hörer ab.

»Bei Waldmann!«, bellte sie in den Apparat.

Ein kurzes Schweigen am anderen Ende, dann vorsichtig: »Alice? Bist du das? Ich bin's. John.«

»Tut mir leid. Ich wollte dich nicht anschnauzen ... es ist nur ... ach, egal. Wann holst du mich ab?« Sie lehnte sich an die Wand, wickelte das Kabel des Hörers um ihren Zeigefinger und schloss die Augen.

»Ah, Alice ...«

Alarmiert öffnete sie die Augen. »John, was ist los?«, fragte sie und richtete sich auf.

»Alice, ich weiß, ich habe dir versprochen zu kommen. Aber es ist etwas dazwischengekommen. Ein Notfall ...«

Alice runzelte die Stirn. »Ein Notfall? John, ich brauch dich hier. Um den Club kann sich doch jemand anderes kümmern. Hast du schon mit Johann gesprochen? Der kann doch jemand anderen ...«

John unterbrach sie. »Es kann sein, dass ich einfach nur ein bisschen später komme. Aber ...«

»Aber was?«

»Alice, wenn es nicht wirklich wichtig wäre ... Es könnte sein, dass das heute ziemlich lange dauert. Es tut mir leid. Falls ich es heute gar nicht schaffen sollte, wollte ich dir auf jeden Fall Glück oder Hals- und Beinbruch wünschen. Sagt man das so im Kunsthandel?«

»Ach, John, nicht auch noch du!«

»Nicht auch noch ich? Was meinst du?«

»Egal. Vergiss es.« Sie fühlte, wie ihr Tränen die Kehle zuzuschnüren drohten. Bloß nicht losheulen, dachte sie und wischte sich wütend über die Augen. »Versuch bitte, trotzdem zu kommen, ja? Auch wenn es später wird. Bitte.«

Bevor er aufgelegt hatte, hatte er ihr versprochen, alles

in seiner Macht Stehende zu tun, um noch zu erscheinen. Aber es wäre besser, wenn sie sich keine allzu großen Hoffnungen machte.

Ihr Blick fiel auf den großen, schweren Kristallaschenbecher auf dem Tisch. Sie starrte ihn an, ballte die Fäuste und entspannte sie wieder. Ihr Atem ging schnell. Dann griff sie mit einem unterdrückten Knurren nach ihm. Du Scheißkerl, dachte sie und warf den Aschenbecher gegen die Wand. Sie war sich nicht sicher, wen sie damit meinte: ihren Vater. Oder John.

Als Alice in der Galerie ankam, liefen die Vorbereitungen bereits auf Hochtouren. Sie blickte auf ihre schmale Armbanduhr. Nur noch zwei Stunden. Lux wollte in einer Stunde da sein. Am besten könnte sie ihn unten abfangen und ihn dann über die Hintertreppe in ihr Atelier lotsen. Sie merkte, wie sie an ihrem frisch lackierten Fingernagel herumkratzte. Sie zog den eleganten blauen Wintermantel mit dem breiten pelzbesetzten Schalkragen aus, warf ihn über eine Stuhllehne und trat ein.

»Ich übernehme hier«, sprach sie eine Aushilfe an und nahm dem überraschten Mädchen einen Karton mit Sektkelchen ab, den diese gerade auf den Tisch stellen wollte. »Gehen Sie bitte nach vorne und helfen an der Garderobe.« Entschlossen riss sie den Karton auf und fing an, die Gläser auf den Tisch zu stellen.

Immer wieder sah sie auf die Uhr. Die Zeit verging in merkwürdigen Sprüngen. Der Zeiger schien an den Zahlen zu kleben und sich dennoch mit rasender Geschwindigkeit zu bewegen.

Johann kam kurz bei ihr vorbei und fragte, ob er helfen könne. Sie sah, wie aufgeregt er war, und wünschte, sie könnte seine Freude teilen.

Ihre Armbanduhr zeigte Viertel vor acht, als Lux schließlich eintraf. Eine Welle aus Erleichterung und Ärger lief durch ihren Körper, als sie auf ihn zueilte und ihn über die Hintertreppe in ihr Atelier führte.

Leise schloss sie die Tür hinter sich und knipste das Licht an. Haltung bewahren, ermahnte sie sich. Egal, was bei diesem Gespräch herauskommt.

Lux breitete die Arme aus. »Alice, meine Kleine!«

Alice wich seiner Umarmung aus, ging schnell zu ihrem Arbeitstisch und lehnte sich mit verschränkten Armen dagegen. Lux stutzte, ließ die Arme sinken, schlenderte durch das Fotostudio und betrachtete interessiert einzelne Gegenstände, nahm sie in die Hand, drehte sie und legte sie wieder zur Seite.

Er hat sich kaum verändert, dachte Alice, als sie ihn von ihrem Platz aus beobachtete. Sicher, es waren mehr Falten dazugekommen. Doch das Alter war gut zu ihm gewesen. Sein Haar war immer noch voll – nur jetzt silbern statt schwarz, und der Ansatz hatte sich ein wenig nach oben verschoben. Kein Zeichen von der Krümmung des Alters, die man bei Männern seiner Größe oftmals beobachten konnte. Aufrecht und perfekt gekleidet. Soweit sie es erkennen konnte, hatte er auch keinen Bauch entwickelt. Einzig einen schmalen Schnurrbart hatte er sich wachsen lassen, der ihm gut stand.

»Das ist ein sehr interessanter Arbeitsplatz, den du dir hier geschaffen hast«, sagte er anerkennend und warf ihr einen raschen Blick zu. Als er einen an die Wand gelehnten Stapel Bilder entdeckte, deutete er darauf. »Ist es hier?«

»Nein«, antwortete Alice.

Lux drehte sich zu ihr um. »Verstehe. Es wäre aufgefallen, wenn du es bei den anderen Bildern aufbewahrt hättest. Sehr klug von dir.« Er zwinkerte und deutete auf den Durchgang zur Dunkelkammer. »Hast du es dort abgestellt?«

Alice drängte sich an ihm vorbei, holte das verhüllte Bild heraus und drückte es ihm in die Arme.

Überrascht blickte Lux sie an.

»Es wird nicht ausgestellt. Du kannst es gleich mitnehmen. Oder ich kann es dir schicken. Und ... ich bitte dich, wieder zu gehen.«

Lux' eben noch so freundlicher Blick kühlte schlagartig ab. Sein Lächeln, das bis jetzt ehrliche Freude über ihr Wiedersehen gespiegelt zu haben schien, erstarrte. »Ich soll gehen? Wovon redest du?«

Er stellte das Bild auf die Staffelei und zog die Decke herunter. Alice wandte den Blick ab, zündete sich eine Zigarette an. Vor wenigen Minuten noch hatte sie gezittert wie Espenlaub. Doch jetzt ... Erstaunlich, dachte sie, wie ruhig ich bin. Sie inhalierte den Zigarettenrauch und schaute ihn an. »Du hast mein Vertrauen missbraucht. Was hast du dir dabei gedacht?«

Seine Augen verengten sich. »Dann sind wir doch quitt, oder? Denn du hast meines missbraucht. Ich hatte dich gebeten, das Bild nicht auszupacken. Und du hast es trotzdem getan.«

Alice spürte, dass sie die Wut, die sie bis jetzt so gut im Griff zu haben schien, nicht mehr zurückhalten konnte. »Es war also ein Fehler, dass ich dich eingeladen habe? Dass ich mir gewünscht habe, die beiden Teile meiner Familie würden wieder zusammenfinden? Vielleicht war ich blind.« Sie drückte die Zigarette aus und deutete auf das Gemälde. »Wie konntest du dir nur so etwas Krankes ausdenken? Dieses Motiv ... du und Helena ... Das würde alles kaputt machen! Wo ich gerade anfange, mich mit Helena ...« Ihre Augen weiteten sich. »Oder ist es das? Bist du eifersüchtig? Auf das, was ich hier gefunden habe? Eine Familie?« Sie ging auf Lux zu und blieb dicht vor ihm stehen. »Ist es so?«

»Und wenn? Was ginge dich das an?«

»Fragst du das jetzt ernsthaft? Was es mich anginge, wenn du das zerstörst, was mir wichtig ist? Das ist nicht dein Ernst. Du hast eine kranke Fantasie, Heinrich Lux. Das beweist das Motiv, das du ausgewählt hast.«

»Wer behauptet denn, dass das Bild ein Produkt meiner Fantasie ist?«

»Hör auf! Du erzählst die ganze Zeit irgendwelche Geschichten, biegst die Wahrheit zurecht, wie es dir gerade passt. Aber dieses Bild erzählt nur davon, was für ein schrecklicher und gewissenloser Mensch du bist.« Sie wandte sich ab und stützte sich an der Kante ihres Arbeitstisches ab. »Ich frage mich, was Mama in dir gesehen hat.« Sie drehte sich wieder zu ihm um. »Hast du sie geliebt? Haben sich all die Opfer, die sie für dich gebracht hat, tatsächlich gelohnt? Überlege dir gut, was du antwortest«, warnte sie ihn mit gepresster Stimme.

Lux betrachtete sie nachdenklich. Dann schüttelte er den Kopf. »Ich bin dir keine Rechenschaft schuldig. Erst recht nicht, nachdem du gezeigt hast, dass man sich nicht auf dich verlassen kann. Und wenn du schon von gewissenlosen Menschen sprichst, dann frage ich dich: Soll all das, was Helena mir ... deiner Mutter ... angetan hat, vergeben und vergessen sein? Einfach so?«

Alices Augen wurden groß, und sie machte einen Schritt auf ihn zu. »Oh! Ich verstehe. Das ist dein persönlicher Rachefeldzug gegen Helena, richtig? Du willst sie vor versammeltem Publikum demütigen. Aber es geht gar nicht um Mama, oder darum, dass Helena sie verstoßen hatte. Es geht um dich!« Sie nickte nachdenklich. »Mama hat es mir erzählt. Nachdem ihr durchgebrannt seid, hatten dir die Waldmanns Probleme gemacht … versucht, deinen Ruf zu beschädigen. Sie hatten es dir fast unmöglich gemacht, auszustellen. Wenn du nicht einige private Sammler gehabt hättest …« Zornig starrte sie Lux an. »Und? Habe ich recht?«

»Ich glaube, Herr Lux muss uns jetzt verlassen.«

Alice fuhr herum. In der Tür stand Johann und musterte ihn kalt, schräg hinter ihm Ludwig.

»Halt!« Alice stellte sich zwischen Johann und Lux. »Ich bin noch nicht fertig mit ihm. Danach wird er gehen.«

Sie konnte Lux nicht ungeschoren davonkommen, ihn noch nicht gehen lassen. Immer war es ihm gelungen, sich aus allen möglichen Situationen herauszuwinden. Nun musste er ihr reinen Wein einschenken.

Johann stemmte die Arme in die Seiten und zog die Augenbrauen nach oben. Dann schob er Alice zur Seite und griff nach Lux' Arm.

»Johann! Nein!«, fuhr sie ihn heftig an.

Dann hörte sie Lux leise schnaubend lachen. »Ihr schafft es nicht, mir meine Tochter zu nehmen …«

Ohne nachzudenken, fuhr sie an Johann vorbei auf ihren Vater zu und schlug ihm mit der flachen Hand ins Gesicht. »Wir sind noch nicht fertig miteinander«, zischte sie. Ihre Nasenspitzen berührten sich beinahe, und ihre Blicke verfingen sich ineinander.

»Johann … Johann … sieh …«

Alice fuhr herum. Verflucht, sie hatte das Bild nicht

wieder zugehängt! Ludwig stand vor der Staffelei und wandte sich mit bleichem Gesicht zu Johann um.

»Genug!«

Das dumpfe Aufschlagen eines Stocks ließ sie auseinanderfahren.

Lux fuhr herum. Alice konnte erkennen, wie sein Blick aufleuchtete, als Helena an ihnen vorbei ins Atelier schritt. Sie blieb kurz vor ihm stehen, bevor sie sich der Staffelei zuwandte. Ludwig versuchte, ihr den Weg zu versperren, doch ein Blick seiner Mutter genügte, und er senkte den Kopf und trat zur Seite.

Johanns Blick war starr auf Lux gerichtet. »Mutter«, sagte er leise.

Helena hob die Hand, und er verstummte. Sie wandte sich um, ging auf die Tür zu und blickte im Vorübergehen Lux an. »Wir müssen reden.«

Ohne abzuwarten, ob er ihr folgte, öffnete sie die Durchgangstür zum Nachbarhaus.

Mit triumphierendem Gesichtsausdruck ging Lux an Johann vorbei und schenkte ihm ein kleines, böses Lächeln.

Als sich die Tür hinter ihnen schloss, blickte Johann zu Alice. »Es ist wohl besser, wir kümmern uns jetzt erst einmal um die Gäste«, sagte er und schüttelte den Kopf. »Später werden wir reden.«

Dann verließ er das Zimmer.

Der Ausstellungsraum hatte sich gefüllt. Besucher standen in Gruppen zusammen, schlenderten an den Gemälden entlang, tranken, redeten und rauchten. Alices Blick schweifte über die Menge, die sich vor den Bildern und an der Champagnerbar drängten, und blieb an Helena hängen, die in diesem Moment die Stufen herunterschritt.

Ohne nachzudenken, zwängte sich Alice rücksichtslos durch die Menge. Sie musste mit Helena sprechen. Am liebsten hätte sie geschrien. Wieso waren hier nur so viele Leute, die ihr den Weg versperrten? Sie spürte, wie ihr der Schweiß den Rücken hinunterlief.

Eine ältere Dame lief in sie hinein und verschüttete etwas von ihrem Glas. »Passen Se doch uff, junge Frau«, raunzte sie Alice an und schob sich mit missbilligendem Blick an ihr vorbei.

Als Alice Helena endlich erreichte, packte sie sie am Arm. Ungehalten drehte sich ihre Großmutter um. Als ihre Blicke sich trafen, wurde sie unmerklich blass. Sie wirkte erschöpft. Und doch hatte sie sich im Griff.

»Ist Lux noch da? Ich will die Wahrheit von euch hören«, zischte Alice.

Helena blickte sie aus ihren bernsteingoldenen Augen kalt und klar an. »Nicht jetzt.«

»Wann?«

»Wenn die Gäste gegangen sind.«

Dann wandte sie sich ab. Die Menge schloss sich um sie herum. Alice wurde zurückgedrängt, als sich plötzlich von hinten eine Hand unter ihren Ellbogen legte. John! Sie fuhr herum.

Doch da stand nur Erik Wollfferts und lächelte sie an. Als er sah, wie blass sie war, runzelte er die Stirn. »Ist dir schlecht? Geht es dir nicht gut? Möchtest du dich setzen?«, fragte er besorgt.

Sie schüttelte den Kopf und versuchte zu lächeln. Immerhin war er – und seine Sammlung – der Grund dafür, dass sie die Galerie heute wiedereröffnen konnten. Also sollte sie wohl freundlich sein, auch wenn es ihr schwerfiel. Sie richtete sich auf.

»Lass uns etwas trinken. Vielleicht draußen? Auf der Terrasse?«

Eriks besorgter Ausdruck wich einem strahlenden Lächeln. »Nicht weglaufen.« Er schob sich zur Theke, griff darüber und nahm eine der ungeöffneten Flaschen und zwei Gläser. Dann kehrte er zu ihr zurück. Sie hakte sich bei ihm ein.

Bevor sie den Raum verließen, wandte sie sich noch einmal nach Helena um, die in der Mitte des Raums stand und ihr hinterhersah.

Fünf Zigaretten und eine halbe Flasche Champagner später saß Alice in ihren dicken pelzbesetzten Mantel gewickelt mit Erik auf der Bank auf der Terrasse. Es war klar und kalt, und Alice konnte die Sterne sehen. Der Mond leuchtete und tauchte alles, was nicht vom goldenen Schein aus den Fenstern erhellt wurde, in ein blasses, blaues Licht. Sie hatte Erik nur mit halbem Ohr zugehört, dennoch offenbar an den richtigen Stellen genickt und geantwortet.

»Dein Freund. Er hätte dich heute Abend nicht alleine lassen dürfen«, sagte Erik nun und blies grau-blauen Zigarettenrauch in die kalte Luft.

Alice zuckte zusammen und löste den Blick von den funkelnden Sternen.

»Nicht, dass ich nicht froh wäre, dich für mich alleine zu haben. Aber an so einem Abend sollte man doch erwarten, dass er an deiner Seite ist. Wenn du ihm wichtig bist.«

»Er ist aufgehalten worden«, sagte Alice, und sie konnte selbst hören, wie lahm ihre Antwort klang.

Erik schnaubte. »Eigentlich solltest du heute jubeln. Die Ausstellung ist ein voller Erfolg, und das ist zum großen Teil dein Verdienst.« Er griff nach ihrer Hand.

Sie lächelte gezwungen. »Du übertreibst. Aber danke für das Kompliment.« Sie blickte auf ihre Hände, die im Mondlicht blass schimmerten.

»Wenn es irgendetwas gibt, über das du reden möchtest …« Er rückte näher. »Jederzeit.«

»Das ist sehr freundlich von dir«, antwortete sie und entzog ihm ihre Hand, um sich Zigarette Nummer sechs anzuzünden. Hastig zog sie an ihr und spürte ihren Magen rebellieren. Sie schloss die Augen gegen den Rauch. »Entschuldige, wenn ich etwas einsilbig bin. Aber die Vorbereitungen …« Sie deutete mit der Hand hinter sich auf das Gebäude, aus dem Stimmen und Licht drangen. Unangenehm drückte sein Oberschenkel gegen ihren. »Schluss mit Trübsal blasen.« Alice schüttelte sich und stand auf. »Lass uns hineingehen.«

Irgendjemand hatte ein Grammofon aufgetrieben und Platten aufgelegt. Ihr Kopf dröhnte.

Als sie endlich die Tür hinter dem letzten Gast geschlossen hatte, lehnte Alice die Stirn gegen das kühle Holz.

In ihrem Rücken konnte sie die Mädchen hören, die Gläser einsammelten, den Boden fegten, Aschenbecher ausleerten und die Fenster öffneten, um den Zigaretten- und Zigarrenqualm abziehen zu lassen.

»Allet in Ordnung, gnädiges Fräulein?«, hörte sie eine leise Stimme. Sie öffnete die Augen. Eines der Mädchen stand neben ihr.

Alice atmete tief durch und lächelte sie an. »Ja. Alles in

Ordnung«, log sie. Überhaupt nichts war in Ordnung. »Machen Sie nicht mehr zu lange. Der Rest kann auch morgen erledigt werden.« Sie nickte der jungen Frau zu, die nicht viel älter als sie selbst sein konnte, und durchquerte den Raum, in dem noch vor wenigen Stunden das kaufkräftige Publikum die Bilder begutachtet hatte. Nun waren all die Schaulustigen weitergezogen, zu neuen Erregungen, mit denen sie sich ablenken und betäuben konnten. Auch Erik war gegangen, nicht jedoch ohne ihr das Versprechen abzuringen, ihn in den nächsten Tagen zu treffen. Sie hatte Ja gesagt, um ihn schnell loszuwerden. Den ganzen Abend hatte er sich um sie bemüht, und sie hatte ihn gewähren lassen. Sie wusste, dass das nicht fair war. Doch sie hatte keine Energie mehr, um sich auch noch darüber Gedanken zu machen. Und John war nicht gekommen.

Alice stieg die Treppe nach oben in Ludwigs Büro.

Durch die geschlossene Tür war kein Laut zu hören, obwohl sie alle dort sitzen mussten. Helena, Johann, Ludwig und Rosa. Lux. Ihre Hand schwebte über der Klinke. Dann drückte sie sie herunter und betrat den Raum.

Ihre Augen brauchten einen Moment, um sich an das gedämpfte Licht zu gewöhnen. In der Mitte des Raums saß Helena aufrecht auf einem Lehnstuhl, einem Thron gleich, und schien ganz in sich gekehrt. Schräg neben ihr stand Ludwig und warf Rosa, die auf dem Stuhl vor seinem Schreibtisch saß, nervöse Blicke zu. Alice hatte gehört, wie er sie gebeten hatte, sich nur dieses eine Mal zurückzuhalten. Die Situation sei angespannt genug und niemand brauche Öl in die offene Flamme zu gießen. Sie hatte ihm die Hand an die Wange gelegt und es ihm versprochen.

Alices Blick suchte Johann und fand ihn schließlich

in einer Ecke im Schatten sitzend. Auch er sah zu ihr herüber und nickte. Sie stellte sich neben ihn.

»Nun sind wir also vollzählig«, ergriff Lux das Wort. »Alice hat recht, meine Liebe: Wir sind hier noch nicht fertig. Willst du, oder soll ich?«

Helena wandte sich um und starrte ihn an. »Dir ist klar, dass wenn sie hören, was ich getan habe, sie auch wissen, was dein Teil der Schuld ist.«

»Mein Teil der Schuld ist deine Schuld. Und wird es immer bleiben, Liebste.«

Helena senkte den Kopf. Sie legte die Hände auf den silbernen Knauf ihres Gehstocks. Alice sah zu Johann, der Lux beobachtete. Sie fröstelte.

»Ich will es kurz machen. Lux und ich. Wir waren vor langer, sehr langer Zeit, noch bevor ich euren Vater kannte, in Italien, ein Paar.« Helena zuckte kurz mit dem Kopf in Richtung der Staffelei.

Alices Blick flog zu Lux, der zufrieden lächelnd zu ihr herübersah.

Helena stützte sich auf ihren Stock. »Wir waren jung. Er war ein talentierter, ehrgeiziger Künstler ohne Namen. Ohne jede Verbindung. Ich war sehr in ihn verliebt.« Sie schnaubte, als könne sie es selbst nicht glauben. »Und selbstverständlich habe ich mich gegen ihn entschieden, habe stattdessen euren Vater geheiratet und bin mit ihm nach Berlin gegangen.«

»Meine Liebe, du hast dich nicht nur einfach gegen mich entschieden. Du hast dich ihm an den Hals geworfen und unsere Liebe verkauft.« Lux machte einen Schritt auf sie zu, blieb aber stehen, als Helena ihn ansah.

»Unsere Liebe?« Sie schnaubte. »Ich habe mich gegen dich entschieden, da du mir nichts bieten konntest. Nur von deinem Talent alleine hätten wir keine Familie ernähren können. Wie auch immer ... Ich bin mit eurem Vater nach Berlin gegangen, und schon bald kamst du, Ludwig.« Sie nickte ihren Söhnen zu. »Und dann du, Johann. Es war eine schöne Zeit. Friedlich.« Für einen Augenblick verlor sich ihr Blick in der Vergangenheit. Sie räusperte sich. »Doch wie es in den meisten Ehen passiert: Euer Vater und ich lebten uns auseinander. Er suchte sich Zerstreuung ... außerhalb unserer Ehe ... und auf einmal war er wieder da.« Sie blickte Lux an, über dessen Gesicht ein Lächeln huschte.

»Ich wusste, dass ich dich zurückgewinnen würde.«

»Tatsächlich? Nun ja.« Helena zuckte mit den Schultern. »Ich gebe zu, ich erlag der Versuchung. Ich war geschmeichelt, dass er mich nach all den Jahren nicht vergessen hatte und mich noch immer wollte.«

Als Alice ein leises Lachen hörte, blickte sie auf und sah zu Lux.

»Aber es war von Anfang an klar, dass ich meinen Ehemann und meine Familie niemals für dich verlassen würde«, fuhr Helena an Lux gewandt fort.

»Tatsächlich? Das hörte sich damals aber ganz anders an. Du bist förmlich in mein Bett gesprungen, hast dich ...«

Helena hob die Hand und gebot ihm Einhalt. »Natürlich gab es mir ... Trost, Wärme ... Du kanntest mich aus meiner Jugend, noch bevor ich *Frau Waldmann* wurde.« Die Erinnerung ließ ein Lächeln über ihr Gesicht huschen.

Lux trat einen Schritt vor und streckte die Hand nach ihr aus.

»Aber du glaubst doch nicht etwa immer noch, dass es Liebe war, die mich in deine Arme getrieben hat?«

Lux erstarrte in der Bewegung, und als Helena ihn anblickte, zog ein Leuchten über ihr Gesicht.

»Du hast es tatsächlich geglaubt.« Sie lächelte kalt.

»Du bist lange nicht so unwiderstehlich, wie du gerne glauben möchtest. Das ist dein Problem. Du bist zu sehr von dir überzeugt.«

Alice blickte durch den Raum zu ihrem Vater, und selbst auf die Entfernung konnte sie erkennen, dass ihm alles Blut aus dem Gesicht gewichen war.

»Und nur weil wir ... heißt das noch lange nicht, dass ich nicht meinen ehelichen Pflichten nachgekommen bin. Als ich feststellte, dass ich mit Anna schwanger war, habe ich mich von ihm getrennt.«

Alice blickte zwischen ihr und Lux hin und her. Ein Schauer lief ihr über den Rücken. Wie kalt diese Frau war. Aufgebracht fixierte sie Helena. Hier lag also der Schlüssel für den Streit, den Hass, das Unglück. Helena hatte ihren Vater benutzt ...

»Und weil du es nicht ertragen konntest, dass ich dich verlassen hatte, hast du Jahre später meine Tochter verführt. Um dich an mir zu rächen.«

Alice blickte Helena an, auf deren Gesicht sie in rascher Abfolge die widersprüchlichsten Gefühle lesen konnte: Bedauern. Zorn.

Lux hatte sich wieder gefangen und trat nun direkt vor sie. »Was für eine verkommene, verlogene und grausame Frau bist du«, sagte er. »Dass ich das erst jetzt erkenne ...« Er schüttelte den Kopf.

Sie hob die Hand und stand auf. »Wenn es um Lügen und Grausamkeit geht, stehst du mir in nichts nach. Oder wie würdest du das nennen, was du Anna angetan hast? Du hast ihr vorgegaukelt, sie zu lieben. Hast sie verführt, sie ... geschwängert ... und sie so von ihrer Familie fortgerissen.« Sie sah ihn an, und in ihrem Blick lagen Abscheu und Wut. »Und das alles nur aus gekränkter Eitelkeit«, spie sie ihm entgegen.

Lux nickte. »Du hast recht. Anfangs waren das tatsächlich meine Beweggründe. Aber ich habe Anna mit der Zeit schätzen gelernt und sie respektiert. Doch du, Helena Waldmann, du hast die eigene Tochter umgebracht. Du, ihre Mutter, hast ihr das Herz gebrochen. Weil du nicht nachgeben, nicht verzeihen konntest.«

Alice hatte das Gefühl, als würde ihr alle Luft aus der Lunge gesaugt. In ihrem Kopf drehte es sich, und ohne dass sie wusste, wie sie dorthin gekommen war, stand sie auf einmal vor Helena und Lux. Ungeduldig schüttelte sie die Hand ab, die sich von hinten auf ihre Schulter legen wollte, um sie zurückzuhalten.

»Hört ihr euch eigentlich zu?«, schrie sie und fühlte, wie Zorn und Hass ihr Gesicht verzerrten. »Ihr redet hier über meine Mutter, als sei sie ein Ding, ein ... Knochen, um den sich die Hunde balgen. Und anstatt zu erschrecken über das, was ihr getan habt, habt ihr nichts Besseres zu tun, als euch gegenseitig die Schuld zuzuschieben?« Aus Alices Augen schossen Blitze. Am liebsten hätte sie vor den beiden ausgespuckt.

»Ihr ekelt mich an«, schleuderte sie ihnen entgegen. Als sie einen Schritt auf Lux zumachte, packte Johann sie von hinten und zog sie zurück.

Sie sträubte sich gegen seine Arme, die sie festhielten und auf die andere Seite des Raums zogen. Alice versuchte sich frei zu machen, doch er hielt sie fest. Als Lux ihr folgen wollte, warf Johann ihm einen warnenden Blick zu, und er blieb stehen.

»Seid ihr nun zufrieden?« Ein freudloses Lächeln umspielte Johanns Mundwinkel, als er zu seiner Mutter blickte. Das unstete Licht der Lampe huschte über ihr Gesicht und ließ ihre Falten noch tiefer wirken. Ihr Blick war kalt und hart.

»Glaub ja nicht, er wäre auch nur einen Deut besser als ich. Er ist damals nur mit deiner Schwester durchgebrannt, weil er sich für meine Zurückweisung rächen wollte. Er hat sie nie wirklich geliebt. Und um seine Rache an mir perfekt zu machen, hat er mit ihr ein Kind gezeugt. Was hätte ich tun sollen? Sie mit offenen Armen empfangen?«

Fassungslos schüttelte Johann den Kopf. »Ich hätte nie geglaubt ...«

»Ja. Es stimmt«, fiel Lux ihm ins Wort, »dass ich anfangs aus diesen Motiven gehandelt habe. Aber du hast nicht die geringste Ahnung, was wirklich zwischen mir und Anna war. Was in all den Jahren zwischen uns gewachsen ist. Du kannst dir wahrscheinlich überhaupt nicht vorstellen, dass Alice aus Liebe entstanden sein könnte.«

Helena starrte Lux hasserfüllt an.

»Meine wunderschöne Tochter. Eines darfst du nicht vergessen, Alice. Wenn Helena und ich uns nicht kennengelernt hätten, gäbe es dich nicht. Wenn deine Mutter nicht mit mir gegangen wäre ...« Er breitete die Hände vor seiner Tochter in einer erklärenden Geste aus.

Alice löste sich aus Johanns Armen und ging auf ihren Vater zu, blieb vor ihm stehen und musterte ihn mit unterdrückter Wut. »Soll ich dir jetzt etwa auch noch dankbar sein?«, fragte sie mit kalter Stimme. »Dafür, dass du meine Mutter jahrelang ... benutzt hast? Für all die Lügen und die Geheimniskrämerei? Du hast unser ganzes Leben zu einer Lüge gemacht!« Ihre zur Faust geballte Hand zitterte, und sie presste sie gegen den Oberschenkel.

Abrupt wandte sie sich ab und verließ fluchtartig den Raum, rannte blind durch die Korridore, bis sie in den Ausstellungsräumen stand, die leer und öde vor ihr lagen.

Weitaus Schlimmeres

7. Dezember 1931

»Wo war gestern Abend eigentlich dein John?«

Alice zuckte zusammen, als sie Rosas fragenden Blick auf sich spürte. Sie hämmerte mit dem Löffel auf ihr Frühstücksei. »Im Club«, antwortete sie so beiläufig wie möglich, als sei es das Normalste der Welt, dass er nicht gekommen war. Sie pulte die Schale vom Ei und griff nach dem Salzstreuer.

Johann hatte sie für ihren Geschmack etwas zu scharf gemustert, das Thema aber nicht aufgegriffen, und Alice war dankbar dafür.

Auch das ... andere war bis jetzt noch nicht angesprochen worden, und sie hoffte, dass es dabei blieb. Sie schüttelte den Salzstreuer. Die gestern geschlagenen Wunden waren noch zu frisch und zu schmerzhaft, um sie bei Tageslicht zu betrachten. Sie würden darüber reden müssen. Aber nicht heute Morgen. Johann räusperte sich, und sie blickte auf.

»Was ...?«, fragte sie.

Er deutete mit seinem Messer auf ihren Eierbecher.

Verwundert blickte sie auf ihr Ei, das sie eben unter einer Ladung Salz begraben hatte. »Oh ...« Sie legte vorsichtig die Serviette neben den Teller und stand auf. »Ihr entschuldigt? Ich muss in die Galerie und … aufräumen.«

Ohne auf eine Antwort zu warten, verließ sie den Raum.

Als endlich das Telefon klingelte, hatte Alice bereits über eine Stunde unkonzentriert und planlos im Atelier herumgeräumt. Sie war die Treppe hinuntergerannt und hatte den Hörer abgerissen. John. Sie schloss die Augen und wusste nicht, ob sie sich darüber freuen sollte, seine Stimme zu hören, oder ob sie wütend war über seinen Verrat. Ohne weiter auf seine Fragen einzugehen, bat sie ihn, in die Galerie zu kommen.

Als John schließlich eintraf, sah er übernächtigt aus. Unrasiert und mit dunklen Ringen unter den Augen. War er etwa die ganze Zeit im Club gewesen? Sie würde den Teufel tun, ihn zu fragen. Er sollte sagen, was er zu sagen hatte. Dann erst würde sich zeigen, wie es weiterging.

Sie gingen hinauf ins Atelier. Auf dem Arbeitstisch lagen noch die Gartenaufnahmen Helenas. Ungeduldig riss Alice die Schublade auf und wischte sie mit einer einzigen Bewegung hinein. Sie wollte nicht, dass ihre Großmutter bei diesem Gespräch dabei war. Nicht einmal als Abbild. Mit einem lauten Knall schloss sie die Schublade. Dann drehte sie sich zu John um, lehnte sich gegen die Tischkante und verschränkte die Arme.

»Was ist das?« Sie deutete auf ein zerknittertes Stück Papier in seiner Hand.

»Ein Schuldschein.«

265

Für einen Moment sah sie ihn verständnislos an. »Und?«

»Lies, was draufsteht.«

Ihr Blick flog über die wenigen, anscheinend hastig gekritzelten Zeilen: *Hiermit überschreibe ich Herrn John Stevens meinen Anteil an der ...*

»Eine Druckerei?«

Trotz der Besorgnis, die sich immer noch in seinem Blick spiegelte, konnte er seinen Stolz nicht verbergen. »Meine Druckerei. Die Hälfte, die ich gewonnen habe. Alice, verstehst du, was das für uns bedeutet? Ich kann ehrliches Geld verdienen.«

»Deswegen bist du gestern nicht gekommen? Wegen eines Kartenspiels?«

»Es war anders geplant, glaube mir. Aber wenn ich diese Chance nicht genutzt hätte ...«

Sie wandte den Blick ab und schüttelte den Kopf.

»Es tut mir leid, Alice. Freust du dich denn gar nicht?«

»Worüber soll ich mich denn deiner Ansicht nach freuen?« Aus den Augenwinkeln konnte sie erkennen, dass er zusammenzuckte.

»Deine Eröffnung? Unsere Zukunft?«, fragte er leise. Plötzlich schien er zu verstehen, dass mehr hinter ihrer Wut stecken musste. »Was ist gestern passiert?«

»Wie kommst du darauf, dass etwas passiert ist?«

»Na ja, allein mein ... Fernbleiben kann dich nicht so ...«

Sie richtete sich auf und sah ihn an. »Abgesehen davon, dass du ...? Oh warte: Also, zunächst einmal stellt sich heraus, dass Helena und Lux ein Liebespaar waren.«

»Das ist nicht schön ...«

»Tja warte, das Beste kommt noch: Mein Vater hat meine Mutter einzig aus gekränkter Eitelkeit verführt, um sich an Helena zu rächen, und ist nun der Ansicht, ich sollte dafür dankbar sein.«

Er starrte sie an. »Was?«

Tränen verschleierten ihren Blick, und sie wandte sich ab. Alice wollte nicht, dass John sie weinen sah. Sie atmete tief durch und erzählte ihm, was vorgefallen war. Von ihrer Einladung an Lux, dem Schreck, als sie entdeckt hatte, was für ein Bild er geschickt hatte, ihrer Auseinandersetzung mit ihm. Und dem, was Helena erzählt hatte.

John hörte still zu. Erst als sie fertig war, legte er die Arme von hinten um sie und zog sie an sich.

»Was ist das bloß für eine Familie?«, fragte sie mit zittriger Stimme. »Alles, wofür ich gekämpft, was ich mir geschaffen habe ... das alles hat sich in nichts aufgelöst.«

Er strich ihr über den Kopf, die Stirn, und sie schloss die Augen.

»Wir schaffen das, Alice. Glaub mir. Sieh mal, ich habe jetzt die Druckerei. Und du ... Kannst du diese Familiensache nicht einfach hinter dir lassen? Sie vergessen? Wir haben doch uns. Wir haben die Druckerei, du kannst fotografieren, wir können uns etwas ...«

Sie erstarrte. Dann wand sie sich aus seiner Umarmung, drehte sich zu ihm um und sah ihm ins Gesicht. Sie wich einen Schritt zurück. »Sie vergessen? John, hast du mir eigentlich zugehört?«

»Doch, natürlich. Aber du kannst es doch ohnehin nicht ändern.« Er drehte die Handflächen nach oben und machte einen Schritt auf sie zu. »Ist es denn wirklich so schlimm? Es gibt doch Tausende ... Millionen von Menschen, die mit weitaus Schlimmerem zu kämpfen haben. Im Gegensatz zu vielen anderen bist du doch nicht alleine. Selbst wenn das alles so passiert ist, dann hast du doch immer noch mich. Und Johann, Ludwig und Rosa werden ...«

»Nicht so schlimm? Nicht ... so ... schlimm?« Sie zitterte, und ihr war schwindlig. »Was sind schon meine kleinen, belanglosen Probleme gegen die von tausend anderen Menschen ... oder deine. Ha! Lächerlich, nicht wahr?«

Johns Miene verfinsterte sich, und sie konnte sehen, dass seine Freude über die gewonnene Druckerei in Zorn umschlug. Gut so, dachte sie wütend.

»Alice«, sagte er, »hör auf.«

Aber sie dachte überhaupt nicht daran, aufzuhören. Im Gegenteil, sie hatte gerade erst angefangen, und alles, alles wollte sich blindlings aus ihr heraus ergießen. Sie lachte bitter. »Mein Lieber, ich fange gerade erst an!«

Er stand vor ihr, mit gesenktem Kopf und geballten Fäusten, die sich öffneten und schlossen, öffneten, schlossen.

»Hältst du dich tatsächlich für so weise und abgeklärt, dass du mir sagen könntest, was wirklich wichtig ist? Oh, ja, ich vergaß: Ich bin nur ein dummes, kleines Mädchen«, spie sie ihm entgegen.

Sein Kopf fuhr hoch, und sie konnte erkennen, wie sehr er um Fassung rang. Er verengte die Augen und trat einen Schritt zurück, als wollte er auch körperlich auf Abstand gehen. »Sieht tatsächlich ganz so aus, als ob du genau das bist: ein dummes Mädchen. Hast gedacht, du kannst alles mit der Brechstange herbeizwingen, ha? Alice Waldmann will ihren Willen, und alle sollen springen? So in etwa hast du dir das doch vorgestellt? Und ich soll dich jetzt trösten? Tja, da muss ich dich enttäuschen. So funktioniert das nicht. Wenn du Lux nicht hinter dem

Rücken deiner Familie eingeladen hättest, wäre es überhaupt nicht zu dieser Eskalation gekommen.«

Sie fuhr auf ihn zu. »Wage es ja nicht …«

»Was? Dir die Wahrheit zu sagen?«

»Sagt der Mann der tausend Geheimnisse. Der nicht kommt und stattdessen eine Druckerei … nein … die Hälfte einer Druckerei gewinnt und meint, damit ein neues Leben beginnen zu können. Aber weißt du was? Deine Druckerei ist mir … scheißegal! Mir wäre es wichtig gewesen, dass du gestern da gewesen wärst. Aber du, du bist ein Geheimniskrämer, John Stevens. Du behältst alles für dich und rückst erst damit heraus, wenn es dir in den Kram passt. Ich hätte dich gestern gebraucht. Aber du warst nicht da. Und ich bin mir nicht sicher, ob ich dich überhaupt noch brauche!«, schleuderte sie ihm entgegen und erschrak über die eigene Heftigkeit.

Sie konnte sehen, wie das Blut aus Johns Gesicht wich, wie gespenstisch blass er auf einen Schlag wurde. Sie konnte jede Sommersprosse erkennen, die auf seiner Haut leuchtete. Erschrocken wandte sie sich ab.

Es gibt keinen Weg für uns, dachte sie, und Tränen schossen ihr in die Augen. Steif ging sie auf die Tür zu. »Ergibt es Sinn, mit jemandem zusammen zu sein, jemanden zu lieben, der nicht für einen da ist, wenn man ihn am nötigsten braucht? Der nicht zu einem hält?«

Ohne sich noch einmal nach ihm umzusehen, verließ sie den Raum.

Unter Beobachtung

Januar 1932

Alice hatte das bedrückende Gefühl, dass sich die Enthüllungen jenes Dezemberabends wie eine Bleidecke auf Johann, Ludwig und sie gelegt hatten. Bis jetzt hatte niemand auch nur ein Wort darüber verloren, und Alice wusste nicht, ob sie froh oder beunruhigt darüber sein sollte. Alle liefen auf Zehenspitzen umeinander herum und beobachteten sich gegenseitig aus den Augenwinkeln, als ob jeder einschätzen wollte, wie es die anderen auffassten. Einzig Rosa verhielt sich wie immer. Das Gehörte bestärkte sie wohl nur in ihrer Meinung über Helena. Lange kann ich diese Situation jedenfalls nicht mehr aushalten, dachte Alice.

Als Johann eines Nachmittags im Januar die Tür ihres Ateliers öffnete und sie bat, in Ludwigs Büro zu kommen, war sie fast erleichtert. War es nun so weit? Sie schluckte. Was auch immer nun passieren würde: Sie war immerhin ein Teil dieser Familie gewesen. Nein, sie war und blieb für immer ein Teil dieser Familie. Selbst wenn sie nun gehen musste. Sie legte die Handflächen flach auf den Arbeitstisch und atmete durch. Dann richtete sie sich auf und folgte Johann, der ihr die Tür zum Büro aufhielt.

»Alice, weißt du noch, wo wir dieses Gemälde von Caillebotte *Mann auf Balkon* gesehen haben? Das mit den blauen Streifen auf der Markise?«, fragte Ludwig, der hinter dem wuchtigen Schreibtisch seines Vaters saß.

Alice runzelte die Stirn. »Rot. Du meinst das mit den roten Streifen.«

»Bist du sicher?«

Sie konnte sehen, wie die Brüder einen Blick wechselten.

»Ja. Absolut. Du und ich haben es bei Cassirer gesehen. Da hing er ... neben einem Signac. Neben dem *Porträt Felix Feneon*. Im ersten Raum. Gleich rechts neben dem Durchgang.«

»Du erinnerst dich noch daran, neben welchem Bild es hing? Die Ausstellung war vor über einem halben Jahr, und du weißt das noch so genau?«

»Ja, sicher. Du nicht?«

Ludwig warf Johann einen triumphierenden Blick zu. »Siehst du? Ich habe es dir doch gesagt. Sie hat ein Bildergedächtnis.«

Johann zündete eine Zigarette an und lehnte sich gegen das mit Büchern vollgestopfte Sideboard. »Du hast recht. Ich gebe es zu.«

»Ist das irgendein Spiel, bevor ihr mich rauswerft?« Alice wand ihre Finger in die Falten ihres Rocks.

»Dich rauswerfen? Wieso sollten wir dich rauswerfen?«, fragte Johann irritiert.

»Ach, tut doch nicht so. Wir haben noch kein einziges Mal ...«

»Was haben wir noch nicht, Alice?«, fragte Ludwig mit sanfter Stimme.

Sie biss sich auf die Lippe. »Geredet«, platzte es aus ihr heraus. »Über Helena und Lux ... und mich?« Ihr Blick wanderte zwischen den beiden Brüdern hin und her. »Wenn ihr wollt, dass ich gehe, dann sagt es. Jetzt.« Sie schluckte hart. Sie würde das mit Anstand hinter sich bringen. Ich – werde – nicht – weinen, schwor sie sich und drückte die Fingernägel in die Handflächen.

»Gehen? Alice, du glaubst, wir wollen, dass du gehst? Was um alles in der Welt lässt dich das denken?«, fragte Ludwig erstaunt.

»Es ist doch ganz offensichtlich, dass ich eine Belastung für die Familie bin. Ich meine, ich rechne es euch hoch an, dass ihr mich nicht gleich rausgeworfen habt, aber ich muss wissen ...«

Johann schnaubte, und ihr Blick fuhr zu ihm. Er drückte seine Zigarette in einem Messingaschenbecher aus, der gefährlich auf einem Stapel Bücher und Kataloge balancierte. »Gut. In Ordnung. Dann reden wir jetzt. Aber du hörst erst einmal zu.«

Sie öffnete den Mund. Doch Johann sah sie an, und sie schloss ihn wieder.

»Ja. Durch dein eigenmächtiges und unbedachtes Verhalten hast du eine Menge Ärger aufgerührt. Uralten Ärger, der jahrzehntelang unter den Teppich gekehrt wurde. Es war nicht gerade klug von dir, deinen Vater ohne unser Wissen einzuladen. Du hättest vorher mit uns reden müssen. Dein Sturschädel ist nicht eine deiner anziehendsten Eigenschaften. Was all das andere angeht ... man kann es nicht ungeschehen machen. Es ist passiert und unumkehrbar.«

Alice schluckte. Fast die gleichen Worte hatte auch John verwendet. Sie schlug die Augen nieder.

»Johann, komm bitte zur Sache. Spann das arme Kind nicht so auf die Folter«, ermahnte ihn Ludwig.

»Gut. Ja, wir haben dich beobachtet. Aber das hat

nichts mit dieser … Geschichte zu tun. Ludwig hatte mir erzählt, dass du ein Bildergedächtnis hast. Ich wollte mich erst einmal selbst davon überzeugen. Ein echtes Bildergedächtnis ist nämlich selten.«

»Aber … kann das nicht jeder? Ich meine, das ist doch nicht so schwer. Oder etwa doch? Und wieso habt ihr mich beobachtet?«, fragte Alice erstaunt.

Johann grinste. »Entgegen deiner Befürchtungen wollten wir dich fragen, ob du dir vielleicht vorstellen könntest, ins Geschäft mit einzusteigen. Nicht nur als Fotografin. Sondern erst einmal als … nennen wir es Lehrling.«

Er zwinkerte, und Alice starrte ihn überrascht an. »Wie? Ihr wollt mich gar nicht fortschicken? Ihr wollt, dass ich mit euch zusammenarbeite?«

Ludwig hielt es nicht mehr auf seinem Stuhl. Er war aufgesprungen und breitete die Arme aus. »Och, Alice. Komm schon. Sag Ja!«

Alice wusste nicht, ob sie vor Erleichterung heulen oder lachen sollte. Als sie ihren Onkeln nach wenigen Sekunden in die Arme flog, entschied sie sich für lachen.

Die darauffolgenden Wochen vergingen wie im Flug. Sie hatten drei Schreibtische in Ludwigs Büro zusammengeschoben, sodass sie sich gegenübersaßen. Die Regale waren angefüllt mit Katalogen, kunstwissenschaftlichen Werken, und in einem kleinen Raum neben ihrem Büro befand sich das Archiv mit seinen Registraturschränken. Dieses Archiv war von besonderem Interesse für sie, wie Ludwig ihr erklärte, denn hier war verzeichnet, wer sich für welches Gemälde interessierte, wer es sich zur

Ansicht hatte schicken lassen und für wie viel es verkauft oder angekauft worden war. Hier lag das Gedächtnis der Galerie. Als Alice den Vorschlag machte, eine Fotografie zu der jeweiligen Akte dazuzulegen, war Ludwig sofort einverstanden. In Zukunft würden sie auf allen Fotografien auch die jeweiligen Maße und Besonderheiten des abgebildeten Gemäldes vermerken und hätten so alle Informationen sofort zur Hand.

Wäre nicht ihr Streit mit John gewesen, Alice hätte beinahe glücklich sein können. Von seinem Foto hatte sie sich bis jetzt nicht trennen können. Auch nicht von dem Hemd, das sie sich von ihm geliehen hatte und das immer noch ganz hinten in ihrer Kommode lag. Sie hatte sich fest vorgenommen, das Foto nicht anzusehen. Und dennoch holte sie es fast täglich aus der Schublade ihres Schreibtischs und betrachtete es minutenlang. Es war eine ihrer Porträtaufnahmen, die sie zu Übungszwecken gemacht hatte. Sie hatte natürlich auch andere Freunde fotografiert. Die meisten fühlten sich, entgegen ihrer Beteuerungen, nicht wohl dabei, frontal vor einem Kameraobjektiv zu sitzen. John hingegen hatte sie ganz ernsthaft angesehen. Hatte nicht gegrinst, gelacht, herumgezappelt. Er war einfach nur … da gewesen. Sie strich mit den Fingerspitzen über seine Gesichtszüge, hielt inne und warf die Aufnahme in die Schublade zurück, als hätte sie sich verbrannt. So würde sie nie über ihn hinwegkommen. Und überhaupt: Warum, zum Teufel, sollte sie ihn vermissen? Er hatte sie im Stich gelassen. Ihr Ärger meldete sich zurück. Gut so. Besser als Trübsal zu blasen. Das wäre ja noch schöner. Rosa hatte vollkommen recht. Sie waren eben nicht füreinander … wenn er sie wirklich lieben würde … und was wäre denn das für eine Zukunft … eine Druckerei … Alice hatte etwas Besseres …

Schließlich hatte er *ihr* wehgetan. Erleichtert hatte Alice all die Zuwendung und den Trost aufgesogen, die Rosa ihr zukommen ließ. Ihr gegenüber musste sie sich nicht rechtfertigen. Und doch fühlte sie – so unangenehm wie ein Körnchen Sand, das sich zwischen Haut und Stoff verfangen hatte und immer über dieselbe Stelle rieb – Zweifel. Johann hatte dieselben Argumente angeführt: Man konnte das Geschehene nicht rückgängig machen.

Vielleicht hätte sie John doch nicht wegschicken sollen, als er letzte Woche mit ihr reden wollte. Sie hatte nicht einmal die Nerven gehabt, es selbst zu tun. So kannte sie sich gar nicht. Sonst ging sie keiner Konfrontation aus dem Weg. Doch als Rosa angeboten hatte, ihn abzuwimmeln … Alice trommelte mit den Fingern auf ihren Oberschenkel. Unbehagen kroch in ihr hoch. Sie hatte sich dankbar hinter Rosas Rücken versteckt. Nein! Wütend knallte sie die Schublade zu. Nein! Sie hatte recht. Oder?

Die Büchse der Pandora

Februar 1932

Entgegen aller Versuche, die Vergangenheit endlich zu akzeptieren, ertappte Alice sich immer wieder dabei, wie sie über Helena und Lux nachdachte und das, was sie getan hatten. Die Gedanken schmeckten bitter wie Asche. Alice stellte fest, dass Erinnerungen die Dunkelheit und Einsamkeit liebten. Also machte sie die Nacht zum Tag und ging fast ununterbrochen aus, damit weniger Zeit für Selbstgespräche blieb, die ohnehin zu nichts führten, außer Kopfschmerzen und Augenringen.

Fast jeden Abend leistete ihr Greta Bergner Gesellschaft. Wenn diese keine Zeit hatte, dann Erik Wolfferts. Greta war nicht glücklich, wenn sie sich mit ihm traf. »Mädel, der Kerl ist ein Nazi«, wurde sie nicht müde zu betonen.

Ja, seine Ansichten waren, gelinde gesagt, unmöglich. Doch bis jetzt war er ein guter Begleiter, der sie mit seinen absurden politischen Aussagen von ihren Gedanken ablenkte. Mehr erwartete sie nicht von ihm. Am besten ließ man sich von ihm in laute und turbulente Etablissements ausführen. Dann musste man sich auch nicht unterhalten, wenn einem nicht der Sinn danach stand.

Insofern war es ein Fehler gewesen, sich mit ihm im Eden-Hotel zum Tee zu verabreden. Stolz berichtete er von seinen Fortschritten, andere Parteigenossen davon zu überzeugen, dass der Nordische Expressionismus die eigentliche, die wahre deutsche Kunst sei. Das sagte auch Dr. Goebbels. Allerdings, fand er, müsste man aufpassen, dass man darüber nicht andere Kunstströmungen aus den Augen verlor. Außerdem müsse sich das deutsche Volk jedem Versuch jüdischer oder linksgerichteter Einflussnahme widersetzen. Er hatte in der letzten Zeit einige sehr wichtige Persönlichkeiten kennengelernt, die seine Ansichten teilten. Die ihn beobachteten und ihm weiterhelfen wollten. Wollte man Eriks Worten trauen, schien er auf bestem Wege zu sein, Karriere zu machen. Jedenfalls wollte er das Alice wohl glauben machen. Wie ein Gockel blies er sich auf, sträubte seine Federn und schien sie beeindrucken zu wollen. Junge, es wird dir nicht gelingen, mich davon zu überzeugen, in deiner dämlichen Partei mitzumachen, dachte sie entnervt, als sie seinen Redefluss unterbrach und ihn um Feuer für ihre Zigarette bat. Das nächste Mal müsste sie wieder mit ihm tanzen gehen. Da musste man sich nicht unterhalten.

Doch schon wenige Tage später war er mit einem Strauß roter Rosen vor ihrer Wohnungstür aufgetaucht und hatte sie zum Essen eingeladen. Trotz ihrer Bedenken war es ein netter Abend geworden, und nach und nach hatte Alice sich entspannt. Anscheinend hatte er ihre Hinweise verstanden, denn er erzählte kaum von sich. Stattdessen hörte er zu, und ein paar Aperitifs, eine Flasche schwerer Rotwein sowie seine ungeteilte Aufmerksamkeit hatten schließlich dafür gesorgt, dass sich ihre Zunge löste. Und dann – obwohl sie sich geschworen hatte, niemals mit irgendjemandem darüber zu sprechen – war es aus ihr herausgebrochen. Während sie sich selbst reden hörte, dachte sie alarmiert, dass sie eigentlich besser den Mund halten sollte. Dennoch konnte sie sich nicht mehr bremsen, und sie erzählte ihm von Lux, Helena und ihrer Mutter. Er hörte zu, ohne sie zu unterbrechen. Selbst von John erzählte sie, und das bloße Aussprechen seines Namens raubte ihr den Atem.

Schließlich gab es nichts mehr zu sagen, und auch wenn Alice sich nun leichter fühlte, war ihr klar, dass sie viel zu viel preisgegeben hatte. Eine unbehagliche Stille legte sich über den Tisch. Sie sah zu Erik hinüber, der gedankenverloren mit seinem Dessertlöffel spielte, und räusperte sich.

»Erik, das, was ich dir eben erzählt habe: Das sind sehr persönliche Dinge, über die ich eigentlich mit niemandem reden wollte. Ich bitte dich sehr, sie für dich zu behalten.«

Er sah sie einen Moment lang an. Dann schüttelte er den Kopf und lächelte. »Keine Angst. Von mir wird niemand etwas erfahren.« Er griff nach seinen Zigaretten und bot ihr eine an. Sie lehnte kopfschüttelnd ab. Er zündete sich eine an und inhalierte tief. Durch den Rauch hindurch blickte er sie an. Nachdenklich klopfte er mit seinem Feuerzeug auf den Tisch. »Möglicherweise …« Er lächelte, und Alice lief ein Schauer über den Rücken. Sie betete darum, dass sie mit ihrem Geplapper nicht die Büchse der Pandora geöffnet hatte.

»Möglicherweise …?«, wiederholte sie.

»Ach, nichts. Ich habe nur laut gedacht.« Er zuckte mit den Schultern.

»Wollen wir noch tanzen gehen?«, fragte Alice. Sie brauchte jetzt unbedingt Bewegung. »Vielleicht in die *Kakadu-Bar*?«

»In diese Juden-Klitsche?«

Noch bevor sie ihn zurechtweisen konnte, grinste er und fasste sie bei der Hand. »Gut, wenn du in die *Kakadu-Bar* willst, dann gehen wir dahin.«

Etwas geht – etwas kommt

März 1932

Sie waren zu dritt ins Lager gegangen und hatten sich umgesehen. Schließlich hatte Ludwig entschlossen die Ärmel hochgekrempelt.

»Die müssen alle noch fürs Archiv katalogisiert und auf ihren Zustand hin überprüft werden.« Er deutete auf die Stapel und wedelte mit der Hand. Dann nieste er.

»Gesundheit«, tönte es wie aus einem Mund von Johann und Alice.

Erneut nieste Ludwig. »Danke«, brummte er.

In den letzten Jahren hatte sich hier viel Staub angesammelt.

»Wenigstens waren sie nicht dem Licht ausgesetzt«, seufzte Johann und hob ein Bild an. »Den Farben dürfte das gut bekommen sein. Was meinst du, Alice: Könntest du die Bilder aufnehmen? Für das Archiv? Ludwig und ich inventarisieren und geben die jeweiligen Bilder an dich weiter, und du fotografierst sie dann.«

»Ja, warum nicht?« Sie versuchte, sich ihre Enttäuschung nicht anmerken zu lassen. Als sie vorgeschlagen hatte, Aufnahmen der Gemälde zu den Unterlagen hinzuzufügen, hatte sie eigentlich daran gedacht, den Auftrag an einen externen Fotografen zu vergeben. Würde sie den Rest ihres Lebens in ihrer Dunkelkammer verbringen? Sie presste die Lippen aufeinander. Anscheinend glaubten Johann und Ludwig doch nicht, dass noch mehr in ihr steckte. Dabei brannte sie so sehr darauf, neue Aufgaben in Angriff zu nehmen.

Natürlich war sie dankbar für die viele Arbeit, doch durch die immer gleichen Abläufe schien es ihr, als hastete sie durch den Alltag und das graue, kalte, gleichgültige Meer der Stadt. Sie gab sich alle Mühe, um sich nicht von ihrer Niedergeschlagenheit überwältigen zu lassen, dennoch hatte sie das Gefühl, durch ihr Leben zu treiben.

Sie blickte aus dem Atelierfenster in den kühlen Märzhimmel, der die im Schatten liegenden Straßenschluchten überspannte. Auch von dort kam keine Hoffnung. Ein einzelner Lichtstrahl fiel durch das Giebelfenster und blendete sie. Seufzend wandte sie sich ab.

Noch während sich ihre Augen an das Dämmerlicht gewöhnten, sah sie plötzlich aus den Augenwinkeln etwas hell aufblitzen. Irgendetwas schimmerte weiß-grau zwischen all den an die Wand gelehnten Leinwänden hindurch. Neugierig begann Alice die anderen Bilder zur Seite zu schieben.

Und mit einem Mal hielt der Morgen, der Tag, die Welt, das Leben für den winzigen Bruchteil einer Ewigkeit den Atem an und blickte sie aus den dunklen, unergründlichen Augen eines weißen Pferdes an. Wie vom Blitz getroffen stand Alice da und betrachtete das Gemälde.

Ein Pferd, dessen Kopf sich aus einem dunkel vibrierenden Raum herausschob, aufmerksam herausblickte und sie zu mustern schien. Es sah sie an, und Alice hatte den Eindruck, dass es sie und ihr ganzes Leben durchschaute. Es schien zu verstehen, wie all die Träume, all die Pläne auf dem einst so leichten Weg verloren gegangen waren im Unkraut und Gestrüpp der Vergangenheit. Nun fand sie daraus nicht mehr heraus, so sehr sie auch suchte.

Etwas geht – etwas kommt, ging es Alice durch den Sinn, und sie meinte, den Atem des Pferdes warm über ihre Wange streichen zu fühlen.

Behutsam hob sie das Bild auf und trug es zum Fenster, um es besser betrachten zu können. Sie stellte es auf die Staffelei, zog sich einen Stuhl heran und setzte sich davor.

Als eine Stunde später Ludwig ins Atelier kam, saß sie immer noch davor. Sie spürte, dass er still hinter ihr stand und ebenfalls das Bild betrachtete.

»Es ist wunderschön«, sagte sie leise.

Ludwig trat neben sie, die Hände in den Hosentaschen, ohne den Blick von dem Bild zu lösen. »Ich erinnere mich daran, dass es eine Weile lang im Kinderzimmer hing.«

»Von wem ist es? Ich habe keine Signatur entdeckt.« Sie blickte zu Ludwig auf.

»Hmm, der Maler ist nicht so bekannt. Warte, wie war sein Name ... Carl Fernbach.«

»Lebt er noch?«

Ludwig nickte. »Ich denke schon. Eigentlich tragisch, dass jemand mit diesem Talent ... Er hat sich irgendwann aufs Land zurückgezogen. Hat nur selten was verkauft. Ich glaube, er war recht wohlhabend und musste mit der Malerei nie seinen Lebensunterhalt verdienen. Vielleicht wurde er deswegen nie wirklich ernst genommen. Wir müssten noch ein oder zwei andere Gemälde von ihm haben.« Er blickte Alice an. »Woran denkst du?«

Alice zuckte mit den Schultern, stand auf und stellte sich direkt vor das Bild. »Vielleicht ist es ja an der Zeit, ihn ... und sie«, sie deutete mit dem Kinn auf das Bild, »aus der Vergessenheit herauszuführen.«

»Sie? Was macht dich so sicher, dass es eine Sie ist?«

Alice wandte sich um. »Keine Ahnung. Aber ...« Sie machte eine hilflose Bewegung mit der Hand, »es ist doch ganz eindeutig, meinst du nicht? Sieh sie dir an.«

Ludwig trat neben sie, legte ihr den Arm um die Schulter und drückte sie sachte. »Vielleicht sollten wir tatsächlich einmal die Geschäftsunterlagen auf brauchbare Informationen durchgehen. Und vielleicht kann man den alten Fernbach davon überzeugen, noch mal auszustellen. Wer weiß, womöglich treiben wir auch noch ein paar Leihgeber für eine Ausstellung auf. Oder warte ...« Er sah sie an. »Möchtest du das machen? Wie wäre es mit einer ersten eigenen Ausstellung?« Er ließ sie los.

Alice runzelte die Stirn. »Eine erste eigene Ausstellung?«

Ludwig lehnte sich gegen den Türrahmen. »Na ja, du hast uns nun lange genug zugesehen. Du kannst uns jederzeit um Rat fragen. Ich finde, du solltest anfangen, Verantwortung in der Galerie zu übernehmen. Meinst du nicht auch?«

Alice wollte antworten, doch er war bereits verschwunden, bevor sie etwas erwidern konnte.

Sie wandte sich wieder dem Bild zu und blickte in die dunklen Augen des Pferdes. »Was meinst du? Sollen wir es versuchen?«

Sie glaubte, das zustimmende Schnauben der Stute zu hören, die sie erwartungsvoll zu mustern schien. Ein leises Beben schien durch ihre bläulich schimmernde Mähne zu laufen.

Alice lächelte und schaltete die Fotolampen ein, um sich an ihr Tageswerk zu machen. Heute Nachmittag würde sie ins Archiv abtauchen.

Nicht annähernd betrunken genug

April 1932

Die neue Aufgabe und die Verantwortung taten Alice gut. Sie hatte die Adresse des alten Malers ausfindig gemacht und ihn in seinem Landhaus nahe Ferch besucht. Wie gut, dass sie mittlerweile den Führerschein hatte. Es würde ein hartes Stück Arbeit werden, den alten Herrn davon zu überzeugen, ihr Bilder für die Ausstellung zu überlassen. Er war ein ganz reizender, aber sehr zurückhaltender Mensch, der nur für seine Kunst lebte und sich schon lange von all der Unruhe zurückgezogen hatte, die der Kunstbetrieb mit sich brachte. Auch wenn er noch nicht von ihrem Plan überzeugt war, so hatte er Alice noch andere Bilder gezeigt: Landschaften, auch Pferdebilder. Sie hatte ihn gefragt, ob das weiße Pferd auf ihrem Gemälde ein Hengst oder eine Stute wäre. Er hatte sie gefragt, was sie denn denke. Alice hatte geantwortet, sie wäre sich sicher, dass er eine Stute gemalt hätte. Er lächelte und drückte ihren Arm. »Sie hieß Abendstern.«

Sie hatte ihm ein weiteres Bild von Abendstern abgekauft und ihn gebeten, ihn in den nächsten Wochen noch einmal besuchen zu dürfen. Wie kann ein Mensch nur ein so großartiger Künstler sein und dabei so wenig eitel, dachte sie auf dem Rückweg nach Berlin und hatte mit einem Mal das Bild ihres eigenen Vaters vor Augen. Sie schüttelte den Kopf, um sich von diesem unerwünschten Besucher zu befreien. Sie wollte sich diesen schönen Tag nicht von ihm verderben lassen. Nicht einmal in Gedanken. Zu Hause lege ich mich in die Badewanne, dachte sie und stöhnte im selben Moment auf. Verärgert schlug sie mit der Hand aufs Lenkrad. Wie hatte sie nur vergessen können, dass sie sich heute Abend mit Erik traf. Eigentlich hatte sie überhaupt keine Lust gehabt, ihn heute schon wieder zu sehen. Er fragte sie für ihren Geschmack in letzter Zeit ohnehin viel zu häufig, ob sie mit ihm ausgehen wolle. Immerzu hatte er irgendwelche Eintrittskarten oder Einladungen für Veranstaltungen, die ihm einer seiner Bekannten oder Freunde hatte zukommen lassen. Dieses Mal hatte sie nachgegeben, da sie schon seine beiden letzten Einladungen ausgeschlagen hatte. Voller Unbehagen dachte sie an den bevorstehenden Abend und seufzte.

Gegen neun hatte Erik sie abgeholt, und sie waren in seinem brandneuen Wagen in die Nürnberger Straße gefahren. Alice blickte an der Fassade hoch, als Erik sie direkt vor dem Eingang aussteigen ließ. *Femina – Das Ballhaus Berlins*, stand in leuchtenden Neon-Lettern darüber. Als sie die Bar betraten, war es bereits brechend voll. Zigarettenqualm hing in dichten Schwaden über den Köpfen der Gäste, die an Tischen saßen oder an der Bar standen.

Erik blickte sich im Foyer nach freien Plätzen um. Sein Blick blieb an einem Paar – er dunkel, sie blond –

hängen, das am hinteren Ende des glänzenden Tresens saß und die Köpfe zusammensteckte.

»Ziemlich viele Itzigs hier«, sagte er missbilligend.

Alice folgte seinem Blick, dann drehte sie sich zu ihm um. »Nur weil er dunkelhaarig ist? Mach dich nicht lächerlich. Ich habe auch dunkle Haare. Außerdem war es deine Idee, hierher zu kommen. Niemand zwingt dich zu bleiben.« Wütend funkelte sie ihn an. Sie konnte sein ideologisch verseuchtes Geschwätz nicht mehr hören.

Erik schüttelte leicht den Kopf und betrachtete sie mit nachsichtig tadelndem Blick. »Ach, Alice. Wart's nur ab. Alles wird besser, wenn erst die neuen Zeiten beginnen. Wenn wir das System überwunden haben.«

»Tatsächlich? Na, für deine SA oder SS, oder wie auch immer sich eure Schlägertrupps nennen, scheinen sich die neuen Zeiten nicht besonders positiv auszuwirken. Sind sie nicht gerade vor ein paar Tagen verboten worden?«, antwortete sie scharf, drehte sich um und drängte sich durch die Menge in Richtung Bar. Wenn er nicht endlich die Klappe hielt, würde sie nicht nur das System, sondern auch ihn hinter sich lassen. Sie brauchte jetzt dringend etwas zu trinken.

An der Bar bestellte sie einen Whiskey. Sie griff nach dem Glas, das ihr über die Theke gereicht wurde, stürzte den Inhalt in einem Zug hinunter und bestellte gleich noch mal. Sie wollte eben danach greifen, als Erik sie am Handgelenk packte.

»Solltest du nicht etwas weniger trinken?«, fragte er und beugte sich zu ihr vor.

Sie verzog die Lippen zu einem zähnefletschenden Grinsen und wand ihr Handgelenk aus seinem Griff. Dann setzte sie an und trank. »Nein.« Sie knallte das leere Glas auf den Tresen.

Ohne auf ihn zu warten, drängte sie sich durch die Menge, hinauf in den ersten Stock. Als er zu ihr aufschloss, griff er erneut nach ihrer Hand und zog sie an sich. Um sie herum wogte die Menge, war fröhlich und ausgelassen. Ich will auch wieder unbeschwert sein, dachte sie wütend. Stattdessen fühlte sie sich schwindlig und hohl. Dann müsste sie eben noch etwas trinken. Sie riss sich erneut los.

Schon wechselte die Kapelle zum nächsten Song. Alice ließ Erik stehen und drängte sich weiter durch die Menge, um noch einen Whiskey an der Bar zu bestellen. Erik sollte sich bloß keine Hoffnungen machen. Sie stolperte über ihre eigenen Füße und lachte. Anscheinend war der Whiskey hier stärker, als sie geglaubt hatte. Keine Eselspisse.

»Wollen wir uns nicht irgendwohin setzen, und du trinkst einen Mokka?«

Alice fuhr herum. Schon wieder stand Erik hinter ihr. Konnte er sie nicht einfach in Frieden lassen? Sie machte einen Schritt auf ihn zu und stolperte erneut. Als Erik nach ihr griff, um sie zu stützen, und den Arm um sie legte, lachte sie. »Glaubst du, du wärst jetzt am Ziel?« Sie grinste ihn mit glasigen Augen an. »Glaubst du, ich wäre jetzt betrunken genug, um was mit dir anzufangen?« Sie legte ihm die Hand auf die Brust. »Glaubst du, jetzt, wo ich ... betrunken bin, werfe ich mich dir in die Arme?«

Dann schob sie ihn weg, griff nach einem Glas Sekt, das auf dem Tisch neben ihr stand, und ignorierte den Protest der Gäste, an deren Getränken sie sich vergriff. Sie grinste ihnen zu, hob das Glas, drehte sich dann zu Erik und prostete ihm ebenfalls zu.

»Ich muss dich leider enttäuschen, Erik. Ich bin noch nicht einmal annähernd betrunken genug.« Sie stürzte den Sekt herunter, verzog das Gesicht und verfehlte den Tisch, als sie das leere Glas abstellen wollte. Billiges Gesöff. Sie wollte nach Eriks Hand greifen und ihn auf die Tanzfläche ziehen. Aber als sie seinen kalten, harten Gesichtsausdruck sah, taumelte sie einen Schritt zurück. Wenn nicht der Tisch hinter ihr gestanden hätte, wäre sie hingefallen. Sie hielt sich an der Tischkante fest und versuchte ihn zu fixieren. Doch schon lächelte er, griff nach ihrer Hand und zog sie auf die Füße. Hatte sie sich das eingebildet? Sie runzelte die Stirn. Vielleicht. Egal. Sie hakte sich bei ihm ein, und er schob sie zur Tanzfläche.

»Na komm. Lass uns tanzen. Solange du noch kannst.«

Wenn du mit ihm reden würdest

Mai 1932

Erst vor wenigen Wochen hatte Alice die kleine Wohnung am Lützowplatz von Lilly Berlau, einer studierten Kunsthistorikerin und Gretas neuester Flamme, übernommen. Von dort aus lief sie nun zum Nürnberger Platz und dachte über Planung, Aufbau und Gestaltung ihrer ersten Ausstellung nach.

Es war noch sehr ungewohnt, nicht mehr am Matthäikirchplatz zu wohnen und stattdessen in einer viel kleineren Wohnung aufzuwachen, deren Geräusche und Gerüche sie noch nicht kannte. Erst letztens hatte sie, noch im Halbschlaf, nach Rosas Stimme gelauscht, die dem Dienstmädchen Anweisungen erteilte. Irritiert war sie aufgewacht und musste sich selbst daran erinnern, dass sie ja nicht mehr am Matthäikirchplatz war. Rosa war über ihre »Flucht«, wie sie es nannte, verschnupft gewesen. Doch sie hatte sich schnell wieder gefangen. Schon bald hatte sie sie am Lützowplatz besucht und angefangen, Vorschläge für die Einrichtung zu machen und Kleinigkeiten mitzubringen.

Nun setzte sich Alice an einen Tisch im Carlton am Nürnberger Platz und konnte die drei Erichs beobachten, die sich hier trafen und sich amüsante Wortgefechte lieferten. Doch so geistreich und charmant Kästner, Ohser und Knauf auch sein mochten: Heute stand ihr der Sinn nicht nach Unterhaltung. Sie sah auf die Armbanduhr. Sie wollte lediglich eine Tasse Kaffee trinken und dabei über ein paar Argumente nachdenken, mit denen sie Fernbach endgültig überzeugen konnte, bevor Johann kam und ihr sein Auto lieh, um nach Ferch zu fahren. Sie musste endlich eine Entscheidung von Fernbach bekommen, sonst lief ihr die Zeit davon. Ludwig hatte ihr ein Zeitfenster für ihr Vorhaben eingeräumt. August. Nun war es Mitte Mai, und sie hatte noch immer kein Ja von dem alten Künstler.

Alice warf einen erneuten Blick auf ihre Armbanduhr. Wenn sie noch vormittags in Ferch ankommen wollte, müsste Johann langsam auftauchen. Sie nippte an ihrem Kaffee und wollte gerade die Zeitung aufschlagen, als sich die Tür öffnete und Johann sich suchend umblickte.

Alice winkte ihm und stutzte. »Guten Morgen, mein Lieber. Schlecht geschlafen? Du siehst müde aus.«

Als wollte er sie bestätigen, unterdrückte er ein Gähnen. »Du erlaubst?«, fragte er, deutete auf den freien Stuhl ihr gegenüber und zog ihn unter dem Tisch hervor. Er schob ihr die Autoschlüssel über den Tisch und gab dann seine Bestellung beim Ober auf, der sich dienstbeflissen genähert hatte.

Alice faltete die Zeitung zusammen, legte sie neben ihre Kaffeetasse und griff nach den Schlüsseln. Dann musterte sie Johann. »Scheint ja gestern ein langer Abend geworden zu sein.« Sie grinste und gab dem Ober ein Zeichen.

Johann nickte gedankenverloren. »Ja. Das war es. Stört es dich?« Er zog seine Zigaretten aus der Jackentasche.

Alice schüttelte den Kopf.

Er bewegte die Schultern und sah sie nachdenklich an. »Musst du gleich los, oder trinkst du noch eine Tasse Kaffee mit deinem alten Onkel?« Er zündete sich eine Zigarette an und blies den Rauch gegen die Decke.

Sie sah erneut auf die Uhr. Für eine Tasse hatte sie noch Zeit.

Johann streckte seine langen Beine unter dem Tisch aus und seufzte. »Hast du eigentlich noch mal mit John gesprochen?«, fragte er und sah dem Rauch seiner Zigarette beim Aufsteigen zu.

Alice schüttelte erneut den Kopf und sah Johann aus zusammengekniffenen Augen an. »Wieso fragst du?«

»Warum nicht?«

Der Ober stellte eine Tasse Kaffee und einen Cognac-Schwenker vor ihm ab, und Alice bestellte einen Mokka.

Sie zuckte verlegen mit den Schultern. »Hmm, nein. Hör mal, ich bin jetzt ehrlich gesagt nicht in der Stimmung für Moralpredigten.«

Johann rieb sich nachdenklich über die Nasenwurzel. »Ich dachte nur ... vielleicht ... Ich habe John gestern und in der Woche davor gesehen. In Begleitung von William Scanlan. Du weißt schon ... Ich glaube, du hast ihn im Club kennengelernt?« Er zog an seiner Zigarette und drückte sie dann im Aschenbecher aus. »Egal. Ich dachte nur, du wüsstest vielleicht, wie es ihm geht.«

»Nein. Das letzte Mal habe ich ihn nach der Eröffnung ...« Sie stockte. »Ich dachte, du siehst ihn bei den Hunden? Gentle?« Bis jetzt war sie davon ausgegangen, dass er immer noch in Kleinmachnow war und Johann lediglich aus Feingefühl nicht über ihn gesprochen hatte.

Er schob die Kaffeetasse zur Seite, griff nach seinem Cognac und leerte ihn in einem Zug. »Nein«, antwortete er langsam. »Seit eurem ... Zerwürfnis ist er dort nicht mehr aufgetaucht. Auch nicht im Club.«

Alice presste die Lippen zusammen. »Wo hast du ihn denn gesehen? Was für einen Eindruck hat er auf dich gemacht?«, fragte sie vorsichtig.

Johann verzog die Mundwinkel. »Keinen guten.« Er blickte sie an und zögerte. »Meinst du nicht, du ...« Er räusperte sich. »Ich könnte mir vorstellen, wenn du ...« Hilflos hob er die Hände und ließ sie auf die Oberschenkel fallen. »Wenn du mit ihm reden würdest, Alice?«

»Johann. Bitte!«, stieß sie zwischen zusammengebissenen Zähnen hervor.

»Alice, wenn ihr nur miteinander reden würdet. Wer weiß ... vielleicht ließe sich alles klären?«

Sie wandte den Blick ab und griff nach ihrer Handtasche.

»Es tut mir leid, Johann, aber ich muss jetzt wirklich los. Wo hast du den Wagen abgestellt?«

»Direkt vor der Tür. Alice, du warst damals möglicherweise zu verletzt. Aber jetzt ...«

Alice warf ein paar Münzen auf den Tisch, stand hastig auf und riss beinahe ihre Tasse vom Tisch. Ihre Kehle wurde eng, und sie schluckte. Das Letzte, was sie jetzt wollte, war, in aller Öffentlichkeit zu heulen. »Ich glaube, dafür ist es zu spät.«

Sie wandte sich ab und ging, ohne sich noch einmal nach Johann umzusehen. Sie stieg ins Auto, fuhr los, nur um zwei Straßen weiter anzuhalten und mit der geballten Faust auf das Lenkrad einzuschlagen. Erst als sich ein Schupo für sie und ihr absonderliches Verhalten zu interessieren begann, riss sie sich zusammen und fuhr nach Ferch.

Ein Tod

Juli 1932

Die Zeit war schnell vergangen, erst ein Monat, dann zwei, und schließlich stand der 31. Juli, der Eröffnungstag der Fernbach-Ausstellung, vor der Tür. Alice hatte wenig Zeit gehabt zum Grübeln, und es war ihr nur recht gewesen. Während sie ein letztes Mal die Hängung der Bilder überprüfte, Kataloge auslegte und noch einmal nachsah, ob alles an seinem Platz stand, dachte sie, wie dankbar sie dafür war, so beschäftigt gewesen zu sein.

Auch für alles andere hatte sie keine Zeit gehabt. Die Diskussionen, die Schlammschlachten innerhalb der Regierung sowie auf den Straßen hatte sie nur am Rande mitverfolgt. Es gab ihr einen heftigen, unerwarteten Stich, als sie daran dachte, wie sie – unter anderen Umständen – die aktuelle Lage mit John diskutiert hätte. Schnell schob sie den Gedanken zur Seite. Noch heute Morgen war sie mit Rosa zum Wahllokal gegangen. Die vierte Wahl innerhalb eines halben Jahres. Die Vossische Zeitung hatte – genau wie letztes Mal – getitelt: *Gegen Diktatur und Faschismus. Für Freiheit und Demokratie! Wer nicht wählt, stärkt die Reaktion!* Sie haben ja recht, dachte Alice. Sie hatte ihr Kreuz für Liste 1 gemacht, die

Sozialdemokraten. Wenn sie es schafften, die Nazis zu verhindern, dann wollte sie ihnen gerne ihre Stimme geben. Man musste auf jeden Fall versuchen, die NSDAP von der Macht fernzuhalten. So viel war ihr – auch ohne John – klar. Ärgerlich schüttelte sie den Kopf. Zum Teufel, warum dachte sie heute an ihn? Entschlossen richtete sie einen Stapel Kataloge aus und zwang ihre Gedanken wieder auf die Wahl. Wenn man die Nazis auf demokratischem Weg daran hindern konnte, nach der Macht zu greifen, dann war sie mit dabei. Nur langsam begann sie ernsthaft daran zu zweifeln, ob es tatsächlich gelingen würde. Erik würde frohlocken. Der junge erfolgreiche Parteigenosse Erik Wolfferts. Beim Gedanken an ihn runzelte sie die Stirn. Wenn er heute Abend auch nur ein Wort über Politik verlieren würde … Sie hätte gute Lust, ihm den Kopf vor versammeltem Publikum abzureißen. Aber Ludwig hatte vielleicht recht: Immer wieder betonte er, man könne nicht wissen, ob Wolfferts ihnen nicht noch nützlich sein könnte. Falls die Nazis tatsächlich an die Regierung kommen und die Familie weiterhin gut mit Erik steht … wer weiß, ob sie seine Fürsprache nicht einmal bräuchten. Und selbst wenn sie keinen direkten Vorteil aus ihrer Bekanntschaft zu ihm zögen: Es wäre sicherlich besser, ihm keinen Grund zu liefern, ihnen in die Suppe zu spucken. Alice hatte ihren Onkel erstaunt angesehen. Sie hätte nie geglaubt, dass Ludwig, der sanfte, ruhige Ludwig, dermaßen strategisch dachte.

Sie blickte sich ein letztes Mal im Raum um, der ruhig und still vor ihr lag. Die Fenster waren weit geöffnet, und die Vorhänge wehten in der sanften Brise. Sie atmete noch einmal tief durch, strich das leichte, helle Sommerkleid glatt, drehte sich um und öffnete die Eingangstür. Auf der anderen Straßenseite konnte sie bereits die ersten

Gäste erkennen. Jetzt geht's los, dachte sie und setzte ihr strahlendstes Lächeln auf.

Es war bereits nach 22 Uhr, als Alice die Tür der Ausstellungsräume schloss.

»Los, Alice, wir müssen jetzt noch feiern!«

»Greta, ich bin müde. Ich war den ganzen Tag auf den Beinen.«

»Wirst du etwa alt? Los, Mädchen! Aufräumen kannst du auch noch morgen. Und wer weiß, ob uns noch nach Feiern zumute ist, wenn die Wahlergebnisse bekanntgegeben werden. Komm schon! Lilly, sag doch auch was.«

»Lass Lilly aus dem Spiel, Greta. Das ist unfair.«

Alice dachte an den mit benutzten Gläsern überquellenden Tisch und blies die Backen auf. Dann atmete sie langsam wieder aus. »Weißt du was? Ich glaube, du hast recht. Ich will mir nur schnell was anderes überziehen. Mit dem Tagesdress komme ich ja wohl in keinen Club rein.«

»Aha! Du hattest also ohnehin vor, noch auszugehen, und zierst dich nur ein bisschen. Du kleine Ratte! Los, beeil dich! Wir warten im Auto.«

Greta zog die lachende Lilly hinter sich her und schlug die Tür hinter sich zu. Alice lief nach oben in ihr Atelier, um das nachtblaue Tanzkleid mit der Perlenstickerei anzuziehen.

Als sie zehn Minuten später auf der Straße stand, konnte sie sehen, wie sich Greta und Lilly leidenschaftlich umarmten. Auf Zehenspitzen pirschte sie sich ans Auto heran und schlug auf die Motorhaube. »Kontrolle!«, rief sie mit verstellter Stimme.

Die beiden Frauen fuhren mit einem Aufschrei auseinander.

Noch in dem Moment, als sie die vor Angst aufgerissenen Augen Lillys sah, tat Alice ihr dummer Streich leid.

»Herrgott, Alice!«, blaffte Greta, als sie erkannte, wer auf die Motorhaube geschlagen hatte.

»Tut mir leid, ihr beiden. Ein blöder Scherz, entschuldigt«, antwortete Alice kleinlaut.

Sie rutschte auf den Rücksitz von Gretas weißem Mercedes und schlug die Tür zu.

»Also, Mädels, wohin soll es gehen? Was haltet ihr vom *Ambassador*?«, rief Greta und fuhr los, ohne auf ihre Antwort zu warten.

Sie hatten getrunken, gelacht, getanzt. Alice war nicht mehr ganz sicher auf den Füßen, als sie sich noch einmal zur Bar durchschob und Greta und Lilly in einer Ecke zurückließ, dicht nebeneinander sitzend und unter dem Tisch Händchen haltend. Der Ober hatte ihr den bestellten Whiskey auch nach einer halben Stunde noch immer nicht gebracht, und sie hatte Durst. Also wollte sie der Sache auf den Grund gehen und sich ihr Getränk notfalls selbst holen. Während der Bartender ihr Glas auffüllte, ließ sie den Blick über den Raum schweifen, und da war er …

John! Ihr Herz hatte für eine Sekunde ausgesetzt, bevor es anfing wie ein Kaninchen auf der Flucht zu rasen. Sie richtete sich auf, um ihn besser sehen zu können. Er stand im Eingang und blickte sich suchend um. Selbst aus dieser Entfernung konnte sie erkennen, wie dünn er geworden war. Sah er etwa zu ihr herüber? Ja, ja, es schien so. Oh Gott, vielleicht war das ja …

Alices Hand schien sich von alleine zu heben, und sie trat einen Schritt vor. Sie wollte schon nach ihm rufen, als er sich umdrehte ... und da war auf einmal diese strahlende Schönheit. Rote Haare, milchweiße Haut, schlank und zart. Sie legte die Hand auf seinen Arm und lächelte ihn an. Alice erstarrte. Er beugte sich vor und küsste sie auf die Wange. Alice ließ die Hand fallen. John sagte etwas zu der Frau, und sie lachte hell auf. Er betrachtete sie mit seinem ernsten Lächeln und bot ihr seinen Arm an. Obwohl Alice das alles nicht sehen wollte, konnte sie den Blick doch nicht abwenden. Sie schluckte. Hinter den beiden war nun William Scanlan aufgetaucht, legte die Arme um die beiden und schob sie in Richtung Ausgang. Bevor sie durch die Tür hinaustraten, drehte Scanlan sich noch einmal um – und fand ihren Blick. Er hob die Hand und winkte ihr zu. Dann schloss sich der Vorhang, und sie waren verschwunden.

Erst nach wenigen Sekunden hörte Alice den Bartender, der sie ansprach. Sie wandte sich nicht um, sondern ging direkt zu Greta und Lilly und ließ sich mit leerem Blick auf die gepolsterte Bank neben sie fallen.

»Alles in Ordnung? Wolltest du nicht deinen Drink holen?«, fragte Greta, während sie zärtlich über Lillys Oberschenkel strich.

Alice zuckte mit den Schultern und starrte auf die Tischplatte vor sich. »Sagt mal, wollen wir nicht weiterziehen? Kennt ihr nicht noch andere Clubs? Oder irgendeine Party?« Sie hob den Blick und griff nach Gretas Champagnerkelch. »Ich könnte ruhig noch ein bisschen Abwechslung gebrauchen.« Sie setzte das Glas an, trank es in einem Zug aus und stellte es vor sich hin. »Ihr nicht auch?«

Sie waren die ganze Nacht unterwegs gewesen. Nachdem sie vom *Ambassador* aufgebrochen waren, hatten sie sich durch verschiedene Clubs und Bars rund um den Ku'damm getrunken. Bruchstückhaft erinnerte Alice sich an eine Bank in einem Park, einen Salon, maskierte Gestalten. An nackte Körper. Münder. Arme. Lippen. Und an Alkohol, viel Alkohol. Einer ihrer Schuhe war irgendwo verloren gegangen. Sie hatte den zweiten weggeworfen.

Sie hatte sich vom Taxi am Matthäikirchplatz absetzen lassen. Macht der Gewohnheit. Und sie hatte ja auch noch den Schlüssel. Als sie ihn Rosa zurückgeben wollte, hatte diese nur gelächelt und ihn ihr wieder in die Hand geschoben. »Das ist auch dein Zuhause«, hatte sie gesagt. Vielleicht konnte sie ja mit ihr frühstücken, bevor sie sich aufs Ohr legte, überlegte Alice nun und blinzelte in die Sonne, die um neun Uhr morgens bereits vom Himmel brannte. Doch als sie in die Wohnung hineinstolperte, war niemand da. Langsam wanderte sie von Zimmer zu Zimmer, rief »Hallo?« in die vereinsamten Räume.

Als sie eben die Salontür hinter sich geschlossen hatte, stand auf einmal die Köchin wie aus dem Boden gewachsen hinter ihr und beobachtete sie mit kaltem, abschätzendem Blick. Alice fuhr erschrocken zurück. Wie lange hatte sie hier schon gestanden und sie beobachtet?

»Hilda, guten Morgen! Wo sind denn die anderen?«

Hilda betrachtete sie noch einen Augenblick, bevor sie antwortete. »Während Sie unterwegs waren, hatte die alte Frau Waldmann einen Anfall.«

»Einen Anfall? Was für einen Anfall?«, fragte Alice alarmiert.

»Woher soll ich das wissen? Bin ich ein Doktor?«

Alice hätte Hilda am liebsten an den Schultern gepackt und geschüttelt. »Und? Weiter? Wo ist sie? Wo sind die anderen?«

»Na, anscheinend geht's der alten Dame nicht besonders. Die janze Familie – bis auf Sie – ist ins Krankenhaus gefahren. Wenn Se sich beeilen, treffen Se sie vielleicht noch lebendig an.« Ihr Blick wanderte an Alice herab zu ihren nackten Füßen. »Sie sollten sich aber vielleicht umziehen. Ich glaube nicht, dass man Sie in diesem Aufzug in die Charité rin lässt.«

Alice drehte auf dem Absatz um und lief in ihr ehemaliges Zimmer. Im Vorbeilaufen bat sie die Köchin, ihr ein Taxi zu rufen.

»Bin ick das Hausmädchen?«

Hilda wandte sich ab und verschwand im Durchgang zur Küche. Alice blickte ihr fassungslos hinterher. Dann lief sie zurück in den Salon und riss den Hörer vom Telefon.

Als sie eine Stunde später die anderen in der Charité fand, rechnete sie mit dem Schlimmsten.

Rosa sprang auf und zog sie in die Arme.

»Was ist passiert?«, fragte Alice atemlos. Sie sah zu Johann, der an der Wand lehnte und seinen Hut in den Händen drehte.

Rosa hielt sie auf Armlänge von sich, um sie zu betrachten. »Blass bist du. Sieh nur die Ringe unter deinen Augen.« Sie schnalzte mit der Zunge und zog ein Taschentuch aus ihrer Handtasche.

Ungeduldig machte Alice sich los. »Rosa, bitte. Sag mir, was los ist.«

»Deine Großmutter hat wohl beschlossen, zu sterben«, antwortete sie und steckte das Taschentuch wieder ein.

Hinter sich hörte Alice ein unterdrücktes Stöhnen und drehte sich um. Ludwig saß vornübergebeugt auf der Bank und presste sich die Faust vor den Mund, als wolle er jeden weiteren Schluchzer daran hindern, aus ihm herauszufliehen.

Mit zittriger Stimme berichtete er, wie er wenige Stunden nach der Eröffnung noch einmal nach Helena gesehen hatte, um ihr Gute Nacht zu wünschen. Er hatte sie im Lehnsessel vorgefunden. Zusammengesunken und nicht ansprechbar. Er rief sofort Dr. Schwarz, der einen Schlaganfall diagnostizierte. Sie war noch einmal kurz zu sich gekommen, aber seitdem sie in der Charité war: nichts. Vielleicht würde ja noch alles gut werden? Sie hatten hier die besten Spezialisten, und hatte man nicht schon … Mit verschwommenem Blick sah er zu Rosa.

Johann räusperte sich. »Ich fürchte, das sind falsche Hoffnungen, Ludwig.« Er stellte sich neben seinen Bruder und legte ihm die Hand auf die Schulter. »Mutter ist fast achtzig.«

»Ja, aber das ist doch noch gar nicht so alt«, beschwor Ludwig ihn mit brechender Stimme und griff nach seinem Jackenaufschlag. »Frau Grützmann. Erinnerst du dich an Frau Grützmann? Die ist fast neunzig geworden!«

Johann reichte ihm sein Taschentuch und drückte ihn zurück auf die Bank. Im Vorbeigehen warf er Alice einen Blick zu. Um seine müden, geröteten Augen sah sie feine Linien.

Sie drückte seinen Arm und ging zum Fenster. Draußen konnte man die Mauersegler hören. Wie merkwürdig, dachte sie, da stirbt ein Mensch, und die Welt kümmert es nicht. Alles lief so, wie es immer laufen würde: Die Mauersegler flogen, die Sonne schien, die Welt drehte sich um sich selbst und interessierte sich nicht dafür, dass ihre Großmutter starb. Hinter sich hörte sie Ludwig leise weinen.

Vorsichtig drehte sie sich um. Johann saß neben ihm, hielt seine Hand und redete leise auf ihn ein, während Rosa unruhig auf und ab ging. Sie machte einen Schritt auf die anderen zu, wollte sich zu ihnen stellen, wollte trösten und getröstet werden. Doch Alice zögerte. Seit jenem Tag im Dezember hatte sie kein Wort mehr mit ihrer Großmutter gewechselt. Viel zu wütend und enttäuscht war sie nach all dem gewesen, das sie damals erfahren hatte. Sie hatte sich so sehr über ihre Annäherung gefreut – und dann das.

Die Tür zum Krankenzimmer wurde geöffnet. Der Arzt kam in Begleitung einer Schwester in gestärkter weißer Tracht auf sie zu und begann, ihnen Helenas Zustand zu erläutern. Alles, was Alice verstand, war, dass ihre Großmutter wahrscheinlich noch heute sterben würde.

Wenigstens bin ich jetzt da, dachte sie, während ein Schauer über ihren Rücken lief. Sie hätte nicht sagen können, ob sie erleichtert war oder Angst hatte. Wahrscheinlich beides.

Schließlich durften sie das Zimmer betreten. Es war heiß und stickig. Die Vorhänge waren zugezogen und sperrten das Sonnenlicht aus. Der Arzt fragte leise, ob sie geistlichen Beistand wünschten. Sie verneinten. Alice trat vorsichtig an Helenas Krankenbett. Sie lag ausgestreckt unter einer dünnen Decke. Wären nicht ihre rastlos über die Bettdecke streichenden Hände gewesen, hätte man sie für eine Grabfigur halten können, die in der ewigen Ruhe einer mittelalterlichen Krypta lag. Die fahrigen Hände und ihr rasselnder Atem verrieten Alice jedoch, dass Helena ihre Ruhe noch nicht gefunden hatte. Der Arzt hatte ihr Morphium gegeben. Es würde ihr – und ihnen – die Sache erleichtern, sagte er. Alice warf ihm einen bösen Blick zu. Die Sache, dachte sie. Die Sache war der Tod. Der Arzt redete weiter. Wahrscheinlich war er sich nicht einmal bewusst, was er gesagt hatte. Dann ließ er sie alleine.

Johann und Ludwig setzten sich rechts und links neben Helenas Bett und hielten ihre Hände. Alice lehnte neben dem Fenster an der Wand und sah zu ihnen hinüber. Die Luft roch süßlich nach Karbol und Äther.

Stunde um Stunde verbrachten sie im Krankenzimmer und wechselten sich an Helenas Bett ab, während sich die alte Frau immer weiter in sich selbst zurückzog. Alice hatte sich gerade ein Glas Wasser eingeschenkt, als sie Ludwigs Stimme hörte. »Mutter? Mutter!« Rasch setzte sie das Glas ab und wandte sich um. Rosa stand neben Ludwig und legte die Hand auf seine Schulter.

Helena hatte die Augen halb geöffnet. Ihr Blick irrte ziellos durch den Raum. Alice ging zum Bett. Johann war aufgestanden und trat einen Schritt zur Seite, damit sie sich neben ihn stellen konnte. Sie griff nach Helenas Hand auf der Bettdecke. Leicht und trocken und kalt war sie. Vorsichtig streichelte sie über den Handrücken. Die alte Frau blickte sie nicht an. Dann schloss Helena wieder die Augen.

»Mutter? Mutter? Bleib bei uns!«, rief Ludwig entsetzt.

Alice blickte erst ihn und dann Johann an. Für einen kurzen Moment hatte sie das seltsame Gefühl, sie würde aus sich selbst heraustreten und sich und alle anderen von außen betrachten. Erstaunt sah sie, dass Johann die Tränen über die Wangen liefen. Sie blickte wieder auf Helena, auf ihre beiden ineinander verschränkten Hände, und ihr Bewusstsein flog, wie von einem Gummiband gezogen, wieder zurück zu ihrer Großmutter. Fast meinte sie, ein schwaches Zucken gespürt zu haben und war sich mit einem Mal überdeutlich bewusst, dass sie Helena so nahe wie nie zuvor war. Und es nie wieder sein würde. Sachte drückte sie ihre Hand. Dann ließ sie sie los.

Alice ging zum Fenster und öffnete es. Helena sollte nicht in einem geschlossenen Zimmer sterben. Sie sollte den Wind hören und fühlen. Sie sollte sich von der Welt verabschieden können. Sie sollte keine Angst haben. Alice blickte in den Abendhimmel, der sich im Westen golden zu färben begann und nach und nach in ein dunkles Kobaltblau überging. Auch wenn Helena nicht mehr bei Bewusstsein war, war Alice sich sicher, dass sie es spüren würde. Ein leichter Wind fuhr durch die Blätter der Bäume und ließ sie sanft rauschen. Sie fühlte den sommerlich-warmen Luftzug auf ihrem heißen Gesicht. Flüchtig meinte sie, einen Hauch von Lavendel und Jasmin, Helenas Duft, zu riechen. Ihr Griff um die Kante des Fensterbretts lockerte sich, die Spannung in den Schultern ließ nach.

Von weit her hörte sie Ludwig »Mama?« rufen.

Alice schloss die Augen.

»Nein«, antwortete Rosa ruhig. »Nein. Lass sie in Frieden gehen. Sie braucht ihn.«

Auf der Straße lachte eine junge Frau in der Dämmerung. Eine Amsel sang. Alice öffnete die Augen. Am Himmel konnte sie den Abendstern erkennen.

Nachdem der Arzt den Todeszeitpunkt festgestellt hatte und alle Formalitäten erledigt waren, traten sie aus dem Zimmer. Noch einmal blickte Alice über die Schulter zurück. Dann wandte sie sich ab und ging hinaus in die Dunkelheit des lauen Sommerabends.

Möge sie in Frieden ruhen

August 1932

Die Testamentseröffnung fand bereits eine Woche später im Büro der Galerie statt und war eine kurze, emotionslose Angelegenheit. Der Notar, ein kleiner, verwachsener Mann, hatte Helena in allen Fragen sinnvoll beraten und ihr geholfen, ein Testament zu verfassen, das keiner weiteren Klärungen bedurfte. Ludwig und Johann sollten Haus, Grundstück und Vermögen zu gleichen Teilen erben. Zu aller Überraschung hatte Helena Rosa ihren Schmuck vermacht. Und auch Alice war mit einer nicht unbeträchtlichen Summe bedacht worden. Zudem händigte der Notar ihr schließlich zwei Kuverts aus: eines für sie – und eines für ihren Vater Heinrich Lux, verbunden mit der Bitte, ihm dieses persönlich zu übergeben.

Eine knappe Stunde nachdem der Notar seine Unterlagen vor sich ausgebreitet hatte, war die ganze Angelegenheit auch schon wieder vorbei, und nun standen sie unentschlossen um die Schreibtische herum, als wüssten sie nicht, was als Nächstes zu tun wäre. Alice legte das Kuvert für ihren Vater stirnrunzelnd zur Seite, betrachtete das an sie adressierte und drehte es hin und her.

Schließlich räusperte sich Ludwig. »Willst du nicht reinsehen?« Er deutete auf den Umschlag.

Alice konnte die Blicke aller auf sich spüren, als sie behutsam die Lasche aus dem Kuvert zog. Vorsichtig schüttelte sie den Inhalt auf ihren Schreibtisch. Ein Brief und vier Fotografien glitten aus dem Umschlag. Alice legte den Brief zur Seite und breitete die Aufnahmen vor sich aus. Eine sepiabraune Aufnahme der jungen Helena, wie sie am offenen Fenster stand, mit einem Säugling im Arm. Eine Studioaufnahme ihrer eigenen Mutter als Kind. Eine Aufnahme von Alice im Alter von ungefähr zehn Jahren. Die erste Aufnahme, die Alice von Helena im Garten gemacht hatte, als Helena zu ihr hochsah. Rosa nahm die kleine Fotografie von Alice und betrachtete sie nachdenklich. Dann seufzte sie und gab sie ihr zurück.

Behutsam schob Alice die Fotografien wieder in den Umschlag. Dann nahm sie den Brief und betrachtete die feine, klare Handschrift ihrer Großmutter. Auch ihn schob sie zurück in den Umschlag. Sie würde ihn lesen. Aber nicht jetzt. Nicht in den nächsten Tagen. Sie würde ihn lesen, wenn sie so weit war.

Ludwig hatte den Cognac, der eigentlich für Kunden gedacht war, aus dem kleinen Kabinettschrank geholt und ihnen allen eingeschenkt. Er hob sein Glas. »Auf Mama. Möge sie in Frieden ruhen.«

Alice konnte ein verdächtiges Glitzern in seinen Augen erkennen. Sie prostete ihm zu und nahm einen kleinen Schluck. Der Cognac rann warm und weich ihre Kehle hinab.

Als Johann sich räusperte, sah sie zu ihm hinüber und ließ sich neben Rosa auf die Chaiselongue fallen, auf der Ludwig sonst so gerne ein Mittagsschläfchen hielt.

»Habt ihr eigentlich schon mal darüber nachgedacht, wie es mit der Galerie weitergehen soll?« Johann zog seinen Stuhl heran und setzte sich.

Alice sah ihn verblüfft an. »Was meinst du damit?«, fragte sie misstrauisch. Wollte er jetzt, wo er geerbt hatte, aussteigen?

»Na ja ... Bei der aktuellen politischen Situation könnte es für den Kunsthandel in der nächsten Zeit etwas schwieriger werden.«

»Die Leute kaufen immer Kunst, Johann. Egal, wer gerade am Ruder sitzt«, antwortete Ludwig und setzte sich an Rosas andere Seite. Sie lehnte sich an ihn.

Johann nickte. »Das sehe ich genauso, Ludwig. Allerdings könnte es wie gesagt etwas ruppiger werden. Die Diskussionen um bestimmte Maler und Stilrichtungen werden immer heftiger. Ich denke da nur an Erik Wollfferts' Ausführungen. Und wenn man sich unter Kollegen umhört, dann scheint es bei manchen eine Tendenz zu geben, so bald wie möglich ins Ausland zu gehen.«

Alice zuckte mit den Schultern. »Also, ich sehe keinen Anlass aufzuhören. Man sollte gewissen Leuten nicht einfach das Feld überlassen.« Sie sah zwischen Ludwig und Johann hin und her. »Ihr seht das doch genauso, oder?«

Johann grinste und stand auf. »Vielleicht ... kann man es auch als Chance sehen. Die Konkurrenz wird schwächer. Und für den Fall der Fälle: Wir können ja über eine kleine Dependance im Ausland nachdenken. Schaden kann es nicht.«

Alice sah zwar nicht, wofür sie eine Dependance im Ausland brauchen sollten, und sei sie auch noch so klein, aber wenn Johann sich besser damit fühlte, dann sollte er seine Dependance haben. Sie hätte kein Problem damit, auch mal für eine Weile im Ausland zu arbeiten.

»Das heißt, wir bleiben im Geschäft?«, fragte Ludwig.

»Ich habe nichts Gegenteiliges gehört«, antwortete Johann und hob sein Glas. »Auf die Galerie!«

Ein gewisser Einfluss

Oktober 1932

»Wussten Sie, dass Siegfried Mareck einen Teil seiner Sammlung ins Ausland bringen möchte?«, hörte Alice Erik fragen. Sie presste ihr Ohr an die angelehnte Tür des Archivs.

»Tatsächlich? Das dürfte nicht einfach werden. Mit der Reichsfluchtsteuer wird ihn das eine ganze Menge kosten«, antwortete Johann gleichmütig.

»Ich könnte durchaus behilflich sein.«

»Wer sagt Ihnen denn, dass Herr Mareck mit uns in Verbindung steht? Wieso wenden Sie sich nicht an ihn selbst, wenn Sie behilflich sein möchten?«

»Nun ja. Ich dachte, Ihre Familie wäre bekannt mit Mareck. Ich glaube, Herr Mareck hatte einige Gemälde Pechsteins bei Ihrem Vater erworben. Unter anderem auch eine Ostseelandschaft.«

»Sie sind recht gut über die Sammlung Mareck informiert, wie mir scheint, Herr Wolfferts.«

»Man hört so einiges, wenn man rumkommt.«

»Ist das so?«

»Dieses Bild, diese Ostseelandschaft ... Ich denke darüber nach, es zu erwerben.«

»Und was lässt Sie glauben, Herr Mareck wolle verkaufen?«

»Sagen wir es so, Herr Waldmann. Ich sitze an der richtigen Stelle. Ich kann einen gewissen Einfluss geltend machen, der es Herrn Mareck erleichtern würde, seine Sammlung ins Ausland zu bringen. Ich meine, eigentlich ist das, was er vorhat, ein Akt unpatriotischer Fahnenflucht. Allerdings ist Herr Mareck mosaischen Glaubens, nicht wahr? Unter diesen Umständen … Kann man denn von diesen Leuten Patriotismus erwarten?«

»Und als Gegenleistung würde er Ihnen das Bild verkaufen? Ich nehme an, zu einem günstigen Preis?«

»Das haben Sie gesagt, Herr Waldmann. Aber wenn er sich tatsächlich von dem Bild trennen wollte, wäre ich der Letzte, der dagegen wäre. Ich wünsche Ihnen noch einen guten Tag. Und grüßen Sie bitte Alice von mir.«

Alice wartete, bis sie die Tür ins Schloss fallen hörte. Dann trat sie ins Büro. Johann saß, das Kinn in die Hand gestützt, an seinem Platz und blickte nachdenklich zum Fenster hinüber.

»Das war ja ein glatter Erpressungsversuch«, schnaubte sie, immer noch ungläubig über das, was sie eben gehört hatte.

Johann kniff die Augen zusammen, dann sah er sie an. Er presste die Lippen aufeinander. »Da versucht wohl jemand, seine Muskeln spielen zu lassen.« Er griff nach seinen Zigaretten.

Alice setzte sich auf die Schreibtischkante, angelte nach ihren eigenen und zündete sich ebenfalls eine an.

So saßen sie einige Minuten lang, in denen man nur das Ticken der großen Uhr auf dem Sideboard hören konnte, jeder in seine eigenen Gedanken versunken. Schließlich seufzte Johann und fuhr sich mit der Hand übers Gesicht.

»Was wollen wir tun?«, fragte Alice.

Johann hob den Telefonhörer ab. »Ich werde ein Telefonat führen. Ich habe da so eine Idee ...« Er hob die Hand, lauschte in den Hörer. »Hallo? Feilchenfeldt? ... Ja, freut mich. Sagen Sie, Sie und Frau Ring planen doch gerade eine Wanderausstellung mit Endstation Rotterdam, richtig? ... Könnten Alice und ich vielleicht heute Nachmittag bei Ihnen vorbeikommen? Wir würden gerne eine Angelegenheit mit Ihnen besprechen.« Er nickte, verabschiedete sich und legte auf. »Ich denke, das dürfte Wolfferts überhaupt nicht glücklich machen.«

Alice grinste Johann an. »Was genau hast du vor? Willst du etwa bei einem Akt unpatriotischer Fahnenflucht behilflich sein?«

Johann erläuterte ihr den Plan. Wenn alles gut laufen würde, würden die Bilder nicht mehr nach Deutschland zurückkehren.

Ein feiner Kerl

November 1932

Als es um acht Uhr morgens an der Tür klingelte, wickelte Alice sich hastig das Handtuch um die frisch gewaschenen Haare, warf sich den japanischen Morgenmantel über und riss die Tür auf. Wollte sich Frau Kruse jetzt bereits morgens wegen der angeblich immer zu lauten Musik beschweren? Schon wollte sie zu einer bissigen Bemerkung ansetzen, als sie sah, wer tatsächlich vor ihrer Tür stand: Lilly Berlau.

»Lilly!« Alice schob das Handtuch hoch, das sich zu lösen drohte.

Lilly lächelte verlegen. »Ich war gerade in der Gegend und dachte, ich schau mal vorbei. Ich hoffe, es ist nicht zu früh?«

Alices Blick wanderte zu dem kleinen Handkoffer neben Lilly auf dem Boden. Ein spontaner Besuch ist das nicht, dachte sie und zog die Tür weiter auf, um ihre Besucherin hereinzulassen. »Ich wollte eben Kaffee aufsetzen. Willst du auch eine Tasse?«

Lilly folgte ihr in die Wohnung, die einmal ihre gewesen war, durch das Wohnzimmer, in dem Bücher auf dem Sofa lagen und ein leeres Whiskeyglas neben einer halb vollen Flasche vom Vorabend auf dem Tisch stand. Sie setzte sich an den Küchentisch, während Alice mit dem Wasserkessel und dem Kaffeefilter hantierte. Als sie zwei saubere Kaffeetassen aus dem Schrank nahm, warf Alice ihr einen raschen Blick zu.

Sie stellte die Tassen auf den Tisch und goss das kochende Wasser in den Porzellanfilter. Dann setzte sie die Kanne auf den Tisch, fischte ihre Zigaretten aus der Tasche ihres Morgenmantels und zündete sich eine an.

»So. Und nun sagst du mir, warum du tatsächlich hier bist.«

Lilly drehte den Kopf zur Seite, und in dem Moment war Alice klar, dass die Geschichte zwischen ihr und Greta endgültig vorbei war.

Stockend erzählte Lilly, dass sie Greta mit einer anderen Frau im Bett gefunden hatte. Sie hatte es wohl darauf angelegt, denn eigentlich wusste sie genau, dass Lilly an diesem speziellen Nachmittag früher nach Hause kommen würde, um sich für ein Vorstellungsgespräch umzuziehen. Aus dem Vorstellungsgespräch war dann nichts geworden. Unter diesen Umständen konnte sie nicht in Gretas Wohnung …

Alice nahm den Filter von der Kanne und schenkte ihnen Kaffee ein.

Lilly senkte den Blick und rührte nervös in der Tasse. Ob sie wohl kurzzeitig hier unterkommen könnte, fragte sie leise. Nur so lange, bis sie eine Anstellung gefunden hätte und dann eine eigene Wohnung anmieten konnte.

Alice hatte keinerlei Einwände. Sie könne so lange bleiben, wie es notwendig war.

»Sag mal: Du kannst doch Maschine schreiben und Steno, oder?«, fragte sie Lilly nachdenklich. »Und Kunstgeschichte hast du auch studiert.«

Lilly nickte.

Alice kniff nachdenklich die Augen zusammen. Dann sah sie auf und grinste breit. »Was würdest du davon halten, in der Galerie Waldmann zu arbeiten?«

Lilly sah auf. »Sucht ihr denn gerade jemanden?«

Alice stand auf, ging zum Herd und setzte noch einmal den Wasserkessel auf. Dann lehnte sie sich gegen das Büfett. »Na ja, es könnte sein, dass wir jemanden brauchen, der Schreibarbeiten erledigt und das Archiv auf Vordermann bringt. Ich weiß, das wäre erst einmal nur die Stelle einer Sekretärin. Aber immerhin ein Anfang. Und mit deinen Kenntnissen wärst du bei uns genau am richtigen Ort. Wahrscheinlich kannst du uns allen noch was beibringen. Was meinst du: Soll ich Johann fragen?«

Lilly strahlte sie an, soweit ihr gebrochenes Herz es zuließ. »Würdest du das tun? Das wäre großartig! Hat dir eigentlich schon mal jemand gesagt, dass du ein wirklich feiner Kerl bist?«

Alice blickte verlegen zur Seite und zog den Gürtel ihres Morgenmantels enger. »Och, wart erst mal ab, ob du mich immer noch so nett findest, wenn du erst ein paar Tage mit mir zusammengewohnt hast.« Sie wandte sich ab und ging Richtung Wohnzimmer, wo das Telefon stand. »Ich rufe gleich mal Johann an.«

Wenige Minuten später hatte sie alles geklärt. Als sie in die Küche zurückkehrte, hatte Lilly die Kaffeetassen abgespült und wieder in den Schrank gestellt. Sie wandte sich um, als sie Alice hörte, die sich an den Türrahmen lehnte und zu ihr herübersah.

»Ich würde sagen, zieh dich um und mach dich fertig. Heute wirst du einen Tag zur Probe arbeiten, und ich schätze, ab morgen hast du eine Anstellung.«

TEIL 4

FEBRUAR 1933–MÄRZ 1933

Das Freie Wort

19. Februar 1933

»Meinst du, es wird Ärger geben?«, fragte Alice Greta, nachdem sie in die Dorotheenstraße eingebogen waren und sich nicht mehr gegen den eisigen Wind stemmen mussten. Der Blick heute Morgen aus dem Fenster hatte ihr gezeigt, dass sie sich warm anziehen sollte. Der Himmel war von einem stumpfen Grau, und aus den dichten Wolken fiel Eisregen auf die Straßen. Sie trug ihre Lieblingshose und den dicken Norwegerpulli, den ihr Rosa zu Weihnachten geschenkt hatte. Alice warf einen kurzen Blick auf Greta, die sich bei ihr eingehakt hatte. Auch sie hatte sich ihre wärmsten Sachen angezogen. Doch selbst in ihrem dicken Mantel, unter dem ein elegantes Tageskleid aus schwarzer Wildseide hervorblitzte, dem eng am Kopf anliegenden kleinen Glockenhut und einem mehrmals um den Hals gewickelten Schal gelang es Greta, elegant und mondän zu wirken. Alice seufzte und wünschte sich nicht zum ersten Mal, dass sie sich ein wenig von ihrem Schick abschauen könnte.

»Ärger wird es so oder so geben. Und zwar auf einer ganz anderen Ebene«, antwortete Greta und schob den flaschengrünen Hut zurecht, unter dem die platinblonden Haare leuchteten.

»Glaubst du? Ich weiß nicht ...«

»Genau das: Man weiß es nicht. Aber sollen wir warten, bis wir vor einem Scherbenhaufen stehen und nichts mehr tun können?«

»Natürlich nicht. Aber vielleicht kommt es ja gar nicht so weit. Es sind doch schon so viele Regierungen gekommen und gegangen. Warum sollten denn dann gerade die Nazis ...«

Greta warf ihr einen entnervten Blick zu. »Ja. Und Doris sitzt bereits auf gepackten Koffern und verlässt das Land. Sag mal, bist du wirklich so blauäugig? Sieh dich doch um. Es hat bereits begonnen. Reicht dir denn nicht, was Judith erzählt hat? Dass sie an der Uni jetzt eine ›Gesamtzulassungsquote‹ für Frauen festlegen? Zehn Prozent? Ich könnte kotzen!«

Alice blieb stehen und löste ihren Arm aus Gretas Verschränkung. »Verdammt, Greta, lass deine schlechte Laune nicht an mir aus. Ich kann nichts dafür.«

Greta starrte Alice an, dann klappte sie die Handtasche auf und kramte nach ihren Zigaretten. Als sie sie gefunden hatte, zündete sie sich eine an und bot auch Alice eine an. Alice streifte ihren Handschuh ab und zog mit klammen Fingern eine Zigarette heraus. Greta gab ihr Feuer und verstaute das Etui wieder in der Tasche.

»Tut mir leid. Ich habe die letzten Nächte schlecht geschlafen.«

Alice musterte das Gesicht ihrer Freundin und konnte die dunklen Schatten unter den Augen erkennen, obwohl sie sorgfältig überschminkt und abgepudert waren. »Es gibt ja auch genug, das einem den Schlaf rauben kann«, seufzte sie und hakte sich wieder unter. »Glaubst du, dass der Appell diesmal mehr bewirkt?«

Bereits der erste Aufruf im letzten Juli an die Vernunft der Politiker war erfolglos geblieben. Nun hatten ihn zwar noch mehr Künstler, Wissenschaftler, Journalisten und Schriftsteller unterzeichnet, doch ob ihr Vorschlag an Sozialdemokraten und Kommunisten, diesmal gemeinsame Kandidaten aufzustellen, gehört würde?

Greta verengte die Augen. »Ich hoffe es. Aber wenn ich mich so umsehe … Ich glaube nicht, dass SPD und KPD sich verbünden werden. Nicht einmal jetzt.«

»Warum gehen wir dann heute überhaupt in die Krolloper, wenn du nicht daran glaubst, dass es was bewirkt.«

»Soll ich etwa dabei zusehen, wie sie unser Land kaputt machen?« Sie zuckte mit den Schultern, dann fragte sie Alice: »Hast du nicht gerade erst deinen Nazi-Erik getroffen? Der muss doch momentan im siebten Himmel schweben.« Sie schnippte die noch nicht ganz gerauchte Zigarette auf die Straße.

»Er ist nicht mein Erik. Aber ja, ich habe ihn letzte Woche bei einer Ausstellungseröffnung getroffen. Seine ewigen Lobpreisungen auf die Partei können einem ganz schön auf die Nerven gehen.« Auch Alice hatte ihre Zigarette fallen lassen. Ihre Finger waren rot gefroren.

»Und? Hat er wieder einmal versucht, dich hineinzureden?«

»Ja, das scheint ein messianischer Drang zu sein«, antwortete sie und streifte sich den Handschuh über. »Fast, als wolle er mich durch die reinen Heilslehren seines bekloppten Führers vor was weiß ich erretten. Haben das eigentlich alle Nazis? Oder nur Erik? Ob ich nicht lieber gemeinsam mit ihm für das neue Deutschland kämpfen wolle. Ich darf gar nicht daran denken, was John …«

Sie stockte. Auch nach über einem Jahr versetzte es ihr einen heftigen Stich, wenn sie an ihn dachte.

Greta musterte sie nachdenklich, während sie am Kantstein standen und auf eine Lücke im Verkehr warteten, die es ihnen erlaubte, die Fahrbahn zu überqueren. »Eine Sache muss man deinem John ja lassen: Er hat sich immer klar gegen die Nazis ausgesprochen.«

Ihr John. Seit 442 Tagen war er nicht mehr ihr John. Seit 442 Tagen hatte er sich nicht gemeldet. Kein einziges, winziges Lebenszeichen. Wenn sie ehrlich war, konnte sie es ihm nicht einmal verdenken. Aber dennoch ... Wenn einer den ersten Schritt machen musste, dann er! Das hatte sie jedenfalls bis vor Kurzem noch geglaubt. Doch mittlerweile war sie sich nicht mehr sicher. Wenn sie wüsste, wo er sich aufhielt, wäre sie glatt versucht, ihn anzurufen. Es tat ihr weh, kein Teil mehr seines Lebens zu sein, nicht zu wissen, was er tat, wie es ihm ging. Sie presste die Lippen aufeinander und versuchte, die Gedanken an ihn fortzuschieben.

»Du tust es schon wieder«, sagte Greta, als sie die andere Straßenseite erreicht hatten.

»Hm? Was tue ich schon wieder?«, fragte Alice geistesabwesend.

»Du denkst schon wieder an John. Versuch gar nicht erst, es zu leugnen. Ich kenne diesen Ausdruck. Das ist dein John-Gesicht. Das habe ich mittlerweile oft genug gesehen.«

Alice blieb stehen und runzelte die Stirn. »Und wenn es so wäre?«

Greta drehte sich zu Alice um. »Weißt du eigentlich, wie zermürbend das ist? Nicht, dass du an ihn denkst. Aber diese permanente Leidensmiene, die du dabei ziehst«, sagte sie mit kühlem Blick.

»Bitte?«

»Ach, versuch gar nicht erst, mir etwas anderes zu erzählen. Jedes Mal, wenn du an ihn denkst – und das tust du häufig –, kriecht dieses wehleidige, winselnde Leiden in dein Gesicht.« Greta legte den Kopf schief und sah sie herausfordernd an.

»Er hat damals mich im Stich gelassen. Nicht umgekehrt«, fuhr Alice sie wütend an.

»Ich gebe zu, dass das ... unglücklich war. Aber solange du nicht mit ihm gesprochen und die Dinge wieder ins Lot gebracht hast, erspare mir bitte dein trotziges Klein-Mädchen-Getue und hör endlich damit auf, in Selbstmitleid zu baden.«

»Klein-Mädchen-Getue?« Alice merkte, dass sie lauter gesprochen hatte als beabsichtigt. Ein vorbeieilender Passant sah die beiden Frauen fragend an. Sie senkte die Stimme und zischte: »Wer gibt dir eigentlich das Recht, über mich zu urteilen, hm? Und wer sagt dir, dass ich nicht versucht hätte, mit ihm zu sprechen?«

»Hast du?« Greta verschränkte die Arme vor der Brust.

»Wie denn? Ich weiß ja nicht, wo ich ihn erreichen kann. Und im *Ambassador* ...« Erschrocken hielt sie inne.

»Was war im *Ambassador*?« Greta verengte die Augen.

»Ich habe ihn gesehen, Gott verdammt«, zischte Alice. »Zusammen mit Scanlan ... und einer Frau. Bist du nun zufrieden?«

»Und? Hast du mit ihm gesprochen?«

»Was glaubst du denn? Nein, zum Teufel. Hätte ich ihm hinterherlaufen sollen? Mich ihm an den Hals werfen? Mich lächerlich machen?« Wenn Greta so weitermachte, würde sie ihr hier und jetzt eine runterhauen.

»Dich ihm an den Hals werfen?«, fragte Greta nachdenklich. »Nein. Aber wie eine Erwachsene handeln. Und nicht schmollend wie eine Dreijährige in der Ecke sitzen und mit Förmchen werfen.«

Alice hörte das Blut in ihren Ohren rauschen. Trotz der Kälte hatte sie das Gefühl von unendlicher Hitze, die in ihr auflodert. Sie schoss auf Greta zu, die keinen Schritt zurückwich, sondern sie vielmehr mit herausforderndem Lächeln betrachtete. Alice beugte sich zu ihr vor. »Du böses Weib!« Sie starrte Greta an. »Es wundert mich überhaupt nicht, dass Rosa dir damals den Laufpass gegeben hat. Und deswegen bestrafst du alle, denen etwas an dir liegt, nicht wahr? Zum Beispiel Lilly. Aber wer möchte schon mit so einem giftigen Biest zusammen sein, das nicht weiß, was Liebe bedeutet.«

Greta legte den Kopf schief. »Lass Lilly aus dem Spiel, du armes, dummes, kleines Gänschen. Du hast nicht die geringste Ahnung von Liebe. Ich weiß nicht, was Liebe bedeutet?« Sie öffnete ihre Handtasche, nahm eine weitere Zigarette heraus und zündete sie an. Nachdem sie tief inhaliert hatte, sah sie Alice an. »Im Gegensatz zu dir habe ich mich sehr bewusst für die Liebe entschieden. Ich weiß, dass Rosa Ludwig nicht für mich verlassen wird.« Sie nahm noch einen Zug, warf die Zigarette auf den Boden und trat sie aus. Dann hob sie den Blick. »Aber das heißt nicht, dass ich deswegen aufhöre, sie zu lieben. Oder mich für den Rest meines Lebens als Opfer betrachte. Und alles andere ... ist meine Angelegenheit. Misch dich da also nicht ein.« Sie wandte sich ab und ließ Alice stehen.

Als sie schließlich die Krolloper erreichten, war es bereits halb zehn. Toni, einer von Gretas zahlreichen Bekannten, arbeitete dort als Beleuchter und hatte ihnen im großen Saal an einem der Tische direkt vor dem Podium zwei Plätze organisiert. Nun wartete er ungeduldig vor dem Haupteingang. Als er Greta sah, trat er seine Zigarette aus und rief ihr zu. Greta blickte sich kurz nach Alice um, die ihr in einigen Schritten Abstand folgte. Sie blieb stehen, damit sie aufholen konnte, dann bahnte ihnen Toni einen Weg durch die Menge, ohne auf die empörten Proteste der Umstehenden zu achten. Greta hatte wortlos Alices Hand gepackt, um sie im Gedränge nicht zu verlieren. Plötzlich hielt jemand Alice am Arm fest. Sie spürte, wie sich Gretas Hand aus ihrem Griff löste. Erschrocken wandte sie sich um und blickte in die blutunterlaufenen Augen eines älteren Mannes. Mit seinem breiten Schnauzer sah er aus wie ein wütendes Walross.

»Hören Sie mal, junge Frau. So geht das nicht!«, schnaufte das Walross entrüstet und versuchte Alice wieder nach hinten zu schieben. Ungeduldig riss sie sich los und versuchte Greta in der Menge zu finden. Da! Ein paar Meter vor sich konnte sie ihren grünen Hut am Seiteneingang erkennen.

Alice begann, sich unter Einsatz ihrer Ellbogen einen Weg zu bahnen. Die feindseligen Blicke, die sie dabei erntete, ignorierte sie. »Na dit is' ja'n Ding«, hörte sie es hinter sich murren.

Als sie endlich die Tür erreichte, wurde sie geöffnet, und sie konnte im Halbdunkel des dahinterliegenden Raums Tonis besorgtes Gesicht erkennen. Er griff nach ihr und zog sie schnell ins Gebäude. Dann schlug er der nachfolgenden Masse die Tür vor der Nase zu.

»Greta ist bereits im Saal. Gib deine Sachen dort drüben ab.« Damit verschwand Toni in die andere Richtung.

Alice drängte sich zur Garderobe. Der Wechsel von der eiskalten Luft in die stickige Wärme des Foyers, der plötzliche Ansturm verschiedener Gerüche – Parfum, Schweiß und Tabak – raubte ihr fast den Atem.

Das Garderobenfräulein nahm ihr den Mantel ab und gab ihr eine Marke. Sie öffnete ihre Handtasche, wollte sie im Umdrehen hineinschieben und prallte gegen ihren Hintermann. Als sie den Blick hob, erstarrte sie. Ihr gegenüber stand ihr Vater. Amüsiert blickte er auf sie herab.

»Hallo, Alice.«

Finster starrte sie ihn an. Er griff nach ihrer Hand und zog sie einen Schritt zur Seite. Als hätte sie sich verbrannt, riss sie sie zurück.

»Ich will nicht um den heißen Brei herumreden, mein Kind.« Sie konnte den belustigten Unterton in seiner Stimme hören. »Ich würde dir gerne einige Dinge erklären.«

Sie schüttelte den Kopf. »Noch mehr Lügen?« Sie klang wütend und verletzt, obwohl sie eigentlich kühl und ruhig bleiben wollte. »Danke, aber mein Bedarf ist gedeckt!«

»Damit würdest du dich um die Möglichkeit bringen, die Wahrheit zu erfahren. Niemand außer mir ist noch da, der sie kennt. Und obwohl es dich eigentlich nichts angeht, bin ich bereit, sie dir zu erzählen.«

»Ich verzichte. Ich will deine Lügen nicht hören.«

Lux musterte sie mit unbewegter Miene. Dann beugte er sich plötzlich vor. »Ich erwarte dich.«

Er wandte sich ab und ließ Alice stehen. Sie blinzelte und starrte ihm hinterher. Sie würde jetzt in den Saal gehen und sich die Reden anhören. Und diese Begegnung vergessen. Hastig schob Alice sich durchs Gedränge und machte sich auf die Suche nach Greta und ihrem Platz.

Zwei Stunden später merkte sie, wie schwer es ihr fiel, sich auf die Reden zu konzentrieren. Die Grußadressen, unter ihnen jene von Einstein und anderen Persönlichkeiten, waren vollständig an ihr vorbeigegangen. Auch vom Vortrag über die Versammlungsfreiheit bekam sie fast nichts mit.

Ein paarmal hatte sie sich dabei ertappt, wie sie den Blick durch den Saal schweifen ließ und nach dem einen vertrauten, verhassten Gesicht suchte. Dann sah sie wieder zur Tribüne hoch, auf der nun Professor Tönnies stand und über die Freiheit von Forschung und Lehre referierte. Als Applaus aufbrandete, klatschte Alice automatisch mit. Nachdenklich musterte sie die Reihe der Redner. Viele weiße Bärte und Brillen. Ein ehemaliger Polizeioberst. War nicht in den letzten Jahren mit unverhältnismäßiger Härte gegen Kommunisten und Sozialisten vorgegangen worden? Dort drüben, ein ehemaliger preußischer Kulturminister. Hatte es nicht viele Prozesse gegeben, die Künstler vor Gericht zerrten? Hatten Staatsanwälte ihnen nicht den Prozess gemacht wegen Gotteslästerung oder Pornografie? Hatten diese alten Männer die Kraft, das, was sich zusammenbraute, aufzuhalten? Eine Willenskundgebung aller geistig Schaffenden für *Freies Wort* wollte der Kongress sein. Aber würde sich dieser Wille in der Verfassung einer schön formulierten Resolution erschöpfen, die genauso zwecklos war wie die in der Tasche geballte Faust? Sie blickte sich um. Könnte dieser Kongress tatsächlich etwas bewirken? Sie war sich nicht sicher. Sie war sich in gar nichts mehr sicher.

Tönnies' Platz am Rednerpult wurde nun von einem

anderen alten Mann eingenommen. Alice blickte ins Programm. Dr. Wolfgang Heine, ehemaliger preußischer Justizminister. Der Heine, der dem rechten SPD-Flügel angehörte und 1920 nach dem Kapp-Putsch wegen allerlei Versäumnissen zurücktreten musste. Angeblich hätten die rechten Putschisten damals sogar erwogen, Heine ein Amt in ihrer nationalen Regierung anzubieten. Und dieser Mann sollte über die Freiheit der Kunst sprechen? Alice blickte zum Podium. Wenn jemand über die Freiheit der Kunst hätte sprechen können, dann Harry Graf Kessler. Eigentlich hätte sie froh darüber sein müssen, dass sich so unterschiedliche Männer wie Graf Kessler und Wolfgang Heine gegen die Nazis aussprachen, doch irgendwie war ihr der Optimismus abhandengekommen. Ob meine Schwarzseherei mit meinem Streit mit Greta zusammenhängt oder mit Lux, fragte sie sich. Verdammt, sie wollte nicht darüber nachdenken. Vielleicht kann mich ja der Vortrag ablenken, dachte sie und versuchte sich auf den Redner zu konzentrieren. Heine hatte seine Rede unterbrochen. Neben ihm stand ein Mann, der die Hand über das Mikrofon legte. Die beiden besprachen sich flüsternd. Dann trat Heine zurück und überließ das Mikrofon seinem Kollegen Grimme, der sich dem Publikum als ehemaliger preußischer Kulturminister vorstellte und verkündete, dass die zeitgleich in der Volksbühne stattfindende Kundgebung des sozialistischen Kulturbundes von offizieller Stelle verhindert worden wäre. Im Publikum breitete sich Unruhe aus. Einige Zuhörer machten ihrer Empörung lauthals Luft. Alice blickte sich im Saal um und stutzte. Waren die Schutzleute an den Rändern des Saales schon vorher da gewesen? Und waren dort auch SA-Männer? Sie runzelte die Stirn und wandte sich wieder der Tribüne zu.

Grimme hob die Hand, bat erneut um Ruhe. Er werde nun Heinrich Manns Botschaft vortragen, die eigentlich in der Volksbühne hätte verlesen werden sollen. Applaus brandete auf.

Dann trat erneut Heine ans Pult und setzte seine Rede fort. Schon wenige Minuten später blickte er nicht mehr auf die vor ihm liegenden Papiere. Alice zuckte zusammen, als er seine Faust aufs Rednerpult fallen ließ und mit erhobener Stimme rief, es sei schon im Wilhelminischen Zeitalter um die Freiheit der Kunst nicht allzu gut bestellt gewesen. »Das aber, was sich die jetzigen Machthaber erlauben, übersteigt alles bisher Dagewesene«, rief er empört, und Alice fühlte, dass er es ernst meinte. Der alte Mann war zweifellos ein guter Redner. Auch wenn sie ihm nicht in allen Punkten zustimmte und seine persönliche Vergangenheit ihn in ihren Augen nicht sympathischer machte, musste sie ihm lassen, dass er recht hatte und ernsthaft mit der Lage haderte. Mit einem Anflug von Sarkasmus bemerkte er, das Christentum sei jetzt wieder sehr in Mode gekommen, er wisse aber nicht, ob es daran läge, dass man in einem jahrhundertealten Grab in Palästina ein Hakenkreuz gefunden habe. Noch während die Zuhörer lachten, sah Alice, wie ein großer hagerer Polizist in Uniform auf die Tribüne stieg. Heine wandte sich vom Rednerpult ab und trat zu seinen Kollegen. Einige Minuten lang schien eine heftige und erbitterte Diskussion aufzubranden.

Dann trat der Polizist ans Rednerpult. »Die Versammlung ist hiermit polizeilich beendet«, schnarrte er ins Mikrofon. »Verlassen Sie umgehend die Räumlichkeiten und folgen Sie den Anweisungen der Beamten vor Ort.«

Aufgeregte Stimmen flogen durch den Saal. Alice blickte sich um. Einige der Gäste waren aufgestanden und strebten nervös zu den Ausgängen. Andere standen in kleinen Grüppchen zusammen und redeten aufgeregt durcheinander. Alices Blick blieb an einem Paar hängen, das sich an den Händen hielt. Die beiden sahen einander an, dann atmete der Mann tief ein und stimmte ein Lied an. Zuerst hörte man ihn kaum. Erst als seine Frau mit einstimmte, erkannte Alice, was die beiden da sangen: die Internationale! Alice sah, wie sich die Leute verblüfft nach den beiden umwandten und nach kurzem Zögern einstimmten. Die, die noch saßen, standen ebenfalls auf und sangen nun mit. Alice lief ein Schauer über den Rücken. Sie fühlte Greta nach ihrer Hand greifen. Ohne sich anzublicken, stimmten auch sie ein. Alice drückte Gretas Hand und spürte, wie diese den Druck erwiderte. Durch die sich vermengenden Stimmen konnte Alice die schrillen Pfiffe der Schupos hören, die mit gezückten Gummiknüppeln in den Saal vorrückten und begannen, die Menge einzukreisen. Erst als eine Frau aufschrie, ebbte der Gesang langsam ab und erstarb dann ganz. Die Schupos und die Kongressteilnehmer standen einander gegenüber und starrten sich an.

»Personenkontrolle!«, bellte eine Stimme. »Alle ohne gültige Papiere werden mitgenommen.«

Hinter den Schupos an den Ausgängen konnte Alice erkennen, dass kleine Klapptische aufgestellt worden waren, an denen SA-Männer in braunen Uniformen gemeinsam mit Polizisten standen. Einer nach dem anderen wurde aus der Menge herausgeführt und musste seine Papiere vorzeigen. Die Angaben wurden sorgfältig notiert. Die kühle Geschäftsmäßigkeit der Beamten machte Alice nervös.

Eine halbe Stunde später stand sie mit Greta auf der Straße. Es wurde bereits dunkel. Die Februarkälte zog vom Tiergarten herüber. Doch es war nicht der Frost, der sie frieren ließ. Als sie schweigend Richtung Brandenburger Tor liefen, fragte Alice sich, was wohl als Nächstes auf sie alle zukäme.

Kein Licht, nirgends

März 1933

Als Alice am Montagmorgen um kurz vor acht die Bürotür öffnete, traute sie ihren Augen nicht. Johann saß, in einer Kaffeetasse rührend und eine qualmende Zigarette zwischen den Fingern, an seinem Schreibtisch und blätterte in einem Auktionskatalog. Als er sie eintreten hörte, sah er auf und hob die Tasse.

»Willst du auch einen? Ich habe ihn eben frisch aufgebrüht.« Er erhob sich halb aus seinem Stuhl.

»Bleib sitzen. Ich nehme mir selbst.«

Er ließ sich wieder zurückfallen.

»Wie kommt es, dass du schon so früh da bist? Du schaffst es doch sonst nie vor 11 Uhr ins Büro. Hast du heute einen Termin?« Sie schenkte sich ein, nippte misstrauisch an dem Kaffee, hustete und stellte die Tasse schnell ab. Sie bräuchte mindestens noch drei Löffel Zucker und ziemlich viel Milch, um diese Brühe herunterzubekommen. »Hast du schon probiert?« Sie deutete auf seine Tasse.

»Wieso? Ist er zu stark?« Als er einen Schluck nahm, verzog er das Gesicht und schluckte schnell hinunter. Dann stand er auf und schüttete den Inhalt in die Palme neben dem Fenster. »Ich hoffe, sie überlebt es. Könntest du vielleicht welchen aufsetzen? Ich wollte uns eigentlich nicht umbringen.«

Während Alice mit dem Kaffeefilter hantierte, zündete Johann sich eine weitere Zigarette an und blies das Streichholz aus. Er lehnte sich ans Sideboard und sah ihr nachdenklich zu.

Alice blickte kurz zu ihm, während sie den frisch gefüllten Wasserkessel auf die kleine tragbare Heizplatte setzte. »Ich weiß immer noch nicht, warum du heute so früh da bist. Ist was passiert?«

Er drückte seine Zigarette in einem der vielen über den Raum verteilten Aschenbecher aus. »Es gibt tatsächlich zwei Dinge, über die ich mit dir sprechen muss. Zwei sehr dringende Dinge.«

»Ist etwas mit ...« Sie machte einen Schritt auf Johann zu. Doch er hob die Hand, und sie verstummte.

»Die eine Sache betrifft die Veranstaltung in der Krolloper vor zwei Wochen. Ich habe – nennen wir es – einen Bekannten bei der Polizei. Er hat erwähnt, dass deine Personalien aufgenommen wurden.«

In diesem Moment begann der Wasserkessel schrill zu pfeifen. Alice zuckte zusammen, fuhr herum, riss ihn von der Platte und stellte ihn auf dem kleinen Tisch ab, ohne sich darum zu kümmern, ob die Hitze möglicherweise den Lack beschädigte. Dann wandte sie sich wieder zu Johann um.

»Dieser Bekannte«, nahm Johann den Faden auf, »hat deine Angaben, nun ja, verschwinden lassen.«

Ohne ihn aus den Augen zu lassen, fischte Alice nach ihrem Zigarettenetui, musste aber feststellen, dass es leer war. Johann nahm eine Zigarette aus seiner Schachtel, zündete sie an und beugte sich vor, um sie ihr zu geben.

»Alice, du musst aufpassen. Ich weiß nicht, wie lange ich mich noch auf gewisse Bekanntschaften verlassen kann.«

Sie fühlte, wie sich ein Druck in ihrer Brust aufbaute. Hastig zog sie an der Zigarette und starrte blicklos das Pechstein-Gemälde an, das an der Längsseite des Raumes hing. »Und das Zweite, über das du mit mir sprechen wolltest?«, fragte sie.

»John.«

Sie fuhr zusammen und spürte, wie ihr Herz zu rasen begann.

»Ich fürchte, er steckt in Schwierigkeiten.«

Sie war kurz nach vier Uhr morgens aufgewacht. Noch im Bett, ohne das Licht anzumachen, hatte sie sich eine Zigarette angezündet, die nun ungeraucht zwischen ihren Fingern hing, während sie an die dunkle Decke starrte. Erst als die Glut in ihre Fingerspitzen biss, stand sie auf, ging in die Küche und setzte Kaffeewasser auf. Während sie auf das Pfeifen des Kessels wartete, starrte sie aus dem Fenster auf die dunklen Umrisse der Nachbarhäuser. Kein Licht, nirgends. Ihr eigenes Bild, das sich im Fensterglas spiegelte, schwebte vor ihr wie ein durchscheinendes Phantom. Der noch kahle Baum im Hinterhof reckte seine dürren Äste gegen den Himmel. Alice wandte sich ab und goss das kochende Wasser auf das Kaffeepulver. Während die dampfende Flüssigkeit durch den Filter lief, setzte sie sich an den Küchentisch und zog den Notizblock zu sich heran, auf dem eine Uhrzeit stand. Es war ihr nicht leichtgefallen, sich mit Erik zu verabreden. Doch es führte kein Weg daran vorbei. Nicht, wenn sie John retten wollte.

Während sie sich die erste Tasse Kaffee des Tages einschenkte, wanderten ihre Gedanken zurück zu ihrem Gespräch mit Johann. Und von Johann unweigerlich zu John. Sie zündete sich eine weitere Zigarette an, nahm die Tasse und stellte sich wieder ans Fenster. Noch immer keine Lichter, doch konnte man bereits eine erste verschlafene Amsel hören.

Zu behaupten, John stecke in Schwierigkeiten, wäre eine schreckliche Untertreibung. Alice starrte in die Dunkelheit hinaus. Sie hatte Angst. Die Wahlen hatten nicht gerade dazu beigetragen, diese Angst zu besänftigen. Im Gegenteil. Angst schien in letzter Zeit das vorherrschende Gefühl zu sein.

Sie biss sich auf die Lippe. Sie hatte sich von ihrer Wut hinreißen lassen, hatte den Kopf verloren. Selbst jetzt noch spürte sie Ärger in sich aufsteigen, wenn sie daran dachte, dass John damals nicht zur Wiedereröffnung gekommen war. Doch anstatt wegzurennen, hätte sie mit ihm reden müssen. Und nun hatte er sich mit Scanlan eingelassen. Sie hatte ihm von Anfang an nicht über den Weg getraut. Ihr Gefühl hatte sie nicht getrogen. So wie es aussah, hatte Scanlan versucht, John für die irische Sache zu rekrutieren. Anscheinend mit Erfolg.

Johann hatte nichts unversucht gelassen, John zu finden. Aber er war wie vom Erdboden verschwunden. Er war nicht im *Blinden Schwein* aufgetaucht, und selbst bei den Hunden war er nicht mehr gewesen. Das letzte Mal gesehen hatte Johann ihn, als er kurz nach ihrem Streit Gentle in der Galerie abgegeben hatte. Monatelang hatte niemand von ihm gehört, ihn nicht in der Stadt gesehen. Eines Tages war er dann wieder in Berlin aufgetaucht, erzählte man sich. Aber: immer noch kein Lebenszeichen von ihm, kein Anruf. Die vertrauten Orte mied er. Doch dann, vor fünf Tagen, hatte Johanns Telefon geklingelt. John wollte ihm zusammen mit Scanlan einen geschäftlichen Vorschlag machen. Johann hielt, genau wie Alice, nicht viel von Scanlan. An einem Geschäft mit ihm hatte er kein Interesse. Doch um mit John zu sprechen, hatte er einem Treffen zugestimmt.

Alice lehnte ihre Stirn gegen die kalte Glasscheibe. Im Erdgeschoss des Hinterhauses ging ein Licht an. Sie wandte sich ab, setzte sich an den Küchentisch und füllte erneut ihre Tasse.

Als sie sich am nächsten Tag im Foyer des Eden-Hotels getroffen hatten, hätte Johann John beinahe nicht wiedererkannt. Blass, spitz und müde sah er aus. Abweisend und schweigsam stand er neben dem eleganten, redegewandten Scanlan.

Wie sich schnell herausstellte, wollte Scanlan Waffen für den irischen Freiheitskampf organisieren. Johann hatte Scanlan gefragt, wie er darauf käme, dass er ihm welche beschaffen könne. Scanlan hatte gelacht. Man würde viel rumkommen, meinte er, und dabei so einiges hören.

»Um es kurz zu machen«, hatte Johann Alice erklärt, »ich habe kein Geschäft mit Scanlan abgeschlossen.« Er hatte mit den Schultern gezuckt und Alice scharf gemustert.

»Konntest du mit John sprechen?«, hatte Alice gefragt und dabei gespürt, wie ihr Herz gegen die Rippen hämmerte.

Johann hatte den Kopf geschüttelt. »Ich habe es versucht, aber es kam nicht viel dabei heraus. Du kennst John. Er nimmt Hilfe nicht an.«

Johann hatte sie angeblickt. Alice las eine Besorgnis in

seinem Blick, die ihr mehr Angst machte als alles andere. Er griff nach ihrer Hand.

»Es gibt noch ein Problem. Wenn du irgendeine Möglichkeit hast, dann bitte ich dich, sie zu nutzen.«

Alice starrte ihn an, öffnete den Mund, schloss ihn wieder. »Was?«

»Scanlan hat John für sein Waffengeschäft fallen lassen.«

Fragend sah sie ihn an. »Aber das ist doch gut, oder?«

»Nein, das ist es ganz und gar nicht.« Er ließ Alices Hand los. »Er hat einen anderen Lieferanten gefunden. Die SA.«

»Das ist doch gut!«, beharrte sie. »John würde bei so etwas nie mitmachen. Da werden ihm einige Sachen über Scanlan klar geworden sein und …« Angst stieg in ihr auf.

Johann hatte die Hand erhoben, und Alice verstummte. »Für dieses Geschäft hat er John fallen lassen«, wiederholte er. »Und er hat ihn an die SA verraten.«

Ihre Knie wurden weich.

»Die SA hat ihn bereits geholt. Und ich weiß, mit wem Scanlan sein Geschäft abwickeln will.« Er zögerte. »Scanlan bekommt die Waffen von Erik Wolfferts.«

Alice sah ihren Onkel fassungslos an.

»Wenn du also irgendwelche Möglichkeiten hast, zu erfahren, wo John hingebracht wurde«, hatte Johann erklärt, ohne sie anzusehen, »und wie wir ihn dort herausbekommen können, dann ist jetzt der Zeitpunkt, deine Verbindung zu Erik zu nutzen.«

Das Knallen einer Wohnungstür im Haus holte Alice zurück in die Gegenwart. Sie zuckte zusammen, blinzelte und schüttelte sich wie ein nasser Hund. Graues Tageslicht fiel durchs Küchenfenster. Sie hob die Kaffeetasse an den Mund, doch der war kalt geworden. Langsam, als könne die Tasse explodieren, stellte sie sie auf den Tisch und starrte sie an. Dann erhob sie sich. Auch wenn Erik sie erst heute Abend abholen wollte, musste sie sich vorbereiten.

Bei Horcher

8. März 1933

Alice öffnete ihm die Tür in ihrem meergrünen Tanzkleid mit dem tiefen Rückenausschnitt, das sie im *Blinden Schwein* getragen hatte, und sie konnte sehen, wie es Erik die Sprache verschlug. Auf diese Reaktion hatte sie gehofft. Nur deswegen hatte sie das Kleid gewählt. Sie hatte es angelegt wie eine Rüstung, wie etwas, womit sie in den Kampf ziehen konnte. Sie drehte sich einmal um sich selbst und spürte seinen Blick auf ihrem Körper.

Auch Erik sah gut aus, er trug einen nachtblauen Anzug, an dessen Revers das Parteiabzeichen blinkte. Als ihr Blick daran hängen blieb, verkrampfte sich ihr Magen. Schnell sah sie weg.

Sie hatte ihm die Rosen abgenommen, ihm einen Kuss auf die Wange gehaucht und die Blumen in eine Vase gestellt. Kurz darauf saßen sie in seinem brandneuen Horch 470. Die Luft im Wageninneren war gesättigt von seinem Rasierwasser. Hat er es schon immer benutzt, fragte sie sich und versuchte einen Anflug von Übelkeit zu unterdrücken.

Er war befördert worden. Jetzt, wo die Partei die Wahl gewonnen hatte, ging es aufwärts mit Deutschland. Sie würde schon sehen: Der Führer würde es richten. Alice hätte am liebsten geschrien. Erik redete und redete vom »neuen« Deutschland, dass nun endlich die Systemzeit ein Ende hätte, dass alles besser würde ... Als sie an einer roten Ampel hielten, legte sie die Hand auf seine, sodass er verstummte und sie anblickte. Sie beugte sich zu ihm und küsste ihn auf die Wange. Erst als der Wagen hinter ihnen hupte, legte er den Gang ein und fuhr weiter. Den Rest der Fahrt schwiegen sie.

Als sie schließlich in der Lutherstraße hielten, wurde Alice klar, dass Erik sie nicht in irgendein Lokal ausführte. Er hatte das *Horcher* für ihr Rendezvous gewählt, eines der teuersten Lokale Berlins. Nur die wenigsten konnten es sich leisten, hier zu essen. Charlie Chaplin, Fritzi Massary, Henny Porten, Max Reinhardt waren gern gesehene Gäste. Als Alice auf dem Gehweg stand und darauf wartete, dass Erik ihr die Tür öffnete, fröstelte sie. Sie zog ihren Mantel fester um sich. Der Wind wehte scharf die Straße herunter.

Sie versuchte, ruhig zu bleiben, doch ihr Herz klopfte bis in den Hals. Als Erik sie sachte am Ellbogen fasste, um sie in das intime Lokal zu geleiten, zuckte sie unmerklich zusammen. Wie in einer einstudierten Choreografie näherten sich ihnen beinahe lautlos die Ober, nahmen ihnen die Mäntel ab und führten sie an ihren Tisch.

Reiß dich zusammen, ermahnte sie sich. Um John da rauszuholen, wo immer er auch war, durfte sie diesen Abend nicht vermasseln. Ein Ober servierte Champagner, und ein anderer schob ihr unauffällig ein kleines, mit rosafarbener Seide bezogenes Bänkchen unter den Tisch, damit sie ihre Füße darauflegen konnte. Erstaunt blickte sie Erik an, der sie zufrieden beobachtete.

Er griff nach seinem Champagnerkelch. »Auf diesen

Abend«, prostete er ihr zu. Während sie seinen Trinkspruch erwiderte, fühlte es sich an, als ob ihr Lächeln ihr Gesicht zersplitterte.

Nichts, was auf der Karte stand, regte ihren Appetit an. Weder die Medaillons Horcher noch der Faisan de presse. Nicht Schildkrötenparfait, Rheinlachs, Kalbsröllchen auf Artischockenböden, Niere flambé, Gamsbocksteak oder Tournedos Horcher. Als der Ober erklärte, wie die Ente für die Canard à la rouennaise zubereitet wurde, stieg leichte Übelkeit in ihr auf: Die Ente wurde erwürgt statt geschlachtet, damit das Blut im Körper bliebe und das Fleisch zarter und roséfarbener machte. Die Knochen wurden ausgelöst und am Tisch, vor den Augen der Gäste, in einer silbernen Presse ausgedrückt, der Saft aufgefangen und eingedickt.

»Das hört sich …«, Erik zögerte, »drastisch an.« Er räusperte sich. »Ich glaube, ich nehme das Gamsbocksteak. Ich möchte mir gerne vorstellen, dass der Kampf zwischen Jäger und Gamsbock sportlicher war als zwischen Koch und Ente. Oder wurde der Gamsbock etwa auch erwürgt?« Er sah den Ober fragend an und reichte ihm die Karte.

Glücklicherweise hatte der Champagner Alice bereits ein wenig entspannt, und so musste sie den Blick abwenden und sich eine Zigarette anzünden, um nicht loszulachen. Nachdem der Ober gegangen war, sah sie vorsichtig über den Tisch zu Erik, der die Serviette vor den Mund hielt und sich räusperte. Als sich ihre Blicke trafen, fingen seine Schultern an zu beben. Er ließ die Serviette sinken, und sie prusteten los. Vielleicht kann der Abend ja doch gelingen, dachte Alice, nachdem sie sich wieder gefangen hatten. Als er ihr Champagner nachschenkte, berührten sich ihre Finger. Sie sah ihm einen Moment direkt in die

Augen, dann senkte sie langsam die Lider und war sich der Wirkung dieses Blicks nur allzu bewusst.

Nach etwa einer Stunde wurde ihnen das Dessert, Pfirsich Melba, serviert. Alice stellte erstaunt fest, wie die Zeit verflog, während sie sich über Kunst und Literatur und alle möglichen Dinge unterhielten. Sie sah zu Erik hinüber, der sich mit Genuss über sein Dessert hermachte und versuchte, ihre Chancen einzuschätzen.

Mit John hatte sie manchmal stundenlang über Bilder diskutiert. In den letzten Wochen vor ihrem Bruch hatte er begonnen, sich für bestimmte Maler und Gemälde zu interessieren. Bei dem Gedanken an seine Reaktion, als er das erste Mal einen Van Gogh gesehen hatte, musste sie lächeln. Sein Blick, der sich an den Farben, an jedem Detail festgesogen hatte.

»Einen Groschen für deine Gedanken«, hörte sie Eriks Stimme und blickte auf. Er hatte seine Schale zur Seite geschoben und stützte das Kinn in die Hand.

Sie hob die Augenbrauen. »Die sind nicht besonders interessant.«

»Hm, da wäre ich mir nicht sicher. Auf jeden Fall bringen sie dich zum Lächeln. Ich würde gerne mehr davon sehen. Von diesem Lächeln.« Er legte die Serviette zur Seite und räusperte sich. »Ich weiß nicht, ob das, was ich dir jetzt sage, dich zum Lächeln bringen kann. Aber ich hoffe, dass es dir eine ... gewisse Genugtuung bereiten wird.«

Alice legte den Dessertlöffel zur Seite und sah ihn an.

»Du weißt ja, dass ich befördert wurde. Nun, diese Beförderung bringt zwar sehr viel Arbeit mit sich, aber auch gewisse Privilegien, die man mit großer Umsicht nutzen sollte.« Er griff nach seinem Zigarettenetui, öffnete es und hielt es Alice hin, die eine von seinen starken türkischen Zigaretten herausnahm. Nachdem er ihr Feuer gegeben hatte, lehnte er sich zurück und betrachtete sie nachdenklich durch den Tabakrauch. »Ich hatte dir versprochen, eine Lösung für dein Problem zu finden. Dein Problem mit deinem Vater.«

Alice blinzelte überrascht.

»In meiner neuen Position«, fuhr Erik fort, »kann ich Personen, die … sagen wir mal … wegen undeutschen Verhaltens auffällig geworden sind, auf Listen setzen lassen, um mich zu gegebener Zeit mit ihnen auseinanderzusetzen.«

»Undeutsches Verhalten?« Alice runzelte die Stirn. Als sie Eriks Blick traf, war ihr, als laufe ein elektrischer Schlag durch ihr Rückgrat.

»Bis jetzt habe ich noch keine offiziellen Ermittlungen einleiten lassen, über den politischen … oder rassischen Hintergrund deines Vaters. Aber glaube mir, wenn die Zeit gekommen ist, werde ich etwas finden.«

»Was für eine Liste ist das?«, fragte Alice und hatte das Gefühl, dass der Pfirsich Melba, an dem sie bis eben herumgepickt hatte, sich auf umgekehrtem Weg wieder aus ihrem Magen kämpfen wollte.

»Eine Liste, auf die man Reichsfeinde setzen lassen kann.« Mit einem Lächeln beugte er sich zu ihr vor und flüsterte: »Und ich habe noch jemanden auf die Liste gesetzt.« Seine Augen funkelten. Um seine Mundwinkel kräuselte sich ein Lächeln.

Alice starrte ihn an. Die Glut der ungerauchten Zigarette versengte ihr die Fingerspitzen. Eilig drückte sie sie aus.

»Ich habe ein bisschen aufgeräumt und deinen ehemaligen Freund – diesen Iren – auf die Liste gesetzt. Ich habe ja genügend Verbindungen zur SA.«

»Wie?«, fragte Alice mit einem Krächzen. Sie räusperte sich, um einen gleichgültigen Gesichtsausdruck bemüht.

Er lächelte zufrieden und lehnte sich zurück. »Du siehst, entgegen deiner Mutmaßungen wirken sich die neuen Zeiten für SA und SS durchaus positiv aus.«

»Erik ...«

Er hob die Hand. »Aber das nur ganz nebenbei. Zurück zu deinem Ehemaligen. John Stevens und sein Kumpan Scanlan hatten sich an einen meiner Bekannten gewandt, der mir noch einen kleinen Gefallen schuldig war, in der Hoffnung ein Geschäft für ihre ... Freiheitsbewegung anzubahnen.« Er schürzte verächtlich die Lippen. »Nun ja. Wir sind zum Schein auf das Geschäft eingegangen. Mein Bekannter hat Scanlan sehr schnell davon überzeugen können, dass es besser wäre, Stevens fallen zu lassen, um an die Ware zu kommen. Die wir ihm übrigens niemals liefern werden. Der Rest war ein Kinderspiel. Dieser Idiot Scanlan hat Stevens zu einem verabredeten Treffpunkt gelockt, und dort haben unsere Leute gewartet, ihn wegen illegaler Waffenschiebereien in Schutzhaft genommen und in den Wasserturm Prenzlauer Berg gebracht.«

Alice spürte seinen Blick auf sich ruhen. »In einen Wasserturm?«, fragte sie und hoffte, dass er das Zittern in ihrer Stimme nicht hörte.

»Ein Konzentrationslager mitten in Prenzlauer Berg. Mittendrin, damit diese Roten sehen, was ihnen blüht, wenn sie sich gegen die nationale Sache stellen sollten. Viele von denen sind unbelehrbar.« Er musterte sie interessiert. »Ist dir nicht gut, Alice?«

Alice schüttelte den Kopf. »Nein, alles in Ordnung. Ich glaube, ich habe nur zu viel gegessen.« Mit einer weit ausholenden Geste deutete sie auf den Tisch, auf die Dessertschälchen. »Ich meine, so viel und gut wie heute Abend habe ich schon lange nicht mehr gegessen.«

Nach kurzem Zögern lachte Erik. »Ja, das ist wohl wahr.« Er strich sich über den Bauch. »Ich fühle mich ziemlich gemästet.« Er drehte sich nach dem Kellner um und gab ihm das Zeichen, die Rechnung zu bringen. Dann wandte er sich wieder zu Alice, beugte sich über den Tisch und flüsterte: »Wir sollten hier schnell verschwinden, bevor sie uns den Hals umdrehen, weil wir so gut genährt sind.« Dann kniff er ein Auge zu.

Alice lachte, doch selbst in ihren eigenen Ohren hörte es sich falsch an. Erik blickte sie nachdenklich an. Hoffentlich schreibt er es meinem vollen Bauch zu, dachte sie erschrocken und biss die Zähne zusammen.

Sie senkte den Blick, atmete ein und aus, dann lächelte sie Erik an. »Lass uns in die *Kakadu-Bar* fahren, noch etwas trinken. Ich möchte nicht, dass der Abend bereits jetzt endet.« Sie versuchte Erik einen so betörenden Blick zuzuwerfen, wie es ihr unter diesen Umständen möglich war. Na komm schon, dachte sie, du willst es.

Er musterte sie, und für den Bruchteil einer Sekunde glaubte Alice, eine Kälte in seinem Blick aufblitzen zu sehen, die ihr Angst machte. Doch so schnell, wie sie aufgetaucht war, war sie auch verschwunden, und er setzte wieder ein strahlendes Lächeln auf.

Im *Kakadu* würde sie versuchen, ihn so weit zu bringen, dass er sie in seine Wohnung mitnahm und dann … Ein Schritt nach dem anderen, dachte Alice. Ein Schritt nach dem anderen.

Die Gäste im *Kakadu* drängten sich an der Bar und auf der Tanzfläche. Alice hatte Erik ebenfalls auf die Tanzfläche gezogen, und je länger sie tanzten, umso enger rückten sie zusammen. Schließlich hatten sie sich an einem kleinen Tisch in einer der Knutschecken niedergelassen, und sie hatte ihm unmissverständlich zu verstehen gegeben, dass sie bereit für mehr war. Es dauerte nicht lange, bis sie genug von der lärmenden, verqualmten und hektischen Bar hatten.

Schweigend waren sie von der Augsburger Straße in die Viktoriastraße gefahren. Lautlos glitten die Straßenzüge an Alice vorbei. Je weiter sie in die gutbürgerliche Wohngegend mit den vielen Galerien und Kunsthandlungen hineinfuhren, je weiter sie sich vom grellen, wirbelnden Kurfürstendamm entfernten, umso stiller wurde es. Kaum ein Licht brannte in den Fenstern. Alice dachte an all die Frauen, die alleine oder neben ihren Männern schlafend in ihren Betten lagen. Sie fuhren nicht um drei Uhr morgens in die Wohnung eines Mannes, um seine Zuneigung auszunutzen.

Sie lehnte den Kopf gegen die kühle Scheibe und schloss die Augen. Erik legte vorsichtig, fast fragend seine warme Hand auf ihren Oberschenkel. Sie hielt sie fest und drückte sie. Der Wagen bremste ab, rollte aus und zog an den Straßenrand. Sie waren da.

Alice betrat das Wohnzimmer vor ihm. Leise schloss er die Wohnungstür, ging an ihr vorbei und schaltete mehrere Stehlampen an. An den Wänden entdeckte sie Bilder von Nolde und Pechstein. Auf einem Sockel meinte sie eine kleine Barlach-Skulptur zu erkennen.

Erik war hinter sie getreten, zog ihr den Mantel von den Schultern und warf ihn nachlässig auf ein großes weißes Ledersofa. Dann begann er ihre Schultern zu küssen. Alice schloss die Augen. Ein Schauer lief ihr über den Körper. Erik strich mit seinem Zeigefinger von ihrem Nacken ihr Rückgrat entlang bis zu ihrer Hüfte. Sie konnte seinen Atem auf ihrer Haut spüren, der ihr Herz schneller schlagen ließ. Alice drehte sich zu ihm um, legte den Arm um seinen Hals, zog ihn an sich heran und küsste ihn. Seine Hände glitten über ihre Schultern, an ihren Seiten entlang und hielten in ihrer Rückenbeuge. Sie spürte seine Erektion und stellte erstaunt fest, dass sie sich darüber freute. Alice drängte sich an ihn. Eine kribbelnde Wärme breitete sich von der Mitte ihres Körpers aus. Er schob die Träger des Kleides von ihren Schultern, und sie öffnete den Reißverschluss im Rücken. Raschelnd rutschte das Kleid an ihr hinab auf den Boden. Sie knöpfte Eriks Hemd auf und zog es herunter. Einen Augenblick lang musterten sie sich atemlos, dann hob er sie hoch und trug sie ins Schlafzimmer. Er legte sie aufs Bett, knöpfte seine Hose auf und zog sie aus. Dann legte er sich neben sie.

Alice schlang die Arme um ihn und zog ihn zu sich. Langsam glitt seine Hand zwischen ihre Beine, streichelte die Innenseite ihrer Oberschenkel. Er beugte sich über sie und küsste ihr Schlüsselbein. Sie setzte sich auf und zog ihr seidenes Hemdchen über den Kopf. Einen Augenblick lang betrachtete er sie, beugte sich dann zu ihren Brüsten und küsste sie. Sie ließ sich zurückfallen, konnte fühlen, wie er versuchte, ihr das Höschen auszuziehen. Alice hob die Hüften und schloss die Augen. Sein nackter, harter Körper drängte sich gegen sie. Sie öffnete die Augen und sah ihn an. Dann setzte sie sich auf Erik, beugte sich vor und begann an seinen Brustwarzen zu knabbern. Scharf sog er die Luft ein. Sie ließ die Zungenspitze an seinem Hals entlang hinauf bis zu seinem Mund fahren. Gierig küsste er sie, drückte sie aufs Bett, hielt ihre Handgelenke über den Kopf und legte sich auf sie.

Alice spürte, wie Erik in sie eindrang und sich langsam in ihr bewegte. Sie schloss die Augen und stöhnte. Kurz blitzte in ihrem Kopf ein Bild von John auf. Doch genauso schnell, wie es vor ihrem inneren Auge erschienen war, war es wieder verschwunden. Sie wand ihre Hand aus Eriks Griff, zog seinen Kopf zu sich heran und küsste ihn.

»Sag mir, dass du mich liebst ...«, flüsterte er.

Alice legte ihm den Zeigefinger auf die Lippen und wollte ihn an sich ziehen. Doch er wich aus. Sie öffnete die Augen.

»Sag, dass du mich liebst, Alice.«

»Erik, mach das nicht kaputt.«

Er beugte sich über sie. »Hure!«, flüsterte er ihr ins Ohr. »Ich weiß genau, was für ein Spiel du spielst.«

Sie blinzelte, dann erstarrte sie.

Er bewegte sich schneller.

Sie zischte und schlug ihm auf den Kopf, versuchte sich unter ihm herauszuwinden. Er wich ihrer schlagenden Hand aus, dann küsste er sie hart.

Alice biss ihm in die Unterlippe.

Er zuckte zurück, wischte mit dem Handrücken über den Mund und betrachtete das Blut. Brutal griff er in ihre Haare und zog ihren Kopf nach oben. »Sieh mich an.« Er funkelte sie an. »Glaubst du, ich hätte vergessen, was du damals in der *Kakadu-Bar* zu mir gesagt hast? Und auf einmal tust du so, als würdest du mich wollen? Glaubst du, ich wüsste nicht, für wen du das tust?« Er knurrte und stieß ihren Kopf zurück ins Kissen. »Ich werde dich heute Nacht so lange und so gut ficken, dass du es nie vergessen wirst«, keuchte er.

Alice schlug panisch mit ihren Fäusten auf ihn ein und versuchte sich zu befreien. Doch sein ganzes Gewicht lag auf ihr. Er packte sie und drehte sie auf den Bauch. Verzweifelt trat sie mit den Füßen nach ihm. Doch nach wenigen Sekunden hatte er sie genau da, wo er sie haben wollte, und drang erneut in sie ein.

»Es wird für immer zwischen euch stehen, du Nutte.« Er bewegte sich schneller, drang immer tiefer, löschte alles in ihr aus.

Als Erik fertig war, rollte er von Alice herunter, stand auf und goss sich ein Glas Wasser ein. Stöhnend richtete sie sich auf. Erik sammelte ihre Kleidung auf und warf sie in einem Knäuel aufs Bett.

Mit kaltem Blick musterte er sie. »Du kannst jetzt verschwinden. Ich brauche dich nicht mehr.«

Sie fühlte sich vollkommen leer, konnte nicht sprechen, sich nicht bewegen –, und doch begann sie, sich anzuziehen. Sie beobachtete ihre Hand, wie sie nach einem Strumpf griff und ihn sich übers Bein streifte.

Draußen wurde es bereits hell. Aus dem Hof konnte man das Rumoren der Müllwagenfahrer hören. Erik setzte sich nackt auf einen Stuhl, legte die Hände hinter dem Kopf zusammen und beobachtete sie. Als sie nach dem zweiten Strumpf griff, stand er auf. Er stellte sich direkt vor sie, griff nach ihrem Kinn und zwang sie, den Blick zu heben.

Mit schief gelegtem Kopf sah er auf sie herab. »Ich lasse Stevens in den kommenden Tagen frei. Das ist doch die Bezahlung, die dir vorschwebt, oder?« Seine Stimme klang beinahe sachlich, als befasse er sich mit einer Akte.

»Ich werde ihm erzählen, wem und was er seine Freilassung zu verdanken hat. Und dass du es genossen hast. Denn das hast du doch, nicht wahr? Anfangs jedenfalls. Den Rest muss er nicht wissen. Er wird nur wissen, dass du nichts bist als eine kleine, billige Nutte, die jede sich bietende Gelegenheit ergreift, um die Beine breitzumachen.« Er ließ sie los und wandte sich ab. Als er die Schlafzimmertür öffnete, sagte er, ohne sich noch einmal umzudrehen: »Sieh zu, dass du im Treppenhaus keinen Lärm machst, wenn du gehst. Das ist ein anständiges Haus.« Er zog die Tür hinter sich ins Schloss und ließ Alice alleine zurück.

Sie starrte auf den Boden vor sich. Er hat recht, dachte sie, es wird zwischen uns stehen. Sie blickte auf und sah zur Tür. Sie hasste Erik dafür, dass er recht hatte. Doch sich selbst hasste sie am allermeisten. Dafür, dass sie es genossen hatte. Jedenfalls am Anfang.

Auf der Brücke

8. März 1933

Schließlich blieb Alice atemlos stehen. Sie hatte sich das Knie aufgeschlagen. In ihrer blinden Hast war sie an einer Bordsteinkante hängen geblieben und beinahe vor ein laut hupendes Auto gestürzt, das gerade noch ausweichen konnte. Das Knie pochte unter dem zerrissenen Strumpf, und sie begrüßte den Schmerz.

Hastig fuhr sie sich durch die Haare und erstarrte. Sie roch Erik an ihren Händen. Sein Rasierwasser. Seinen Schweiß. Seinen Samen. Sie blinzelte, als ihr das Kondom einfiel. Er hatte es übergestreift. Aber war es tatsächlich noch da gewesen, als er ... Sie konnte die kalte klebrige Feuchte zwischen ihren Beinen spüren. Ihr Magen verknotete sich zu einer winzigen heißen Kugel, die in ihrem Hals nach oben stieg und gegen den Kehlkopf drückte. Blindlings griff sie nach einem Laternenpfahl und übergab sich in den Rinnstein.

Als ihr Magen nichts mehr hergab, verharrte sie eine Weile reglos und richtete sich dann zittrig auf. Angeekelt wischte sie sich mit dem Arm über den Mund. Verdammt, verdammt, verdammt, dachte sie, ich kann nicht schwanger sein! Sie blinzelte heftig. Nach wenigen

Sekunden wurde ihr Blick wieder klarer, und sie sah sich erschöpft um.

Alice hatte kein bestimmtes Ziel gehabt, als sie von Eriks Wohnung losgelaufen war. Jetzt jedenfalls stand sie auf einer Brücke, hatte aber keine Ahnung, auf welcher. Sie drehte sich um sich selbst. Obwohl der Mond noch nicht untergegangen war, konnte sie im Osten bereits einen ersten kränklichen Schimmer Tageslicht erkennen. Langsam wandte sie den Kopf und ließ ihren Blick über die geschwungenen Streben und die in großen, klotzigen Steinquadern endenden Bögen schweifen. Unter der Brücke lagen schimmernde Gleise. Sie trat einen Schritt auf das Geländer zu.

Wenn sie die Augen schloss, konnte sie immer noch Eriks hasserfüllten Blick sehen. Doch unter diesem Hass lag noch etwas anderes. Ihr Herz raste. Für einen kurzen Moment meinte sie tatsächlich einen Hauch von Belustigung in seinen Augen gesehen zu haben. Belustigung über das Wissen, alles mit ihr tun zu können, was er wollte. Sie schlang die Arme um sich, stöhnte und fuhr sich dann mit der Hand über die brennenden Augen.

Auf der anderen Seite der Brücke näherten sich Schritte, und sie fuhr erschrocken herum. Ein junger Mann in Arbeitskluft, unterwegs zur ersten Schicht, warf ihr einen fragenden Blick zu.

Beklommen sah sie ihm hinterher. Würde es jetzt immer so sein? Angst vor jedem unvermuteten Geräusch? Vor jedem Mann? Vor dem, was er mit ihr tun konnte, wenn er es nur wollte? Der Mann beschleunigte seine Schritte. Sekunden später war er in der Dunkelheit verschwunden.

Alice wandte sich ab, blickte wieder auf die Gleise und stützte die Unterarme aufs Geländer. Die Kälte des Metalls brannte auf ihrer Haut.

Als ein Zug unter ihr hindurchraste, vibrierte die Brücke. Erschrocken sprang sie zurück. Während ihr Herzschlag hämmerte, lauschte sie dem fast unhörbaren Gesang der Schwingung, der sich durch ihre Knochen wand und den sie bis in die Zahnwurzeln spüren konnte.

Erneut streckte Alice die Hand nach dem Geländer aus. Jede Faser ihres Körpers sehnte sich danach, sich in Nichts auflösen zu dürfen. Keine Erinnerung an das, was geschehen war. Keine Angst vor der Zukunft. Wie im Traum berührten ihre Fingerspitzen das Metall. Ihre Hand zuckte zurück. Kein Laut war zu hören, selbst der Wind, der eben noch Zeitungsfetzen vor sich hergetrieben hatte, legte sich.

Alice runzelte die Stirn und ging ein paar Schritte in Richtung Brückenmitte. Langsam wanderte sie am Geländer entlang. Sie lehnte sich an die Metallverstrebung, beugte sich vor und blickte auf die Gleise unter sich. Sie zog die Schuhe aus. Wenn ich nicht aufpasse, lande ich im Rollstuhl, dachte sie träumerisch, während sie auf den Steinsockel kletterte. Alice starrte auf die Schienen. Der Wind spielte mit den Falten ihres meergrünen Kleides. Als sie am Rande ihres Sichtfeldes eine Bewegung ausmachte, wandte sie den Kopf.

Wie aus dem Nichts war ein Fuchs neben den Gleisen aufgetaucht. Mit leuchtenden Augen sah er zu ihr hoch und hielt ihren Blick gefangen. Ohne Eile setzte er sich neben eine Weiche und begann seinen Brustpelz zu putzen.

Sein Fell ist genauso rot wie Johns Haare, dachte sie mit einem Stich und spürte, wie sich eine Träne aus ihrem Augenwinkel löste und die Wange hinunterlief.

Als der Fuchs zufrieden schien, sprang er auf und folgte den Schienen in fröhlichen kleinen Sätzen. Kurz vor der nächsten Biegung blieb er stehen und drehte sich noch einmal um. Witternd legte er den Kopf in den Nacken. Dann wandte er sich ab und war fort.

Wenige Sekunden später klammerte Alice sich an die Metallstreben, setzte sich auf den Steinsockel, ließ die Füße in den dünnen Seidenstrümpfen über den Abgrund baumeln und blickte unverwandt auf die Stelle, an der sie den Fuchs zuletzt gesehen hatte.

Sie schluckte und fuhr sich mit dem Handrücken nachdenklich über die Lippen. Schon möglich, dass ihr Plan, John zu retten, sich gegen sie selbst gewendet hatte. Doch sie hatte es geschafft, ihn rauszuholen. Erik hatte es versprochen. Trotz allem, was er getan hatte, war er ein Mann, der seine Versprechen hielt. Im Guten wie im Bösen. Und eines Tages würde er bezahlen ... Dafür würde sie sorgen.

Alice war klar, dass sie John fortschicken musste. Niemals könnte sie mit ihm darüber sprechen, was tatsächlich vorgefallen war. Und wenn sich herausstellen sollte, dass sie womöglich schwanger war ... Zitternd schloss sie die Augen.

Sie atmete tief ein. Alles war in diesem Atemzug vereint. Eine schwache Brise, in der eine trügerische Ahnung von Frühling lag, begann an ihren Haaren zu zupfen und ließ ihre Locken sachte um die Stirn tanzen. Sie warf einen letzten Blick auf die Gleise, dann rutschte sie vom Rand weg, drehte sich zur Straßenseite, glitt herunter und zog ihre Schuhe an. Erschöpft lehnte sie sich gegen den kalten Stein. Sie stieß sich vom Geländer ab und ging müde die Brücke entlang, auf die langsam verlöschenden Lichter der Straßenlaternen zu. Alles, was sie mit Sicherheit wusste, war, dass John Deutschland verlassen musste.

Die dunkelste Stunde

14. März 1933

Alice warf sich auf den Beifahrersitz und knallte die Autotür zu. Johann lehnte am Kotflügel, ließ die halb gerauchte Zigarette auf den Asphalt fallen und trat sie aus. Dann öffnete er die Tür und setzte sich neben sie. Alice starrte geradeaus durch die Windschutzscheibe. Obwohl sich die Sonne hinter den Wolken versteckte, trug sie ihre Sonnenbrille. Ihre Augen brannten immer noch. Sie wandte den Kopf zur Seite. Wenige Sekunden später startete Johann den Wagen und wendete.

»Und?«, fragte er, kurz nachdem sie Beelitz hinter sich gelassen hatten.

Sie kramte in ihrer Handtasche, fand die zerknautschte Zigarettenschachtel und zündete sich eine an. »Was?«, fragte sie, obwohl ihr klar war, was er wissen wollte.

Aus dem Augenwinkel konnte sie sehen, dass er den Kopf schüttelte. Aber er stellte keine Fragen mehr. Sie drückte die eben erst angezündete Zigarette aus und blickte wieder aus dem Fenster. Die Stämme der Kiefern verschwammen zu roten Schatten und machten sie schwindlig. Sie lehnte den Kopf gegen die Scheibe und schloss die Augen, hörte das Brummen, fühlte das sanfte

Vibrieren des Motors. Und versuchte, nicht an John zu denken.

Johann hatte John in den Beelitzer Lungenheilstätten untergebracht. Weiß der Teufel, welche Verbindungen er hierfür genutzt hatte. Nur ein einziges Mal hatte sie nach ihm gefragt, und Johann hatte seine Verletzungen beschrieben. Als er vorschlug, zusammen mit ihr rauszufahren, hatte sie nur den Kopf geschüttelt. Was nutzte es? Es würde sie beide unnötig quälen. Das einzig Gute war, dass sie vor zwei Tagen ihre Periode bekommen hatte. Wenigstens das blieb ihr also erspart.

Heute Morgen hatte Johann die Geduld verloren. »Ich habe noch nie zwei so sture Dickschädel erlebt wie euch beide«, hatte er geknurrt, nachdem er bei ihr am Lützowplatz geläutet und ihr erklärt hatte, sie würden jetzt rausfahren. Ob sie wolle oder nicht. Als er ihr die Tür des Wagens aufgehalten hatte, war Alice sich beinahe sicher, er würde sie hineinstoßen, wenn sie nicht freiwillig einstiege. Fast war sie erleichtert.

Und nun stand sie hier, vor Johns Krankenzimmer, mit pochendem Herzen und zitternden Knien. Sie holte tief Luft, klopfte und öffnete die Tür, ohne auf eine Antwort zu warten.

John fuhr herum. Er stand am Fenster.

Ohne zu wissen, wie sie das Zimmer durchquert hatte, fand Alice sich unversehens in seinen Armen wieder, und seine Wärme ließ sie alles vergessen. Er beugte sich zu ihr, küsste sie. Als ihr Verstand wieder anfing zu arbeiten, wich sie erschrocken zurück. Schützend drückte sie die Tasche an die Brust.

John strich sich verlegen durch die Haare. Erst da bemerkte Alice den Verband um seine Hand.

Sein rechtes Auge war blau und halb zugeschwollen, in der Oberlippe hatte er einen tiefen Schnitt. Das Gesicht war übersät mit Prellungen und Blutergüssen. Am Unterarm fielen ihr mehrere kreisrunde rote Brandmale auf.

Steif und vorsichtig ging er aufs Fenster zu. Er lehnte sich gegen das Fensterbrett und stöhnte leise. Als er ihren Blick bemerkte, verzog er den Mund zu einem kleinen schiefen Grinsen, zuckte aber zusammen. Behutsam betastete er den Schnitt in der Oberlippe. Dann sah er sie wieder an und sagte: »Hinsetzen oder liegen tut mehr weh.«

Alice räusperte sich. »Gott sei Dank hast du es jetzt überstanden«, sagte sie, einfach nur um die Stille, die sich auf sie legen wollte, zu durchbrechen. Es war das Erste, was ihr in den Sinn gekommen war, und an seinem Blick konnte sie erkennen, dass er es nicht gut aufnahm.

»Tatsächlich? Habe ich es hinter mir?« Er stieß sich vom Fensterbrett ab. Langsam begann er durch den Raum zu humpeln. »Wenn ich schlafe, kann ich sie immer noch hören. Ich fühle und sehe sie. So viel dazu, dass ich es überstanden hätte.« Er hatte den Raum einmal umrundet und blieb vor seinem Bett stehen. »Ich hab mich letzte Nacht angepisst.« Er warf ihr einen wütenden Blick über die Schulter zu. »Bevor ich heulend aufgewacht bin.« Erneut nahm er seine Runde auf. »Erzähl mir also nicht, ich hätte es hinter mir.«

»Es braucht Zeit, John.«

»Was weißt du denn schon davon?«

»Das ist nicht fair«, sagte sie leise. Sie spürte, dass das Blut in ihren Adern unangenehm im Gesicht und an ihrem Hals prickelte.

»Ist es fair, dass ich im Wasserturm einsaß, während du mit Erik rumvögelst?«

»Oh, Gott verdammt!«

Sie stürzte auf ihn zu und ohrfeigte ihn so schnell und hart, dass er einen Schritt zurücktaumelte. Seine Lippe war wieder aufgeplatzt und blutete. Schwer atmend starrte sie ihn an. Dann wich sie zurück. Die Wucht, mit der sie zugeschlagen hatte, konnte sie noch jetzt in ihrem Arm vibrieren fühlen.

»Du hast keine Ahnung ...« Alice zeigte mit dem Finger auf ihn. »Nicht die geringste!«

»Ach, nein? Erik hat es mir aber sehr anschaulich geschildert.« John wischte sich mit dem Handrücken das Blut ab, das an seinem Kinn herablief. Aus seinen Augen schossen wütende Pfeile auf sie. »Wie du dich ihm an den Hals geworfen hast. Wie oft er dich ...«

Er brach ab, denn Alice hatte zu lachen begonnen. Sie konnte hören, wie verrückt und wütend sie klang. Genauso plötzlich wie sie angefangen hatte, hörte sie auf und presste die Zähne zusammen. »Glaubst du etwa, du hättest irgendwelche Besitzansprüche?« Sie wandte sich ab, stellte sich ans Fenster und schloss die Augen. In den letzten Tagen war es ihr gelungen, sich durch Arbeit zu betäuben. Jetzt kochte alles wieder hoch, und sie sah die Bilder der Nacht mit Erik.

John nahm erneut seine Runde durchs Zimmer auf.

Sie ließ den Kopf sinken und starrte auf die schwarz-weißen Fliesen des Krankenzimmers. Dann hob sie den Blick. »Willst du wissen, was tatsächlich vorgefallen ist?«, fragte sie mit schneidender Stimme. »Soll ich es dir erzählen?«

John hob die Hände. »Verschone mich.« Er war wieder bei seinem Bett angekommen, wandte ihr den Rücken zu und hielt sich am Eisengestell fest.

Doch Alice erzählte: von dem, was Johann ihr über

ihn und Scanlan berichtet hatte. Sie erzählte ihm von dem Moment, in dem ihr klar wurde, wie sie ihn herausholen konnte. Sie erzählte ihm von dem Abendessen bei *Horcher*. Sie erzählte ihm von der *Kakadu-Bar*. Sie erzählte ihm davon, wie sie mit Erik ins Bett gegangen war. Sie erzählte ihm, wie er ihr zugesichert hatte, dass John freigelassen würde.

Sie erzählte ihm nicht, wie viel Angst sie gehabt hatte. Um ihn. Um sich. Sie erzählte ihm nicht, wie weh es getan hatte. Sie erzählte ihm nicht von ihrer Sorge vor einer Schwangerschaft. Sie erzählte ihm nicht, wie sehr sie ihn immer noch liebte.

»Jetzt weißt du es. Mach damit, was du willst.« Sie blickte zu ihm rüber. Er hatte sich immer noch nicht zu ihr umgedreht. Kurz schloss Alice die Augen, dann griff sie nach ihrer Handtasche, die sie auf dem Fensterbrett abgestellt hatte. »Es ist besser, wenn ich gehe.« Ein eisiger Klumpen hatte sich in ihrem Magen gebildet. Sie blickte noch einmal zu John, der mit dem Rücken zu ihr am Bett stand. Dann ging sie auf die Tür zu. Noch bevor sie die Klinke herunterdrücken konnte, drehte er sich um.

»Ich liebe dich.« Seine Stimme war heiser.

Sie blieb stehen.

»Weißt du, was das Schlimmste war?«, fragte er. »Es war nicht die Angst, die mir Erik und seine Leute eingejagt haben. Auch nicht, dass das Bild, das ich von mir selbst hatte, in tausend Stücke zerschlagen wurde.«

Alice hielt sich an der Klinke fest, wagte nicht, sich umzudrehen.

»Das Schlimmste war … ist … der Gedanke, du würdest mich nicht mehr lieben.«

Alice fühlte, wie ihr die Kraft aus den Beinen wich und lehnte sich gegen die Tür.

»Ich würde es aushalten, wenn du mit jemand anderem ins Bett gehst. Ich sage nicht, es würde mir nichts ausmachen. Denn bei Gott, das tut es. Aber ... es würde mich nicht davon abhalten, dich zu lieben.«

Sie wandte sich zu ihm um.

»Ich liebe dich, Alice. Komm mit mir.«

Sie konnte sehen, dass er seine Maske fallen gelassen hatte. Zweifel, Wut, Angst und Liebe konnte sie in den Linien seines erschöpften Gesichtes lesen.

Doch wie ... wie könnte sie mit ihm gehen? Mit ihm zusammen sein und ihm nicht die ganze Wahrheit sagen ... ihn berühren, küssen, spüren ..., wenn sie immer noch Erik auf, in sich spürte, sein Rasierwasser, seinen Samen roch und es ihr einfach nicht gelingen wollte, ihn abzuwaschen, so oft und verzweifelt sie es auch versuchte? Würde sie jetzt immer so sein? Schmutzig? Manchmal hatte sie Angst, dass sie es nie aus sich herausbekommen würde. Die eigene Schwäche, die eigene Dummheit. Die eigene Schuld. Und John würde es spüren ... Dass mit ihr etwas nicht stimmte.

Sie schüttelte den Kopf. »John.«

Er hatte sich aufgerichtet und kam auf sie zu.

»Das wird immer zwischen uns stehen. Und irgendwann wirst du es mir zum Vorwurf machen.«

Er griff nach ihr, beugte sich vor und küsste sie vorsichtig, fragend. Einen Moment lang wurde sie weich und nachgiebig. Dann wich sie zurück und schüttelte den Kopf.

Er räusperte sich und fuhr sich verlegen durch die Haare. »Weißt du, was mir noch mehr Angst macht als der Wasserturm?«, fragte er, ohne sie anzusehen. »Dass wir aufgeben.«

»John, bitte ...« Sie wich einen weiteren Schritt zurück.

»Ich warte am Bahnhof auf dich.« Als sie ihm widersprechen wollte, hob er die Hand und fuhr mit leiser Stimme fort. »Dienstag, Lehrter Bahnhof, Bahnsteig 3, 15 Uhr.«

Abermals schüttelte sie den Kopf. Wenn sie ihn gehen lassen wollte – und das musste sie –, dann musste sie hier weg!

Alice floh aus dem Zimmer, ohne sich noch einmal umzudrehen. Blindlings lief sie den Korridor entlang. Erst im Treppenhaus hielt sie an und lehnte sich weinend gegen die Wand. Eine Krankenschwester in frisch gestärkter Uniform lief an ihr vorüber und warf ihr einen gleichgültigen Blick zu. Alice wandte das Gesicht ab.

Erst zehn Minuten später hatte sie sich so weit im Griff, dass sie einen Waschraum aufsuchen konnte. Sie blickte in den Spiegel, sah ihre geröteten Augen und das verquollene Gesicht. Am liebsten hätte sie sich in einer Ecke zusammengerollt. Stattdessen setzte sie die Sonnenbrille auf und verließ das Sanatorium mit leerem Blick.

Fahr zur Hölle, Heinrich Lux!

21. März 1933

Die Stadt hatte sich herausgeputzt. Auf fast allen Häusern, aus vielen Fenstern wehten Fahnen. Hakenkreuzfahnen neben Fahnen des Kaiserreichs. Und überall Girlanden in den Reichsfarben. Alice beschleunigte den Schritt und senkte den Blick. Der neue Reichskanzler Hitler traf sich mit Reichspräsident Hindenburg in Potsdam in der Garnisonskirche zum Staatsakt. Nachmittags sollte das neue Parlament in der Krolloper zusammentreten. *Der Staatsakt in Potsdam* hatte die Vossische heute in der Morgenausgabe getitelt und ausführlich über den Ablauf der Feierlichkeiten berichtet. Auf einer der hinteren Seiten fand sich eine kleine Meldung: SA und SS hatten Einsteins Landhaus in Caputh durchsucht, mit der Begründung, es gäbe Anlass für den Verdacht auf ein Waffenlager. Alice schauderte. Selbst Waffen verschieben, aber Einstein unterstellen, er würde ein Waffenlager anlegen.

Vielleicht ist es gar nicht so verkehrt, wenn wir tatsächlich eine Zweigstelle im Ausland eröffnen, ging es ihr durch den Kopf, als sie am Herkulesbrunnen vorbeilief. Johann hatte wieder einmal seine Kontakte spielen lassen und über einen Bekannten in Paris einen Termin mit einem französischen Galeristen vereinbart. Nächste Woche wollten sie hinfahren. Vorher musste er aber noch einmal mit ihren Pässen zum französischen Konsulat und hatte Alice darum gebeten, ihren heute mitzubringen, damit er zusammen mit Lilly alle Formalitäten erledigen konnte.

Während sie in Richtung Landwehrkanal lief, schmunzelte sie. Lilly schien Johann nicht nur beruflich zu gefallen. Genau wie Ludwig und sie selbst hielt er große Stücke auf ihr Wissen und ihren hervorragenden Geschmack. Aber auch darüber hinaus schien er sich für sie zu interessieren. Auf jeden Fall hatte er sie gebeten, mit nach Paris zu fahren.

Auf ihrem Weg in die Galerie war Alice durch sonntäglich ruhige Straßen gelaufen, froh über jede Gelegenheit, der ausgelassenen Menge auszuweichen. Auf manchen Straßen und Plätzen wurden riesige Lautsprecher aufgestellt, um die sich bereits um neun Uhr Passanten versammelten. Alice lief mit abgewandtem Blick vorbei.

Als sie schließlich die Galerie erreichte, blieb sie einen Augenblick vor der Villa stehen und sah zu den Fenstern hoch, in denen sich kalt die Sonne spiegelte. Damals, im Oktober 1930, war durch die nicht ganz zugezogenen Vorhänge schwächliches Licht gefallen. Kaum der Rede wert, nicht stark genug, um das Nass zu erhellen, in dem sie gestanden und gewartet hatte. Damals hatte Helena noch gelebt. Alice fröstelte, obwohl die Sonne schien.

Sie überquerte die Straße, öffnete die Gartentür, stieg die vier Stufen zum Eingang hinauf und ging hinein.

»Versuch bitte nicht noch einmal, mich zu überreden«, sagte sie rasch, als sie das gemeinsame Büro betrat und Johanns Blick sah. Sie warf die Handtasche auf ihren

Stuhl, zog den Mantel aus und hängte ihn an der Garderobe auf.

Einen Moment lang starrten sie sich an, dann zuckte Johann mit den Schultern. »Ich weiß nicht, was zwischen John und dir vorgefallen ist, Alice. Und ich muss es auch nicht wissen.« Er hob die Hände. »Aber glaubst du nicht, dass es sich lohnt, zu kämpfen?«

Alice lehnte sich gegen das Sideboard und verschränkte die Arme vor der Brust. »Warum bist du dir eigentlich so sicher, beurteilen zu können, was möglich ist und was nicht?«

»Wie gesagt, ich weiß nicht, was zwischen euch vorgefallen ist. Du wirst schon deine Gründe haben.« Er zögerte, dann blickte er Alice direkt an. »Aber es gibt nicht viele Menschen auf der Welt, die man lieben kann. Und die einen lieben. Wenn man einen gefunden hat, sollte man ihn nicht einfach so aufgeben.«

Erneut zog er die Schultern hoch. »Ich bin um 15 Uhr am Lehrter Bahnhof. Bahnsteig 3. Der Zug nach Ostende.« Er wandte sich ab. »Nur für den Fall, dass du es dir anders überlegst.«

Alice presste die Lippen zusammen.

Johann stand auf und öffnete die Tür zum Archiv. Dann wandte er sich zu ihr um. »Ach, übrigens: Ich habe gehört, dein Vater ist in der Stadt. Hast du ihm eigentlich das Kuvert gegeben, das Helena ihm zugedacht hatte?«

Lux! Blicklos starrte sie auf den Tisch, als Eriks Stimme in ihrem Kopf dröhnte: *Bis jetzt habe ich noch keine offiziellen Ermittlungen einleiten lassen …*

Verdammt! Sie riss ihre Schreibtischschublade auf und nahm das Kuvert heraus, das unter allerlei Kleinkram lag, der sich in den letzten Monaten angesammelt hatte. Damals, direkt nach der Testamentseröffnung, hatte sie es hier mit dem festen Vorsatz deponiert, es Lux – entgegen Helenas Wunsch – per Post zu schicken.

Auch wenn sie ihm nicht verzeihen konnte, so musste sie ihn doch vor Erik warnen. Es blieb ihr wohl nichts anderes übrig, als ihn aufzusuchen. Das Kuvert konnte sie ihm dann auch noch geben.

»Alice? Alles in Ordnung?« Johann musterte sie. Sie sah ihn zerknirscht an.

»Weißt du denn zufällig, wo er sich einquartiert hat?«
»Ich habe gehört, er wohnt im *Adlon.*«

Alice starrte auf das Kuvert in ihren Händen. Dann stand sie auf und raffte eilig ihre Sachen zusammen. »Ich muss noch was erledigen«, rief sie dem verdutzten Johann zu und stob zur Tür hinaus.

Sie hatte den Weg durch den Tiergarten gewählt, in der Hoffnung, den in Festtagsstimmung durch die Straßen strömenden Menschen aus dem Weg zu gehen. Sie wollte nicht feiern. Für sie gab es keinen Grund zu feiern. Missmutig lief sie durch die ruhigen Seitenwege des Parks. Jetzt musste sie auch noch ihren Vater treffen. Alice setzte sich auf eine Bank, zündete sich eine Zigarette an und rauchte gegen ihr Unbehagen an. Was, wenn er gar nicht da war? Könnte sie den Umschlag dann hinterlegen und ihm eine kurze Notiz mit einer Warnung übergeben lassen? Doch würde das Helenas Wunsch entsprechen? Sie hatte gewollt, dass sie ihm das Kuvert persönlich übergab, das hatte der Notar deutlich erklärt. Durfte sie sich darüber hinwegsetzen? Sie war sich nicht sicher. Die einzigen Dinge, derer sie gewiss war, waren der Zorn auf ihren Vater, der Hass auf Erik Wollfferts und ihre Liebe zu John. Auch auf Helena war sie anfangs wütend gewesen. Doch mit ihr hatte sie mittlerweile ihren Frieden gemacht. Ihr Vater hingegen ... Er hatte Anna benutzt, um sich an Helena zu rächen. Hatte mit ihr ein Kind gezeugt. Und warum? Weil Helena ihn verlassen hatte. Alice seufzte und stand auf.

Vielleicht sollte ich das Schicksal entscheiden lassen, dachte sie, als sie endlich ihren Weg fortsetzte. Wenn Lux da war, würde sie ihm das Kuvert persönlich geben und ihn warnen. Falls er nicht da sein sollte, würde sie ihm, zusammen mit dem Umschlag, eine Nachricht zustellen lassen.

Einigermaßen zufrieden mit dieser Lösung erreichte sie das Hotel. Auch hier hatte man die Fassade mit Hakenkreuzfahnen geschmückt. Alice fragte sich, ob man sich je daran gewöhnen konnte. Sie wandte den Blick ab. Ein Portier hielt ihr die gläserne Tür auf, und sie betrat die riesige, mit kunstvollem Stuck geschmückte Lobby. Vorbei an Säulen, über das feine Parkett ging sie auf den Empfang zu, zog den Umschlag aus ihrer Tasche und fragte, ob Herr Heinrich Lux im Haus wäre.

Der Empfangschef wandte sich mit prüfendem Blick zum Schlüsselbrett. »Ich bedaure ...« Noch bevor er den Satz beenden konnte, hellte sich seine Miene auf. Diskret deutete er auf den Eingang. »Gnädiges Fräulein, er betritt soeben das Hotel.«

Alice drehte sich um und blickte ihrem Vater entgegen.

»Du bist gekommen. Wie schön.« Lux trat auf sie zu.

»Ob es schön ist, wird sich noch zeigen«, antwortete Alice spitz.

Er überhörte ihren Unterton und lächelte sie erschöpft an. Dann drehte er sich zum Portier um. »Herr Caspari, machen Sie bitte meine Rechnung fertig. Ich werde morgen abreisen.«

»Natürlich, Herr Lux.«

Er wandte sich wieder Alice zu.

»Du reist ab?«, fragte sie.

»Ja. Ich fahre morgen in die Schweiz. Alte Freunde besuchen.« Er seufzte und blickte nachdenklich auf den Boden. »Ich bin hier fertig. In Deutschland.« Er sah sie an. »Was führt dich hierher?«

»Ein Auftrag.« Sie räusperte sich. »Ich muss dir etwas geben.«

Lux zog die Augenbrauen hoch und legte den Kopf schief. »Oh? Jetzt machst du mich neugierig. Wollen wir nicht auf mein Zimmer gehen? Ich habe nämlich auch noch etwas für dich.«

Er führte sie die Treppe hinauf in den zweiten Stock. Vorbei an geschlossenen Türen, vor denen geputzte Schuhe standen. Vorbei an Pagen und Zimmermädchen, die diskret nickten. Nach wenigen Schritten blieb Lux vor einer Tür stehen, steckte den Schlüssel ins Schloss und trat in den Raum. Alice zögerte kurz, dann folgte sie.

»Setz dich. Möchtest du etwas trinken?«, rief Lux über die Schulter, als er den schweren weiß-silbernen Vorhang zuzog, der den Schlaf- vom Wohnbereich trennte.

»Nein, danke. Ich bleibe nicht lange.« Sie öffnete ihre Tasche und zog den Umschlag heraus.

»Was gibt es also, dass du gekommen bist?«

»Helena. Und eine Warnung«, antwortete Alice. Sie stellte die Tasche ab und hielt ihm den Umschlag entgegen.

Lux nahm ihn, drehte ihn in den Händen, ohne ihn zu öffnen.

»Eine Woche nach Helenas Tod wurde ihr Testament verlesen«, fuhr Alice fort. »Sie hat verfügt, dass du das hier bekommen sollst. Ich hätte es dir schon früher geben müssen, aber ...« Sie biss sich auf die Lippe.

Sein Blick war leer geworden, als sie Helenas Namen nannte. Er hielt den Umschlag so fest, dass die von Altersflecken übersäten Knöchel weiß hervortraten. Lux wandte sich ab und legte den Umschlag auf einen kleinen Schreibtisch hinter dem Sofa.

Beim Anblick seines gebeugten Rückens erfasste Alice eine plötzliche Woge der Zuneigung, von der sie nicht wusste, woher sie auf einmal kam. Schnell blickte sie zur Seite.

»Und die Warnung?«, fragte er und wandte sich zu ihr um.

Alice holte Luft. »Ich weiß aus ... zuverlässiger Quelle, dass du auf einer schwarzen Liste der Nazis stehst. Im Prinzip ist es nicht mehr von Bedeutung, da du morgen in die Schweiz reist. Aber trotzdem würde ich an deiner Stelle vorsichtig sein. Und lange genug fortbleiben.« Sie griff nach ihrer Handtasche und nickte. »Das wäre alles. Und nun ... Leb wohl. Gute Reise.« Sie wandte sich ab, ging auf die Tür zu und griff nach der Klinke.

»Soso, eine zuverlässige Quelle«, hörte sie Lux. »Heißt die Quelle etwa Erik Wolfferts? Mit dem du letztens in der *Kakadu-Bar* warst?«

Alice fuhr herum. »Woher ...?«

»Ist das wichtig? Auch ich habe meine Quellen.«

Er trat an die kleine Zimmerbar und schenkte sich einen Whiskey ein. »Ehrlich gesagt, war ich erstaunt, dass du mit aufstrebenden Nazi-Größen verkehrst. Selbst wenn ich zugeben muss, dass er attraktiv ist. Gefällt er dir?«

»Ich *verkehre* nicht mit ihm!«, zischte sie wütend. »Hörst du? Und er gefällt mir auch nicht!«

»Aber was war das dann im *Kakadu*?« Lux nahm einen Schluck und sah sie mit funkelnden Augen über den Rand des Glases hinweg an. »Sehr enge und innige Umarmungen.« Er wandte sich ab und ging auf das Fenster zu. »Was sagt denn dein John dazu?« Er blickte über die Schulter. »Oh, entschuldige. Er ist ja nicht mehr *dein* John. Liegt es vielleicht daran?«

Starr vor Wut stand Alice da, unfähig sich zu bewegen. Schließlich, nach wenigen Sekunden, die ihr wie eine Ewigkeit vorkamen, löste sie sich aus dem Würgegriff ihrer Wut. »Fahr zur Hölle, Heinrich Lux!«

Sie warf ihm einen zornigen Blick zu und drückte die Klinke herunter.

»Bleib«, sagte er scharf, und obwohl Alice nichts anderes wollte, als diesen Raum zu verlassen, blieb sie stehen.

»Ich bin mir sicher, es gibt eine Geschichte hinter der Geschichte. Ich kann mir nämlich nicht vorstellen, dass du auf einmal Geschmack am Umgang mit den neuen Herren gefunden hast. Dazu bist du mir zu ähnlich.«

Langsam wandte Alice sich um, ging auf ihn zu und stellte sich mit verschränkten Armen vor ihn. »Ach ja? Ich bin dir ähnlich?«

Mit unbewegter Miene musterte Lux sie. »Ob es dir gefällt oder nicht: Ja, du bist mir ähnlich. Vor allem in deiner Entschlossenheit. Allerdings kann ich mir immer noch keinen Reim darauf machen, was dich zu … diesem Mann getrieben hat.« Er füllte erneut sein Glas und auch eines für Alice, stellte sich neben sie und drückte es ihr in die Hand.

Alice stürzte den Inhalt in einem Zug herunter. Ihre Kehle und Speiseröhre brannten. Die Wärme des Alkohols breitete sich in ihr aus. »Er hat John ins Gefängnis gebracht. Das ist passiert.«

Lux kniff die Augen zusammen und massierte sich die Nasenwurzel. »Ins Gefängnis gebracht? Das tut mir leid, mein Schatz. Aber was hat das mit …?« Er stutzte und blickte Alice an. »Ach so, ich verstehe … Du bist mit Wolfferts … Und dafür hat er dann deinen John freigelassen?«

Alice versteifte sich. Am liebsten hätte sie das leere Glas an die Wand geworfen.

»Da siehst du es … du bist meine Tochter.« Er blickte sie an, und Alice hätte ihm am liebsten sein selbstgefälliges Lächeln aus dem Gesicht geschlagen.

»Bilde dir bloß nichts ein. Ich bin nur hier, weil ich Helenas Wunsch erfülle und dir das Kuvert bringe. Ich weiß überhaupt nicht, warum ich das tue. Eigentlich sollte ich euch beide zum Teufel schicken.«

»Vielleicht bist du einfach ein besserer Mensch als wir beide.«

»Das wage ich zu bezweifeln. Wobei … möglicherweise … Wahrscheinlich würde ich nicht auf die Idee verfallen, aus gekränkter Eitelkeit mit dem Kind meiner ach so großen Liebe ins Bett zu steigen.«

Sie konnte sehen, dass sie ihn getroffen hatte und freute sich mit einer grimmigen Wut, die ihr selbst unheimlich war.

»Himmelherrgott!«, fuhr er sie an. »Kannst du nicht akzeptieren, dass es Dinge gibt, die man nicht rückgängig machen kann?« Hastig trank er den Rest aus. »Und dass man mit den Konsequenzen leben muss? Ich kann nicht ungeschehen machen, was damals passiert ist. Aber ich kann dich lieben. Selbst wenn du mir manchmal fürchterlich auf die Nerven gehst.«

Sie lachte laut und böse. »Dir auf die Nerven zu gehen ist das Mindeste, was ich tun kann. Du hast mich geliebt, liebst mich sogar immer noch! Da muss ich wohl dankbar sein, oder?« Sie machte einen kleinen höhnischen Knicks.

Lux starrte sie an. »Genau das meine ich damit«, antwortete er leise und wandte sich ab. Vorsichtig stellte er sein leeres Glas ab. Dann ging er zu Alice und blickte ihr ins Gesicht. Er griff ihr Kinn und zwang sie, ihn direkt anzusehen.

Alice keuchte auf. Mit einem Mal schien die Zeit stillzustehen. Aus dem Nichts heraus starrten sie Eriks kalte, harte Augen an. Zwar wusste sie, dass sie ihn nur in ihrem Kopf sah, dennoch konnte sie nicht anders, als nach der Hand zu schlagen, die ihr Kinn hielt.

Lux fuhr erschrocken zurück und ließ sie los. Tief und zittrig holte sie Luft und unterdrückte das blinde Bedürfnis einen Schritt zurückzutreten. Er kniff die Augen zusammen und betrachtete sie nachdenklich.

»Was ist da nur passiert?« Er runzelte die Stirn, dann fuhr er nach einer kurzen Pause fort: »Du bist nachtragend, hochfahrend und selbstgerecht. Genau wie Helena und ich. Nicht unsere besten Eigenschaften, gebe ich zu. Ich weiß, dass du das nicht hören willst. Schließlich halte ich dir einen Spiegel vors Gesicht, und die Dinge, die du darin sehen kannst, sind nicht schmeichelhaft. Aber du bist auch stark und mutig, genau wie wir. Ich glaube, dass dir diese Stärke und dieser Mut zu gegebener Zeit helfen können.«

Alice schnaubte. Sie presste die Lippen zusammen, die sich immer noch steif und blutleer anfühlten. Selbst wenn sie gewollt hätte, sie hätte nichts erwidern können.

»Deine Mutter war eine wunderbare Frau. Ihr großes Unglück war, dass sie zwischen Helena und mir stand. Ich weiß, dass ich, wir, falsch an Anna gehandelt haben.

Glaube mir: Ich bin nicht stolz darauf und bereue es zutiefst.« Er wandte sich ab, ging zum Sofa und lehnte sich mit den Händen tief in den Hosentaschen gegen die Armlehne. »Was ich nicht bereue, bist du.«

Alice biss die Zähne zusammen und starrte Lux an. »Wusste sie, dass du ein Verhältnis mit Helena hattest?«

Er blickte sie an. Dann nickte er, ohne den Blick abzuwenden. »Ja. Ich habe es ihr gesagt. Es hat sie nicht davon abgehalten, mit mir zu leben«, antwortete er ernst. »Ich weiß, dass ich kein guter Mensch bin. Ganz zu schweigen davon, dass ich kein guter Vater war. Dass ich schwach war.«

Er wandte sich ab und stellte sich mit dem Rücken zu ihr vors Sofa. »Aber wenn es etwas zu vergeben gibt, dann hätte Anna – und nicht du – es tun müssen«, hörte ihn Alice leise sagen.

Verdammt, verdammt, verdammt. Hatte er etwa recht? Konnte es sein, dass es nicht an ihr war, einen Schuldspruch zu fällen? Ihre Mutter hatte es gewusst! Alice ballte zitternd ihre Hände zu Fäusten. Sie alle hatten ihre Wahl getroffen. Und sie konnte sie nicht rückgängig machen.

Sie blinzelte. Auch sie selbst hatte ihre Entscheidungen getroffen. Mit unabsehbaren Konsequenzen. Für sich. Für John.

»Du hast vorhin nach Erik Wolfferts gefragt«, sagte Alice und schluckte. »Warum ich in der *Kakadu-Bar* mit ihm ...«

Sie wedelte mit der Hand in der Luft, schritt an Lux vorbei zum Fenster und sah mit leerem Blick nach draußen. Lux hatte sich zu ihr umgedreht. Sie wandte sich um und verschränkte die Arme. Ihr Blick wich seinem aus. »Ich habe mit ihm geschlafen.«

Lux betrachtete sie nachdenklich. Dann nickte er und stellte sich neben sie ans Fenster.

»Sie hatten John«, flüsterte sie. »Und um ihn herauszuholen, habe ich mit Erik …« Der Atem entfuhr ihr mit einem leisen Seufzer.

»Und nun?«, fragte er leise.

»Er wurde freigelassen.« Sie blickte zur Decke, die vor ihrem Blick verschwamm, und wischte sich mit dem Handrücken über die Augen.

Lux fischte ein Taschentuch aus der Hosentasche und reichte es ihr. »Weiß John davon?«

»Dass ich mit Erik geschlafen habe?« Sie nickte und schnäuzte sich.

»Und? Wie hat er reagiert?«

»Er sagt, er liebt mich. Er will, dass ich heute Nachmittag mit ihm Deutschland verlasse.«

»Und? Glaubst du ihm? Dass er dich liebt?«

Alice sah Lux an. Dann nickte sie erneut.

Lux legte ihr behutsam die Hand an die Wange. »Dann ist eigentlich klar, was du tun musst. Wenn du ihn liebst, musst du riskieren, dass es schiefgeht. Liebe ist immer riskant. Ich kann dir nicht sagen, ob es funktioniert. Niemand kann das. Und ob er – oder du – mit dieser Sache klarkommt. Liebe ist mehr, als mit jemandem zu schlafen. Wenn er das nicht versteht, ist er ein Trottel.« Er ließ die Hand sinken und blickte sie an. Dann seufzte er und trat einen Schritt zurück. »Bevor du gehst, habe ich noch etwas für dich. Ich habe lange darüber nachgedacht, ob ich es dir geben soll.« Sie schüttelte den Kopf. Aber Lux lächelte und hob die Hand. »Nein. Lass mich. Warte einen Augenblick.«

Er schob den Vorhang zum Schlafbereich zur Seite und verschwand dahinter. Während Alice versuchte, sich wieder in den Griff zu bekommen, hörte sie es hinter dem Vorhang dumpf poltern. Nach wenigen Sekunden kam er mit einem kleinen, lose in Papier eingeschlagenen Paket zurück und legte es auf den Schreibtisch. Er winkte Alice zu sich heran.

»Sie sind nicht groß«, sagte er leise. »Aber diese beiden liegen mir am Herzen. Und ich finde, du hast ein Recht auf sie.«

Er trat einen Schritt zur Seite und bedeutete Alice, das Papier zurückzuschlagen.

Als sie sah, um welche Gemälde es sich handelte, wurden ihre Augen groß. Eines zeigte sie als Kind auf Lux' Schoß. Das andere war das Bild von Lux und Helena als Liebespaar. Vorsichtig strich sie mit dem Finger über die ungerahmten Bildkanten.

»Diese beiden Bilder sind genauso Teil von dir wie von mir, und deswegen will ich, dass du sie bekommst. Wenn du sie nicht behalten möchtest, kannst du sie verkaufen. Sie gehören dir.«

Vorsichtig legte er noch einmal den Arm um Alice und drückte sie sanft. Dann ließ er sie los, schlug die Bilder wieder in das Papier ein, verschnürte sie und drückte ihr das kleine Paket in die Arme.

»Geh. Ich muss packen. Und du musst dich entscheiden.«

Alice stellte die Ölbilder neben ihre Tasche, ging noch einmal auf Lux zu, stellte sich auf die Zehenspitzen und drückte ihm einen sanften Kuss auf die Wange. Er schloss die Augen.

Sie nahm ihre Handtasche und das kleine Paket mit den Gemälden und verließ den Raum, ohne sich noch einmal umzusehen.

Wie betäubt schritt sie durch den menschenleeren Flur

und drückte die Bilder an die Brust. Könnte sie nach all dem, was passiert war, jemals wieder unbefangen mit John zusammen sein? Würde sie mit ihrem Schweigen nicht ihre eigenen Prinzipien, die sie so heftig eingefordert hatte, verraten? Aufrichtigkeit. Ehrlichkeit. Vielleicht könnte sie es ihm ja eines Tages erzählen. Ihre Gedanken rasten hin und her, führten jedoch immer wieder an einen Punkt zurück: Sie liebte John. Wie angewurzelt blieb sie am Treppenabsatz stehen und starrte ausdruckslos auf die Stufen vor sich. Wenn sie ihn tatsächlich gehen ließe, ohne um ihn zu kämpfen ... das wäre wie sterben, stellte sie verblüfft fest. Der Gedanke verschlug ihr den Atem. Wenn sie noch eine Chance wollte, wenn sie um sie beide kämpfen wollte, dann musste sie jetzt ... Sie rannte los.

Im Laufen warf sie einen Blick auf ihre Armbanduhr: Eine Dreiviertelstunde blieb ihr noch. Hastig nahm sie zwei Stufen auf einmal und lief durch die Lobby auf die Ausgangstür zu.

Alice läuft II

21. März 1933

Alice rannte am Portier vorbei auf die Straße und blickte sich suchend um. Direkt vor dem Hotel hielt ein Taxi. Sie stürzte darauf zu, doch der Portier hatte sich – trotz seiner beeindruckenden Leibesfülle – blitzschnell an ihr vorbeigeschoben und sie zur Seite gedrängt, um den Wagenschlag für das elegant gekleidete Paar aufzuhalten, das sie eben noch in der Lobby überholt hatte. Der Mann drückte ihm ein Trinkgeld in die Hand. Der Concierge legte die Hand an die Mütze, machte einen Diener und warf die Tür hinter ihm zu. Das Taxi fuhr ab. Der Portier kehrte an seinen Platz zurück und warf Alice im Vorbeigehen einen triumphierenden Blick zu.

»Blödmann!«, zischte sie und wandte sich ab.

Nirgendwo ein Taxi. Dann musste sie eben laufen.

Eilig rannte sie in Richtung Wilhelmstraße. In ihrer Hast übersah sie eine uneben verlegte Platte auf dem Bürgersteig und verlor beinahe das Gleichgewicht. Gerade noch konnte sie sich fangen und stolperte weiter. Über die Straße. Unter den Linden. Ihr Schritt wurde sicherer und schneller. Nach links in die Wilhelmstraße. Sie hatte keinen Blick übrig für die Gebäude, an denen sie vorbeihastete. Nicht einen für das Innenministerium auf der rechten Seite, über dem die Hakenkreuzfahne wehte. Sie lief geradeaus auf die Marschallbrücke zu, die sie über die Spree führen würde. Kurz nur blickte sie zum Himmel hinauf, als sie den Fuß auf die Brücke setzte. Übergenau sah sie die Wolken über sich hinwegziehen. Unter sich die schiefergraue Spree, die sich langsam unter ihr durchschob. Alice lachte hell auf. Ihr Atem dröhnte in den Ohren, ihr Herz schlug schnell und kräftig. Sie fühlte das Blut durch die Adern strömen. Seit Langem hatte sie wieder das Gefühl, frei und unbeschwert durchatmen zu können.

Als sie von der Brücke nach links auf den Schiffbauerdamm abbog, konnte sie in der Ferne schon den Lehrter Bahnhof mit seinem riesigen Portal erkennen. Von irgendwoher hörte sie einen Ruf. Ob er von einem Menschen stammte oder von einer der unzähligen Möwen, konnte sie nicht erkennen. Sie verlangsamte ihren Lauf, blickte auf die andere Uferseite, sah die vom Feuer geschwärzten Mauern des Reichstags, der vor weniger als einem Monat in einer einzigen Nacht abgebrannt war. Sie wandte den Blick ab und lief weiter. Die Zeit drängte. Möwen, die sich auf dem Geländer zusammendrängten, stoben in einer silberweißen Wolke auf, als sie an ihnen vorbeilief. Die dunklen Haare hatten sich aus der mühsam hergestellten Ordnung der morgendlichen Toilette befreit und wehten ihr nun in die Augen. Sie schüttelte sie aus dem Gesicht. Karlstraße. Unterbaumstraße. Zu ihrer Rechten flog die Fassade des Lessingtheaters vorbei. Die Gebäude der AEG. Wenige Meter vor ihr die Hugo-Preuß-Brücke. Und dahinter der Bahnhof mit seiner lang gestreckten Empfangshalle.

Auf der Brücke kam ihr eine kleine Gruppe SA-Männer mit einer Standarte entgegen: *Deutschland erwache!* Darüber auf einem kleinen rechteckigen Schild der Name Horst Wessel, zusammen mit einem goldfarbenen Hakenkreuz. Alice wandte den Blick ab, als die jungen Männer in ihren Uniformen, den braunen Lederkoppeln, den Dolchen und Armbinden singend an ihr vorbeizogen. Sie konnte dieses Pack einfach nicht länger ertragen. Wie gut, dass sie heute Morgen den Reisepass eingesteckt hatte. Sie stutzte und wurde langsamer. Konnte es sein … War es tatsächlich nur ein glücklicher Zufall, dass Johann sie gerade heute gebeten hatte, den Pass mitzubringen? Sie beschleunigte wieder ihren Schritt. Egal. Was zählte, war, dass sie den Zug erreichte.

Auf dem Washingtonplatz herrschte reger Verkehr: Taxen, Autos, Lastenfahrräder. Gepäckträger wuchteten Koffer aus den Autofonds auf Kofferkarren. Ein hastiger Blick auf die Uhr sagte ihr, dass ihr nur noch wenige Minuten blieben.

Mit aller Kraft stieß sie die Eingangstür auf. Entrüstete Rufe von ausweichenden Reisenden, die zur Seite springen mussten, erreichten sie nicht mehr. Welcher Bahnsteig? Panik stieg in ihr auf. Welcher Bahnsteig? Ihr Blick flog zur Anzeigetafel hoch. Die Buchstaben verschwammen ihr vor den Augen. Ihr wurde schwindlig, der Boden unter ihren Füßen wankte. Welcher Bahnsteig? Sie schloss die Augen, presste die Bilder an sich und atmete durch. Drei! Dreidreidrei! Sie riss die Augen auf und blickte wild um sich. Dort drüben! Durch den Bogen rechts. Gegen den Strom der Ankommenden warf sie sich in die Menschenmenge hinein, stieß mit Ellbogen und rannte auf den Bahnsteig.

Dort vorne stand Johann! Sie riss den Arm hoch, rief und schrie. Er hörte sie nicht.

Nun erkannte sie John. »John!«, rief sie. Er blickte auf, wandte den Kopf – und sah sie! Aufgeregt rief er ihren Namen. Auch Johann hatte sie nun entdeckt und lief ihr entgegen.

Als er sie erreicht hatte, streckte sie die Hand nach ihm aus. Seine Lippen bewegten sich, doch sie konnte ihn nicht verstehen. Sie wandte den Blick nach vorne. Der Zug setzte sich in Bewegung! Sie fühlte Johanns Hand in ihrem Rücken. Auf der Plattform lehnte John sich über das Geländer. Hielt sich mit einer Hand fest und streckte ihr die andere entgegen. Sie lief schneller! Schneller! Schneller! Ihre Lunge stach. Der Zug beschleunigte. Sie hörte Johann hinter sich. Und sah John vor sich. Er beugte sich noch weiter über das Geländer. Sie spürte einen Stoß im Rücken, und gleichzeitig schienen ihre Füße abzuheben. Und dann … ein Ruck, der durch ihren Arm fuhr. Und sie stand neben ihm.

Alice starrte John mit offenem Mund an, lachte und weinte gleichzeitig.

»Alles in Ordnung?«, fragte er, nahm ihr Gesicht zwischen die Hände und blickte ihr prüfend in die Augen.

Erst als er sie in die Arme nahm und an sich drückte, konnte sie Luft holen. Sie hörten einen Ruf vom Bahnsteig und ein Poltern neben sich. Nur ein schneller Schritt zur Seite verhinderte, dass sie von einer Reisetasche getroffen wurden, die Johann in hohem Bogen auf die Plattform geworfen hatte.

Nun stand er da, die Hände auf die Knie gestützt und blickte ihnen hinterher. Immer kleiner wurde er. Er richtete sich auf, nahm den Hut vom Kopf und winkte. Alice und John standen eng umschlungen auf der Plattform und sahen zu ihm zurück. Als sie ihn nicht mehr erkennen konnten, drehte John Alice zu sich herum und griff nach ihrer Hand.

»Lass uns hier verschwinden.«

Sie sah ihn an und nickte.

Er beugte sich zu ihr und überschüttete sie mit Küssen, vergrub die Finger in ihren Haaren. »Ich liebe dich, Alice.«

»Aye«, antwortete sie. »Ich liebe dich auch.«

Dank

Dieser Roman ist fiktiv, alle Charaktere sind erfunden. Inspiriert wurde er jedoch von meinem Großvater, dem Berliner Kunsthändler Wolfgang Gurlitt, seiner ungewöhnlichen Familie und all ihren erstaunlichen Geschichten.

Dieser Roman wäre ohne die nachfolgend genannten Personen nicht das, was er heute ist:

Sandra Miriam Schneider, in deren Workshop Alice und ihre Großmutter das erste Mal aufeinandergeprallt sind. Danke für deine Geduld und dafür, dass du es immer schaffst, einen auf die richtige Spur zu leiten.

Natürlich möchte ich mich auch ganz herzlich bei Nicole Bröhan, Claudia Wolff und Dorothee Meyer-Gerlt bedanken. Ihr habt mein Manuskript und die Geschichte in all ihren Stadien begleitet und mich durch unsere Treffen und Gespräche immer wieder inspiriert und mir Mut gemacht! Dafür danke ich euch. Ihr seid großartig!

Ebenso möchte ich meinem Agenten Uwe Neumahr von der Agence Hoffman meinen Dank aussprechen für all die vielen Fragen und sein außerordentliches Engagement.

Ein besonderes Dankeschön geht auch an meine Lektorin Anna Hoffmann, die es versteht, mit viel Fingerspitzengefühl das Beste aus einem Manuskript herauszukitzeln.

Ganz besonders aber danke ich dem wundervollsten Menschen, den ich kenne: meinem Mann Thomas Nahrstedt. Danke für deine Liebe, dein Verständnis, deine Begeisterung und Unterstützung in allen Dingen, die ich tue. Ohne dich wäre alles gleichgültig. Danke, dass es dich gibt!